SILENCE DE GLACE

SILENCE DE GLACE

JUSTICE FROIDE — AVIS DE RECHERCHE

TONI ANDERSON

Traduction par
SOPHIE SALAÜN

Publisher: Toni Anderson. Toni Anderson Inc. C/O Fillmore Riley LLP, 1700-360 Main Street, Winnipeg, MB, Canada. R3C3Z3. Telephone: (204) 808-3112.

Courriel de contact : info@toniandersonauthor.com

Conception de la couverture par Regina Wamba de ReginaWamba.com

Numérique ISBN-13 : 978-1-998554-12-6

Imprimé ISBN : 978-1-998554-13-3

Pour plus d'informations sur les livres de Toni Anderson, inscrivez-vous à sa newsletter ou consultez son site web : www.toniandersonfrancais.com

De froides vérités
Baisers frappés
D'ombre et de glace

LE SOMMEIL DES JUSTES - AVIS DE RECHERCHE
Silence de glace
Froide trahison (Bientôt disponible)
Coup de froid (Bientôt disponible)
Fureur glaciale (Bientôt disponible)
Froide rancune (Bientôt disponible)

Inscrivez-vous à ma newsletter pour recevoir une scène inédite
de ce livre, ainsi que d'autres bonus !
https://dl.bookfunnel.com/oneearpiv8

N'hésitez pas à visiter la boutique de Toni Anderson pour
découvrir ses autres livres et bénéficier d'offres exclusives !
https://toniandersonshop.com

SILENCE DE GLACE

Shane Livingstone, membre de l'équipe de libération d'otages du FBI, est frustré lorsqu'une blessure le met sur la touche lors d'une opération visant à arrêter un tueur sadique. Ce dernier vend aux enchères différentes méthodes ignobles pour torturer ses victimes et les diffuse sur le dark web en échange d'argent. Lorsqu'un coéquipier meurt au cours de l'opération, Shane, dévasté, se promet de traquer le monstre responsable, mais pour cela, il devra avoir accès à des compétences particulières qu'il ne possède pas.

Un jeu du chat et de la souris sanglant...

En tant que hacker éthique au sein de la société de sécurité d'Alex Parker, Yael Brooks sait comment traquer les prédateurs dans les recoins les plus sombres du cyberespace. Elle ne peut pas refuser la demande de Shane... même si elle craint que ses propres secrets ne la mettent en danger.

Avec un tueur en série qui en fait une affaire personnelle...

Shane et Yael doivent travailler en équipe s'ils veulent arrêter ce psychopathe. Alors qu'ils commencent à se rapprocher, Shane exige la confiance totale de Yael, mais c'est la seule chose que celle-ci est réticente à accorder. Alors que la poursuite s'intensifie et que de plus en plus de personnes meurent, il devient évident que le tueur sait exactement qui est Yael et qu'il a l'intention de leur faire payer, à Shane et à elle, le prix ultime pour s'être mis en travers de son chemin.

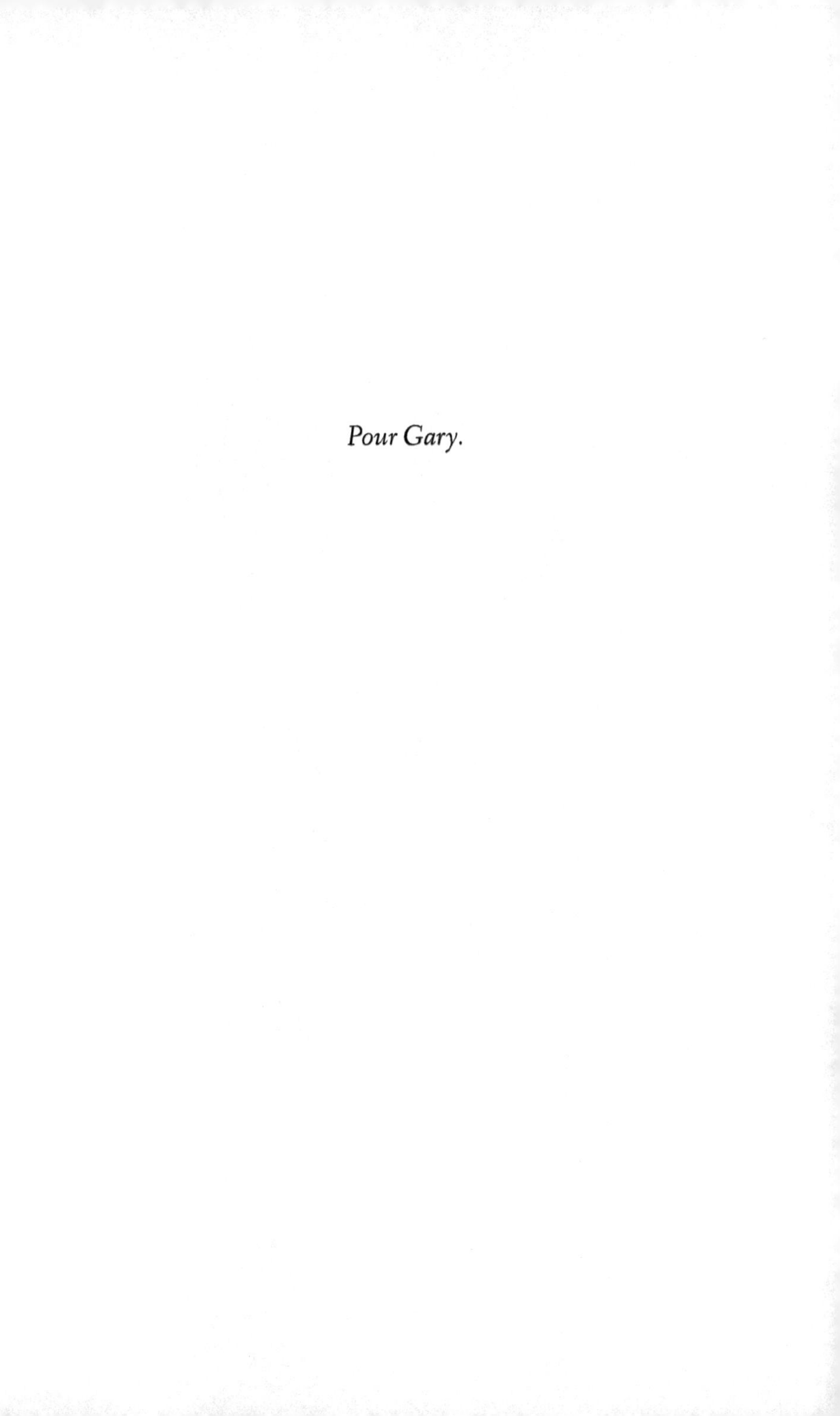

Pour Gary.

PROLOGUE

Équipe Gold — Agents Echo

15 décembre

L'agent spécial du FBI Shane Livingstone était calmement installé à cheval sur le banc métallique à l'extérieur de l'hélicoptère MD530 Little Bird tandis que le pilote se rapprochait tellement de l'océan qu'il aurait juré voir son propre reflet à la surface de l'eau couleur d'ébène. L'un des membres K9[1] de l'équipe de libération d'otages du FBI, la HRT, était allongé sur le sol derrière lui, se penchant par la porte ouverte, assez près pour que sa bave dégouline sur le cou dénudé de Shane.

Au moins, c'était chaud, contrairement aux embruns qui lui donnaient l'impression d'être transpercé par des balles de glace pure.

Que de bons moments !

Une montée d'adrénaline l'envahit et il sourit. Ce moyen de

---

1. Toutes les notes sont de la traductrice : chien policier.

transport était mille fois préférable à celui de la dernière mission d'entraînement, au cours de laquelle l'équipe Gold avait accédé à une installation côtière isolée à l'aide de canots pneumatiques à coque rigide. Ils avaient été largués dans des vagues déferlantes d'un froid saisissant et d'une brutalité digne des montagnes russes les plus folles, ce qui était d'autant plus amusant lorsque l'on portait vingt-deux kilos d'équipement qui semblait peser dix fois plus lourd lorsqu'il était mouillé.

En comparaison, cette nouvelle infiltration représentait un luxe de première catégorie. Les autres membres de l'équipe Gold de Shane, les assaillants d'Echo, étaient tous prêts à partir. Ces hommes étaient plus que ses collègues. Ils étaient ses amis, ses frères. Et, contrairement à la dernière fois, il ne s'agissait pas d'une mission d'entraînement.

Selon le briefing de l'opération tactique, cinq terroristes nationalistes blancs, qui soutenaient en ligne le gourou David Hines, décédé depuis longtemps, avaient investi une salle d'audience et menaçaient de tuer toutes les personnes présentes dans le tribunal si l'accusé et eux-mêmes ne ressortaient pas libres.

Cela n'arrivera jamais.

Trois des criminels avaient reçu une formation militaire, tout comme l'accusé. Les deux autres étaient des « miliciens » auto-proclamés. Des aspirants qui devaient en avoir une toute petite, et un cerveau à l'avenant.

Ces cinglés avaient déjà abattu le greffier et menaçaient d'abattre un autre otage toutes les heures, jusqu'à ce que leurs exigences soient satisfaites. Ainsi, même si la cellule de négociation de crise, la CNU était sur place et que les négociateurs tentaient de convaincre les méchants de sortir, tout le monde au sein du FBI savait que le Jugement dernier était imminent.

Mais sans doute pas de la manière dont les tangos[2] l'envisageaient, avec leur vision corrompue des valeurs chrétiennes et de la morale qui aurait plu à Satan.

Le signal de se tenir prêt lui parvint dans son oreillette. Le pilote redressa le nez de la machine et, sous Shane, le terrain passa d'une mer d'encre à de denses arbres ombrageux, puis à des maisons, avant de passer à des bâtiments plus hauts dans le centre-ville. Il les contourna avec aisance.

Ils étaient proches maintenant. Le pilote prit de l'altitude avant de descendre rapidement et de se placer en vol stationnaire au-dessus de ce qui devait être le toit du palais de justice. Le deuxième hélicoptère de la HRT était à peine visible dans l'obscurité.

Ces machines étaient plus silencieuses que la plupart des autres, mais le FBI essayait tout de même de détourner l'attention des preneurs d'otages de ce qui pouvait se passer sur le toit. Shane reconnut l'un des négociateurs du FBI qui aidait à couvrir l'arrivée de la HRT en parlant sans arrêt dans le porte-voix. Une voiture de police choisit ce moment précis pour mettre en marche sa sirène et s'éloigner à toute vitesse du palais de justice, ce qui constitua une autre distraction.

Un ordre résonna dans les oreillettes.

— Go !

Shane détacha sa sangle de sécurité et lança une *chemlight*[3] alors que de lourdes cordes étaient déployées sur le toit.

Ses gants épais empêchèrent la chair de ses mains d'être arrachée pendant qu'il enroulait le bas de ses jambes autour du câble et se projetait sur le côté de l'hélicoptère, en vol station-

---

2. Cibles, ennemis, dans le langage militaire.
3. Bâton lumineux utilisé par les militaires et les forces d'intervention spéciales. Éclairage tactique.

naire à environ six mètres de hauteur, avant de descendre à toute vitesse sur le toit plat.

Il adopta une posture défensive avec sa carabine H&K 416 D10RS, tandis que Cowboy, qui se trouvait lui aussi sur le toit, libérait le chien de son harnais. Le pilote se stabilisa dans l'obscurité tandis que le reste de l'équipe de sept hommes de Shane, plus le matériel, descendait avec une extrême efficacité.

Quelques secondes plus tard, les hélicoptères s'éloignaient, et quelqu'un à l'intérieur récupérait les cordes.

Shane empoigna son bélier tandis que les hommes de l'équipe d'assaut se massaient près de la porte. Il s'avança pour s'occuper de cet obstacle après que Cowboy eut vérifié que la porte était bien verrouillée. Shane préférait de loin les explosifs ou sa Remington M870 modifiée chargée de balles de brèche, mais, aujourd'hui, ils allaient se servir du bélier, car c'était ce qu'avait ordonné Payne Novak, le chef intérimaire de l'équipe Gold. Plus ils approcheraient avant que les ennemis ne soient conscients de leur arrivée, plus ils auraient de chances de sauver des vies innocentes.

Shane n'était pas convaincu que faire sauter une porte de ses gonds avec un bélier était beaucoup plus discret que de le faire avec une balle de brèche, mais, comme il avait servi dans les bérets verts avant de devenir agent du FBI, il savait quand il fallait suivre les ordres et quand on pouvait se permettre de demander pardon plus tard.

L'autre unité d'assaut de l'équipe Gold, Charlie, avait été déposée de l'autre côté du toit et se préparait à descendre en rappel le long du bâtiment et à pénétrer dans la salle d'audience par les fenêtres. Les tireurs d'élite de la HRT encerclaient le bâtiment, prêts à abattre les adeptes de la secte qui apparaî-traient dès que le signal serait donné. L'unité d'assaut Echo de Shane devait s'infiltrer dans le bâtiment, étage par étage, et neutraliser tous les malfaiteurs qui avaient fui la salle d'audience dans une dernière tentative désespérée de résister ou de tenter une fuite.

Il prit une grande inspiration, retint l'air, puis le relâcha. Il répéta le processus tandis que ses yeux scrutaient les environs à la recherche d'éventuels dangers. Il apaisa son corps à dessein, contrôlant l'adrénaline qui cherchait à élever son rythme cardiaque et à influer sur sa physiologie. Cette réaction naturelle était la raison pour laquelle ils s'entraînaient *tout le temps*. Une fusillade choquait moins quand on y était confronté tous les jours.

Cowboy attendit que l'unité Charlie se mette en position pour commencer leur descente en rappel. Dès que l'unité Charlie signala qu'elle était prête, tout changea. La tension claqua dans l'air comme de l'électricité statique.

C'était l'heure du match.

Ils communiquaient par signes de la main. Le son portait, et ils ne parlaient pas pendant une opération à moins d'y être absolument obligés.

Comme prévu, l'obscurité tomba quand la ville coupa l'électricité dans le quartier. La HRT activa aussitôt ses lunettes de vision nocturne. Cowboy marqua le compte à rebours avec ses doigts et, d'un seul coup précis, Shane heurta la porte avec le bélier métallique, juste à côté du pêne dormant. Le bois autour de la serrure vola en éclats.

Il recula, troquant son bélier contre sa carabine, et il suivit son équipe à l'intérieur, dans la cage d'escalier.

Les renseignements localisaient tous les preneurs d'otages dans une salle d'audience située au deuxième étage, mais les choses changeaient rapidement dans une situation dynamique et il n'était pas toujours facile de distinguer les méchants des gentils à l'aide d'une image thermique ou d'un radar. Atteignant rapidement le quatrième étage, l'équipe s'engouffra dans la zone de bureaux principale avec une explosion de flashs, de bruits épouvantables et d'une puissance de feu écrasante qui aurait dû pousser n'importe quel individu sain d'esprit à lever ses mains vides en l'air, tout en faisant dans son pantalon par la même occasion.

Les décorations de Noël semblaient tout à fait déplacées dans ces circonstances, et le père Noël gonflable, dans le coin de l'espace, faillit recevoir un tir doublé lorsqu'il se mit à flotter dans tous les sens.

Heureusement, personne ne tira dessus.

La presse n'aimait rien tant que crucifier les forces de l'ordre, et, même si Shane était d'accord avec une partie de ce qui était dit, ce n'était pas vraiment une promenade de santé que de distinguer les bons des méchants dans ce genre de conditions.

Ils ne trouvèrent personne, ce qui laissait supposer que les tangos avaient déjà rassemblé toutes les personnes présentes dans le bâtiment. Comme tous les opérateurs, Shane se déplaçait avec souplesse, légèrement accroupi. Cela lui permettait de viser juste et de couvrir le terrain rapidement et silencieusement.

En dehors de la zone de bureaux principale, il y avait une série de pièces le long d'un étroit couloir. Shane se trouvait maintenant à l'avant, et les agents d'Echo, après avoir rapidement dégagé trois pièces, trouvèrent une autre porte fermée à clé. Il troqua à nouveau la carabine contre le bélier, tandis que l'équipe s'alignait de part et d'autre de l'obstacle. Soudain, Shane s'arrêta, secoua la tête et pointa le mur. Quelque chose ne tournait pas rond, et le souci d'être discret avait depuis longtemps cédé la place à la vitesse et à l'usage de la force. Les portes et les ascenseurs étaient toujours les endroits les plus dangereux d'un bâtiment, suivis de près par les cages d'escalier et les couloirs. Son sixième sens lui disait que cette porte était soit une réserve que personne n'utilisait jamais, soit un piège mortel.

Il n'ignorait jamais son instinct, et Cowboy le respectait

également. Ils se confiaient tous mutuellement leur vie. Ils le devaient. L'équipe se rassembla, et Shane plaça les charges explosives sur le mur.

Une fois encore, Cowboy fit le décompte. Ils fermèrent tous momentanément les yeux pour éviter d'être aveuglés par le flash avec leurs lunettes de vision nocturne quand Shane fit exploser les charges. Scotty lança une grenade assourdissante, et l'équipe d'assaut passa à travers l'ouverture, donnant des coups de pied dans les plaques de plâtre au passage.

Shane entendit un coup de feu avant que son équipe riposte.

— J'en ai eu un, annonça Scotty à voix basse dans les oreillettes.

Shane acquiesça. Il avait fait le bon choix.

— Équipe d'assaut Echo Gold au COT[4], dit Cowboy d'une voix tranquille. Nous avons un sujet mort.

L'équipe se retira, et Shane poursuivit rapidement sa progression dans le couloir. La poudre de la grenade assourdissante lui brûlait les yeux, mais il ignora la douleur.

— L'unité Charlie a trois sujets décédés.

Deux tangos manquaient donc à l'appel, y compris l'accusé.

L'unité Echo continua de se déployer et de fouiller la zone. Une deuxième série d'escaliers menant au deuxième étage se trouvait sur le côté nord du bâtiment.

Shane aperçut du mouvement, mais il reconnut une civile qui courait pour se mettre à l'abri. Ses mains étaient vides, et elle sanglotait de peur. Il la laissa passer et la regarda se recroqueviller dans un coin, tandis que l'unité K9 se mettait en position de protection à côté d'elle. Scotty s'approcha de la femme, lui passa des entraves aux poignets, et lui intima de rester en place jusqu'à ce que quelqu'un vienne la secourir.

Ils ne pouvaient pas prendre de risques, au cas où elle serait

---

4. Centre d'opérations techniques.

de mèche avec les adeptes de la secte. Il pouvait sembler sévère de traiter ainsi des personnes terrifiées, mais c'était mieux que de tirer accidentellement une balle sur quelqu'un que l'on croyait à tort être une menace. Ce serait une mauvaise journée pour tout le monde.

Shane jeta un coup d'œil par la petite vitre de la porte coupe-feu. De l'autre côté, un marshal gisait dans une mare de son propre sang. Shane inspecta autant que possible la zone à travers la vitre, mais le champ de vision était limité.

— L'unité Charlie se dirige vers la cage d'escalier principale au deuxième étage.

Cowboy jeta également un regard par la vitre et répondit au COT.

— L'unité Echo entre dans la cage d'escalier nord et descend au deuxième. Un marshal mort dans la cage d'escalier et une femme civile sécurisée au troisième étage.

Shane ouvrit la porte et couvrit les autres qui se mettaient en position. Alors qu'il descendait les escaliers jusqu'au virage suivant, une balle frappa le mur au-dessus de sa tête. Il ne s'arrêta pas, ne tressaillit pas. Il verrouilla la cible et continua à avancer pour attaquer. Il n'avait pas une vue dégagée, mais, avec les grandes fenêtres au nord, il n'en avait pas besoin.

Le bruit d'une balle de gros calibre traversant une vitre avant de se loger dans l'assaillant caché derrière un otage effrayé les fit tous avancer vers le danger. Le sniper avait fait son travail. Ce tango ne blesserait plus jamais quelqu'un d'autre.

Cowboy fit son rapport au COT.

— Tango dans la cage d'escalier nord. Otage sécurisé.

Ils continuèrent à avancer et se mirent en position défensive lorsque Scotty s'arrêta à côté de la femme, que Shane reconnut tardivement comme étant la juge. Heureusement, il ne lui avait pas encore mis d'entraves.

— Nous avons la juge King, annonça Cowboy. Je répète,

nous avons la juge King. L'unité Echo la fait sortir par la sortie nord.

Shane était avec le groupe qui devait mettre la juge à l'abri pendant que les autres aidaient l'équipe Charlie à dégager le deuxième étage.

— Bien reçu.

Shane hocha la tête, puis il ouvrit la voie tandis que Scotty et Keeme soutenaient la juge entre eux. Cadell et le chien surveillaient leurs arrières.

Le vacarme des balles et des explosions avait diminué, mais il entendait la HRT et le SWAT se déplacer dans le bâtiment.

Un brusque frisson d'appréhension lui parcourut l'échine. Une réaction à l'opération, ou autre chose ? Il leva une main pour faire signe aux autres de s'arrêter. Puis il avança avec prudence, et passa rapidement la tête par-dessus la rampe. L'endroit était plongé dans le noir complet, mais le système de vision nocturne révélait un monde plat et vert qui paraissait vide.

Shane ne savait pas vraiment ce qui l'avait dérangé. Selon toute vraisemblance, les tangos s'étaient terrés dans l'un des bureaux.

Il leur fit signe d'avancer. Au bas du virage suivant, le chien grogna, et Shane sentit ses cheveux se dresser sur sa tête.

Il savait ce qu'il allait trouver avant même de le voir. L'accusé. Del Renfro. Une ordure qui avait quitté l'Idaho pour se rendre à Washington avec un coffre rempli d'explosifs, prêt à perpétrer un attentat contre un bâtiment fédéral. Il se fichait de savoir lequel.

Un pneu crevé sur la I-95 et un agent de la circulation à l'œil avisé avaient déjoué les plans funestes de l'homme avant qu'ils ne portent leurs fruits, mais pas sans que le courageux agent des forces de l'ordre n'ait été touché par une balle. À présent, cet abruti tenait une jeune femme noire devant lui, le 9 mm du marshal appuyé sur sa joue.

Shane logea une balle dans le gros crâne du type, en calculant et en priant pour que le ricochet sur le mur n'atteigne pas l'otage.

Del glissa sur le sol et la jeune femme resta là, hurlant, se couvrant le visage de ses mains. Shane tira une autre balle sur l'homme à terre pour s'assurer qu'il était mort.

Il toucha le bras de la femme pour qu'elle sache où il se trouvait, car il doutait qu'elle puisse voir quoi que ce soit. Elle devait être terrifiée.

— FBI. Vous êtes en sécurité maintenant, mademoiselle.

Il éloigna l'arme du malfaiteur de son corps, et Cadell la récupéra.

— Unité Echo Gold à COT. Tango mort dans la cage d'escalier inférieure nord. Nous avons une deuxième otage que nous faisons sortir par la porte latérale.

Il prit la jeune femme par le bras et leva les yeux pour scruter les environs alors qu'ils approchaient du niveau de la rue. Tout se déroula au ralenti : elle trébucha sur ses talons hauts, s'agrippant au bras gauche de Shane avec la force de The Rock sous stéroïdes, et il sut qu'il allait tomber, lui aussi. Il essaya de rouler pour que la chute de la jeune femme soit amortie par son corps tandis qu'ils dévalaient les escaliers la tête la première.

Paniquée, elle tourna sur elle-même et atterrit de tout son poids sur le point médian entre son poignet et son coude. Il entendit le double craquement en même temps qu'elle poussait un cri à faire éclater le verre.

Ou peut-être était-ce lui.

Les autres maintinrent leur position et il ne les informa pas que son bras était blessé. Ils avaient entendu les os se briser. Ils savaient. Il se mit debout avec précaution en s'aidant de son bras droit, puis tira la femme vers le haut avec la même main, pour la soutenir.

— Vous allez bien ? s'enquit-il.

— Oui, répondit-elle, un peu essoufflée. Je suis juste endolorie. Merci.

— Pas de problème, mademoiselle. Suivez-moi dehors, les agents de police vont vous poser des questions. Ils vous garderont jusqu'à ce qu'ils aient pu vérifier votre identité. N'ayez pas peur. C'est la procédure habituelle.

Puis il la lâcha et berça discrètement son bras blessé, ouvrant la marche jusqu'à la porte qu'il ouvrit. Les policiers se précipitèrent pour récupérer les otages secourues.

Scotty s'arrêta à côté de lui, maintenant la porte largement ouverte avec sa botte.

— Tu vas bien, mon pote ?

Shane bougea et serra les dents, espérant que son meilleur ami ne remarquerait pas, à travers les lunettes de vision nocturne, qu'il avait envie de vomir.

— Oui.

Il suivit le reste des gars à l'extérieur, et ils se dirigèrent vers le point de rendez-vous pour se retrouver et débriefer. Il s'arrêta pour relever prudemment ses lunettes de vision nocturne lorsque le courant fut rétabli et que le monde revint à la vie.

Malheureusement, cela signifiait également que les autres pouvaient désormais voir l'angle peu naturel du bas de son bras gauche, qui reposait sur le dessus de sa carabine.

Le chef de l'équipe Gold, Payne Novak, le rejoignit à mi-chemin avec leur médecin. Ils enveloppèrent son bras dans une attelle temporaire et lui passèrent une écharpe autour du cou. Shane ne pensait qu'à une chose : il allait avoir bien du mal à quitter sa combinaison de vol préférée.

Lorsque Novak lui indiqua que l'ambulance les rejoignait, il hésita.

— Je peux marcher.

— Et risquer de sectionner une artère ? répondit sèchement Novak.

Bon, peut-être pas.

— Tu n'aurais pas dû bouger quand tu as compris qu'il était cassé, poursuivit Novak, l'air énervé.

Shane tentait vaillamment de ne pas vomir sur son ami et patron ; il ne prit donc pas la peine d'argumenter. Soudain, aller à l'hôpital ne lui sembla plus une si mauvaise idée.

Il déglutit et demanda rapidement :

— Avons-nous perdu quelqu'un ?

— Non. Ni aucun otage. D'après les infos que nous avons, ils ont tué le marshal que vous avez découvert, plus la malheureuse sténo avant que nous lancions l'assaut, répondit-il.

Cette triste nouvelle était la preuve que ces suprémacistes blancs avaient été très sérieux dans leurs intentions. Puis il poursuivit, et Shane se sentit soulagé d'un poids écrasant.

— Les six ennemis sont morts.

— En fait..., ajouta Novak avec un petit sourire, indiquant à Scotty de monter dans l'ambulance avec Shane. En fait, tu es le seul blessé de la HRT aujourd'hui.

Shane gémit, autant de gêne que de douleur.

— La femme qui est sortie avec nous... elle va bien ? Et la juge ?

Novak acquiesça.

— Oui. Elles étaient secouées toutes les deux, mais elles n'avaient pas de blessures apparentes. Il y a des moyens plus faciles d'impressionner les femmes, tu sais !

Shane secoua la tête, sachant qu'il allait en entendre parler pendant un bon moment.

— J'attends un rapport complet à ton retour à Quantico.

Novak referma les portes du véhicule et frappa du poing à l'arrière pour signaler à l'ambulancier qu'il pouvait repartir.

— *Merde !*

Taper le rapport FD 302 avec son bras non dominant allait prendre une éternité.

— De toutes les façons de te faire descendre, je n'aurais pas parié sur une femme en talons hauts aujourd'hui, remarqua Scotty en souriant.

— Il faut toujours s'attendre à l'inattendu.

Les ambulanciers déclenchèrent les gyrophares et les sirènes, plus pour le plaisir que par nécessité, de l'avis de Shane.

Le médecin voulut passer à l'arrière, mais il lui fit signe de sa bonne main.

— L'attelle fera l'affaire jusqu'à ce que j'arrive aux urgences.

Le type acquiesça, apparemment un peu intimidé, et Shane se rappela qu'il était en tenue de combat et bardé d'armes et d'explosifs.

Ils passèrent sur un nid-de-poule et il jura à nouveau quand la douleur remonta le long de son bras et lui transperça l'épaule.

— Ça a l'air pire pour toi que pour Grace pendant qu'elle accouchait de Katie, se moqua Scotty, qui saisit cependant fermement le bon bras de Shane.

Ce dernier savait que son ami s'inquiétait pour lui.

— Grace est une dure à cuire.

— La personne la plus forte que je connaisse, approuva Scotty.

— J'ignore totalement ce qu'elle voit en toi, remarqua Shane, même si, en réalité, il n'avait jamais rencontré de couple plus compatible ni plus amoureux.

— J'ai eu de la chance. Si tu n'étais pas un tel pleurnichard, et, à dire vrai, si tu n'étais pas aussi laid, toi aussi tu pourrais trouver le véritable amour.

— Aucune femme saine d'esprit ne supporterait notre emploi du temps pourri ou notre charge de travail.

— Serais-tu en train de traiter *Grace* de folle ? s'enquit Scotty, le regard faussement réprobateur.

— Eh bien... elle t'a épousé.

Scotty sourit à nouveau.

— Les gars sont sans doute en train de parier sur ce que tu t'es cassé, sur le nombre de broches que tu auras, et sur la durée de ton arrêt de travail. Je penche pour le cubitus et le radius. Trois broches, mais si tu entends autre chose, je veux l'info.

— Je n'aurai pas besoin d'opération, répliqua Shane qui plissa les yeux, essayant d'ignorer la douleur croissante qui irradiait de ses os brisés. Je n'aurai pas besoin de congés. Je peux faire mon boulot avec un plâtre.

— Bien sûr que tu peux. Et tu es capable de cracher du feu et de tirer des balles dans ton sommeil, pendant que tu y es. C'est évident.

Des larmes coulèrent des yeux de Shane, plus sous l'effet du rire que de la douleur, mais il y avait malgré tout une part de douleur, ce qui était humiliant pour un membre de la HRT.

— Je t'aime, mec.

Scotty lui ébouriffa les cheveux comme s'il était un petit enfant. Shane n'avait pas souvenir d'avoir retiré son casque.

— Je t'aime aussi. Mais si tu me colles encore une fois la honte comme ça, c'est fini entre nous, répliqua Scotty.

— La prochaine fois, c'est toi qui prends la belle jeune femme en talons hauts, et je prendrai la juge, d'accord ?

Scotty sourit.

— Marché conclu. Mais il n'y en aura jamais d'aussi belle que ma Grace.

Soudain, un sentiment de jalousie s'empara de Shane, mais il décida de l'ignorer. Il n'était pas prêt à s'installer. Peut-être quand il prendrait du recul par rapport à la HRT, s'il lui restait quelque chose à donner. Tout le monde n'avait pas autant de chance que Scotty et Grace Monteith. Tout le monde n'avait pas le droit à une fin de conte de fées...

CHAPITRE UN

1ᵉʳ janvier Houston, Texas. 17 jours plus tard

Un véritable cauchemar se déroulait en temps réel sur l'écran de Yael Brooks.

Effroyable était loin d'être suffisant pour le décrire.

Ses doigts couraient sur le clavier tandis qu'elle scrutait le flux d'informations qui s'affichait sur son deuxième écran. Elle cherchait à localiser l'ordinateur qui diffusait en direct les images d'une jeune femme attachée à un brancard en acier inoxydable dans une pièce aux murs en parpaings et au sol en ciment.

L'atmosphère dans le centre de commandement était tendue. La cellule d'intervention conjointe avait pris possession d'un coin du bureau régional du FBI à Houston. Les personnes rassemblées étaient des agents de la cybercriminalité, du siège du FBI, de nombreux membres du groupe de réaction aux incidents critiques, notamment des profilers, des négociateurs et des agents de la HRT, des agents du bureau régional local et l'inspecteur qui traquait ce tueur depuis le premier meurtre répertorié en Géorgie. Il y avait également une petite équipe de civils, dont elle-même et certains de ses collègues de Cramer, Parker & Gray.

Toutes les armes chargées dans la pièce rendaient Yael nerveuse et elle devait s'obliger à continuer à faire le travail pour lequel elle était payée, celui qui signifiait qu'elle avait sa place dans cette pièce, avec ces agents fédéraux, à la poursuite de ce monstre.

La terreur était visible sur les traits tendus du visage et dans le corps de la captive.

La bouche de Yael devint si sèche qu'elle avait du mal à avaler. Anya Baker était une jeune chimiste brillante qui aurait pu aller à l'école n'importe où en bénéficiant d'une bourse complète. Au lieu de cela, elle avait choisi de vivre avec son père et sa mère et de s'inscrire à l'université de Rice. Tout l'été, Anya avait effectué un stage au bureau du FBI à Houston. Elle avait disparu trois nuits plus tôt, après s'être rendue dans un bar avec des amis.

Les parents d'Anya étaient morts d'inquiétude. D'après ce qu'Alex Parker avait dit à Yael, ils avaient toutes les raisons de l'être.

Le cœur de Yael tambourinait et elle savait qu'elle devait faire abstraction du fait qu'il s'agissait d'une vraie femme à l'écran, une femme qui s'était récemment réveillée, complètement pétrifiée, après avoir été kidnappée par le psychopathe monstrueux qui se faisait appeler Evi1 Geni-us. Elle essuya ses paumes moites sur son jean noir préféré. Elle ne pouvait pas considérer Anya Baker comme une personne réelle. Si elle le faisait, elle ne pourrait pas se concentrer sur son travail. Au lieu de cela, elle passa mentalement en mode jeu, où elle devait gagner à tout prix pour éliminer cette ordure.

Tim Theriault, nouvelle recrue de Cramer, Parker & Gray, franchit maladroitement la lourde porte avec un plateau de boissons provenant d'une chaîne locale.

— Pas ici, lui lança laconiquement une effrayante femme agent du FBI d'origine asiatique nommée Ashley Chen. Posez ça dans la salle de repos.

— Mais d'autres personnes les prendront...

Il s'interrompit sous le regard d'acier de Chen.

— Faites ce que dit l'agent Chen, lui dit Alex sans quitter son écran des yeux. Ensuite, revenez ici et aidez Laura.

Evi1 Geni-us exhibait sa sale besogne sur le dark Web. Tous les trois mois, il enlevait quelqu'un, au hasard ou de manière ciblée, ils n'en étaient pas encore sûrs, et vendait aux enchères sa méthode de torture et de mise à mort au plus offrant.

Choisissez votre propre aventure meurtrière.

Laura Bay, la collègue et meilleure amie de Yael, traquait la cryptomonnaie, ou plutôt essayait de le faire, car elle circulait dans plusieurs devises et passait par plusieurs bourses crypto.

— J'ai quelque chose, annonça Alex Parker.

Toutes les têtes se tournèrent vers lui. Le patron de Yael se spécialisait dans les communications mobiles, mais il était incroyablement doué dans presque tous les domaines. Elle l'adorait. Elle adorait également sa femme, intelligente et magnifique, ainsi que leur petite fille, mignonne comme un cœur.

— À Houston ?

Ashley Chen était la personne la plus esthétiquement parfaite que Yael ait jamais rencontrée dans la vie réelle. Elle était également extrêmement douée en informatique, preuve que le monde n'était pas juste.

Par le passé, Yael avait été considérée comme exceptionnelle lorsqu'elle travaillait sur du code et qu'elle traquait des personnes sur Internet. Ces derniers temps, elle s'estimait légèrement au-dessus de la moyenne, mais le groupe avec lequel elle passait du temps aujourd'hui était *exceptionnel*.

Yael observa du coin de l'œil le code qui défilait sur son

écran, tout en regardant Alex hocher la tête en réponse à la question de Chen.

— À environ vingt minutes au nord-ouest d'ici, répondit-il en consultant une carte.

La tension monta d'un cran dans la pièce, alors même qu'une vague de soulagement s'emparait d'eux. De la sueur commença à se former dans le dos de Yael. Elle déglutit pour détendre sa gorge sèche et reporta son attention sur les informations qui défilaient sur son écran. Jusqu'à présent, le groupe de travail n'était pas certain à cent pour cent qu'Evi ı Geni-us était toujours aux États-Unis, et encore moins à Houston. En se basant sur des « événements » antérieurs, les analystes du comportement du FBI supposaient que la vente aux enchères se déroulerait vraisemblablement à proximité de l'endroit où la victime avait été enlevée — dans un espace de stockage, une propriété vide ou un entrepôt inutilisé situé dans les environs. Malheureusement, dans cette partie du Texas, à cette époque de l'année, cela ne permettait pas vraiment de réduire le champ des recherches.

Jusqu'à ce que cette ordure allume la caméra, dix minutes plus tôt, ils n'étaient même pas sûrs qu'Anya Baker avait été enlevée par Evi ı Geni-us, ni qu'elle était la victime prévue pour la macabre vente aux enchères en ligne du jour. Alex Parker avait eu une intuition suffisamment forte pour qu'ils soient tous venus ici dès que le monstre avait annoncé l'imminence d'une vente aux enchères, soit environ une heure après la disparition d'Anya.

Le groupe de travail avait passé la nuit de la Saint-Sylvestre à mettre en place ce centre de commandement, avant de s'établir dans un hôtel voisin pour y dormir quelques heures. L'enlèvement d'Anya correspondait au mode opératoire du tueur, même s'ils n'avaient pas encore compris comment il choisissait ses victimes. C'était l'une des raisons pour lesquelles il leur avait fallu tant de temps pour se rapprocher de ce malade.

Trois hommes lourdement armés et vêtus de noir étaient penchés sur leurs propres écrans et coordonnaient leur action avec celle des unités tactiques. Les membres de la HRT étaient actuellement embarqués dans des véhicules dont le moteur tournait au ralenti en deux endroits différents de la ville. Une équipe renforcée du SWAT constituait un troisième groupe à l'est. Elle entendit l'un des trois gars de la HRT dans la pièce prendre la radio pour indiquer à l'unité Echo de se diriger vers le nord-ouest. Ils savaient tous qu'Evi ı Geni-us était rusé et qu'il pouvait mystifier Alex d'une manière ou d'une autre ; aussi les unités tactiques voulaient-elles se séparer pour couvrir le plus de terrain possible.

— La première option de vote est activée, annonça tranquillement l'agent Chen.

Option ı. Retirer les vêtements de la garce avec :
a) un couteau,
b) des ciseaux,
c) les mains.

Aussitôt, les votes commencèrent à affluer. Du coin de l'œil, Yael vit la bouche de son patron se crisper.

Les vautours qui s'étaient connectés, au prix de cinq mille dollars américains par flux, plafonné à cent flux, pouvaient voter sur la façon dont les choses allaient se dérouler à partir d'ici. Chaque vote coûtait mille dollars supplémentaires. Tous les participants devaient s'engager à voter au moins cinq fois par enchère. Plus une personne votait, plus elle avait de chances d'être invitée à la prochaine *fête*. Il s'agissait d'un club exclusif et la demande dépassait largement les créneaux disponibles.

Ce que les spectateurs ne comprenaient peut-être pas, c'était que toute personne assistant à un meurtre sans le signaler encourait des poursuites. Quiconque payait pour assister à un meurtre se verrait poursuivi et inculpé pour complicité.

— Ciseaux, dit Alex à Chen qui était assise devant sa console, sa souris survolant les boutons de vote.

La manière dont il l'avait dit retourna l'estomac de Yael. Il poursuivait ce type depuis longtemps et elle ne voulait pas imaginer ce qui arriverait à Anya si les spectateurs votaient « couteau ».

Les images de la scène de crime étaient diffusées sur un grand écran accroché au mur. Yael détourna les yeux et se concentra sur le logiciel, codé en Python.

L'un des agents de la HRT se laissa lourdement tomber sur la chaise vide à côté d'elle.

— Quel genre de psychopathe passe son jour de l'an à terroriser des femmes ?

Son bras gauche était plâtré, en écharpe, et il portait un pistolet à l'allure redoutable dans un holster sur sa cuisse droite.

Yael fronça les sourcils et lui lança un rapide coup d'œil. Il croisa son regard : il avait les yeux les plus verts qu'elle ait jamais vus. Il avait l'air énervé.

— Ce n'est peut-être pas le Nouvel An pour eux.

Elle reporta son attention sur l'écran, déterminée à ignorer la présence de ce grand homme armé assis si près d'elle.

— Vous n'avez pas tort, remarqua Ashley Chen, qui lui adressa un signe de tête. Nous devons transmettre cette observation aux profilers et voir si elle correspond à d'autres modèles de comportement.

L'homme à l'écran, entièrement vêtu de noir à l'exception du masque effrayant de *Scream*, disparut, et une seconde caméra se mit en marche, celle-ci avec une vue plongeante sur le visage d'Anya Baker. Eviı Geni-us s'avança vers une table et se saisit d'une paire de ciseaux de tailleur. Il la mania de manière théâtrale devant la caméra avant de commencer à découper très soigneusement la jambe du jean de la femme, du bas vers le haut.

L'expression d'Anya laissait penser qu'elle criait, mais il n'y avait aucun son. Il n'y avait jamais de son sur ces vidéos, ce qui leur conférait une dimension surréaliste qui faisait froid dans le dos.

Yael tenta d'inspirer et d'expirer lentement, comme on lui avait appris à le faire dans les situations stressantes. *Ne regarde pas l'écran.*

Selon Alex, Eviı Geni-us avait commencé à vendre les enregistrements sonores sous forme de NFT[1] exclusifs sur le dark Web. Yael se demandait ce qui était le pire : Eviı Geni-us qui commettait le crime, ou les clients qui achetaient ces saletés. Il ne pouvait y avoir qu'un nombre limité de représentants des forces de l'ordre parmi les participants, et elle savait qu'Alex avait consacré beaucoup de temps et d'efforts à créer plusieurs identités louches afin d'être en mesure de recevoir plusieurs invitations.

— Je récupère des informations sur les *blockchains*[2]. C'est beaucoup plus facile de faire ça en temps réel que d'essayer de remonter le fil après coup, déclara Laura.

Après les ventes aux enchères, Eviı Geni-us transférait l'ar-

---

1. Jetons non fongibles, actifs numériques uniques tels que des œuvres d'art, des tweets et des objets de collection qui peuvent être achetés et vendus à l'aide de cryptomonnaies.

2. Technologie de stockage et de transmission d'informations partagée simultanément avec tous ses utilisateurs, également détenteurs de ce registre, et ayant la capacité d'y inscrire des données, selon des règles spécifiques fixées par un protocole informatique sécurisé.

gent vers des portefeuilles matériels qui étaient ensuite déconnectés du Web et stockés « à froid », ce qui les rendait de fait intraçables jusqu'à ce qu'il décide de dépenser l'argent. Malheureusement, il pouvait sans doute gagner son argent dans une bourse de cryptomonnaie avant même qu'ils ne se rendent compte qu'il était en ligne.

Cependant, identifier les personnes qui payaient pour regarder était... bien plus simple.

Yael repéra quelque chose dans le script, remonta l'écran, se pencha en avant et tapa quelques lignes de commande supplémentaires.

— J'ai trouvé le serveur proxy qu'il utilise.

— Pouvez-vous le tracer ?

Yael jeta un regard à l'homme de la HRT qui était maintenant penché en avant sur sa chaise avec une expression farouchement concentrée. Elle sentit l'odeur de pin de sa peau, et une trace de quelque chose de doux et de métallique qui la fit grimacer lorsqu'elle comprit de quoi il s'agissait. Huile pour pistolet.

Il perçut sa réaction et haussa un sourcil. *Zut.* Il était terriblement beau, et il le savait probablement.

— Ce serait sans doute mieux si vous ne parliez pas, remarqua-t-elle d'une voix bourrue.

Elle vit une étincelle d'humour dans le regard de l'homme.

— C'est ce que disaient toutes mes ex-copines.

— Et ton patron, lança en souriant le grand blond de la HRT qui semblait donner les ordres.

Au lieu d'avoir l'air ennuyé comme la plupart des hommes qu'elle connaissait l'auraient été, l'agent assis à côté d'elle lui adressa un lent sourire, puis pressa le pouce et l'index l'un contre l'autre et les fit glisser sur ses lèvres.

De toute évidence, ils essayaient de détendre l'atmosphère sinistre qui s'était installée dans la pièce. Mais c'était bien difficile lorsqu'une femme était torturée en ligne pour distraire des gens qui payaient pour ça, et qu'il incombait à Yael de retrouver son tortionnaire.

Elle retourna à ses données, douloureusement consciente de la présence de l'homme à ses côtés, mais se concentrant sur l'afflux d'informations en dépit de cette distraction. Elle n'aimait pas être dans le viseur de qui que ce soit. Elle aimait se faire discrète et oubliable. Et elle détestait les armes à feu. Ce qui était ironique, puisqu'elle travaillait à présent pour une société de sécurité.

Le genou vêtu de noir de l'homme frôla brièvement le sien lorsqu'il changea de position, mais il ne semblait pas l'avoir fait exprès. Il était massif, et il y avait peu d'espace sous la table de Yael. Un rapide coup d'œil à son visage lui montra qu'il ne lui prêtait aucune attention. Il était concentré sur l'écran et donnait l'impression de vouloir se glisser à l'intérieur de son moniteur et d'étrangler le malade responsable de tout cela.

Si seulement c'était aussi simple. Sauf que… si c'était le cas, elle ne se sentirait pas autant en sécurité, si éloignée des conséquences de la vie réelle lorsqu'elle était en ligne, un sentiment que cet Evi1Geni-us partageait sans doute.

Ce monstre s'appuyait sur sa capacité à dissimuler son identité pour commettre ses crimes odieux. Anya comptait sur eux tous pour vaincre ses défenses et le démasquer, pour la sauver et pour enfermer son assaillant afin qu'il ne puisse plus jamais faire de mal à quelqu'un d'autre.

Il ne fallut pas longtemps à Evi1Geni-us pour déshabiller complètement sa victime. Elle saignait à l'endroit où les ciseaux avaient ponctuellement entaillé sa chair.

L'estomac de Yael se retourna. Elle ne pouvait imaginer subir le sort d'Anya. L'agent de la HRT bougea à nouveau, visiblement mal à l'aise avec ce qui se passait à l'écran. *Bienvenue au club.*

— Qu'est-il arrivé à votre bras ? murmura-t-elle, incapable de s'en empêcher, tout en gardant un œil sur le code.

Il le leva.

— Je me suis cassé le radius et le cubitus en aidant quelqu'un à descendre des escaliers. Le patron n'a pas voulu me laisser en service actif, même si je suis aussi doué avec ma main droite qu'avec ma main gauche.

— Tu es le *breacher*[3], Livingstone. Tu ne peux pas manipuler le bélier avec un bras cassé, répondit le leader de l'équipe HRT, avec une grande patience.

— J'aurais pu utiliser le fusil de chasse, et personne n'aurait vu la différence, assura-t-il à Yael, haussant un sourcil, affichant un sourire arrogant.

Peut-être était-ce un mécanisme de défense, ou peut-être cette confiance innée était la raison pour laquelle il était agent au sein de la HRT. Ces plaisanteries détendirent l'atmosphère pendant deux secondes avant que le sondage suivant soit mis en ligne.

Option 2 : cire de bougie chaude.
a) les yeux,
b) les mamelons,
c) la bouche.

L'estomac de Yael se tordit violemment.

— *Merde !* gronda l'homme à côté d'elle, les dents serrées.

Alex leva les yeux vers Yael et remarqua son expression épouvantée.

---

3. Celui qui ouvre la voie pour ses coéquipiers, généralement à l'aide d'un bélier ou d'explosifs.

— Ne regarde pas.

Il l'avait prévenue de ce qui l'attendait, et elle pensait s'être préparée, mais comment une personne saine d'esprit pouvait-elle s'armer contre quelque chose d'aussi monstrueux ? Il était impossible de se préparer à cette cruauté inimaginable. Elle aurait dû le savoir, maintenant.

Yael fit pivoter son moniteur pour ne pas voir ce qu'Evil-Geni-us faisait à cette pauvre femme... tant qu'elle ne levait pas les yeux vers l'écran géant sur le mur. Elle ne pourrait pas se concentrer si elle regardait, pas même si elle essayait de prétendre qu'il s'agissait d'un jeu.

— Qu'est-ce qui prend tant de temps ? murmura l'homme à côté d'elle avec impatience.

Du temps ? Ils faisaient des progrès incroyables.

— Il utilise un VPN et rebondit sur un second serveur proxy, remarqua-t-elle tandis que ses doigts couraient sur le clavier.

— J'ai une localisation approximative, basée sur des données cellulaires triangulées, d'une zone proche de ce lycée plus tôt dans la journée, mais il n'y a pas de signal en ce moment, intervint Alex, pointant du doigt une carte qu'il afficha sur un autre écran.

Yael ne se laissa pas distraire par ses paroles, car les serveurs proxys pouvaient se trouver n'importe où dans le monde, et ils pourraient leur raconter n'importe quoi. Elle savait également qu'Alex avait développé la capacité de falsifier les géolocalisations, qu'il s'agisse de téléphones portables ou d'ordinateurs. Ils s'en servaient quand les personnes qu'ils protégeaient avaient vraiment besoin de disparaître. Ce logiciel était un secret bien gardé et n'était accessible qu'à quelques employés de confiance. Aussi gentil que soit son patron, personne ne voulait le contrarier. Mais, si Alex y était arrivé, d'autres pourraient en faire autant.

Yael suivit aussi attentivement que possible le flux d'informations. Compte tenu du volume, il était impossible pour le cerveau humain de tout suivre, mais elle avait écrit un programme pour l'aider et l'ordinateur portable sur lequel elle le faisait tourner était spécialement conçu pour traiter des quantités massives de données sans planter. Elle l'avait développé elle-même.

— Allez, allez ! dit son nouvel ami en serrant les dents.

— Il faut vraiment que vous arrêtiez de parler, marmonna Yael.

La bouche de l'homme se crispa, mais l'angoisse et la frustration qui se lisaient dans ses yeux lui firent regretter ses paroles et sa perte de concentration. Elle se focalisa sur un petit morceau de code.

— Mmmh.

— Quoi ? s'enquit Alex, qui tapait toujours sur son portable.

— Il utilise un VPN bon marché, annonça Yael, ouvrant un nouvel écran. Lié à une carte de crédit au nom de Greg Wallander.

Elle effectua une recherche rapide avant de poursuivre.

— La carte fait partie d'un lot volé il y a quelques jours.

Il avait peut-être laissé une piste. Yael échangea un regard avec son patron.

— Peux-tu le retrouver ? demanda Alex d'un air sombre.

Evi1Geni-us. Pas Greg Wallander. Parce que le premier était en train de faire subir à la femme qu'il détenait quelque chose de tellement abominable que l'homme assis à côté d'elle avait blêmi et semblait sur le point de vomir.

Yael inspira profondément et ignora la façon dont les yeux de l'agent de la HRT s'accrochaient à elle avec une grande intensité.

— J'essaie, dit-elle.

Il y avait quelque chose d'étrange dans les données, mais elle ne pouvait pas savoir exactement de quoi il s'agissait sans s'arrêter et passer en revue chaque ligne de code. Et elle n'avait pas le temps pour l'instant.

L'excitation l'envahit.

— J'ai trouvé une adresse IP.

Elle envoya le nombre sur 32 bits à un groupe de travail, afin que tous les autres analystes de Cramer, Parker & Gray puissent commencer à faire leur propre travail avec ces informations.

— Cela vous indique sa position exacte, n'est-ce pas ? s'enquit le type de la HRT.

— Il s'agit d'un identifiant unique qui nous renseigne sur ses activités en ligne et… OK. J'ai trouvé son FAI, annonça-t-elle, puis elle le tapa dans la boîte de dialogue et expliqua : Fournisseur d'accès à Internet. Ce qui nous donne une autre idée de la géolocalisation approximative.

— Les informations correspondent à ce que j'ai pour la localisation, lui dit Alex.

Bien. Evi1Geni-us n'était peut-être pas aussi intelligent qu'il le pensait.

— Nous avons un code postal.

Alex l'énonça à voix haute, et les agents du FBI commencèrent à se rassembler autour de la carte.

Yael ouvrit une nouvelle fenêtre et se concentra sur une carte de la zone du code postal. Pouvaient-ils vraiment être aussi près de l'attraper après tous ces mois, toutes ces années où il avait fait tourner Alex en rond ?

Le souffle de l'agent était si proche de sa joue maintenant qu'elle sentait la chaleur mentholée effleurer sa peau. Elle fit de son mieux pour ignorer à quel point elle était consciente de sa proximité.

— On dirait un tas d'entrepôts, remarqua-t-il.

— Oui. Et il y a une école ici, dit-elle, pointant du doigt un bâtiment sur la droite.

— Nous vérifions les endroits les plus probables dans cette zone, déclara l'agent Chen.

— Dépêchons-nous.

Les yeux du type de la HRT se posèrent à nouveau sur l'écran en direct, tandis que Chen acquiesçait.

Tous deux arboraient des expressions lugubres.

— Que fait-il maintenant ? s'enquit Yael à voix basse, au sujet d'Evi1 Geni-us.

— Vous n'avez pas envie de le savoir, répondit son nouvel ami d'un ton sombre.

— Est-elle encore en vie ?

— Malheureusement.

Yael ferma brièvement les yeux, puis revint au code précédent. Qu'y avait-il là-dedans qui l'avait dérangée ? Un balayage rapide de l'écran ne lui apprit rien. Elle fit défiler l'écran jusqu'au début de la session, même si le flux était toujours en cours.

— Nous avons une adresse possible, cria Ashley Chen par-dessus le brouhaha général. Un entrepôt à l'angle d'Eastman et de Grove. Il est vide depuis deux ans, mais la consommation d'électricité a explosé au cours des trois derniers jours.

— Aide-moi à trouver des caméras de sécurité à proximité, demanda Alex à la jeune femme.

— Je veux vérifier le code...

— Récupère d'abord quelques images des caméras de surveillance. Ensuite, examine le code.

Elle acquiesça, se concentrant sur quelques bâtiments proches, susceptibles d'être équipés de caméras.

— Si votre instinct vous dit de regarder le code, vous devriez l'inspecter, dit l'agent, penché en avant, les coudes posés sur ses cuisses.

Il avait retroussé la manche de son t-shirt à manches longues et elle aperçut les muscles tendus et les poils blondis par le soleil sur ses avant-bras. Cela n'aurait pas dû la faire frémir. Pas dans ces circonstances.

— Alex est mon patron.

Elle avait l'air guindée, ce qui était une première pour elle. Elle lui lança un regard noir pour masquer le fait qu'elle était déstabilisée par tout ce qui se passait, et par lui aussi.

Elle sortit le flux de la caméra d'une usine voisine, manifestement fermée pour les fêtes de fin d'année. Elle pointait sur l'entrée du bâtiment. Elle en essaya une autre. C'était le drive d'un café, mais, là encore, ils ne voyaient pas l'entrepôt.

— Je parie qu'Alex Parker vous a engagée pour vos compétences en informatique, et non pour votre capacité à suivre les ordres, murmura l'agent d'une voix douce.

Elle lui adressa un regard vif et il s'adossa à son siège. Le regard vert foncé de l'homme ne quittait pas celui de Yael.

— Je suppose.

Un autre flux fut ajouté à l'écran principal. Il s'agissait d'images provenant de la caméra du casque d'un des membres de la HRT sur le terrain. Ils avaient atteint le parking de l'entrepôt. Ils descendirent de leur véhicule et se rangèrent aussitôt autour de la porte d'entrée du bâtiment.

Le cœur de Yael se mit à marteler ses côtes. Peut-être pourraient-ils sauver Anya. Peut-être pouvait-elle aider à attraper cette ordure. Après avoir jeté un rapide coup d'œil à son patron, elle reporta son attention sur le code.

— Je ne vois aucun véhicule dans l'entrepôt, annonça l'agent de la HRT.

Yael regarda un autre écran, qui montrait une vue aérienne du bâtiment, sans doute prise par un drone.

Elle se rendit compte que le troisième agent de la HRT présent dans la salle était celui qui le pilotait.

— Qu'est-ce qui ne va pas avec le code ? insista l'homme qui la collait comme son ombre.

— Je ne sais pas, répondit-elle, puis elle cilla et vérifia l'heure sur son ordinateur. Hé... à quelle heure la vente aux enchères a-t-elle commencé ?

— Minuit trois, annonça Alex. Pourquoi ?

— Depuis combien de temps dure-t-elle ?

— Vingt-cinq minutes. En général, il passe généralement au moins une heure avec chaque victime.

Une goutte de sueur coula le long du visage de Yael, qui grimaça. Pour elle, ce n'étaient que quelques secondes, mais pour Anya Baker, cela semblait sûrement durer une éternité.

— Qu'est-ce qui vous tracasse ? insista à nouveau l'homme de la HRT, qui s'accrochait à elle.

Un frisson remonta l'échine de Yael. À contrecœur, elle répondit :

— Le timing cloche. La durée d'exécution du code et l'heure de début ne correspondent pas. Pour une raison qui m'échappe, tout est décalé.

Les agents de la HRT à l'écran suivaient un chien.

— On a donné l'odeur d'Anya au chien, expliqua l'homme. Il est doué pour retrouver les gens.

C'était aussi le travail de Yael, même si elle ne se servait pas de son nez. Elle fronça les sourcils.

— Je pense que le flux est différé. Je ne crois pas que ce soit un live, lança-t-elle, même si cela n'avait aucun sens.

Alex fronça les sourcils à son tour.

— Comment expliques-tu le vote en direct ?

— Peut-être qu'il truque le système ?

Yael pinça les lèvres. Elle ne savait pas quoi, mais quelque chose clochait. Tous reportèrent leur attention sur les agents vêtus de noir qui apparaissaient à l'écran.

Yael jeta un regard sur le flux d'Evi1Geni-us. Elle eut un haut-le-cœur quand elle vit ce qu'il faisait à Anya avec une perceuse. À en juger par les soubresauts et les secousses du corps de la femme sous l'effet de la douleur, elle était éveillée et parfaitement consciente de tout ce que ce salaud était en train de lui faire subir.

— Nous le tenons maintenant, lui dit l'homme à côté d'elle, lui touchant le haut du bras. Je m'appelle Shane, au fait.

Elle lui jeta un regard. Elle n'avait pas besoin de connaître son nom. Avec un peu de chance, elle ne le reverrait plus jamais après cette journée.

Elle fronça les sourcils en observant les données. Elle entendait les autres agents de la HRT à travers les micros, le léger souffle de leur respiration, le mouvement étouffé de leur équipement, mais pas le bruit d'une femme que l'on torturait en arrière-plan. Le flux d'Evi1 Geni-us était toujours silencieux, mais l'on pouvait supposer qu'Anya faisait en réalité beaucoup de bruit. Le criminel craignait peut-être que la victime ne crie des indices sur son identité ou n'arrache miraculeusement son masque. Peut-être était-ce la raison du flux différé. Il pouvait se précipiter et interrompre la vidéo, puis monter les passages susceptibles de donner des indices sur qui il était. Comme une version très sombre des bêtisiers des Oscars.

Mais le silence qui émanait des micros de la HRT était déroutant, à moins qu'Evi1 Geni-us n'ait insonorisé la pièce d'une manière ou d'une autre.

Les agents s'alignèrent près de la porte, trois de chaque côté. Un homme armé d'un bélier s'avança. Shane marmonna quelque chose qui ressemblait étrangement à « c'est mon boulot, enfoiré ».

— Peuvent-ils l'entendre ? s'exclama soudain Yael.

— Entendent-ils quelque chose ? répéta Shane plus fort, pour que son patron l'entende.

Le leader de l'équipe les regarda et secoua la tête.

— Tout est calme.

Shane fronça les sourcils.

— C'est bizarre.

L'un des gars de l'équipe leva les doigts pour compter à rebours. L'homme au bélier commença à le balancer.

— Boss, dis-leur d'attendre..., commença Shane.

— Alex, je..., dit Yael.

À la suite d'une énorme explosion, l'écran qui retransmettait en direct les images du casque de l'agent de la HRT devint blanc et le bruit se transforma en rugissement, puis le silence retomba brutalement.

Pendant une fraction de seconde, personne ne dit mot, puis Shane se leva d'un bond et rejoignit ses coéquipiers à l'autre bout de la pièce.

— Qu'est-ce qui vient de se passer, *bordel* ? Scotty ! Cowboy, au rapport !

Le chaos se déchaîna autour d'elle, alors que tout le monde essayait de comprendre ce qui avait mal tourné. Quelqu'un avait-il été blessé ? Anya était-elle vivante ? Avaient-ils attrapé Evil Geni-us, ou bien était-il toujours quelque part dans la nature ?

Les ambulances étaient déjà en route. Sur le flux de la HRT, elle entendait les cris frénétiques de quelqu'un qui répétait à « Scotty » de rester avec eux.

Les agents dans la salle s'agitaient.

— Il nous faut des yeux. Qu'est-ce qui se passe là-bas, bon sang ? Il me faut un véhicule ! s'écria Shane.

Il passa sa main droite sur son visage, luttant manifestement pour maîtriser ses émotions. Un agent local se précipita vers Shane, et ils sortirent en trombe de la pièce. Tim s'en alla ; il avait l'air sur le point de vomir.

Alex échangea un regard avec Yael. Son expression reflétait une fureur étrangement calme.

— C'est le bon endroit, ou est-ce qu'on s'est fait avoir ?

Elle n'en avait aucune idée. Le flux de droite continuait de montrer Evi1Geni-us en train de commettre des atrocités à l'aide d'un cutter, comme si rien ne l'avait dérangé.

— Quel est le statut des opérateurs HRT ? s'enquit Alex auprès du leader de l'équipe tactique.

L'expression de l'homme était dure.

— Nous avons plusieurs blessés. Un sérieux.

Les doigts de Yael se crispèrent. C'était sa faute. Elle était passée à côté de quelque chose.

— Peuvent-ils voir à l'intérieur de la pièce ? demanda Alex, la voix rauque. Est-ce le bon endroit ? Est-ce qu'ils ont arrêté cette ordure, ou bien est-ce qu'il s'est tiré ?

Yael lança un regard à Alex. Elle aussi voulait des réponses, mais les gens à l'autre bout devaient gérer ce qui semblait être des blessures graves.

Elle regarda les images provenant des caméras des casques de plusieurs agents. Un homme vêtu de noir gisait à terre, soigné par un autre. C'était l'homme qui tenait le bélier. Celui qui avait pris la place de Shane, car ce dernier s'était cassé le bras.

Il avait l'air mal en point. Des larmes brouillèrent la vue de Yael, mais elle les chassa en cillant. Il fallait qu'elle comprenne ce qui s'était passé.

Quelqu'un équipé d'une caméra regarda à l'intérieur de la pièce, et, effectivement, un brancard était posé là, avec les restes dégoulinants de ce qui avait sans doute été Anya Baker. Mais pas de suspect. Pas d'Evi1Geni-us.

— Il n'est pas là. Il y a ici un ordinateur portable qui diffuse une vidéo de lui en train de torturer la jeune fille. Mais le suspect n'est pas là. Je répète, le suspect n'est pas là.

Les mots crépitaient dans les oreillettes.

— *Merde !*

Alex serra les dents.

— Tu avais raison. Ce salaud l'avait enregistré. Il fait croire à tout le monde que c'est en direct et qu'ils ont leur mot à dire sur ce qui se passe pendant les enchères, mais ils se font avoir. Il avait déjà décidé de ce qu'il allait faire et de ce que les sondages diraient. Il n'y a pas de direct, et c'est un faux sondage.

C'était le moindre des crimes de cet homme.

Yael lutta contre la nausée. Anya Baker était sans doute morte avant même qu'ils aient eu la moindre chance de la sauver. Malgré cela, elle avait l'impression qu'on lui avait arraché les tripes. Elle avait échoué.

— Il n'a jamais piégé une scène de crime avant, remarqua Ashley Chen à juste titre.

Yael replia ses bras sur son ventre et s'adossa à sa chaise. De la sueur se forma sur sa peau et elle commença à trembler comme si elle avait couru un marathon.

— Je crois que c'était différent, cette fois-ci, articula-t-elle. Je pense qu'il savait que nous arrivions.

Soudain, la lumière de la caméra de son ordinateur portable devint verte, et elle se retrouva à fixer directement le visage masqué d'Evi ı Geni-us.

Une vague de glace déferla sur sa peau. Il avait réussi à s'introduire dans son système et à prendre le contrôle de sa caméra. Il n'était plus dans cette pièce avec Anya Baker. Il était ailleurs. Dans un endroit où il se sentait en sécurité.

Cette ordure, que tout le monde pouvait voir, car son écran était projeté sur un grand moniteur, la fixait droit dans les yeux. Il voyait son visage.

Et elle ne pouvait plus respirer...

CHAPITRE DEUX

—H ello, *Sphinx*, dit-il, la voix déformée. Une si jolie
créature... mais tu te croyais intelligente aussi, n'est-
ce pas ? *Tut tut.* Tu ne seras jamais aussi intelligente que moi.

Le pouls de Yael battait comme si quelqu'un l'avait branchée sur le secteur.

Alex tapait frénétiquement.

— Anya était jolie aussi... au début. Je me demande à quoi tu
ressembleras quand tu demanderas grâce. À moins que tu aimes
la douleur ?

Alex posa son pouce sur la caméra de Yael, alors que la
jeune femme était assourdie par un afflux de sang dans ses
oreilles. Se ressaisissant, elle se jeta sur son clavier et tenta de
suivre les traces d'Evi1Geni-us qui s'enfuyait sur le réseau. Elle
se heurta à un mur de briques. Puis il disparut.

Elle pouvait le retrouver. Elle avait simplement besoin d'un
peu de temps.

— Éteignez ça, intervint Chen.

L'estomac de Yael se retourna tandis qu'elle fixait l'agent,
mais ses doigts continuaient à taper des commandes.

— Je peux le suivre.

— Je vous ai dit de l'éteindre !

Les yeux de Chen étaient durs et la jaugeaient. Les mains de Yael hésitèrent au-dessus du clavier. Si on lui en donnait l'occasion, elle *pouvait* le retrouver, et il était probable qu'il ne soit pas physiquement très éloigné de l'endroit où ils étaient tous assis, stupéfaits et vaincus. Alex la regardait avec une expression féroce.

C'était la meilleure chance qu'ils avaient de trouver ce monstre...

— Maintenant ! insista Chen en s'avançant vers elle.

— Fais ce que dit l'agent Chen, Yael, lui intima finalement Alex. Essayons de comprendre comment il s'est infiltré dans ta machine avant de nous lancer à sa poursuite et de risquer de nous compromettre s'il tend un autre piège.

Yael expira en tremblant. À contrecœur, elle éteignit son ordinateur portable et en retira la batterie, pour être tout à fait sûre que cette ordure ne pourrait pas faire de dégâts s'il avait planté un cheval de Troie ou un ver.

— Répertorions ce qu'il a vu, et voyons s'il est ou non entré dans l'un des autres systèmes, dit Chen.

— Il ne l'a pas fait, assura Alex à l'analyste du FBI.

Chen lui décocha un regard que Yael ne parvint pas à déchiffrer.

— Autant je fais confiance à vos compétences, Alex, autant je veux que vous vérifiiez, que vous vérifiiez encore, et que vous vérifiiez une troisième fois ensuite. Il est entré dans la machine de votre employée, et je veux savoir comment, et combien de temps... et ce qu'il a vu et entendu *exactement*.

Ce qu'elle insinuait, c'était que Yael n'était pas aussi douée qu'Evi1 Geni-us, et elle détestait que l'agent Chen puisse avoir raison.

Alex hocha la tête avec raideur.

Yael se leva, étourdie et dépitée. Elle quitta rapidement la pièce pour se rendre dans les toilettes. Elle souleva le siège et vomit, l'estomac retourné par l'horreur de ce dont elle avait été témoin, le caractère définitif de la mort, le fait qu'elle avait échoué à sauver Anya Baker et qu'Evil Genius l'avait battue à son propre jeu. Lorsqu'elle sortit des toilettes, elle s'arrêta. Son amie Laura se tenait là, l'air pâle et secouée.

— Tu vas bien ? demanda Laura.

Yael acquiesça. Elle se dirigea vers les lavabos, où elle se lava le visage et essaya de ne pas se souvenir des yeux de ce monstre qui brillaient derrière son masque stupide. Elle avait des protections sur son système. Des protections solides. Comment les avait-il franchies ? À côté de quoi était-elle passée ?

Elle prit une serviette en papier, se sécha le visage. Puis elle s'obligea à parler.

— Et toi ?

— Bon sang, non ! s'exclama Laura, avant de déglutir de façon audible. C'était complètement tordu. Comment a-t-il réussi à pénétrer dans ton ordinateur ?

Les yeux de Yael s'écarquillèrent.

— Il a dû tendre un piège et je suis tombée dedans.

— Ce n'était pas ta faute, protesta Laura.

— Ça l'était en partie.

— Hé, ça aurait pu arriver à n'importe lequel d'entre nous. Nous étions tous tellement déterminés à l'empêcher de faire du mal à cette fille...

Laura croisa les bras, comme pour chasser les souvenirs de ce qu'il avait fait.

— Si seulement c'était aussi simple...

Laura fixa le sol.

— Alex veut que nous aidions tous à vérifier les systèmes.

Yael acquiesça. Cela demanderait du temps et de la concentration, et elle se sentait déjà lessivée.

— J'ai besoin d'un café d'abord.

Elle rouvrit le robinet et se lava les mains, utilisant bien trop de savon, et de l'eau trop chaude. Elle avait beau frotter, elle ne parvenait pas à chasser de son esprit l'image du sang et du carnage.

— Tu es sûre que tout va bien ? insista Laura, qui vint se placer à côté d'elle et posa une main sur son dos.

Yael se détourna pour se sécher les mains. Elle n'aimait pas être touchée. Elle jeta un coup d'œil à Laura dans le miroir, ignorant ses propres traits tirés.

— Non. Je suis énervée et bouleversée, mais je survivrai.

Contrairement à la pauvre Anya Baker.

Yael sortit des toilettes, Laura sur les talons. D'autres membres de la HRT affluaient dans le couloir, se rendant sans doute sur la scène de crime ou à l'hôpital pour soutenir leurs collègues blessés. Des agents du FBI circulaient partout. Elle rejoignit son poste de travail et se laissa retomber sur sa chaise.

Alex s'approcha et s'assit sur la table, puis il l'observa.

— Comment a-t-il su que nous étions sur lui ? demanda-t-elle, sentant le poids de la responsabilité peser sur son cou.

— Je ne sais pas.

Alex secoua la tête, ce qui effraya Yael plus que tout ce qui s'était passé ce jour-là. Alex savait tout.

— Apportons ta machine dans une salle sécurisée, ensuite nous pourrons commencer à vérifier les systèmes ici pour nous assurer qu'il n'a pas l'intention de lancer d'autres attaques surprises. Ça te va ?

Elle hocha la tête.

— Oui. Nous devons attraper ce type.

Alex pinça les lèvres.

— Oui. Mais nous devons également nous assurer que ton *identité* n'est pas compromise, et que ta sécurité personnelle est suffisante.

Elle cilla.

Alex connaissait-il la vérité ? Elle en était convaincue, même s'il n'en avait jamais parlé. L'idée que les secrets qu'elle protégeait si soigneusement pourraient être révélés par ce monstre maléfique...

— Pourquoi ai-je l'impression que je ne vais pas aimer ce que tu proposes ?

Alex sourit sans humour.

— Parce que tu as un bon instinct. L'agent de la HRT avait raison quand il t'a dit de le suivre. Je n'aurais pas dû t'ordonner de faire autre chose. La prochaine fois, je me fierai aussi à ton instinct.

— Tu ne crois pas que j'ai tout gâché ?

Alex plissa les yeux.

— Je crois que nous l'avons tous sous-estimé, mais ce que je veux vraiment comprendre, c'est comment il a su que nous étions sur lui ?

— Tu crois qu'il y a eu une fuite ?

— Peut-être pas une personne au sein du groupe de travail. Il pourrait s'agir d'une vulnérabilité du logiciel que le FBI ou nous-mêmes devons corriger. Mais Evi1Geni-us savait que nous étions à Houston, et une partie de moi se demande s'il n'avait pas prévu de nous attirer ici depuis le début.

Shane n'enregistra rien entre le moment où il quitta les bureaux de Houston et celui où il arriva sur les lieux de l'explosion. L'agent qui se trouvait sur le siège passager lui avait donné les directions à suivre, puis s'était accroché pendant le trajet.

Des voitures de patrouille et des flics cernaient l'entrepôt, mais Shane courut au milieu d'eux et se dirigea vers une ambulance où une personne couchée était chargée à l'arrière.

Il aperçut Cowboy, le visage ruisselant de sang, et Nash, que l'on soignait près de la porte.

Shane attrapa la porte de l'ambulance avec des mains tremblantes au moment où l'ambulancier s'apprêtait à la fermer.

— Je viens avec vous.

Le secouriste jeta un coup d'œil à son visage, et il lui indiqua d'un signe de tête de monter dans le véhicule.

Shane alla s'asseoir près de la tête de Scotty pendant que l'ambulancier s'occupait des blessures de son ami. Il eut un goût de cendres dans la bouche à la vue de la chair mutilée des mains et des bras du blessé. Mais c'était le morceau d'acier dentelé enfoncé dans la poitrine de son meilleur ami qui le préoccupait le plus.

— Au moins, je n'aurai pas à taper de rapports, hein ?

La voix de Scotty était rauque, et du sang s'échappa du coin de sa bouche. Shane tendit la main et serra l'épaule du blessé si fort que ce devait être douloureux, mais il était incapable de détendre sa prise ou de le lâcher.

Il s'éclaircit la gorge.

— On est en train de prendre des paris pour savoir à quelle vitesse tu vas reprendre ta place dans l'équipe.

Les coins des yeux de Scotty se plissèrent, puis se remplirent d'une détermination calme, signifiant en silence à Shane que l'humour ne les sauverait ni l'un ni l'autre cette fois-ci.

— Nous savons tous les deux que je ne vais pas m'en sortir.

La douleur frappa de plein fouet le cœur à vif de Shane.

— Conneries. Tu vas t'en sortir.

Le secouriste lui jeta un coup d'œil alors qu'il tentait désespérément de poser une perfusion.

— Dis à Grace que je l'aime. Et aux enfants.

Les yeux de Scotty se remplirent de larmes, et, soudain, Shane n'y vit plus rien, sa propre vision se brouillant.

— Dis-le-lui toi-même.

Scotty se mit à tousser, et Shane se figea en entendant le râle dans sa toux. Quand il réussit enfin à prendre une respiration sifflante, il dit brutalement :

— Je ne suis pas stupide, Shane. Mon corps est foutu.

Une vague de détermination déferla sur Shane.

— Ne t'avise pas de m'abandonner. Les médecins s'occupent de toi. Nous serons au centre de traumatologie dans deux minutes au max. Ils te soigneront. Tiens bon, mon pote.

Le regard de Scotty se fixa sur le sien.

— Dis à Grace que je l'aime. Que je l'aimerai toujours. Et à Jake, et à Katie, et au bébé. Veille sur elle, et aide-la avec les enfants quand tu pourras. Dis-lui…, poursuivit-il avant de s'interrompre, et le chagrin gravé sur le visage de son ami le tua. Dis-lui de passer à autre chose quand elle sera prête. Elle mérite d'être aimée, même si ça ne peut pas être par moi.

Shane n'arrivait pas à parler. Cela ne pouvait pas arriver.

— Et embrasse le bébé pour moi, insista Scotty, dont le regard se perdait dans le vague. Et attrape cet enfoiré et fais-le rôtir vivant.

L'électrocardiogramme s'affola sur le moniteur. Shane se tourna pour regarder l'ambulancier à l'air angoissé.

— Faites quelque chose.

L'homme saisit les électrodes du défibrillateur et les fixa sur la poitrine de Scotty. Shane retira ses mains avant qu'un courant électrique secoue le corps de son meilleur ami. *Rien.*

L'ambulancier s'arc-bouta quand le véhicule prit un virage serré.

— Écartez-vous !

La machine secoua à nouveau Scotty, et Shane retint son souffle. *Rien.*

— Devrions-nous essayer les compressions ? s'enquit-il, plus désespéré qu'il ne l'avait jamais été de toute sa vie.

Les yeux du secouriste se posèrent sur le sang qui trempait le brancard.

— Il a perdu trop de sang.

Shane grogna.

— Je vais le faire.

Il appuya sur la poitrine de Scotty avec sa main valide pendant que l'autre homme se servait d'un appareil pour insuffler de l'air dans ses poumons... mais la poitrine de son ami ne se souleva pas. Son cœur ne redémarra pas miraculeusement.

Quand ils s'arrêtèrent devant l'hôpital, Shane suivit Scotty alors qu'il était transporté dans un box, où d'autres médecins s'occupèrent rapidement du blessé. Il comprit que c'était sans espoir quand ils lui lancèrent des regards empreints d'une pitié profonde.

Mais les miracles arrivaient...

Après cinq autres minutes d'agitation frénétique, ils s'arrêtèrent soudain, et reculèrent. L'un des médecins prononça l'heure du décès, et Shane les regarda, figé, en état de choc.

Alors qu'ils se détournaient, il s'approcha de son ami et glissa son bras valide sous les épaules de Scotty, le soulevant tandis qu'il sanglotait contre sa poitrine.

Peu à peu, il se rendit compte que d'autres personnes entraient dans la pièce. Cowboy, Keeme, Hopper, Nash, Demarco, Hersh. Novak arriva à son tour, avec une expression plus que lugubre.

Shane reposa lentement son ami sur la table, conscient qu'il était couvert de son sang. Il ferma les yeux.

— Je dois aller voir Grace.

Novak acquiesça.

— Nous serons sur le prochain vol.

— Il vient aussi, dit Shane, montrant Scotty d'un geste du menton.

Novak n'hésita que brièvement.

— Nous ne le laisserons pas derrière nous.

Shane acquiesça. Il voulait s'en prendre à eux, mais ils souffraient autant que lui.

— Est-ce qu'au moins on a attrapé cette ordure ?

Novak secoua la tête et le chagrin de Shane céda la place à la rage.

— Mais nous l'attraperons.

Bien sûr qu'ils le feraient. Ils attraperaient ce type, même si c'était la dernière chose que Shane ferait avant de mourir.

Il soutint calmement le regard de Novak, comme si son cœur n'avait pas été passé au hachoir. Il s'éloigna et sortit, couvert de sang, ignorant les regards curieux qui se posaient sur lui.

Une fois dehors, il contempla le ciel bleu, sachant que rien ne serait plus jamais comme avant. Son meilleur ami était mort, et tout cela à cause d'un bras cassé et d'une ordure perverse.

— Je te retrouverai, espèce de salopard. Tu vas regretter d'avoir commencé ça, espèce d'enfoiré de meurtrier.

Quitte à y passer le reste de sa vie, il veillerait à ce que le prétendu Evi l Geni-us paie pour ce qu'il avait fait, pour les vies qu'il avait détruites.

Puis Shane retourna à l'intérieur et aida Novak et les autres à ramener leur frère à la maison.

CHAPITRE TROIS

Assis dans la pièce secrète sécurisée qu'il avait aménagée à l'intérieur de sa modeste maison, il mangeait une barre de chocolat et buvait un soda. Il avait passé une heure devant un jeu vidéo, mais son appétit pour la simulation s'était évanoui, car cela n'avait rien de comparable avec la poussée d'adrénaline qu'il éprouvait lorsqu'il infligeait des dommages réels à de vraies personnes.

Il s'approcha de son PC et le mit en marche.

Il bénéficiait d'une arrivée d'air extérieure qu'il pouvait contrôler, ainsi que d'un système de filtration de haute qualité. Il disposait de sources d'énergie de secours et de suffisamment d'eau et de nourriture séchée pour survivre pendant des mois. C'était un bunker de survie, mais il ne se préparait pas à l'apocalypse.

Il était plus sécurisé que la plupart des coffres-forts des banques, mais il aurait menti s'il avait affirmé ne pas être parfois affolé lorsqu'il fermait la porte et se bouclait à l'intérieur. Le bunker lui rappelait trop une autre petite pièce qu'il avait autrefois occupée. Celle où personne ne l'avait jamais entendu crier.

Des gens étaient morts, et d'autres, qui auraient dû s'inquiéter pour lui, avaient à peine haussé un sourcil.

Il serra les dents sous l'effet de la rage. Il avait déjà rendu la monnaie de leur pièce à certains des protagonistes. Pas tous. Pas encore. Qu'ils se rendent compte qu'il venait pour eux et qu'ils transpirent de peur. Que leurs cauchemars soient alimentés par les souvenirs des fautes qu'ils avaient commises.

Ils avaient toujours dit qu'il était trop chétif pour se défendre, mais la force brute ne menait pas loin. Cependant, il s'entraînait maintenant. Plus personne ne le traitait comme un chien.

Il afficha une photo sur son téléphone privé. Il sourit au souvenir d'avoir obligé un gros type à manger ses propres testicules. Une vague de soulagement fit disparaître la tension qui pesait sur ses épaules.

Parfois, la vie était très, très belle.

Il bâilla et fit rouler ses épaules. Il était fatigué, mais il s'apprêtait à prendre de longues vacances. Il les avait gagnées en même temps que les cinquante millions en cryptomonnaie qu'il avait économisés pour sa retraite prochaine. Encore une raison de posséder sa propre chambre forte.

Il fit apparaître la capture d'écran qu'il avait faite de *Sphinx*, qui avait tenté de s'introduire dans sa machine quelques jours plus tôt. S'il ne l'avait pas attendue, guettée, elle aurait pu trouver une faiblesse à exploiter, et le retrouver. En l'occurrence, c'était lui qui avait exploité une faiblesse, même si elle ne l'avait pas menée bien loin. *Pas encore.*

Elle était vraiment très jolie.

Il avait lancé des recherches d'images inversées et des programmes de reconnaissance faciale. Elle n'était apparue nulle part. C'était presque comme si elle avait aussi quelque chose à cacher et c'était la première fois qu'un détail attirait autant son attention depuis des mois.

Piéger les fédéraux avait été très amusant et lui avait permis d'obtenir les informations dont il avait besoin. Dommage que l'agent spécial Monteith soit mort dans l'exercice de ses fonctions. Un sourire se dessina sur ses lèvres. Peut-être s'en prendrait-il à la veuve ensuite... sauf qu'elle était enceinte, et qu'il ne touchait jamais aux enfants. C'était la seule limite qu'il refusait de franchir.

Il éteignit tout et décida d'aller se coucher. Il avait quelques détails à régler. Et, pour cela, il lui fallait une arme.

Il n'était pas un grand fan des armes à feu. Les armes à feu transformaient des idiots en héros. Elles donnaient aux gens l'impression d'être des durs à cuire, alors qu'ils se faisaient dessus à l'idée de passer un couteau sur de la chair. Il était aisé de se dissocier de l'acte de tuer lorsqu'il suffisait d'appuyer sur une détente ou d'allumer une mèche. Les meurtres en peau à peau nécessitaient bien plus de courage et étaient bien plus satisfaisants.

Malheureusement, cette fois, il ne pensait pas avoir beaucoup de choix. Il devrait se contenter d'une balle.

CHAPITRE QUATRE

8 janvier

Une semaine après l'opération désastreuse de Houston, Shane essayait encore de chasser de son esprit l'image du visage mort de son ami, mais, chaque fois qu'il fermait les yeux, ne serait-ce que pour cligner des paupières, il revoyait le cadavre ensanglanté de Scotty. Par expérience, il savait que les flash-back finiraient par s'estomper, mais il était moins sûr pour la culpabilité et la rage qui le rongeaient de l'intérieur.

Scotty était mort en faisant le travail de Shane, et ce dernier aurait donné n'importe quoi pour remonter le temps et changer cela, même si cela impliquait de sacrifier la victime dans le palais de justice, la laissant faire une chute qui aurait pu facilement lui briser la nuque. Quitte à mourir à la place de Scotty.

Ses yeux le brûlaient, mais il n'avait plus de larmes.

La veille au matin, ils avaient enterré David Andrew « Scotty » Monteith. Scotty avait fait partie des garde-côtes américains avant de rejoindre le FBI. Annoncer à Grace la mort de Dave avait été la chose la plus difficile que Shane ait jamais faite. L'entraînement des forces spéciales et la sélection de la HRT n'étaient rien comparés à ces mots qui avaient détruit la vie de la jeune femme. Pour aggraver cette situation merdique, Grace était enceinte de six mois de leur troisième enfant.

Shane avait à peine été capable de la regarder dans les yeux lors de la cérémonie de la veille, mais elle l'avait en plus étreint et l'avait tenu comme un bébé pendant qu'il s'effondrait et sanglotait contre elle.

Les larmes lui montèrent à nouveau aux yeux, mais il les chassa d'un battement de cils. Apparemment, il n'avait pas fini de pleurer.

Foutu *loser*.

Grace était celle qui avait besoin de réconfort et de soutien. Il devait faire enfermer en prison ou dans un trou dans le sol le malade meurtrier qui avait tué Scotty et Anya Baker. Il aurait préféré la seconde solution, mais en tant qu'agent des forces de l'ordre, il savait comment suivre les règles. La prison serait un enfer pour cette ordure, il s'en assurerait.

Il n'arrivait pas à dormir ; il était donc au travail dans l'enceinte de la HRT, située au cœur de la base des US Marines à Quantico. Il avait déjà tiré deux cents balles sur des cibles ce matin-là, affinant ses compétences afin d'être prêt lorsqu'il affronterait cet enfoiré en face-à-face. Shane travaillait sur son adresse au tir tous les jours. Au diable son bras cassé.

L'équipe Gold avait été appelée en renfort l'après-midi précédent, après les obsèques, pour aider à exécuter un mandat d'arrêt à l'encontre d'un fugitif. Tous les membres de l'équipe s'étaient réjouis d'avoir mis un meurtrier recherché en prison, là où était sa place. Scotty aurait été ravi. Shane allait passer le reste de sa vie à faire des choses que Scotty aurait aimées, à commencer par attraper l'enfoiré qui l'avait tué.

Il n'était que sept heures du matin, et Shane était assis dans la cage d'équipement qu'il avait partagée avec Scotty, nettoyant son SIG Sauer P226 Mk 25 fait sur mesure et son Glock 22 de secours.

L'odeur familière de l'huile pour pistolet G96 s'élevait autour de lui, mais, aujourd'hui, elle ne parvenait pas à lui remonter le moral. La pièce était tranquille. Il était seul, ce qui lui convenait parfaitement. Tout le monde se retrouverait bientôt pour le briefing quotidien de huit heures dans la salle de classe principale de la HRT.

Il entendit des pas dans le couloir et pinça les lèvres.

Merde ! Pas si seul.

— Livingstone ? l'appela Payne Novak à haute voix alors qu'il entrait dans la pièce, suivi de trois silhouettes.

— Ici.

Shane fixa Novak, qui semblait aussi pâle et épuisé qu'il l'était lui-même. D'instinct, il sut qu'il n'avait pas envie d'entendre ce qu'il avait à lui dire.

— J'ai vu ton camion sur le parking.

Shane haussa un sourcil interrogateur.

— Tout va bien ? s'enquit Novak.

Ce n'était pas la bonne chose à demander, surtout en présence des nouvelles recrues. Shane détourna le regard, déglutissant avec difficulté.

Nova expira brusquement.

— Écoute, Shane, je sais que tu es perturbé...

— Je suis plus que *perturbé*, boss.

Perturbé, c'était quand on perdait ses clés ou qu'on se faisait larguer par une femme qui nous plaisait. Ce sentiment de dévastation absolue était comme un acide qui rongeait ses os et lui donnait l'impression d'être à vif et endolori. Mais il ne pouvait pas se permettre de montrer à quel point la mort de Scotty l'avait affecté. Il ne voulait pas compromettre sa carrière. Il n'était pas prêt à quitter la HRT, loin de là, et il n'aimait pas non plus rester sur la touche. Il devait aider à attraper ce type. Il serra les dents et s'obligea à répondre :

— Je gère.

Novak l'étudia tranquillement. C'était un homme peu loquace et, jusqu'à un mois plus tôt, il ne souriait pas beaucoup non plus. Non pas qu'ils aient eu beaucoup de raisons de sourire au cours de la semaine écoulée. Mais lorsque Novak prenait la parole, les gens avaient tendance à l'écouter, ce qui expliquait pourquoi il avait été promu chef temporaire de l'équipe Gold alors que leur véritable leader était en mission super-secrète on ne savait où.

— Tu te souviens de Will Griffin, Hunt Kincaid et Meghan Donnelly ? s'enquit-il en présentant les personnes à ses côtés.

Shane les reconnaissait tous, car ils étaient issus de l'école de formation des nouveaux agents, l'EFNA.

Les trois équipes de la HRT, Blue, Red et Gold, étaient constituées chacune de deux unités d'assaut de sept personnes et d'une unité de tireurs d'élite de huit agents, ainsi que de personnel de soutien. À chaque cycle de sélection, les équipes avaient des besoins différents qui devaient être comblés par de nouveaux opérateurs. Soit parce que certains membres avaient pris de l'âge, soit parce qu'ils avaient gravi les échelons, soit parce qu'ils avaient rejoint d'autres sections du FBI. Ce pouvait être aussi à cause de blessures... ou de morts.

Jamais la HRT n'avait perdu d'homme au cours d'une intervention. Jusqu'à Scotty.

Comme tous les agents, Shane avait son mot à dire dans le choix des membres de son équipe. Griffin et Kincaid avaient tous deux contribué à déjouer une menace majeure à l'arme biologique au printemps précédent, et, faisant preuve d'une immense bravoure, ils avaient sauvé des milliers, voire des centaines de milliers de vies. Meghan Donnelly avait prouvé qu'elle savait travailler en équipe. Dans le cas contraire, elle n'aurait même pas été là. Elle était vraiment douée pour tout et ne lâchait jamais rien, peu importait ce qu'on lui jetait à la figure. Le fait qu'une femme ait passé la sélection et réussi à être diplômée de l'EFNA constituait un moment historique pour la HRT, mais, pour l'instant, personne ne voulait le fêter.

En toute franchise, il était temps qu'ils aient une opératrice, et Shane était fier de l'avoir dans son équipe, mais, après un nouveau coup d'œil à son patron, il comprit soudain la raison de leur présence *ici* ce matin-là.

— Griffin et Kincaid rejoignent le groupe d'assaut Echo de l'équipe Gold. Donnelly passe au groupe Charlie.

Novak confirma les soupçons de Shane une seconde plus tard.

— Puisque tu es là, j'aimerais que tu leur montres où ranger leur matériel. Griffin est avec toi.

La gorge de Shane se serra et il détourna le regard ; il aurait aimé pouvoir offrir à ces gens l'accueil chaleureux qu'il avait reçu trois ans plus tôt.

— D'accord, répondit-il, et il eut l'impression que sa voix était comme du papier de verre dans sa gorge. Pas de problème.

Shane se redressa et croisa les yeux bruns de son nouveau partenaire. Il avait voté pour que Griffin obtienne une place dans l'équipe Gold après ses six mois de formation, tout comme Scotty. Mais jamais Shane n'aurait imaginé que ce type prendrait la place désormais laissée vacante par son ami.

Griffin le fixait d'un regard impassible, et Shane se souvint que ce type avait lui-même souffert d'une perte dévastatrice l'année précédente. Il était présent aux funérailles la veille, comme toutes les nouvelles recrues de l'EFNA.

— Kincaid est avec Nash. Donnelly avec Steel. Cadell aura sa propre cage pour faire plus de place à l'équipement d'Hugo.

Shane acquiesça avec raideur. Nash, Cowboy et Cadell

avaient subi des blessures mineures la semaine précédente, mais ils avaient déjà repris le travail. Hugo, le membre K de l'équipe, s'en était heureusement bien sorti.

— Explique-leur ce que l'on attend d'eux pour le stockage et l'entretien de leur équipement personnel et de leurs munitions. Ensuite, je veux te voir à mon bureau après le briefing du matin. J'ai une nouvelle mission pour toi.

Attendez. Quoi ? Shane fit un pas en avant.

— Comment ça, une nouvelle mission ?

Était-il écarté de l'équipe ? Avait-il décidé qu'il était un handicap ? Novak respira lentement et agrippa le bras valide de Shane.

— Shane, je sais que ça n'a pas été facile pour toi...

Il s'écarta brusquement.

— Parce que ça aurait dû être *moi* ! s'exclama-t-il, la gorge serrée dans un étau. Toi, moi, et tous les autres membres de la HRT le savons.

Soupirant, il souleva son stupide plâtre.

— Si je n'avais pas trébuché dans la cage d'escalier, je ne me serais pas cassé le bras. Scotty ne serait pas en train de pourrir dans un cercueil six pieds sous terre.

Novak plissa les yeux.

— Tu penses vraiment que ton bras cassé est la cause de la mort de Scotty ?

— Je n'ai pas *causé* sa mort, mais personne au monde ne pourra prétendre que la seule raison pour laquelle Scotty tenait le bélier la semaine dernière, c'était parce que je ne pouvais pas le faire.

— Oh ! C'est drôle. Tu m'as affirmé que tu pouvais manier le bélier malgré ton plâtre. En fait, tu m'as même soutenu que tu pouvais le faire mieux que jamais, parce que le plâtre t'aidait à renforcer ton bras. C'est ce que tu m'as dit, rétorqua Novak, qui semblait en proie à une colère froide.

Shane ricana.

— Je te racontais des conneries, et tu le savais.

— C'est exact.

Novak fit un pas en avant pour se placer juste devant Shane, mais son regard ne reflétait pas de colère. Il n'y avait qu'une destruction totale dans ses yeux.

— Je savais que tu racontais des conneries, et je savais pourquoi. Si cela n'avait tenu qu'à toi, *tu* aurais tenu le bélier, même avec les deux bras cassés. C'est moi qui ai mis Scotty dans cette situation. C'est moi qui t'ai ordonné de te retirer. Au bout du compte, c'est moi qui ai signé l'arrêt de mort de celui qui tenait le bélier ce jour-là. *Moi.* Pas toi.

Shane voyait la même culpabilité que la sienne se refléter dans les yeux ravagés de Novak.

— Mais ce n'était pas ta faute. Ce n'était pas non plus la mienne. C'était la faute de cette foutue ordure diabolique. C'est lui qui doit en assumer la responsabilité. C'est sur lui que nous devons nous concentrer, et non pas sur notre propre autoapitoiement inutile.

Shane expira une grande bouffée d'air. Il ne pouvait pas parler. Novak avait raison, mais il n'était pas évident de composer avec les émotions qu'il ressentait.

Il poursuivit.

— Des accidents se produisent. Nous pouvons passer nos journées à descendre en rappel d'un hélicoptère, pour ensuite trébucher sur le trottoir et nous casser le bras en rejoignant notre voiture. Ça s'appelle la vie, et elle n'est absolument pas juste.

Shane acquiesça, même si personne ne pourrait jamais le convaincre qu'il n'était pas responsable, d'une manière ou d'une autre, de la façon dont les choses s'étaient déroulées. Mais il ne voulait pas perdre sa place dans l'équipe en argumentant davantage. C'était déjà compliqué d'être sur la touche. Il avait besoin de revenir dans l'équipe s'il voulait avoir un espoir d'être présent quand le FBI attraperait cet enfoiré. Il devait voir ce psychopathe payer.

— Je gère, boss.

Il se redressa et regarda Novak droit dans les yeux, car, quand on voulait vendre un mensonge à un homme de ce calibre, mieux valait y mettre tout son cœur et toute son âme.

— J'ai pris rendez-vous avec le psychologue la semaine prochaine, et je sais que je dois faire mon travail de deuil, mais je te promets que cela n'affectera pas mon jugement ni ma capacité à faire mon travail.

Novak laissa passer une seconde avant de hocher la tête.

— Quoi qu'il en soit, tu es *off* jusqu'à ce que ton bras soit guéri.

Shane sentit sa colère monter. Il répondit en serrant les dents.

— Tu te fous de moi !

Novak ignora ses protestations.

— Selon le doc, il faut compter huit semaines minimum à partir de la date de l'accident avant de pouvoir reprendre l'entraînement, ce qui veut dire que tu as encore un peu de temps devant toi.

Shane grinça des dents.

— Donc, au lieu de rester assis là à nettoyer ton arme cinq heures par jour, je t'ai trouvé un poste de liaison avec le groupe de travail du FBI qui traque cet enfoiré.

Shane ouvrit la bouche pour argumenter, mais son cerveau réagit.

— Attends ! Quoi ?

Novak lui serra l'épaule.

— Aide les nouveaux à s'installer. Ils ont travaillé dur pour arriver ici, et ils ont gagné leur place de la même manière que toi et Scotty l'avez fait.

Shane cligna des yeux, puis détourna le regard. Il s'éclaircit la gorge.

— Avec l'affectation temporaire de Seth Hopper à la patrouille frontalière, il manquera toujours un homme dans le groupe d'assaut Gold sans moi.

— Kurt Montana et Jordan Krychek doivent revenir d'outre-mer sous peu. Jordan te remplacera jusqu'à ce que tu sois de nouveau totalement opérationnel. Ensuite, il échangera de place avec toi dans le groupe de travail. Je veux que tu nous tiennes tous les deux informés quotidiennement de toute avancée significative dans l'enquête.

Shane lécha ses lèvres soudain sèches. C'était l'occasion de savoir exactement ce que le FBI faisait pour attraper ce criminel. Le manque d'informations le rendait fou depuis qu'ils avaient quitté le Texas. Personne ne voulait rien lui dire, et le groupe de travail gardait tout verrouillé, ce qui était une bonne chose, sauf qu'il avait besoin de savoir.

— Cela signifie-t-il que je dois m'installer à Washington pour quelques semaines ?

Novak secoua la tête.

— Ils ont décidé de mener les opérations à partir de Quantico.

Shane prit une profonde inspiration. C'était gagnant-gagnant. C'était presque trop beau pour être vrai. Il s'était toujours méfié de cette sensation.

— Tu crois pouvoir t'en charger ou dois-je confier la mission à quelqu'un d'autre ? s'enquit Novak.

— Je peux m'en charger, affirma Shane, relevant les épaules et le menton.

Il était tout à fait capable de gérer.

Will Griffin, Hunt Kincaid et Meghan Donnelly se dépla-cèrent sur le côté de la cage quand leur boss se tourna pour partir.

— Je vais vous laisser vous installer. Rendez-vous à huit heures précises pour le briefing de l'équipe. Shane, tu devras te présenter au bâtiment 64, salle 3A, à neuf heures lundi, lança Novak, qui s'arrêta près de la porte. Et, aussi tentant que cela puisse être de te lancer seul à la poursuite de ce tueur, ne le fais pas. Ce serait un motif de renvoi de la HRT et éventuellement du FBI, compris ?

Shane se mit au garde-à-vous et salua comme on le lui avait appris à l'époque où il n'était qu'un gamin idiot qui avait cru que s'engager dans l'armée était une bonne idée.

— Monsieur.

Novak esquissa un sourire, puis il secoua la tête.

— Si vous avez le moindre problème... N'importe lequel d'entre vous, venez me voir, affirma-t-il, incluant les nouveaux membres de l'équipe dans ce commentaire. La semaine a été difficile pour nous tous. Si vous avez besoin de parler, venez me trouver.

Tous acquiescèrent, puis Shane et Griffin se regardèrent après le départ du patron. Le nouveau esquissa un petit sourire, qui reflétait exactement ce que Shane pensait. Il était hors de question que l'un d'entre eux aille voir le boss en rampant pour lui faire part de ses « problèmes ».

Il tendit sa bonne main à chacun des nouveaux arrivants.

— Bienvenue dans la meilleure équipe des forces de l'ordre américaines. Ne foutez pas tout en l'air.

Griffin lui serra la main.

— Ce n'est pas dans mes intentions.

Shane n'en avait pas l'intention non plus. Avec un peu de chance.

CHAPITRE CINQ

— **T**u pourrais venir manger avec nous, suggéra Laura, alors qu'elle se glissait derrière une table vide, sourire aux lèvres et fossette apparente. En faire un plan à trois.

Yael se laissa tomber à côté de son amie, qui lui donna un coup dans l'épaule.

— Je plaisante.

Yael secoua la tête, un sourire réticent ourlant ses lèvres.

— Je suis trop fatiguée pour socialiser et je commence tôt demain.

— Tu es toujours trop *quelque chose* pour socialiser.

— Je pense que le mot que tu cherches, c'est « antisociale ».

— Tu n'es pas trop vieille pour changer, grand-mère.

Yael tira la langue à son amie. Laura avait peut-être raison, mais ce n'était pas ce soir-là qu'elle allait changer les habitudes de toute une vie. Elle tenta de repousser le sentiment d'abattement qui l'habitait depuis une semaine, mais les événements de Houston constituaient la toile de fond de chacune de ses pensées, de chacune de ses respirations.

Laura avait supplié Yael de l'accompagner ce soir-là, parce qu'elle avait un date avec un type qu'elle avait rencontré en ligne. Elle avait accepté parce que, après avoir déménagé depuis Washington, Laura avait passé les deux derniers jours à l'aider à aménager sa nouvelle maison ainsi que le nouveau bureau satellite de Cramer, Parker & Gray. L'entreprise avait payé un déménageur pour acheminer les meubles et les cartons, mais il y avait toujours un million de choses à faire.

Laura but une gorgée de vin. Quelques années plus tôt, elle était mariée à l'amour de sa vie. Puis il l'avait quittée pour une femme à peine sortie de l'adolescence, et l'estime de soi de son amie s'en était ressentie. Yael avait trouvé l'ex et sa nouvelle femme sur Internet et leur joie était écœurante. Une épine constante dans la psyché de Laura.

— Nous devrions partir en vacances quelque part ensemble, suggéra Laura. Aux Maldives, ou en Grèce.

Yael regarda fixement la table. Elle avait toujours voulu voyager, mais elle n'avait pas de passeport.

— Peut-être.

— Tu pourrais apporter ton matériel d'artiste et rester assise avec un air maussade et créatif. Pendant ce temps, je pourrais commander de la nourriture et des boissons, et interagir avec les locaux.

Laura haussa un sourcil finement épilé de manière suggestive.

L'idée de visiter certains des endroits qui figuraient sur sa *bucket list* était tentante, très tentante. Mais ce n'était pas si simple, et ce n'était pas le moment. Ils avaient un tueur à attraper.

— Je vais y penser. À quelle heure arrive ton rencard ?

Laura consulta son téléphone.

— Il a dit dix-neuf heures.

Yael regarda sa montre à son tour. Il était dix-neuf heures cinq.

— Je vais traîner au bar jusqu'à ce que tu me donnes le signal de partir.

Yael ignorait pourquoi quelqu'un d'aussi séduisant et d'aussi habile sur Internet que Laura trouvait des rendez-vous par ce biais. Elle ne faisait pas confiance aux applications. Ce type n'avait sans doute rien à voir avec sa photo de profil, et elle ne s'imaginait pas rencontrer quelqu'un en se basant sur sa personnalité en ligne. Elle savait à quel point cela pouvait être faux. Mais, d'un autre côté, Laura et le reste des gens dans l'univers des rencontres le savaient aussi. Pourquoi Yael était-elle l'une des dernières à résister aux rencontres sur Internet, alors qu'elle ne se donnait pas non plus beaucoup de mal pour rencontrer des gens dans la vie réelle ?

Peut-être parce que la dernière chose qu'elle voulait faire, c'était de s'engager avec quelqu'un ? Incontestablement. Le célibat était plus facile, même si c'était bien plus solitaire. Elle se souvint d'une paire d'yeux d'un vert intense et poussa un lourd soupir.

Laura lui lança un regard.

— Tu n'es pas obligée de rester, tu sais. Ça va aller. Si ça ne marche pas avec ce type, je rentrerai sans doute à Washington ce soir pour éviter les embouteillages du matin. Je peux d'abord te raccompagner chez toi.

Un rugissement s'éleva d'un groupe de jeunes hommes qui jouaient au billard dans le coin le plus reculé du bar. Yael leur lança un coup d'œil. Certains d'entre eux les regardaient. Elle serra les poings sur ses genoux.

— Ne t'inquiète pas pour mon trajet de retour. Si ça marche entre vous, envoie-moi un message, et je prendrai un taxi ou quelque chose comme ça.

— D'accord, si tu es sûre. Je vais passer aux toilettes.

Laura embrassa la joue de Yael et adressa un coup d'œil

complice aux gars qui jouaient au billard, mais, heureusement, elle ne suggéra rien.

— Sois prudente. Tu sais combien il y a de sales types dans le monde.

Yael s'essuya la joue et se dirigea vers le bar pour commander un autre verre. Elle s'installa sur une chaise et retira sa veste en cuir. Rester assise ici, au cas où, était le moins qu'elle pouvait faire pour son amie, même si cela impliquait qu'elle se trouvait dans un bar au lieu de se lover dans le canapé de son nouveau salon, en regardant le dernier épisode de *Survivor*.

Sa bière arriva, et elle paya le barman.

Un homme entra et se plaça à côté d'elle.

Elle l'observa du coin de l'œil et dans le miroir. Taille moyenne. Silhouette élancée. Cheveux foncés qui semblaient avoir tendance à friser. Yeux bleus. Costume gris. Chemise blanche. Cravate bleue. Il n'avait pas l'air à sa place dans ce bar rempli de Marines, même si, étant donné la proximité de Quantico, il pouvait très bien être associé au FBI.

Le rencard de Laura ?

Il croisa son regard et lui adressa un sourire nerveux.

— J'espère que cela ne vous embête pas que je reste ici. J'attends que mon rencard se présente, et je crains qu'elle me pose un lapin, parce que, si elle ressemble à sa photo de profil, je ne fais pas le poids !

Il consulta son téléphone, puis passa le bar en revue. Son visage s'illumina quand Laura revint des toilettes.

— Mais, elle est là.

Yael sourit.

— Eh bien ! Vous êtes un type chanceux. Elle est magnifique.

Yael but une gorgée de sa bière, déterminée à ne pas ruiner les chances de Laura s'il s'avérait qu'elle appréciait vraiment ce type. Ce n'était pas son genre, mais peu d'hommes l'étaient.

L'image de l'opérateur de la HRT de la semaine précédente, au visage sombre et aux yeux verts, lui revint à l'esprit. Elle la repoussa. Il s'était infiltré dans ses pensées au cours des derniers jours, et elle n'était pas certaine de savoir pourquoi. Aussi beau soit-il, Shane Livingstone *définitivement* n'était pas son type. Encore moins que ce type. Mais ils avaient partagé quelque chose à un niveau fondamental. Quelque chose qu'il ne serait pas facile d'oublier de sitôt.

Le rencard de Laura adressa un sourire timide à Yael.

— Bonne soirée.

Elle détourna le regard, et Mister Tinder rejoignit Laura, puis lui tendit la main en riant et en plaisantant. Yael fit une grimace à sa propre intention dans le miroir derrière le bar en regardant Laura et son nouveau soupirant discuter comme de vieux amis.

Son estomac gronda grossièrement et elle y appuya sa main. Quand avait-elle mangé pour la dernière fois ? Elle regarda le miroir. Laura et son rencard s'amusaient visiblement beaucoup.

Yael attira l'attention du barman.

— Pourrais-je avoir un panier de *chicken wings*, s'il vous plaît ?

Le barman hocha la tête et envoya sa commande en cuisine. Elle était affamée, et elle n'avait pas encore fait ses courses, si bien qu'il n'y avait presque rien à manger dans son nouvel appartement.

Elle reprit sa bière. Elle aurait dû fêter cette journée. Elle venait d'acheter sa première maison, ce qui tenait du miracle. Elle aurait dû commander du champagne, mais cela ne semblait pas être le genre de l'endroit. De plus, boire du champagne seule semblait encore plus pathétique que boire de la bière seule, alors...

Elle leva sa bouteille vide pour en demander une autre.

Après les événements du vendredi précédent, Alex lui avait

demandé d'avancer son déménagement au bureau satellite que Cramer, Parker & Gray avait récemment établi à Quantico, afin qu'il lui soit plus facile de continuer au sein du groupe de travail conjoint qui s'efforçait de capturer ce tueur sadique.

Elle était à la recherche d'un logement à acheter ici et, soudain, Alex avait un ami du département des sciences du comportement, le DSC, qui vendait et avait déjà emménagé dans une propriété plus grande. Tout s'était passé si vite que Yael avait du mal à croire qu'elle était enfin propriétaire. La maison était fantastique et très bien sécurisée. Alex était très attentif à sa sécurité personnelle depuis que son visage avait été vu par l'un des tueurs en série les plus dangereux du pays. Elle savait qu'il était inquiet à propos de ce qui s'était passé la semaine précédente. Elle aurait menti en disant que cela ne lui faisait rien. Par-dessus tout, elle était en colère. Après elle-même, après Evi1Geni-us. Après tous ceux qui pensaient qu'il était acceptable de blesser d'autres personnes pour le plaisir, ou simplement parce qu'ils avaient passé une mauvaise journée.

Ses pensées se détournèrent de la direction qu'elles avaient prise.

Evi1Geni-us n'avait pas diffusé son identité au monde entier, il ne l'avait pas doxxée[1]. *Pas encore.*

C'était l'une des raisons pour lesquelles déménager et acheter une maison par le biais d'une vente directe et de la société-écran qu'Alex avait créée pour contrecarrer toute tentative de la retrouver avait semblé être une excellente idée. Cela ne pourrait pas empêcher quelqu'un de découvrir où elle vivait simplement en la suivant chez elle. Elle devait se montrer vigilante. Alex avait proposé de lui donner des cours de détection de surveillance ce week-end, et elle avait l'intention d'en profiter.

Ils avaient déjà passé en revue sa sécurité en ligne, et avaient

---

1. Doxxer : divulguer les informations personnelles de quelqu'un sur Internet.

pris des précautions. La faille dans son système avait été introduite sous la forme d'un script exécutable lorsqu'elle avait commencé à suivre l'ordinateur qui diffusait la vidéo. Ils avaient cru qu'EviıGeni-us était occupé à torturer Anya Baker, alors que, en réalité, il faisait à Yael ce qu'elle lui faisait.

Il la traquait.

Et il avait pris l'avantage. D'une manière ou d'une autre, il avait su qu'ils opéraient depuis le bureau local du FBI à Houston. Il lui avait tendu un piège, et, en dépit de tout, elle était tombée droit dedans.

Depuis, elle avait réécrit ses programmes pour détecter tout ce qui pourrait ressembler à une intrusion externe à l'avenir. Ensuite, trois experts indépendants, dont un certain agent spécial Chen, particulièrement pénible, avaient passé en revue chaque pixel, chaque octet, chaque ligne de code et chaque composant physique de sa machine, ainsi que de toutes les autres machines de la salle de contrôle du FBI, la semaine précédente, pour s'assurer qu'elles étaient intactes. EviıGeni-us ne leur avait pas causé de réels dommages. Il avait simplement ébranlé leur confiance et les avait fait passer pour des imbéciles.

C'était toujours mieux que ce qu'il avait infligé à la HRT... Ce souvenir déclencha un afflux de salive dans sa bouche. Aux dires de tous, l'agent Monteith était un homme bien. Pour la millionième fois, Yael regretta de n'être pas en mesure de changer le passé, mais c'était futile.

Un jeune homme s'approcha et se tint un peu trop près alors qu'il commandait une autre tournée pour lui et ses amis au crâne rasé qui jouaient au billard.

— Non, dit Yael d'un ton ferme alors qu'il croisait son regard et ouvrait la bouche pour prononcer ce qui était, sans le moindre doute, sa phrase d'accroche préférée.

Il adressa à ses amis un regard dépité, et tous éclatèrent de rire.

— M'dame, la salua-t-il avec un hochement de tête, puis il rassembla les bières sur un plateau et s'éloigna.

Elle avait l'impression d'avoir mille ans.

Son repas arriva, et elle en était à sa deuxième aile lorsqu'un nouveau groupe de personnes entra. Elle en reconnut quelques-uns de l'opération de la semaine passée, même s'ils portaient des vêtements décontractés ce jour-là. L'équipe de libération d'otages. Elle était au bout du bar, assise dans l'ombre, mais elle les vit recenser tout le monde dans la salle avant que certains s'installent dans un box vide tandis que d'autres s'alignaient le long du bar, de l'autre côté de la salle.

Le cœur de Yael s'emballa, et son appétit s'évanouit.

Les Marines étaient peut-être jeunes, beaux et en pleine forme, mais les gars de la HRT dégageaient un air d'assurance à toute épreuve et de compétence absolue, qui était irrésistible. Chacun d'entre eux semblait en parfaite condition physique. Des épaules larges, des torses élancés, des jambes puissantes. Et ce n'était même pas leur physique qui était le plus impression-nant. C'était leur façon de se tenir avec la plus grande des assu-rances, le profil de leur mâchoire, l'intelligence de leurs yeux calmes, mais perpétuellement vigilants, le dessin de leur bouche.

Le barman pose sa bière sur le bar et elle jeta un coup d'œil à Laura par-dessus son épaule. Son cavalier s'était déplacé pour s'asseoir à côté d'elle sur la banquette et ils se faisaient face ; Laura gloussait, entre coquetterie et excitation animée. Tous deux semblaient absorbés l'un par l'autre et s'entendre à merveille.

Yael grimaça et avala une nouvelle gorgée de bière.

Peut-être était-ce elle qui avait un problème. En fait, c'était *effectivement* elle qui avait un problème. Elle joua avec l'éti-quette de sa bouteille. Au moins, Shane Livingstone n'était pas avec le groupe de la HRT. Au moment où cette pensée lui traversa l'esprit, la porte s'ouvrit à nouveau, et il entra, accompagné d'un bel Afro-Américain qu'elle n'avait jamais vu avant. Shane ne sembla pas la voir et elle baissa la tête, laissant ses cheveux dissimuler ses traits tandis qu'elle se concentrait sur sa nourriture, espérant se fondre dans la masse.

Elle ne s'était pas attendue à le revoir un jour, et cela l'avait soulagée. Il l'avait vue échouer sur tous les fronts, même sur celui où elle était censée être exceptionnelle.

Elle tapa nerveusement du pied sur le barreau de la chaise. Elle doutait qu'il se souvienne d'elle. Il avait perdu l'un de ses collègues ce jour-là, et elle savait que cela n'arrivait pas souvent à ces hommes. Ils étaient bien trop entraînés pour se planter.

L'un des membres du groupe leva sa bouteille de bière pour porter un toast qu'elle n'entendit pas vraiment à cause du bruit du juke-box. Les autres se joignirent à lui. Elle se rappela soudain que, la veille, Alex avait assisté aux obsèques de l'homme qui était mort.

Ils portaient un toast à leur collègue disparu, Dave « Scotty » Monteith.

Yael frotta sa main sur la base de son sternum tandis que le peu qu'elle avait mangé et bu ce soir tourbillonnait inconfortablement dans son estomac. À quel point cela semblerait-il irrespectueux qu'elle soit ici à boire et à manger comme si rien ne s'était passé ?

Savaient-ils tous à quel point elle s'était plantée ? Si elle avait été plus rapide, ou tout simplement meilleure dans son boulot, elle aurait compris qu'Evi1Geni-us n'était pas là où il prétendait être. Certes, un ordinateur portable avait diffusé la vidéo de la torture pendant que le corps ensanglanté d'Anya Baker refroidissait et se raidissait lentement en temps réel, et Yael avait repéré cet ordinateur protégé par un VPN plus vite que n'importe qui d'autre sur la planète n'aurait pu le faire. Mais le suspect lui-même avait déjà quitté le bâtiment après avoir téléchargé la version expurgée du son de la vidéo, avec les faux sondages préparés à l'avance. Cet enfoiré avait également installé des caméras pour filmer l'explosion de la HRT sous deux angles, l'un à l'intérieur de la pièce, l'autre à l'extérieur, enregistrant vraisemblablement les images avant de couper la connexion, et, une fois de plus, de disparaître dans l'éther. Apparemment, il aimait garder une preuve vidéo de ses crimes, ce qui serait très utile s'il se faisait attraper un jour. Il était peu probable qu'il stocke ce genre d'images sur un cloud. Il en avait sans doute plusieurs exemplaires cachés quelque part.

Yael voulait aider à le traquer, ainsi que ces preuves.

Ensuite, elle voulait qu'il soit incarcéré dans un endroit où il ne pourrait plus jamais faire de mal à quelqu'un d'autre. *Ou bien, elle le voulait mort.*

Si elle était opposée de manière générale à la violence, elle ferait une exception dans ce cas. Elle n'avait rien contre le fait que cet homme cesse d'exister, du moment que cela mettait fin aux meurtres.

Il avait engrangé plus d'un million de dollars rien que la semaine passée, et des gens lui avaient même envoyé des primes lorsqu'il avait diffusé la vidéo de l'explosion, se moquant du FBI et de ses efforts pour l'attraper. Elle s'était attendue à ce que son visage et son pseudonyme en ligne soient également diffusés à la fin. Quel tueur en série ou hacker tordu ne se vanterait pas d'avoir retourné la situation contre ceux qui le poursuivaient ?

Mais, pour l'instant, il avait gardé cette information pour lui.

Une fois qu'elle serait rendue publique, elle ne savait pas vraiment ce qui se passerait. Quelqu'un la reconnaîtrait-il et l'exposerait-il à nouveau ? Elle ne voulait pas de collision entre son passé et son présent. Elle ne voulait pas avoir à disparaître à nouveau.

La main de Yael tremblait quand elle referma les doigts autour du goulot de sa bouteille de bière et qu'elle la porta à ses lèvres.

— Salut.

Elle tressaillit sur son siège, et de la bière lui coula sur le menton. Elle attrapa une serviette et tamponna ce qui coulait dans son cou et tachait son t-shirt préféré.

L'agent spécial du FBI Shane Livingstone appuya son plâtre sur le bar tandis que les Marines qui jouaient au billard le regardaient avec amusement, s'attendant manifestement à ce qu'il se fasse refouler de la même manière qu'eux.

CHAPITRE SIX

— Je ne voulais pas vous effrayer.

Yael froissa sa serviette dans son poing. *Bon sang !* Elle n'arrivait pas à croire qu'elle était partie dans la lune à ce point. Il devait penser qu'elle était vraiment étrange.

— Est-ce que ça va ? s'enquit-il.

Il avait une légère voix traînante du sud qu'elle n'avait pas remarquée auparavant, mais qui prenait tout son sens aujourd'-hui. Elle n'arrivait pas à interpréter son expression tandis qu'il la regardait.

— Oui. Pourquoi ?

Alors même que les mots jaillissaient de sa bouche, elle regretta la vivacité de son ton. L'un de ses collègues était mort récemment, quelqu'un dont il avait été proche, à en juger par son angoisse de la semaine précédente. Yael adoucit sa voix.

— Et vous ?

— Ça va.

Il détourna le regard, se replongeant peut-être dans les mêmes souvenirs, avec la même réticence qu'elle à l'idée qu'on puisse sonder ses sentiments. Il leva un doigt vers le barman pour lui commander une boisson.

— J'ai appris ce qui s'est passé après mon départ.

Yael se raidit.

— Est-ce que *Sphinx* est votre vrai nom ?

Non, mais c'était son surnom préféré en ligne.

— Non. Pourquoi ?

Il passa sa main valide sur ses courts cheveux châtain clair.

— Parce que, franchement, l'idée qu'Evi1 Geni-us puisse connaître votre vrai nom *et* savoir à quoi vous ressemblez serait un peu inquiétante.

Elle cilla. D'habitude, les gens ne s'inquiétaient pas pour elle. Elle ne les laissait pas faire.

— Vous êtes sûre que ça va ? Vous êtes un peu pâle...

Yael jeta un regard à son reflet dans le miroir derrière le bar. Elle avait l'air hagarde, et les cernes sous ses yeux reflétaient son incapacité à dormir ces derniers temps. Elle ferait mieux de sortir l'anti-cernes la prochaine fois qu'elle déciderait de quitter la maison.

— Oui. Vous voir tous entrer ici m'a fait repenser à la semaine dernière.

Non pas qu'elle ait pu oublier très longtemps.

— J'ai aussi passé beaucoup de temps à y penser.

Shane appuya ses coudes sur le bar. Elle remarqua qu'il portait un plâtre plus petit que la semaine précédente. Celui-ci lui permettait de plier le coude. Son écharpe pendait, inutilisée, autour de son cou. La subtile odeur de pin qui titillait ses sens suggérait qu'il s'était récemment douché. Elle se décala légèrement, parce qu'elle ne voulait pas être aussi *consciente* de cet homme.

— Et le fait qu'il soit en train de se préparer à recommencer me met hors de moi.

— Moi aussi, acquiesça-t-elle.

Il lui vola une de ses ailes de poulet, et, soudain, elle eut de nouveau faim. Elle en prit donc une à son tour, essuya ses doigts graisseux sur une serviette propre, puis lui offrit le panier.

— Servez-vous.

— Y a-t-il une chance qu'il puisse découvrir où vous vivez ? s'enquit Shane entre deux bouchées.

Un frisson parcourut les épaules de Yael tandis qu'elle jetait les os dans un bol séparé. Elle s'essuya la bouche. L'idée qu'une personne aussi maléfique puisse se concentrer sur elle était terrifiante. Il lui était difficile d'imaginer qu'elle aurait de la chance une deuxième fois.

— Nous avons pris des précautions, et il se trouve que je viens tout juste de déménager, donc cela ne devrait pas être un problème.

— Coïncidence ? Ou étiez-vous inquiète au point de déménager ? Parce que, personnellement, je crois que vous devriez vous inquiéter, et que vous écarter de la ligne de mire est sans doute la chose la plus intelligente à faire.

Le regard acéré de Shane se posa sur le sien. *S'écarter de la ligne de mire ?*

Elle se tourna sur sa chaise pour lui faire face. Un grognement se fit entendre chez les Marines qui jouaient au billard, et de l'argent sembla changer de mains.

— Des amis à vous ? s'enquit Shane en lui jetant un regard en coin.

— Des types lambda qui font des trucs bizarres de types lambda, dit-elle avant de s'éclaircir la gorge. Je n'ai pas pu vous dire la semaine dernière à quel point j'étais désolée. À propos de votre ami. Je ne me pardonnerai jamais les erreurs que j'ai commises. Ou de ne pas avoir compris plus tôt que ce n'était pas en direct...

Shane s'adossa au bar. Il était bien plus grand que Yael. Il fixa le sol pendant si longtemps qu'elle crut qu'il n'allait pas lui répondre. Finalement, il hocha la tête.

— Scotty était un homme bon. Le meilleur, en fait. Sa femme Grace est enceinte de leur troisième enfant.

Une vague de chagrin saisit le ventre de la jeune femme.

— Bon sang !

Le barman laissa tomber quelque chose derrière le bar, qui s'écrasa sur le sol. Elle sauta d'un bon centimètre sur sa chaise.

Shane ne tressaillit pas.

— Tout va bien. Juste un verre cassé, l'informa-t-il, puis il jeta un regard au barman avant de l'ignorer. Quoi qu'il en soit, pourquoi seriez-vous désolée ? Ce n'était pas votre faute.

— Je n'ai pas compris à temps et des gens sont morts. D'une manière ou d'une autre, il a exploité une vulnérabilité dans mon système. C'était donc en partie de ma faute, et je vais devoir l'assumer.

Sa voix était un peu éraillée. Shane l'observait attentivement.

— Il a trompé beaucoup de gens intelligents.

Ce fut au tour de Yael de détourner le regard.

— Gardez simplement à l'esprit que c'est lui le responsable, lui dit Shane d'un ton vif. Nous tentions de l'empêcher d'assassiner brutalement quelqu'un. C'est lui qui a planté cette bombe. Il s'est servi de cette diversion pour s'introduire dans votre ordinateur. Ne vous faites pas de reproches.

La jeune femme pinça les lèvres pour éviter de prononcer d'autres mots inutiles. Manifestement, il ne voulait pas accepter son sentiment de culpabilité. Sans doute parce qu'il en éprouvait bien trop de son côté.

— Des nouvelles de l'enquête ? s'enquit-il avec une nonchalance feinte.

Elle comprenait maintenant pourquoi il était venu la voir.

— Je ne suis pas autorisée à discuter de l'affaire en dehors du groupe de travail.

Bien que membre de la HRT, il n'était pas affecté à la *task force* conjointe, même s'il avait été avec eux à Houston.

— Avez-vous compris ? Comment est-il entré dans votre ordinateur ?

Yael pencha la tête sur le côté. Puis elle réunit son pouce et son index et elle les passa sur ses lèvres, comme lui l'avait fait la semaine précédente.

Une lueur brûlante passa dans son regard pendant un instant, puis disparut. Ou bien, peut-être l'avait-elle imaginée, ou confondait-elle l'humour avec le désir.

Vous êtes un peu pâle.

Ah !

Elle avait l'air d'une loque. Ce type ne la trouverait jamais attirante... et elle n'avait pas l'intention de commencer quoi que ce soit de toute façon. Absolument pas. Son téléphone bipa, annonçant l'arrivée d'un message, et elle consulta l'écran. Puis elle pivota sur son siège.

— Votre amie et son rencard sont partis il y a quelques minutes.

Shane avait manifestement reconnu Laura pour l'avoir vue à Houston.

— Quoi ?

Yael cligna des yeux en regardant leurs sièges vides. Laura et le type en costume étaient partis ailleurs, et elle avait été tellement absorbée par cet homme qu'elle n'avait même pas remarqué.

— Elle ne connaît même pas ce gars.

Yael ouvrit le message sur son téléphone.

Laura : Je ne voulais pas t'interrompre avec ce beau mâle sexy...

Une série d'emojis suggéraient ensuite que Yael allait avoir beaucoup de chance ce soir-là, avec toute une gamme de légumes.

Laura : Owen et moi allons trouver un endroit plus calme pour parler, puis je rentrerai à Washington. Profite !

Yael serra les dents, puis elle se rendit compte que Shane lisait aussi les messages. Elle leva le regard vers le sien, et les joues de la jeune femme s'enflammèrent. Elle décida d'ignorer l'évidence.

— Elle vient tout juste de rencontrer ce type ce soir, via une appli, expliqua-t-elle, tout en glissant son téléphone dans la poche arrière de son jean.

— Elle sort souvent avec des hommes rencontrés sur Internet ?

Yael haussa les épaules. Elle ne voulait pas donner l'impression d'être puritaine ou moralisatrice. Tout le monde ne partageait pas ses problèmes de confiance ou ses blocages émotionnels.

— Elle aime rencontrer de nouvelles personnes, et elle estime que le sexe devrait être davantage une séance d'entraînement qu'un moment d'intimité.

Shane s'étrangla avec sa bière et s'essuya la bouche.

— Eh bien ! À mon avis, si vous faites ça bien, ce devrait être les deux.

L'air entre eux se chargea soudain d'électricité.

Yael rompit le contact visuel, et elle vida ce qui restait de sa bière. Ses joues étaient brûlantes. Elle évita de regarder son reflet dans le miroir.

— Bon, j'étais là ce soir pour la seconder au cas où le type se révélerait être un parfait abruti, mais je crois qu'elle n'a plus besoin de moi, annonça-t-elle en posant sa bouteille vide sur le bar. Je ferais mieux de rentrer à la maison.

— Vous habitez dans le coin ? demanda-t-il, l'air surpris. Je suppose que c'est une question idiote, puisque vous avez dit que vous veniez de déménager, que vous faites probablement toujours partie de la *task force*, et que vous êtes ici dans ce bar. À moins que vous ne soyez à Quantico pour la réunion du groupe de travail. Ou pour me *stalker*.

Il lui adressa un sourire plein d'autodérision qui fit battre son pouls d'une manière dont elle avait oublié qu'elle pouvait être agréable. Elle ignora les stupides papillons qu'elle avait dans le ventre.

— Depuis deux jours, on peut dire que j'habite dans le coin.

Une lueur passa dans le regard de Shane puis disparut aussitôt.

— Vous n'avez pas répondu à ma question. Avez-vous déménagé *parce que* vous étiez inquiète à cause d'une certaine personne, ou bien était-ce une heureuse coïncidence ?

Shane Livingstone posait beaucoup de questions. Yael s'obligea à desserrer la mâchoire. La tension qu'elle avait accumulée toute la semaine lui donnait de nouveau mal à la tête.

— Alex Parker m'a confié la responsabilité de l'unité de cybercriminalité de notre nouveau bureau satellite ici, j'avais donc déjà prévu de déménager.

— Impressionnant.

— Parce que je suis une femme ?

Yael lut de la déception dans les yeux verts de Shane. Il était déçu par elle.

— Parce que vous avez l'air très jeune.

— Oh ! s'exclama-t-elle, et elle repoussa ses cheveux derrière son oreille, soudain déstabilisée. Les événements de la semaine dernière et le travail au sein de cette *task force* conjointe ont quelque peu accéléré les choses. Enfin, beaucoup accéléré les choses, en fait.

Elle voyait les neurones de Shane fonctionner à mille volts par seconde. Pourquoi semblait-il à ce point intéressé ? Était-ce à cause de ce qu'elle pourrait lui dire sur l'affaire, ou autre chose... ?

— Traçable ?

— Pardon ?

— Votre nouvelle maison. Celui dont on ne doit pas prononcer le nom peut-il faire le lien avec l'image de Sphinx qu'il a capturée en ligne ?

Yael frémit.

— Non. Je l'ai achetée en passant par une société-écran offshore qui semble très suspecte, mais qui est parfaitement légale. Il ne devrait pas pouvoir me trouver en ligne, mais s'il le veut vraiment, il finira par y arriver. Avec suffisamment de temps, l'accès à certaines bases de données ou les bonnes compétences en ingénierie sociale, vous pouvez trouver presque n'importe qui. Vous n'avez besoin que d'un point de départ.

— Sauf lui, apparemment, marmonna Shane, qui but une gorgée de bière. Pour une raison que j'ignore, nous ne le trouvons pas.

S'agissait-il d'une critique ?

— Nous le trouverons.

Mais combien de personnes mourraient avant que cela se produise ?

Yael sentit le poids du regard de Shane, et elle joua nerveusement avec l'étiquette de sa bouteille de bière. Se retrouver seule avec cet homme qui l'avait vue échouer dans le seul domaine où elle était censée être douée était déconcertant.

Il fallait qu'elle sorte d'ici avant qu'il ne parvienne à lui soutirer des informations qu'elle n'était pas censée partager. Elle ne voulait pas être exclue de l'équipe. Elle devait prouver qu'Evii Geni-us n'était pas meilleur qu'elle. Ce n'était pas une question d'ego. Elle *avait besoin* d'aider à le retrouver, pour prouver qu'elle faisait partie des gentils. Le FBI devait l'attraper. Cette ordure méritait tout ce que le système judiciaire lui infligerait.

Elle sortit son portefeuille et déposa quelques billets sur le bar pour couvrir sa note. Puis elle attrapa sa veste en cuir sur le dossier de sa chaise. Elle la fit passer par-dessus ses épaules et le long de ses bras en un seul mouvement.

Les yeux de Shane parcourent son corps sans changer d'expression. Elle savait déchiffrer la plupart des gens, mais pas ce type.

— Je ferais mieux d'y aller.

Elle repoussa sa chaise.

— Venez prendre un verre avec nous. Je vais vous présenter aux gars.

Elle observa de loin leur joie forcée.

— Ils préféreraient probablement ne rencontrer personne de nouveau ce soir.

Les cils de Shane s'abaissèrent, et elle sut qu'elle avait touché un point sensible. Puis il leva de nouveau les yeux.

— Ils apprécient toujours de rencontrer de belles femmes célibataires... à supposer que vous êtes célibataire ?

Elle le regarda en cillant, surprise. Belle ? *Ah !* À peine. Allait-il à la pêche aux informations parce qu'il s'intéressait à elle personnellement, voulait-il l'amadouer pour qu'elle lui livre des informations ou souhaitait-il la caser avec l'un de ses amis ?

Pour ce qu'elle en savait, il pouvait tout aussi bien être marié et avoir des enfants. Elle jeta un coup d'œil à son annulaire. Pas d'alliance, mais cela ne voulait pas dire grand-chose.

Elle regarda le groupe d'hommes et de femmes qui riaient et plaisantaient en dépit de leur perte. Elle ne pouvait qu'admirer leur état d'esprit, car elle savait intuitivement qu'ils avaient été durement frappés, même si leurs sourires étaient éclatants ou leurs rires bruyants.

Elle était tentée par l'idée d'apprendre à les connaître, de s'*intégrer* à leur groupe, mais cela aurait été une erreur.

— Je suis célibataire, curieusement, répondit-elle avec une ironie forcée, haussant un sourcil. Merci pour l'offre, mais je vais rentrer chez moi. Je vous verrai une autre fois.

Elle le frôla en partant, ignorant la petite secousse de conscience qui parcourut sa peau lorsque le dos de sa main effleura la sienne.

Elle passa devant les Marines curieux qui se mirent à chambrer Shane. Ce qui était injuste au vu des circonstances : il ne l'avait pas draguée. Mais elle n'allait pas rester là à l'écouter expliquer qu'ils travaillaient ensemble. Elle salua d'un signe de tête un membre de la HRT qu'elle reconnaissait de la semaine précédente, mais elle évita de croiser le regard des autres. Elle ne voulait pas être un objet de curiosité. Elle ne voulait pas qu'ils apprennent le rôle qu'elle avait joué dans la perte d'un membre de l'équipe.

Dehors, elle s'arrêta un instant pour respirer l'air glacial de janvier. L'endroit était calme, le bar était caché au fond d'une rue près de la marina. Il n'y avait pas de maisons d'habitation à proximité. Elle était si près de la mer qu'elle pouvait sentir l'odeur de l'eau de mer dans la brise. La température la fit frissonner, et elle se blottit davantage dans son manteau.

Le parking était vide. La voiture de Laura avait disparu de l'endroit où elles l'avaient laissée plus tôt. Yael était énervée après son amie, mais elle lui envoya un message rapide pour vérifier qu'elle allait bien.

Sa nouvelle maison n'était qu'à trois kilomètres, et, sans le souvenir de ce dont elle avait été témoin vendredi soir, elle aurait déjà commencé à marcher le long de la route obscure. Au lieu de cela, elle appuya sur l'icône pour joindre un service de transport à la demande.

La porte du bar s'ouvrit, et Shane Livingstone en sortit. Il s'arrêta, surpris.

— Un problème avec votre voiture ?

Elle rit doucement.

— Aucun, en dehors du fait que je n'en ai pas. C'est Laura

qui nous a conduites ici. J'appelle un service de transport à la demande.

Shane baissa le menton et plissa son nez droit.

— N'y pensez même pas, lui dit-il, brandissant un trousseau de clés de sa main valide. Venez, je vous raccompagne.

Elle secoua la tête.

— Je ne vous connais même pas.

— Et vous connaissez le chauffeur Uber ? se moqua-t-il.

Elle hésita.

— Je me fais conduire tout le temps.

Il ricana.

— Vous irez au travail en Uber ? Vous pensez que les gardes des Marines les laisseront franchir les barrières ?

Elle croisa les bras.

— Premièrement, je n'ai pas dit que je travaillais sur la base, lança-t-elle, même si c'était le cas, et, deuxièmement, je n'ai pas dit que je n'avais pas de moyen de transport. J'ai dit que je n'avais pas de voiture.

— Mais *qui* n'a pas de voiture ?

Un petit sourire se dessina sur les lèvres de Shane et Yael se força à détourner le regard. *Bon sang !* Qu'il était séduisant.

— Écoutez, je rentre chez moi, et je serai heureux de vous raccompagner. Cela m'évitera de suivre votre chauffeur pour m'assurer que vous rentrez chez vous en toute sécurité, et cela me permet aussi de faire bonne figure auprès des Marines qui s'apprêtent à franchir cette porte en pensant que j'ai eu de la chance avec la nana la plus sexy de l'endroit.

— *La nana la plus sexy ?* bafouilla-t-elle, mi-indignée, mi-surprise. Attendez ! Est-ce que j'étais la seule femme à l'intérieur ?

Shane sourit et secoua la tête.

— Vous êtes une femme difficile à complimenter.

— Peut-être ne devriez-vous pas commencer par dire « vous êtes pâle » et je pourrais vous croire.

— Je ne voulais pas dire que vous n'êtes pas attirante, répondit-il, l'air sincèrement confus.

Cette conversation était vraiment mortifiante. Elle ne cherchait pas les compliments.

Il courba les épaules comme pour se protéger du froid mordant qui régnait dans l'air, ce qui n'était pas surprenant vu qu'il ne portait qu'un t-shirt et un jean.

— Écoutez, Yael, lui dit-il, et elle sursauta lorsqu'il prononça son prénom. Après la semaine dernière, je n'aime pas l'idée que vous soyez dans une position vulnérable alors qu'il est possible de l'éviter. Je me sentirais mieux si vous me laissiez vous raccompagner chez vous. Je vous promets que je n'essaierai pas de vous embrasser.

L'embarras brûla à nouveau les joues de Yael. Pas un seul instant elle n'avait voulu suggérer qu'il lui ferait des avances. Voilà pourquoi elle préférait les ordinateurs aux gens. Elle n'avait encore jamais offensé un PC avec un commentaire maladroit.

Laissant échapper un soupir, elle se mit à marcher aux côtés de Shane. Les feux latéraux d'un énorme camion noir clignotèrent à leur approche.

Il se dirigea vers le côté passager et ouvrit la portière. Il y avait une marche pour monter.

— Besoin d'un coup de main ?

Elle lui lança un regard. Pensait-il vraiment qu'elle ne pouvait pas monter dans un camion ?

— Vous avez un bras cassé, lui rappela-t-elle.

Il leva ledit bras.

— Ce truc ? dit-il, tapotant le plâtre. Il est comme neuf.

Yael ricana.

— Quelque chose me dit que votre médecin vous a prescrit

de le garder en écharpe.

Shane sourit.

— C'était plus une suggestion qu'un ordre.

Les Marines choisirent ce moment pour sortir du bar en titubant. Yael croisa le regard de l'homme qui avait essayé de la draguer un peu plus tôt. Il lui fit des yeux de chien battu, et elle secoua la tête, exaspérée.

— Je suppose que vous l'avez rembarré ?

Shane adressa au jeune type un regard intimidant.

Yael rit et monta dans le camion.

— Il n'a même pas l'air d'être en âge de boire de l'alcool. Je préfère sortir avec des adultes.

Non pas qu'elle ait beaucoup de rencards. En fait, elle n'en avait jamais. Shane rit à son tour, puis il se dirigea vers le côté conducteur et monta à bord.

— Cela exclut à peu près tous les Marines.

— Qu'en est-il de vous ?

Elle se mordit les doigts d'avoir posé une question personnelle. Mais il ne cessait de s'imposer dans sa vie, alors peut-être le méritait-il.

— Qu'en est-il de moi... avec qui je sors ? s'enquit-il, lui décochant un autre regard qu'elle ne parvint pas à déchiffrer. J'aime aussi sortir avec des adultes, mais ces derniers temps, j'ai l'impression de sortir avec des femmes qui attendent de moi plus que ce que je suis prêt à leur donner.

Il s'interrompit en grimaçant, comme s'il en avait trop révélé.

— Ce qui donne l'impression que je suis un parfait abruti, donc je le suis probablement.

Yael n'avait pas de mal à l'imaginer. Les femmes devaient être attirées par son physique avantageux et son attitude professionnelle. Elle se demanda si ses paroles n'étaient pas également un avertissement subtil, comme s'il savait qu'il y avait une certaine attirance entre eux et qu'il ne fallait pas qu'elle s'attende à ce qu'elle aille plus loin que la chambre à coucher la plus proche.

Le cœur de Yael martelait ses côtes. Shane fit démarrer le moteur.

— Je crois que je suis marié à mon travail.

Elle rit, soulagée que la tension s'apaise.

— Moi aussi.

— La plupart du temps, cela ne me dérange pas, mais...

Shane se tourna et soutint le regard de Yael. La chaleur dans ses yeux s'intensifia.

Elle frissonna, mais pas de froid.

— De temps en temps, on se sent foutrement seul, souffla-t-elle.

Elle se mordit la lèvre, et le regard du jeune homme se porta sur sa bouche. Et tout à coup, l'air entre eux se mit à grésiller.

Shane détourna son regard de la lèvre inférieure pulpeuse de Yael et enclencha la vitesse de son camion, se rappelant qu'il n'était pas là pour ça. Il était ici parce qu'il voulait gagner la confiance de cette femme. Cependant, ses paroles le frappèrent durement, car, par moments, le fait de se consacrer à sa carrière était extrêmement solitaire. La plupart du temps, il ne le remarquait même pas.

Il songea à Grace et à ses enfants orphelins de père, et, soudain, être marié à son travail ne lui sembla plus si terrible. Au moins, s'il lui arrivait quelque chose, personne en dehors de sa famille proche ne verrait sa vie brisée.

Penser à Grace lui rappela que son meilleur ami avait été assassiné, et ses doigts se crispèrent sur le volant. La présence de Yael dans le bar ce soir-là ressemblait à un coup du destin. Le genre de signal envoyé par l'univers et qu'il avait appris à ne jamais ignorer.

Et c'était pour cela qu'il était là.

Il réprima son inclination naturelle à railler les Marines en passant à côté d'eux. Il n'y avait pas de réelle méchanceté. Il s'agissait d'un rituel attendu qui remontait à l'époque où il faisait partie des forces spéciales. Yael n'apprécierait sûrement pas cette plaisanterie, selon lui. Les femmes comme elle n'aimaient pas être traitées comme un trophée, et il savait déjà qu'elle n'appréciait pas d'être au centre de l'attention. Elle préférait rester discrète, être en quelque sorte l'homme de l'ombre. Mais elle était bien trop séduisante pour que les hommes ne la remarquent pas. De plus, un type comme lui faisait toujours attention à ce qui se cachait dans l'ombre. *Manuel de survie pour les débutants.*

Et il n'arrivait pas à se débarrasser d'un soupçon grandissant, et qui refusait de disparaître. Evi1Geni-us savait qu'ils arrivaient. Les avait-il simplement attirés dans un piège ? Ou bien, quelqu'un au sein du groupe de travail l'avait-il aidé ? L'instinct de Shane lui disait que Yael cachait quelque chose. Il ignorait quoi, mais cela ne lui plaisait pas.

Shane était absolument certain que personne au sein de la HRT n'était devenu véreux, mais comment quelqu'un comme lui était-il censé savoir si un informaticien était ou non de mèche avec un autre ?

En fréquentant l'un d'entre eux. En gagnant la confiance de Yael.

Ce qui s'avérait plus difficile qu'il ne l'avait prévu.

En dépit de cette attirance intense, Yael ne donnait pas l'impression de vouloir coucher avec lui. En fait, même si des étincelles jaillissaient inopinément entre eux, son comportement indiquait qu'elle aurait préféré être n'importe où ailleurs qu'ici avec lui.

Était-ce parce qu'elle s'inquiétait de ce qu'il pourrait découvrir ? Ou peut-être n'était-elle vraiment pas intéressée, et son imagination s'emballait parce que sa libido s'était soudain réveillée après un long hiatus.

Il était sérieux lorsqu'il affirmait s'inquiéter qu'elle prenne un Uber pour rentrer chez elle. Qui savait qui était au volant ? Si Evi1Geni-us était à même de hacker l'employée de l'une des plus grandes entreprises de cybersécurité des États-Unis, alors qui pouvait prétendre qu'il n'était pas capable de pirater les applications et d'être au garde-à-vous au moment d'aller récupérer quelqu'un ?

Peut-être était-ce ainsi que cet enfoiré capturait ses victimes. Shane s'avança vers une intersection.

— De quel côté ?

Le cuir de la veste de Yael grinça tandis qu'elle s'adossait contre son siège. Même ce son eut un effet sur lui, mettant sa conscience en état d'alerte.

— Prenez à droite, lui dit-elle à contrecœur.

Il lui jeta un regard. Elle était magnifique, même si, d'une manière ou d'une autre, il l'avait convaincue qu'il pensait le contraire. En temps normal, il était plus doué avec les femmes... mais pas avec celle-ci, apparemment.

Non pas qu'il s'intéresse à autre chose qu'à la recherche de l'assassin de Scotty. Pas vraiment. Il n'avait pas menti en disant qu'il était marié à son travail. Cependant, le sexe sans contrainte avec une femme attirante et consentante... Eh bien, c'était rarement exclu.

Il posa son bras blessé sur sa cuisse. La plupart du temps, il faisait ce que le médecin lui disait : il le reposait, le gardait en écharpe. Mais, comme il ne voulait pas perdre toute la force de son bras gauche, il faisait un peu d'exercice. Suffisamment pour maintenir une certaine condition physique, sans aggraver la blessure : il n'était pas idiot. Toutefois, ce jour-là, l'os était douloureux, ce qui lui laissait penser qu'il en avait effectivement trop fait. Mais il refuserait de l'admettre à qui que ce soit, sauf sous la torture.

Ce qui lui rappela une nouvelle fois pourquoi il raccompagnait Yael chez elle.

— Quelle est votre adresse ?

Après une brève hésitation, elle la lui donna. Il était heureux qu'elle protège sa vie privée, même vis-à-vis d'agents du FBI comme lui.

Elle ne faisait pas de bavardages inutiles. Elle regardait fixement par la vitre et il voyait son expression se refléter dans le verre. Pensive et mal à l'aise. Son objectif d'amener la jeune femme à s'ouvrir et à lui faire confiance ne démarrait pas très bien.

— Votre amie était-elle censée rentrer chez vous ce soir ?

Elle se tourna vers lui et son parfum le saisit. Quelque chose de doux et de sombre, comme du cuir avec un soupçon de mûres.

Un silence s'installa entre eux. Pensait-elle qu'il la draguait après avoir promis de ne pas le faire ? Sans doute. Et si elle l'invitait à entrer ? Il aurait aimé penser qu'il était assez avisé pour dire non, mais quelque part, il en doutait. Quelle meilleure manière de se rapprocher de quelqu'un ?

Il refusa d'y penser.

Elle finit par pousser un lourd soupir.

— Elle avait ses affaires dans sa voiture, et elle a dit qu'elle retournerait à Washington plus tard dans la soirée.

À l'évidence, Laura et son cavalier s'étaient bien entendus.

— Je ne sais pas comment elle fait, déclara Yael, qui dégagea ses cheveux de la queue de cheval, puis les rattacha. Je veux dire... elle vérifie les antécédents, mais c'est tellement facile de manipuler des informations en ligne...

Shane s'obligea à regarder la route plutôt que la jeune femme. Il espérait que son silence l'encouragerait à parler.

Elle laissa échapper un rire gêné.

— Il me semble plus effrayant d'utiliser une appli de rencontre ici qu'à Washington. Ce que je veux dire, c'est que, si vous n'appréciez pas quelqu'un là-bas, vous pouvez passer la porte et prendre le métro pour rentrer chez vous.

— C'est tout aussi facile d'abandonner un rencard ici. Si vous avez un mauvais ressenti, vous devez partir, où que vous soyez. Du moment que vous n'omettez pas de payer la note ou que vous n'êtes pas bloquée parce que vous n'avez pas de moyen de locomotion, conclut-il avec un sourire.

À quoi pensait son amie ? Laura Bay était présente au centre de commandement à Houston. Elle savait qu'Evi1Geni-us avait vu le visage de Yael. Mais elle savait également que Shane faisait partie de la HRT. Jouait-elle les entremetteuses ? Et si oui, pourquoi ? Yael avait-elle du mal à avoir des rencards ? Il avait du mal à le croire.

Laura pouvait également être à l'origine de la fuite, de même que le jeune homme qui l'avait suivie comme son ombre au Texas. Mais c'était Yael qui était passée à côté du fait que le flux était différé, jusqu'à ce qu'il soit effectivement trop tard. Elle était l'informaticienne qu'Evi1Geni-us avait hackée.

En se liant d'amitié avec Yael, il espérait se tenir au courant de l'aspect cyber de l'enquête, et, dans le même temps, il pouvait aider à veiller à sa sécurité. En effet, si elle était innocente, il craignait qu'elle soit en danger. Il n'y avait pas vraiment de bémol à son plan.

Il lui décocha un nouveau regard. Cette femme avait une masse de cheveux noir brillant qu'elle gardait ramenés en queue de cheval et des yeux intelligents de la couleur des grains de café. Si l'on exceptait la fatigue qui tiraillait sa bouche et les ombres qui se dessinaient sous ses yeux, elle était à tomber.

À l'idée que ce psychopathe la prenne pour cible, les doigts de Shane se crispèrent sur le volant.

— Est-ce que vous utilisez des applis de rencontre ? s'enquit Yael avec un air curieux.

Il grimaça.

— Je l'ai fait par le passé. Quand j'étais dans l'armée. J'ai arrêté quand j'ai rejoint les forces spéciales.

Elle esquissa un sourire.

— Je suppose que c'est facile de trouver un rencard quand on est des *forces spéciales*.

Il lui adressa un sourire tendu.

— Les règles du *Fight Club*...

— Personne ne parle du *Fight Club*.

Elle écarta les doigts et posa ses paumes sur son jean moulant. Ses ongles étaient couverts d'un vernis bleu pâle. Elle avait un tatouage à l'intérieur du poignet qu'il mourait d'envie de voir de plus près.

— J'ai abandonné les rencontres en ligne il y a des années, dit-elle. Je suis un peu obsédée par la vérification des antécédents, et j'ai peur de me faire prendre en train de pirater les bases de données de la police. De plus, je n'ai jamais rencontré quelqu'un avec qui je suis particulièrement compatible et il y a de vrais détraqués dans la nature.

Il se hérissa à l'idée de ce que ces détraqués avaient pu faire pour la rendre si méfiante. Puis il s'éclaircit la gorge.

— Sortir avec des inconnus, c'est toujours un risque, dit-il, alors que ce qu'il pensait, c'était que l'*intimité* était toujours un risque. La prudence est salutaire.

Les yeux de Yael croisèrent ceux de Shane.

— Pourtant, vous m'avez convaincue de monter dans votre camion.

Il vérifia ses rétroviseurs et prit un virage à gauche, s'éloignant de l'adresse de la jeune femme. Inquiète, elle écarquilla les yeux.

— Tout d'abord, je ne suis pas un inconnu. Vous savez que je suis membre de l'équipe de libération d'otages du FBI. Deuxièmement, mes coéquipiers m'ont vu partir peu après vous. Si vous disparaissiez, ou que vous vous retrouviez..., commença-t-il, puis il s'interrompit. Quoi qu'il en soit, vous pouvez me faire confiance, et vous pouvez leur faire confiance. Nous sommes les gentils.

Yael se tourna vers Shane, le dos appuyé contre la portière, et elle lui demanda :

— Alors, pourquoi n'allons-nous pas directement chez moi ?

Il était ravi qu'elle connaisse bien la géographie de la ville, même si elle ne s'y était installée que récemment. Il vérifia à nouveau ses rétroviseurs, puis prit un nouveau virage à gauche.

— Vous vous assurez que personne ne nous suit, comprit-elle, et elle se détendit à mesure que les mots sortaient, pressant une main contre sa poitrine. Vous voyez, c'est pour ça que je ne sors pas avec des personnes que je ne connais pas déjà. Ou que je ne couche pas avec des inconnus. Les gens sont fous.

Elle n'accordait pas sa confiance facilement, ce qui rendait la mission de Shane plus difficile, mais pas impossible. Il aimait les défis.

— Pas tous.

Le son de son rire parcourut sa colonne vertébrale sans crier gare.

— *Oh, je vous en prie !* Vous êtes plus fous que la plupart des gens. Vous sautez d'un avion ou d'un hélicoptère, et vous vous lancez à la poursuite des méchants, tandis que le reste du monde s'enfuit et se cache.

Il répondit d'une voix tranquille.

— Nous sommes la seule unité antiterroriste à temps plein des forces de l'ordre américaines. Nous nous entraînons sans relâche afin de pouvoir faire notre boulot de la manière la plus sûre possible. Nous ne sommes pas des fous imprudents. Nous sommes des fous préparés, expliqua-t-il, levant son bras cassé d'un air agacé. Voilà pourquoi il est particulièrement énervant de se casser le bras en aidant quelqu'un à descendre quelques marches d'escalier.

Elle tressaillit légèrement.

— Cette chute vous a sans doute sauvé la vie.

Une vague de culpabilité et de chagrin envahit Shane.

— Cela ne me serait pas arrivé.

Il aurait placé les détonateurs sur le mur ou remarqué l'étrange silence et su que quelque chose ne tournait pas rond. Ce n'était pas la faute de Scotty. Il remplaçait Shane. C'était le travail *de Shane*.

— Comme je l'ai dit, vous êtes tous complètement dingues.

Elle se détourna à nouveau, et le bruit du caoutchouc sur l'asphalte devint le seul dans la cabine.

Peut-être étaient-ils tous complètement dingues, mais, dans leur esprit, les opérateurs étaient invincibles et ils étaient convaincus qu'il ne leur arriverait rien de grave. Pour cette raison, ils s'entraînaient en permanence, ce qui rendait d'autant plus exaspérant le fait d'être manipulé par un informaticien sadique.

En approchant de chez elle, il prit à droite au lieu de tourner à gauche, puis fit demi-tour et se gara sur le bord de la route, les feux éteints. Il observa le garde dans sa guérite et la faible circulation sur l'artère principale.

Ils restèrent assis en silence. Le seul bruit perceptible était celui du refroidissement du moteur, et le passage occasionnel d'une voiture. Le lotissement était clôturé, mais Shane savait que la sécurité n'était pas infaillible. Il pourrait certainement entrer par effraction s'il le voulait.

— Portez-vous une arme à feu ?

Yael se recroquevilla dans sa veste.

— Je n'aime pas les armes.

Shane se tourna sur son siège.

— Les armes ne sont que des outils.

— Oui, répondit-elle, levant une main comme pour repousser son argument. Il en va de même pour les tronçonneuses, et je n'en ai pas non plus sur moi.

Shane observa Yael. Elle semblait vraiment perturbée par l'idée d'avoir une arme à feu. Il voulait se rapprocher d'elle, la mettre de son côté, alors se disputer à ce sujet n'était sans doute pas la meilleure chose à faire. Il fit démarrer le moteur, et, convaincu à présent que personne ne les suivait, il s'avança vers la guérite. Yael montra sa carte d'identité, et ils passèrent.

Sécurité minimale, mais c'était mieux que rien. D'une certaine manière. Il suivit la route et s'arrêta dans l'allée vide de la maison de Yael.

— Je pourrais vous apprendre quelques mouvements d'auto-défense.

Elle releva la tête d'un coup, les yeux écarquillés.

— Pas ce soir.

À en juger par son expression effrayée, elle pensait sans aucun doute qu'il lui faisait des avances et il se sentit un peu déçu que l'idée l'effraie à ce point. Il était évident qu'ils éprouvaient une certaine attirance l'un pour l'autre, il n'était pas complètement hideux et il possédait les bonnes manières du Sud que sa grand-mère lui avait inculquées dès sa naissance.

— Je suis off ce week-end. Je peux vous apprendre quelques mouvements de base si vous le souhaitez. Les points faibles de tout homme.

Elle haussa un sourcil, peu impressionnée.

— Pas seulement la région de l'aine... les yeux, la gorge, les genoux.

Yael récupéra son sac à main sur le plancher et le serra contre sa poitrine.

— Ça ira. Mon boss m'a proposé de m'entraîner.

Shane avait entendu parler d'Alex Parker. Il savait qu'il avait une bonne réputation. La rumeur disait qu'il avait travaillé sur des opérations secrètes pour la CIA.

— Cela ne fait pas de mal de s'entraîner. Donnez-moi votre téléphone.

Elle recula, laissant échapper un petit rire réticent.

— Quoi ?

Il lui tendit la main.

— Allez. Donnez-moi votre portable.

Avec un soupir, elle déverrouilla l'écran et le lui tendit.

Il enregistra son numéro de portable personnel.

— Maintenant, si vous changez d'avis, ou si vous avez un problème, vous aurez quelqu'un à appeler et qui vit dans le coin. Quelqu'un qui n'est pas votre boss, expliqua-t-il en lui rendant l'appareil. Et vous pouvez toujours l'effacer.

Elle glissa le portable dans la poche de son jean.

— Je ne vous appellerai pas.

— Attendez, dit-il brusquement.

— Quoi ?

Il l'avait encore surprise. Il sortit du camion et fit le tour de l'avant en trottinant. Shane ouvrit sa portière et lui offrit sa main valide. Yael fronça les sourcils et prit timidement ses doigts dans les siens ; son expression indiquait clairement qu'elle pensait qu'il lui manquait une case.

Il y eut à nouveau cette énergie électrique, ce choc, que ni l'un ni l'autre ne voulait reconnaître. Elle retira rapidement sa main : elle était effrayée, et c'était une chose qu'il pouvait respecter. Il la raccompagna jusqu'à sa porte d'entrée, puis il la regarda déverrouiller et désarmer le système d'alarme étonnamment sophistiqué.

Quand il lui sembla qu'elle était en sécurité, il recula d'un pas et hocha la tête.

— Bonne nuit, madame Brooks.

— Bonne nuit, monsieur Livingstone.

Shane sourit. Elle avait fait assez de recherches pour trouver son nom de famille, ce qui devait vouloir dire quelque chose. Il recula encore, et elle l'observa avec un mélange de surprise amusée et de méfiance innée. Son plan pour l'amener à lui faire confiance avait rencontré un écueil, mais Shane était conscient de la valeur du jeu sur le long terme et de la façon de surmonter les obstacles. Yael Brooks et lui deviendraient amis, malgré les réticences naturelles de la jeune femme. Ensuite, d'une façon ou d'une autre, elle allait l'aider à attraper cette ordure et à le mettre soit derrière les barreaux, soit six pieds sous terre. Shane se moquait bien de savoir quelle serait l'issue.

Simplement, Yael ne le savait pas encore.

CHAPITRE SEPT

Quantico. Bâtiment 64. 11 janvier

Si le groupe de travail n'avait pas cessé de rechercher Evil Geni-us, c'était la première fois qu'ils se retrouvaient pour une réunion d'équipe depuis que le tueur leur avait botté le derrière dix jours plus tôt.

Yael gara son scooter, abaissa la béquille, et descendit. Elle enferma son casque dans le top-case à l'arrière, même s'il était sûrement à l'abri ici. Les vieilles habitudes avaient la vie dure, même sur les terres sacrées de l'Académie nationale du FBI. Elle sortit son plan et déplaça son lourd sac sur son épaule, jetant un coup d'œil autour d'elle pour s'orienter.

Les installations du FBI étaient situées à l'intérieur de l'immense base du corps des Marines de Quantico et elle avait dû franchir plusieurs postes de contrôle militaires pour y accéder. Chaque fois qu'elle avait été arrêtée et interrogée, elle avait imaginé les yeux de Shane Livingstone se plissant d'amusement devant son mode de transport bleu poudre.

Le bâtiment principal de l'Académie du FBI était visible sur la gauche ; elle se mit donc en route, dans ce qu'elle espérait être la bonne direction. Des zones herbeuses vallonnées étaient entourées d'une forêt dense. Des cris retentissaient au loin : sans doute des Marines à l'entraînement. À distance, on entendait un bruit presque constant de coups de feu.

Un frisson parcourut sa peau et ses dents claquèrent au rythme des branches des arbres environnants qui bruissaient dans le vent. Le fait qu'elle marche posément au lieu de se recroqueviller de peur à cause du bruit témoignait du chemin qu'elle avait parcouru au cours des quinze années précédentes. Cependant, c'était une véritable leçon d'humilité de réaliser que plus de la moitié de sa vie avait été éclipsée par un seul événement traumatisant.

Mais elle était là, elle faisait face.

Les autorités du siège du FBI à Washington avaient décidé, après la débâcle du Texas, de centraliser l'enquête « EGMURD[1] » à Quantico. Tous les membres directs du groupe de travail avaient reçu un préavis de cinq jours pour déménager. Quelques consultants qui apportaient leur aide à temps partiel, comme Laura et Tim, dans leur chasse aux indices de crypto-monnaie et de blockchains, étaient autorisés à travailler à distance à partir d'installations sécurisées reconnues. Alex avait besoin de Laura à Washington pour d'autres projets, mais il avait ordonné à Yael de travailler exclusivement sur cette affaire pour le moment.

Elle repéra des gens qui se rendaient au travail ou qui faisaient leur jogging le long des différents chemins de la base, mais elle ne vit personne d'autre sur cet étroit sentier qui menait au bâtiment 64.

Son ordinateur semblait peser plus lourd que d'habitude et elle ajusta la sangle pour éviter qu'elle ne lui entaille l'épaule.

---

1.   Abréviation de « Evi1 Geni-us Murders », les meurtres d'Evi1 Geni-us.

Manifestement, elle s'était garée au mauvais endroit, mais, comme elle aimait marcher, ce n'était pas très grave.

La Virginie n'avait rien à voir avec l'endroit où elle avait grandi : le Colorado pendant les quatorze premières années de sa vie ; l'Arizona avec ses grands-parents bien-aimés pendant quelques années ensuite, jusqu'à leur décès. Elle était persuadée que le stress avait participé à leur mort prématurée. Le stress et le chagrin. Par la suite, elle avait beaucoup bougé, passant d'un emploi à l'autre.

Elle aimait vivre sur la côte est, mais cet hiver lui semblait plus morose que d'habitude, le ciel plus terne, la terre grise et sans vie, les feuilles plus noires que rousses, même lorsqu'elles s'accrochaient encore aux arbres. Peut-être était-ce un effet résiduel des horreurs dont elle avait été témoin le premier jour de cette nouvelle année, mais son humeur s'en ressentait.

Ses pas ralentirent au son des rafales d'armes automatiques. Un afflux de salive lui monta à la bouche et son cœur se mit à battre la chamade. Elle s'obligea à prendre une grande inspiration et à la retenir. Certaines images récentes avaient ravivé d'autres souvenirs indésirables. Elle avait renoncé aux thérapies des années plus tôt, mais peut-être faudrait-il qu'elle se penche à nouveau sur la question ou, au moins, qu'elle se mette à rechercher activement un peu de joie dans sa vie.

Ou peut-être était-elle simplement trop fatiguée...

Elle avait passé une partie du week-end à aménager sa maison et à faire le plein de provisions, à remplir le réfrigérateur et le congélateur afin de ne pas avoir à sortir trop souvent de chez elle, sauf pour le travail.

Le souvenir de Shane Livingstone planait au fond de son esprit. Elle avait été vraiment tentée d'accepter son invitation à l'appeler pendant le week-end. Avoir résisté aurait dû lui faire l'effet d'une victoire, mais, au lieu de cela, elle se sentait vide et déprimée. Elle n'aimait pas cela non plus.

La veille, Yael était allée chez son boss, où Alex et Mallory lui avaient montré quelques mouvements d'autodéfense de base dans leur salle de sport, pendant qu'ils s'occupaient à tour de rôle de la petite Georgina et de leur adorable golden retriever, Rex.

Alex avait également proposé de lui apprendre à tirer dans le petit stand qu'il avait fait construire dans son sous-sol. Elle avait refusé, et il n'avait pas paru surpris. S'ils n'en avaient jamais parlé, elle était néanmoins persuadée qu'il connaissait toute son histoire. Il savait pourquoi les armes la faisaient tant flipper. Il n'avait pas insisté, et elle lui en avait été reconnaissante.

Yael atteignit le bâtiment 64 et fixa la petite plaque qui lui indiquait qu'elle était au bon endroit. C'était une structure banale à deux niveaux, avec toute la personnalité d'une boîte en carton.

Elle avait une heure d'avance pour la réunion, mais elle aimait être installée et préparée avant que d'autres personnes arrivent. Des voix proches la poussèrent à se mettre en mouvement.

Elle entra dans le bâtiment et chercha la salle 3, qu'elle trouva facilement au rez-de-chaussée. Elle entendit alors d'autres voix, qui lui indiquèrent que d'autres personnes étaient arrivées avant elle. Elle ouvrit la porte et s'arrêta net.

Shane ou plutôt Shannon Marcus Livingstone III, originaire de Madison, en Géorgie, car, lorsqu'on donnait à un hacker une petite quantité de données, il ne pouvait pas s'empêcher de fouiner, se tenait à l'avant de la salle de conférence, près d'un tableau blanc couvert d'images et d'éléments d'information divers. Il portait un pantalon tactique vert, un t-shirt noir, des bottes, et il était armé. *Tous les agents du FBI sont armés*, se rappela-t-elle, mais, d'une certaine manière, il avait l'air plus dangereux que ceux qu'elle avait déjà rencontrés. Il tenait un document et parlait avec Ashley Chen. Pour une fois, son plâtre était docilement niché dans son écharpe.

— Yael. Parfait, vous êtes en avance. Installez-vous ici.

Ashley Chen pointa du doigt un bureau sur sa droite, sous lequel se trouvait une multiprise. Yael acquiesça sans parler, et se dirigea à contrecœur vers l'endroit indiqué par l'agent.

— Vous vous êtes rencontrés au Texas, n'est-ce pas ? Shane Livingstone, voici Yael Brooks. Yael, voici Shane, dit Chen, faisant à nouveau les présentations.

— Oui, répondit Shane, l'expression sérieuse. Nous nous sommes rencontrés.

— Shane assurera la liaison entre la HRT et le groupe de travail jusqu'à ce qu'il soit médicalement autorisé à assumer toutes ses fonctions.

— Je vois.

Yael lui adressa un regard appuyé. Ashley se détourna pour s'occuper de quelque chose sur son ordinateur portable, et Shane s'approcha de la jeune femme.

La soirée du vendredi avait-elle été un test ? Pour voir si elle parlait de l'affaire en dehors du groupe de travail ? La croyait-il stupide ? Ou bien, peut-être ne prenait-il pas cela au sérieux ? Ou, pire encore... la soupçonnait-il d'être complice, d'une manière ou d'une autre ?

— Vous êtes bien installée dans votre nouvelle maison ? s'enquit-il d'un ton bref et professionnel.

Avait-elle imaginé la chaleur et l'humour du vendredi soir ? Avait-il feint d'être attiré par elle pour la pousser à lui révéler des choses qu'elle n'était pas censée lui dire, et peut-être la faire renvoyer de la *task force* ?

Elle lui adressa un bref signe de tête.

— Votre amie est bien rentrée chez elle ?

Elle s'éclaircit la gorge.

— Oui.

À la grande surprise de Yael, Shane fit le tour de sa table de travail et tira la chaise à côté d'elle. S'y assit.

Son humeur se détériora à nouveau.

— Quand avez-vous appris que vous faisiez partie de la *task force* ? demanda-t-elle du bout des lèvres tandis qu'Ashley s'affairait à installer les différents postes de travail.

— Vendredi matin, admit-il.

— Et vous n'avez pas pensé à le mentionner ? rétorqua-t-elle, sans prendre la peine de masquer l'aigreur de son ton.

Shane croisa les bras et s'adossa à son siège.

— Je ne pensais pas que cela changerait quoi que ce soit à notre conversation.

— Pourquoi pas ?

— Pour commencer, je ne pensais pas que vous me croiriez. Pas sans vérification.

— Je ne vous aurais pas cru.

— Bien. C'est pourquoi je n'ai pas pris la peine de dire quoi que ce soit.

Il commença à lire le document qu'Ashley lui avait donné et Yael expira lentement, ne sachant que penser.

Alex Parker entra avec un homme portant un élégant costume trois-pièces qui balaya la pièce d'un regard bleu glacial. À sa grande surprise, l'inconnu se concentra sur elle et s'approcha, la main tendue. Elle se leva.

— Lincoln Frazer. Vous vous plaisez dans votre nouvelle maison, madame Brooks ?

Sa main était chaude, à l'opposé de son expression froide, alors qu'il pressait doucement sa paume.

C'est à ce moment qu'elle eut un déclic.

— Oh ! Vous êtes l'ancien propriétaire. Je l'adore, en fait. Merci pour cette superbe affaire. Maintenant, je m'inquiète qu'il y ait un problème au niveau des fondations.

Frazer rit.

— Il n'y a pas de problème avec les fondations. Nous avons trouvé l'endroit idéal pour nous et nous voulions une vente rapide. Je vous prie de m'excuser pour toute odeur de chien mouillé qui persisterait. Le chien de ma fiancée adore la rivière et a un penchant particulier pour les poissons morts, il se roule dedans.

— Sympa, intervint Alex, qui souriait.

Yael ne savait pas trop quoi répondre.

— La maison est fantastique, et il n'y a pas d'odeur de chien mouillé.

— ASAC[2] Frazer, appela Ashley de sa voix la plus effrayante. Vous êtes ici.

Elle pointa du doigt l'un des postes de travail.

Frazer adressa à Yael un regard ironique et murmura en aparté :

— Ashley me prend pour un idiot en matière d'informatique.

— Elle n'a pas tort, marmonna Alex.

— J'ai d'autres compétences, affirma Frazer avec un sourire. Comme garder des secrets.

Alex ne dit rien, mais décocha à Shane un regard direct que l'opérateur HRT lui renvoya calmement. Le boss de Yael se demandait probablement pourquoi Shane s'asseyait toujours à côté d'elle lors des réunions. Ensuite, il penserait qu'ils étaient amis... ou quelque chose de plus. Les joues de la jeune femme s'échauffèrent à nouveau. Alex suivit Frazer de l'autre côté de la pièce et s'assit à côté de lui.

Shane se pencha si près de Yael que son souffle lui chatouilla l'oreille.

— Vous ne le savez peut-être pas, mais vous venez de rencontrer le profiler le plus légendaire du Bureau.

---

2. Agent spécial adjoint responsable.

Yael cligna des yeux, mais elle n'aurait pas dû être surprise. Mallory, la femme d'Alex, travaillait pour le département des sciences du comportement, le BAU-4, et Yael était au courant que la personne à qui elle avait acheté la maison était le boss de celle-ci.

— Pas étonnant que votre système d'alarme soit à la pointe de la technologie, remarqua Shane.

D'autres personnes commencèrent à affluer dans la grande salle. Des inspecteurs, des agents fédéraux. Des analystes du Centre d'information et d'opérations stratégiques, le SIOC, assistaient virtuellement à l'événement via un grand écran. Finalement, à huit heures précises, une femme blonde aux yeux sombres, vêtue d'un tailleur anthracite et d'une chemise blanche impeccable, fit son entrée et se dirigea vers l'avant de la salle.

Elle parcourut l'assemblée du regard et adressa un signe de tête à Ashley.

— On dirait que tout le monde est déjà là. Bien. Je suis l'agent spécial en charge Carly Sloan, et on m'a confié le commandement de la *task force* chargée de l'enquête sur l'affaire EGMURD. Commençons par ce que nous savons de ce soi-disant Evi1 Geni-us. Ashley, pourriez-vous nous faire un résumé de la situation ?

— Oui, m'dame, répondit Ashley Chen, qui prit en main la suite du briefing. D'après ce que nous avons vu en ligne, il, et nous pensons qu'il s'agit d'un suspect de sexe masculin au vu de sa corpulence, organise ces meurtres « à la carte » sur le dark Web depuis environ deux ans. Alex Parker, du cabinet Cramer, Parker & Gray, a été le premier à attirer l'attention du FBI sur ce tueur, il y a un peu plus d'un an.

Ashley activa une présentation visuelle, bien sûr, et les visages des victimes apparurent. Les images incluaient la photo officielle du FBI de Dave Monteith, l'agent de la HRT décédé au Texas.

Shane se raidit à côté d'elle. Yael lui lança un regard. Sa mâchoire se contracta, son regard resta rivé sur l'écran.

— Jusqu'à présent, nous avons neuf victimes connues, à des intervalles d'environ trois mois, dix si l'on inclut notre collègue de la HRT, l'agent Monteith.

L'émotion envahit la voix d'Ashley, mais elle poursuivit. Yael cligna des yeux pour dissiper le flou soudain de sa propre vision.

— À notre connaissance, rien ne relie ces victimes en termes de sexe, d'âge, de race, de religion ou de lieu.

— Sauf que ce ne sont que des adultes et que, pour autant que nous le sachions, Evi1Geni-us n'opère qu'aux États-Unis, intervint Lincoln Frazer.

Tout le monde dans la salle se crispa à ces mots. L'idée que ce monstre puisse infliger ces choses à un enfant... Les mains de Yael commencèrent à trembler, et elle les glissa sous ses cuisses.

Ashley hocha la tête.

— Espérons que cela continue.

— *Amen, putain*, marmonna Shane.

— Nous avons élaboré des profils de victimes détaillés que vous pouvez consulter sur le portail sécurisé créé exclusivement pour ce groupe de travail. Gardez à l'esprit que ce type est suffisamment doué en informatique pour tenter une attaque par hameçonnage afin d'accéder à cette enquête. C'est pourquoi vos empreintes digitales seront nécessaires pour accéder aux fichiers, ainsi que les mots de passe qui vous ont été attribués. Si vous perdez votre mot de passe ou si vous pensez avoir été compromis d'une manière ou d'une autre, appelez-moi directement. Je préfère que nous soyons proactifs plutôt que réactifs. J'ai laissé ma carte près de la porte. Il est bien plus facile de changer les mots de passe que de risquer que le suspect accède à nos dossiers.

Alex se leva et commença à distribuer la carte de visite d'Ashley à toutes les personnes présentes. L'une des choses que

Yael appréciait le plus chez son patron était le fait qu'il avait beau être un riche PDG marié à la fille d'un sénateur, il ne rechignait pas à mettre la main à la pâte, même pour les tâches les plus banales.

— Nous disposons d'éléments médico-légaux pour chacune des scènes de crime, mais rien que l'on puisse attribuer avec certitude au tueur, plutôt qu'à un autre individu qui aurait utilisé les lieux avant qu'Evi ı Geni-us ne décide de s'y installer pour ses propres besoins. Rien n'est ressorti des bases de données pour l'ADN ou les empreintes. Il porte des gants, et nous pensons même qu'il porte des surchaussures, car nous n'avons pas encore trouvé d'empreinte de chaussures exploitables.

Alex intervint.

— J'ai essayé de comprendre comment il trouvait les propriétés où commettre ses crimes. À mon avis, il consulte les registres fiscaux indiquant si le bâtiment est déclaré vacant ou non. On peut également supposer qu'il effectue des repérages. Si c'était moi, je prévoirais un lieu de secours au cas où le premier tomberait à l'eau et où j'aurais une victime d'enlèvement dans le coffre.

— C'est toujours une bonne chose d'avoir un endroit sûr pour détenir une victime lorsque vous l'enlevez, répliqua Ashley avec un regard amusé.

Alex grimaça.

— Ensuite, la question se pose de savoir comment il choisit et enlève ses victimes et où il les détient jusqu'à ce qu'il soit prêt pour le spectacle... Il utilise vraisemblablement un véhicule quelconque. Est-ce qu'il attrape des gens au hasard dans la rue ?

Yael donna un coup de genou à Shane. Qui le lui rendit.

— Quoi ?

— Faites-leur part de votre idée au sujet des applications de transport à la demande.

— Agent Livingstone ?

Shane grogna quand Ashley le regarda en haussant les sourcils.

— Serait-il possible que les victimes appellent un service de transport à la demande ? Que le suspect hacke le programme et récupère ensuite les victimes dans la rue ? Une fois qu'elles sont dans la voiture, il lui suffit d'une arme à feu et de la sécurité enfant pour verrouiller les portières, ou même d'une menace quelconque pour les empêcher de sauter du véhicule et de crier pour sauver leur vie.

— J'ai commencé à vérifier l'idée de l'agent Livingstone pendant le week-end, mais j'ai besoin de plus d'informations pour déterminer exactement où chaque victime a disparu. Si ce hacker est aussi doué qu'il le pense, il peut avoir effacé la trace électronique et même supprimé l'application des téléphones des victimes, ainsi que leurs comptes d'utilisateur. Il pourrait être difficile de trouver quoi que ce soit après tout ce temps, mais nous pourrions vérifier les relevés bancaires pour voir si des paiements ont déjà été effectués à des sociétés de transport à la demande, expliqua Yael.

Shane lui jeta un regard surpris.

— Quoi ? C'était une bonne idée, lui dit-elle.

Il continua à la regarder avec une expression qu'elle ne parvenait pas à déchiffrer.

— Nous disposons des relevés bancaires de la plupart des victimes. Nous pouvons rechercher cette activité, remarqua Ashley, ajoutant une note à toutes les autres pistes qu'ils suivaient, avant de continuer son résumé. Malheureusement, les paiements effectués en sa faveur s'avèrent plus difficiles à localiser après la clôture de la vente aux enchères. Comme vous le savez tous, il est payé en cryptomonnaies anonymes dans une bourse crypto étrangère. Nous ne pouvons pas citer à comparaître des entreprises étrangères.

Yael et Alex échangèrent un regard. S'ils suivaient les règles de manière générale, ils s'aventuraient parfois sur des terrains qui seraient rejetés par un tribunal. Mais le dark Web était l'équivalent du Far West sur Internet, et l'on ne pouvait pas espérer y patrouiller avec un pistolet et un insigne. Il fallait se fondre dans la masse et contourner les règles.

Ashley poursuivit.

— Cramer, Parker & Gray travaille jour et nuit pour retrouver la trace des cryptos, mais nous soupçonnons Evil-Geni-us d'avoir retiré l'argent de la circulation. Et, de toute évidence, il sait comment brouiller les pistes. Nous finirons par l'attraper, mais cela prend plus de temps que nous l'espérions, et il se peut qu'il ait déjà encaissé des fonds sur des comptes offshore.

— Où en sommes-nous dans la recherche de ceux qui paient pour regarder ? s'enquit Sloan.

— C'est *beaucoup* plus facile. Nous avons recueilli divers pseudonymes et nous les relions à de vraies personnes, à de vraies adresses IP, malgré leurs efforts pour masquer leur identité à l'aide de VPN, assura Ashley au leader de la *task force*. Ils seront accusés de connivence, et, dans certains cas, de complicité de meurtre.

— Bien. Je veux qu'ils soient tous poursuivis. Sans exception.

L'ASAC Sloan s'appuya contre le bureau à l'avant de la salle.

— Les aspects cyber ne relèvent pas de mon domaine d'expertise, et je sais que l'agent Chen de l'équipe de lutte contre la cybercriminalité, ainsi que M. Parker et ses associés, sont parmi les meilleurs dans leurs domaines respectifs. Je vais considérer que vous connaissez la meilleure façon de procéder. Mais avez-vous une idée de la manière dont nous pourrions découvrir qui est ce type en utilisant les techniques traditionnelles d'enquête criminelle ? les interrogea-t-elle.

— Caméras de circulation ? suggéra Frazer. On peut voir si la même plaque d'immatriculation apparaît dans les villes voisines au moment des enlèvements et des meurtres ? Idem pour les données des téléphones portables ?

Sloan pointa son doigt vers lui.

— C'est une bonne idée.

— J'ai examiné les données cellulaires. Rien pour l'instant, annonça Alex, l'air agacé. Il utilise sans doute des prépayés, ou bien il échange les cartes SIM. Il se peut également qu'il utilise un véhicule de location.

Ashley nota ces deux éléments.

— Les caméras de surveillance de la circulation valent toujours la peine d'être étudiées, mais l'analyse de ces données nécessitera beaucoup de temps et soit de la main-d'œuvre, soit des ressources informatiques.

— Je peux demander à quelqu'un de mon entreprise de mettre en place un programme permettant de parcourir les données si je peux avoir accès à tous les systèmes des forces de l'ordre concernés, proposa Alex.

Son patron consacrait beaucoup de ressources de l'entreprise à la recherche de ce monstre. Après le Texas, Yael comprenait pourquoi.

Sloan s'adressa ensuite à une femme qu'elle ne reconnut pas.

— Dressez-moi une liste de toutes les agences concernées et demandez à chaque autorité de vous fournir des informations ou des autorisations d'accès. Comme ils ont tous un meurtre non résolu dans leur juridiction, je les vois mal s'y opposer.

Le silence s'installa dans la pièce. Ils avaient déjà posé toutes ces questions avant le Texas, et rien n'avait été résolu depuis. Yael se sentait de plus en plus frustrée.

— Avons-nous un profil de délinquant ? demanda Sloan à Frazer.

Frazer lui retourna son regard froid.

— Nous y travaillons, mais, hormis un homme plus ou moins jeune de vingt à quarante-cinq ans, titulaire d'un permis de conduire et compétent en informatique...

Yael ricana. Alex sourit d'un air maussade.

— Il est bien plus que compétent.

Frazer acquiesça.

— Je pense qu'il a dû être considéré comme surdoué lorsqu'il était enfant. Il a sans doute été approché par l'un des géants de la tech au lycée. Et il a probablement travaillé pour une entreprise technologique à un moment donné.

— Il est possible qu'il y travaille toujours. Ce pourrait être la raison pour laquelle il voyage à travers tout le pays, remarqua Ashley Chen, l'air pensive.

Yael grimaça. Ce qui pourrait le rendre encore plus difficile à repérer, car il pourrait être en mesure de déguiser ou d'effacer son empreinte électronique à mesure de ses déplacements.

— S'il travaille pour une entreprise, quelle est la probabilité que son siège soit situé près de Houston ? demanda Shane à voix haute. Je veux dire, combien de salariés sont envoyés sur la route au moment du Nouvel An grégorien ?

Les lèvres de Yael tressaillirent lorsqu'il qualifia le type de Nouvel An. Peut-être avait-elle une bonne influence sur lui après tout.

Frazer le regarda.

— C'est pour ça que le profil prend du temps, bien que mon équipe y travaille. Nous ne disposons pas de suffisamment d'informations de départ. Est-ce qu'il bosse toujours activement dans ce secteur, et qu'il fait ça pendant son temps libre, ou est-ce que c'est un tueur à plein temps qui s'amuse ? Nous ne savons pas grand-chose, si ce n'est qu'il aime torturer sans pitié les gens jusqu'à ce que mort s'ensuive, tout en dépouillant les autres.

— Est-ce qu'il commet ces crimes pour l'argent ou parce qu'il aime ça ? s'interrogea Ashley, qui ajouta ces questions à sa liste.

— S'il ne voulait que de l'argent, il pourrait enlever les victimes et demander une rançon, remarqua Shane.

Il pourrait aussi mener des attaques contre des entités stratégiques pour obtenir des rançons ou rechercher des vulnérabilités *zero day*[3] et les vendre sur le marché noir, ajouta Alex.

— Les enlèvements avec demande de rançon pourraient être trop risqués pour lui. Peut-être craint-il que les victimes puissent l'identifier.

— J'ai dans l'idée qu'il prend plaisir non seulement à infliger de la douleur, mais aussi à entraîner d'autres personnes dans le crime. En tant que voyeurs, en les rendant complices, sans perdre le contrôle de tous les aspects du scénario, intervint Frazer. Et le fait qu'il les dupe aussi, puisqu'il a déjà torturé les victimes avant que les gens votent ? Ce type est probablement un narcissique et un psychopathe.

Yael regarda autour d'elle. Elle détestait prendre la parole, mais elle n'avait pas l'impression que les autres allaient faire un commentaire. Elle s'éclaircit la gorge.

— Il se peut qu'il ne commette pas toujours les meurtres de la même manière qu'au Texas, affirma-t-elle, puis elle se figea quand tous les yeux se tournèrent vers elle. Je veux dire qu'il pourrait le faire en direct dans des circonstances normales. Mais, cette fois-ci, il a piégé l'endroit avec des explosifs. Il ne l'a jamais fait avant.

Shane se raidit à côté d'elle.

— Cette fois, il savait que nous venions.

---

3. Signifie que la faille n'est pas connue avant le moment de l'attaque.

— Il n'y a pas de fuite, à moins que quelqu'un ne fournisse des informations à ce type en face-à-face, remarqua Alex. Ashley et moi avons vérifié les communications électroniques de tous les membres de l'équipe après le Texas et tout le monde a passé le test.

Shane adressa un regard rapide à Yael. Les personnes présentes dans la salle semblaient choquées d'avoir fait l'objet d'une enquête active. Ce n'était pas le cas de la jeune femme. Même s'il y avait d'autres moyens de communiquer en ligne, via des chat rooms, des forums, des plates-formes de jeu, des portables prépayés, ou par le biais de bons vieux points de chute. Elle soupçonnait Alex et Ashley Chen d'avoir exploré ces pistes autant que possible. Pourtant, cela ne collait pas avec le profil des gens qui travaillaient pour le Bureau en général. Pourquoi rejoindre le FBI pour se lier avec un tueur ? Elle espérait que les personnes de ce genre auraient été éliminées au cours de la procédure de candidature. Mais il y avait d'autres civils comme elle dans la *task force*. Elle se demandait à quel point Ashley Chen avait fouillé dans son passé.

Yael échangea un regard avec son boss, qui soutint son regard, comme s'il lisait dans ses pensées. Il secoua légèrement la tête, ce qui était à la fois inquiétant et rassurant. Il connaissait assurément son passé, et il l'avait quand même engagée. Elle ravala le nœud qui lui obstruait la gorge.

— Doit-on penser qu'il savait précisément qu'un groupe de travail avait été constitué pour enquêter sur ses crimes ou visait-il les forces de l'ordre en général ? s'enquit Sloan.

— Mon hypothèse, c'est qu'il savait, d'une manière ou d'une autre, qu'une *task force* conjointe spéciale avait été mise en place, déclara Frazer, qui se pencha en avant. C'est sans doute la raison pour laquelle il a choisi cette victime en particulier. Anya Baker a effectué un stage au FBI l'été dernier, et elle prévoyait de postuler au Bureau après l'université. Elle ne s'en cachait pas. Elle a écrit et publié un article en ligne sur son expérience.

— Il savait ou supposait que nous étions sur ses traces et s'est servi de cette victime spécifique comme appât pour nous faire tomber dans des pièges à la fois en ligne et dans le monde réel, déclara Shane avec amertume. À quel point pensez-vous que Yael est en danger maintenant qu'il sait à quoi elle ressemble ?

La jeune femme se tortilla sur son siège, car elle était à nouveau au centre de l'attention.

— J'ai un système d'alarme.

— Vous avez besoin d'une meilleure protection. Vous conduisez un *scooter électrique* pour l'amour du ciel !

Elle lui adressa un regard surpris. Manifestement, elle n'était pas la seule à avoir fouiné un peu pendant le week-end.

— D'accord, *Shannon*, murmura-t-elle.

— *Aïe.*

— La sécurité dans la nouvelle maison de Yael est excellente... Je l'ai moi-même installée, déclara Alex. Et elle est tout à fait capable d'assurer sa sécurité en ligne, surtout après ce qui s'est passé à Houston.

Yael se détendit un peu en voyant que son boss la soutenait. Cela signifiait beaucoup pour elle. Mais Shane n'avait pas l'air convaincu.

— Je suis d'accord sur le sujet du moyen de locomotion. Je prévoyais de soulever la question après cette réunion. Nous pouvons te prêter un véhicule de fonction de l'enceinte, proposa Alex.

Yael se mordit la lèvre : elle n'avait pas l'impression d'avoir le choix. Elle détestait renoncer à son autonomie, mais elle était aussi consciente qu'elle devrait sans doute acheter une voiture pour l'hiver. Un scooter, c'était fantastique en été, mais les routes verglacées n'étaient pas les amies de Myrtle.

Néanmoins, ce n'était pas comme si elle allait ailleurs qu'au travail ou à la maison. Tomber sur Shane dans un bar était un pur coup du hasard, le genre de chose qui n'avait qu'une chance sur un million de se produire.

— Y a-t-il une possibilité que le suspect pirate la base de données du fichier des permis et découvre la véritable identité de Mme Brooks grâce à la reconnaissance faciale ? s'enquit Ashley, inquiète.

Alex remua sur son siège.

— C'est un scénario externe que nous avons envisagé et planifié. Nous avons suffisamment altéré la photo de Yael dans la base de données pour rendre inutile la comparaison d'images s'il parvenait à accéder au système.

La bouche de Yael s'assécha, tandis que tout le monde la dévisageait. Ce n'était pas strictement légal, mais, officiellement, Alex l'avait fait pour tester le système contre d'éventuelles failles de sécurité à l'avenir, ce pour quoi le gouvernement payait son entreprise.

Si Cramer, Parker & Gray, Security Consultants pouvait le faire, d'autres pouvaient peut-être le faire aussi. Le gouvernement devait mettre en place un système de surveillance pour détecter ce genre de manipulation. Sans oublier que la CIA serait très intéressée par leurs découvertes et la manière dont elles pourraient être utilisées pour protéger l'identité de ses agents. Entre-temps, Yael y gagnait un peu de sérénité.

— Y a-t-il d'autres bases de données susceptibles de stocker le visage de Yael ? demanda Sloan.

La jeune femme se raidit. Elle sentit le regard de Shane sur son profil, mais elle refusait de le regarder. Après un long moment, Alex parla pour elle.

— Yael n'a pas de passeport ni de condamnation pénale, et elle n'est pas non plus active sur les médias sociaux avec sa propre identité.

C'était vrai.

— Je ne peux pas dire quelles entreprises privées pourraient récupérer des images et des données, mais il faudrait du temps et des efforts à EG pour le découvrir. C'est plus simple de s'asseoir à l'extérieur de nos bureaux à Washington et d'attendre qu'elle quitte son travail. Et, oui, nous avons mis en place des mesures de protection contre ce type d'activités dans tous nos locaux.

Yael déglutit. Il y avait des photos d'elle en ligne, mais elle était bien plus jeune à l'époque. Au cours des dix dernières années, elle avait tout fait pour que son visage n'apparaisse sous aucune forme numérique. Elle disposait de quelques comptes anonymes pour surveiller Internet, mais rien ne permettait de remonter jusqu'à elle, ni même jusqu'à sa véritable adresse IP.

Son personnage de Sphinx était grillé. Elle n'y reviendrait plus. Elle avait effacé toute trace de cet avatar sur le Web, juste au cas où elle aurait laissé des indices inconscients.

Shane fit craquer son cou. Il semblait détendu, mais Yael sentait l'énergie qui émanait de lui. Puis il dit :

— Je suppose que des membres du TEDAC examinent l'engin explosif ?

Le TEDAC était le centre d'analyse des engins explosifs terroristes.

— Les scientifiques du TEDAC se sont immédiatement rendus au Texas pour rassembler les preuves et les ont rapportées à Huntsville pour les examiner, répondit Ashley, qui consulta un rapport. L'explosif était du C-4. Les détonateurs provenaient de l'armée, mais nous n'avons pas été en mesure de remonter leur trace. Le dispositif était réglé pour exploser dès l'ouverture de la porte.

De sa main droite, Shane fit rouler le stylo contre le bloc de papier vide sur la table. Les muscles de son avant-bras étaient clairement définis.

— Je doute qu'EG ait appris ces choses sur Internet. Soit il a une expérience des explosifs, soit il a engagé quelqu'un pour l'aider. Le cas échéant, cette personne est un maillon faible, et nous devons la trouver.

— Je suis d'accord. Le TEDAC collabore avec la police scientifique pour recueillir d'éventuelles preuves supplémentaires, dit Sloan, qui se leva. Depuis le début de sa série de meurtres, ce suspect a laissé derrière lui un tas de décombres. Il semblerait que nous soyons toujours en train de lui courir après pour nettoyer ses dégâts, sans jamais pouvoir le devancer. S'il reste fidèle à lui-même, il nous reste moins de trois mois pour l'empêcher de frapper à nouveau. Retrouvons-nous ici à huit heures mercredi matin, et tous les autres jours ouvrables par la suite. Je veux entendre des progrès mesurables de la part de chacun à chaque réunion.

Cela ne présageait rien de bon aux yeux de Yael. Sloan donnait l'impression de se préparer pour le long terme. Plus cela prenait de temps, plus la trace en ligne disparaissait. Internet était peut-être éternel, mais c'était aussi éphémère pour quelqu'un qui savait comment effacer des données.

— Qu'en est-il de la carte de crédit volée qui a été utilisée pour acheter le VPN ? s'enquit Yael.

— Vendue sur le dark Web dans un lot qui en contenait des milliers, déclara Ashley avec une moue.

Bon sang !

Tout le monde commença à ranger ses affaires, Ashley veillant à ce que chacun ait une piste spécifique à suivre.

Yael éteignit son ordinateur portable et le rangea. Cette réunion avait été une perte de temps pour elle. Elle n'avait rien appris. Elle aurait pu travailler sur le code et voir s'il contenait des indices qui auraient pu être trouvés à d'autres endroits en ligne. Elle sursauta quand le bras de Shane frôla le sien. Même si, de manière générale, elle n'aimait pas être touchée, ce n'était pas la raison pour laquelle son corps réagissait si fortement à cet homme. C'était une sorte d'hyperconscience étrange qui lui faisait dresser les cheveux sur la nuque.

— Vous voulez que je vous emmène à l'enceinte d'Alex Parker pour récupérer le véhicule ?

— Je me débrouille.

Une partie d'elle aurait voulu accepter son aide, mais cela allait à l'encontre de sa nature. Elle ne pouvait pas dépendre de quiconque. Elle l'avait appris à ses dépens.

Alex se rapprocha.

— Je peux t'y conduire maintenant.

— Et Myrtle ? s'enquit-elle.

— Qui ? demanda Shane, les sourcils froncés.

— Mon scooter.

Heureusement, son patron savait qu'elle avait donné un nom à sa Vespa. Shane tendit la main.

— Donnez-moi les clés et je vous déposerai Myrtle après le travail.

Yael le regarda fixement. Le regard d'Alex oscilla entre eux deux, puis il se tourna pour parler avec Ashley qui s'était rapprochée pour lui poser une question.

Yael se retrouva à fixer les yeux de Shane, d'un vert profond moucheté de blanc, comme la surface d'un océan agité.

— Quel est le problème ? lui demanda-t-il à voix basse.

Yael chassa cette sensation troublante qu'il lui procurait.

— Pourquoi feriez-vous ça pour moi ? Nous ne sommes pas amis.

Il fit la grimace.

— Parce que c'est une chose acceptable pour une collègue ? Et pourquoi ne serions-nous pas amis ? Nous avons pris un verre ensemble et partagé un repas.

Les *chicken wings* comptaient-elles comme un repas ?

Shane se leva.

— En tout cas, c'est votre choix, mais cela ne me pose aucun problème puisque je passe devant chez vous en rentrant chez moi. Et je sais que je me sentirai mieux, personnellement et professionnellement, si vous disposiez d'un moyen de transport qu'un connard au volant d'une voiture ne pourrait pas éliminer d'un coup de volant, expliqua-t-il, puis son expression s'assombrit. Nous avons tous les deux vu ce que ce type est capable de faire à d'autres êtres humains. Ce que je suggère, c'est peut-être le pire des scénarios, mais ce n'est pas tiré par les cheveux, et, contrairement à nous tous, il sait à quoi vous ressemblez.

Yael serra les poings. Elle détestait qu'il ait raison. Elle laissa échapper un soupir de frustration, et laissa tomber les clés dans la paume de Shane.

— Elle se trouve sur le parking principal, près de l'Académie. Ne forcez pas sur votre bras en la mettant dans votre camion.

— Oui, maman.

— Je suis sérieuse, affirma-t-elle, glissant le reste de ses affaires dans son sac d'ordinateur. Demandez à l'un de vos amis musclés de vous aider.

Shane jeta les clés en l'air.

— Ah ! *Impertinente.* J'aime l'impertinence.

Yael leva les yeux au ciel. Elle n'était pas *impertinente.* Elle suivit son patron, tout en regrettant d'être aussi excitée à l'idée de revoir l'agent de la HRT. Bientôt, en plus.

C'était une erreur de s'impliquer davantage, mais, d'un autre côté, ils allaient travailler ensemble jusqu'à ce qu'ils attrapent cette ordure, ou que le bras de Shane guérisse. Yael espérait vraiment que ce serait la première option. L'idée que ce monstre soit quelque part en quête de sa prochaine victime, sans doute en train de la traquer, elle, lui donnait la nausée.

Mais elle n'allait pas rester immobile et laisser ce prédateur l'attraper. C'était elle qui était en chasse à présent. Elle en avait assez d'être une victime.

CHAPITRE HUIT

I

l faisait nuit lorsque Shane se rendit à la maison de Yael, même s'il n'était qu'un peu plus de dix-sept heures.

Yael avait appelé le poste de garde pour que la sécurité le laisse entrer. Le quartier fermé était situé en bordure d'une forêt et d'un petit ruisseau, ce qui donnait probablement un faux sentiment de sécurité aux personnes qui vivaient ici. Alors que la plupart des petits voleurs éviteraient un tel lieu et chercheraient des proies plus faciles, ce suspect n'était pas un simple cambrioleur. Il aimait jouer, et il aimait provoquer les forces de l'ordre.

Shane recula son camion dans l'allée de Yael et sauta dehors, abaissant le hayon au moment où elle ouvrait la double porte du garage de l'intérieur. Elle portait le même jean moulant que plus tôt, mais elle avait abandonné le sweat à capuche et les bottes, elle avait les pieds nus à présent. Un Henley bleu pâle à manches longues épousait sa silhouette et lui rendait la bouche sèche d'une manière qu'il n'avait pas anticipée.

Il souleva Myrtle d'une seule main et Yael l'aida à descendre doucement le scooter électrique sur le sol.

— Si vous essayez d'exhiber votre puissance virile, cela ne marchera pas avec moi, remarqua-t-elle tout en caressant le guidon, comme si la Vespa était un animal de compagnie.

Comme la plupart des membres de la HRT, Shane avait du mal à résister quand on lui lançait un défi, même avec désinvolture.

— Si vous n'êtes pas impressionnée par la « puissance virile », qu'est-ce qui vous impressionne ? s'enquit-il en refermant le hayon de son camion.

— Les personnes qui sont capables de rester longtemps sans parler, répliqua-t-elle avec un bon gros sourire factice.

— Oh ! Définitivement impertinente.

Il réprima un sourire, car il voyait bien qu'elle détestait qu'il la qualifie ainsi.

Elle rentra dans le garage ce que Shane considérait, au mieux, comme un vélo surdimensionné, à côté d'un gros SUV noir aux vitres teintées qu'il soupçonnait d'être pare-balles. Cramer, Parker & Gray protégeait des célébrités et des hommes politiques importants. Alex Parker monta encore d'un cran dans l'estime de Shane, car il considérait que la sécurité de son employée était aussi importante que celle de ses clients. Sans parler du fait qu'il consacrait son temps personnel et les ressources de sa société à la traque de cet enfoiré, aux côtés du FBI.

Yael revint dans l'allée et se posta non loin de lui, les bras croisés. En dépit de ses propos désobligeants sur sa « puissance virile », il avait remarqué la façon dont elle l'avait regardé lors de la réunion du matin. Elle aimait bien ses muscles. Simplement, elle ne voulait pas l'apprécier.

Il pourrait s'en accommoder.

Pas pour la mettre dans son lit, même s'il se mentait peut-être à lui-même à ce sujet. Il s'était surpris à penser à ses yeux sombres et à ses lèvres pulpeuses régulièrement tout au long du week-end. Plus important, elle était intéressante et... intelligente. Et l'intelligence était sa kryptonite personnelle. Il ne refuserait donc pas si elle lui proposait plus qu'une relation de travail, mais ce qu'il voulait vraiment, c'était se rapprocher d'elle pour obtenir des réponses. Des réponses sur elle, sur EG, sur la mort de Scotty.

Et, à part un peu de HTML, le code informatique était du charabia pour lui.

De l'autre côté du cul-de-sac, un homme sortit et déposa une pile de cartons soigneusement empilés dans le conteneur de recyclage. L'inconnu leur fit un signe de la main, que Yael lui rendit.

Un panneau « À vendre » se balançait au gré de la brise dans le jardin de l'homme. Il n'y en avait pas dans celui de Yael. Les avantages d'une transaction privée.

Fin de la vingtaine, un mètre soixante-quinze, légèrement musclé, les cheveux foncés et portant d'épaisses lunettes noires, l'homme s'avança vers eux en affichant un sourire idiot.

— Bonjour. Je viens d'emménager de l'autre côté de la rue. Kevin Karvo. Je voulais me présenter à mes nouveaux voisins.

Shane le regarda attentivement tandis que le type prenait la main de Yael et la serrait vigoureusement.

Celle-ci se dégagea rapidement et croisa ses bras, voûtant ses épaules contre le froid. Elle ouvrit la bouche pour parler, mais Shane leva sa main valide et l'interrompit.

— Bienvenue dans le quartier, Kevin, dit-il, serrant fermement la main de l'autre homme avant de la lâcher. Betty adore cet endroit, n'est-ce pas, chérie ?

Yael haussa ses sourcils sombres et le regarda comme s'il avait totalement perdu les pédales.

Mais elle comprit rapidement.

— Oui, Billy. C'est un quartier formidable. Je suis sûre que vous allez vous plaire ici, Kevin. Les gens sont *vraiment* gentils.

Shane enroula son bras droit autour des épaules de Yael et la tira à ses côtés. Il ne prit pas la peine de masquer son sourire quand elle se raidit à côté de lui.

— Enchanté de vous avoir rencontré. Bonne installation. Passez une bonne soirée.

Puis Shane entraîna Yael vers le garage, et il verrouilla son camion à distance à l'aide de la télécommande. Ils entrèrent, et Kevin comprit le message, et traversa la rue en trottinant jusqu'à sa propre maison.

Shane lâcha Yael pour longer le côté du SUV emprunté et se diriger vers la porte intérieure. Il appuya sur le bouton de la porte du garage, qui se referma en grondant.

— Cela vous ennuie si je rentre et que je vérifie votre système de sécurité ?

Yael avait toujours les bras croisés, l'échine et les épaules raides.

— Vous avez entendu dire qu'Alex l'avait installé, n'est-ce pas ?

— Oui.

— Vous savez que c'est l'un des meilleurs au monde dans ce domaine ?

Shane jeta un coup d'œil par-dessus son épaule.

— Les systèmes de sécurité deviennent inutiles si vous ouvrez votre porte à un agresseur, ou si vous communiquez des informations que vous ne devriez pas lorsque vous croisez quelqu'un dans la rue.

Yael souffla d'un air agacé.

— Je n'allais rien lui dire.

— Bien sûr que non. Sauf votre nom. Et le fait que vous venez d'emménager ici vous aussi, et que vous ne connaissez personne non plus. Et que le grand type armé qui se tient dans votre allée n'est qu'un loser du boulot et qu'il ne sera pas là pendant la nuit.

— Ce qu'il sait probablement déjà s'il est Evil Geni-us et qu'il m'a retrouvée.

— Il ne saurait pas que je ne reste pas, argumenta-t-il en repoussant les sentiments que cette pensée évoquait. Mais ce n'est pas la question. Le suspect ne fait sans doute pas partie de votre cercle intime, et vous ne voulez pas lui donner l'occasion de s'introduire par la ruse.

Il s'interrompit, puis baissa les yeux vers elle et vit la façon dont elle frissonnait dans le froid du garage.

— Ne laissez pas le besoin sociétal d'être poli vous faire baisser votre garde. Vous pourrez vous lier d'amitié avec Kevin une fois que cet enfoiré aura été attrapé.

Le coin des lèvres de Yael tressaillit.

— Je n'arrive pas à croire qu'on me fasse la leçon parce que je suis trop extravertie ou trop gentille avec des inconnus. C'est le comble de l'ironie.

— Vous n'aimez pas les gens ?

— J'aime certaines personnes.

Elle haussa les épaules et passa devant lui pour entrer dans la maison. Shane la suivit, vérifia la porte et la serrure, toutes deux de grande qualité.

— Le garage attenant, c'est votre point faible. Ce ne serait pas difficile pour le malfaiteur de répliquer le système d'ouverture de la porte et d'attendre à l'intérieur du garage, prêt à vous sauter dessus quand vous entrez ou sortez de chez vous.

Elle haussa un sourcil délicat et il réprima l'envie de tendre la main et de passer son doigt le long du bord fin.

— C'est drôle. Jusqu'à ce que ce SUV monstrueux soit garé dans le garage, j'avais une vue imprenable sur chaque centimètre carré.

Il grimaça.

— De plus, j'ai des caméras aux entrées avant et arrière, même si…, dit-elle, avant de s'interrompre.

— Quoi ?

— Rien.

— Quoi ? insista Shane.

— Je m'inquiète un peu qu'il puisse manipuler le système pour entrer sans déclencher l'alarme ou…

— Ou infiltrer le flux des caméras et vous espionner ?

Les cils de Yael s'abaissèrent sur ses yeux marron foncé.

— Oui.

— C'est bien.

— Bien ? s'exclama-t-elle, l'air indignée.

— Bien sûr, affirma Shane, qui se rendit dans le couloir sans attendre d'invitation. Cela signifie que vous ne vous reposerez pas entièrement sur la technologie au détriment de votre instinct. Cela vous ennuie si je prends un verre d'eau ?

Elle avait l'air un peu décontenancée.

— Bien sûr que non.

Elle passa devant lui et il perçut à nouveau son parfum. Ce devait être son shampooing. Une baie sucrée qui lui donnait envie de plonger ses mains dans quelque chose qui ne lui appartenait pas.

— Des progrès dans la traque de notre tueur ? l'interrogea-t-il en la suivant dans la cuisine blanche et lumineuse, équipée d'une cuisinière à gaz à six brûleurs.

— Pas vraiment, mais j'ai mis en place un robot d'indexation pour explorer les sites Web à la recherche de quelques lignes de code spécifiques dont il s'est servi lorsqu'il a hacké mon système. Je ne les connais pas bien, alors…

— Combien de temps avant d'obtenir des résultats ?

Elle récupéra son sweat à capuche sur le dossier d'un tabouret de cuisine et s'emmitoufla dans le coton doux avant de prendre un verre dans le placard. Le tatouage à l'intérieur de son poignet représentait un petit serpent travaillé de manière complexe.

— Difficile à dire. Je peux préparer de l'eau gazeuse si vous voulez ?

— Ça me va, répondit-il, car tout ce qui prendrait un peu de temps lui convenait. Pourquoi est-ce difficile à dire ?

Elle prépara une bouteille d'eau gazeuse et lui en servit un verre. Puis elle le posa sur le plan de travail plutôt que de risquer d'entrer en contact avec lui. Il ignorait comment il le savait, sauf que, lorsqu'il cherchait à croiser son regard, elle l'évitait. Il la rendait nerveuse, mais il n'avait pas l'impression que c'était parce qu'elle avait physiquement peur de lui. C'était quelque chose d'autre.

De l'attirance ? Ou de la culpabilité ?

Il pourrait avancer avec une attirance. Et il découvrirait ce qu'elle cachait. En attendant, il se réjouissait de continuer à lui soutirer des informations utiles à l'enquête.

— Le volume considérable de sites et de pages Web signifie qu'il faut des heures, des jours, voire des semaines pour parcourir l'ensemble des données. Sans oublier qu'il pourrait s'agir d'un code générique que je ne connais tout simplement pas et qui renverrait des centaines, voire des milliers de résultats. Auquel cas, je passerai en revue les résultats, abandonnerai la recherche ou l'affinerai.

— Ça a l'air compliqué, remarqua-t-il, avant de boire une gorgée.

Elle serra les mains.

— Pas vraiment.

— Pour moi, si.

— Ce que vous faites est compliqué. Je me contente d'examiner du code informatique et d'évaluer des menaces.

Shane se rapprocha de Yael.

— Ne vous rabaissez pas. Vous fouillez Internet à la

recherche des éléments que les hackers essaient de dissimuler. Ce que vous faites est important, et je pense que vous le savez.

Il tendit la main et libéra doucement une mèche de cheveux qui s'était échappée de sa queue de cheval et s'était retrouvée coincée dans le col de son sweat à capuche.

Il vit la manière dont ses pupilles se dilatèrent lorsqu'elle le regarda. Il était presque certain que c'était de l'attirance qui se reflétait dans ses iris sombres, mais il voyait aussi de la méfiance. Il voulait que l'assassin de Scotty paie. Il voulait tous les châtiments qu'il était légalement autorisé à infliger et peut-être un peu plus. Pour y parvenir, il devait se frayer un chemin sous la garde de cette femme.

Il but une nouvelle gorgée d'eau, puis recula.

— Où sont les caméras ?

Surprise, elle cligna des yeux. Bien. Il voulait qu'elle soit un peu déstabilisée. Avant tout, il avait besoin qu'elle lui fasse confiance, et il avait le sentiment que, s'il faisait un geste maintenant, elle ne le laisserait plus jamais franchir le seuil de la porte.

Une image de Grace étreignant ses enfants privés de leur père lui traversa l'esprit. Elle anéantit le désir qui avait commencé à se faufiler entre les fissures de son armure.

Yael sortit son téléphone et ouvrit l'application de sécurité dont elle se servait. Elle le lui remit, puis le conduisit à travers le salon jusqu'à la terrasse en passant par une porte coulissante. Elle comportait des marches, et il n'y avait pas d'autre accès à l'arrière. La jeune femme pointa du doigt deux caméras installées de part et d'autre de la maison. Yael était clairement visible dans les deux cas, et, a priori, il n'y avait pas d'angle mort.

Elle claqua des dents à cause du froid ; ils retournèrent à l'intérieur. Il vérifia l'avant de la maison. Il y avait une caméra à l'intérieur du garage et une autre montée sur la porte d'entrée, qui permettait de voir toute personne s'approchant de la maison.

— Et elles sont en direct vingt-quatre heures sur vingt-quatre, sept jours sur sept ?

Yael hocha la tête, puis libéra ses cheveux de l'élastique qui les retenait. Ils retombèrent sur ses épaules en une vague brillante.

Il aurait voulu faire un autre pas vers elle et les toucher, mais il savait que ce serait franchir une ligne, et qu'il serait difficile de revenir en arrière. Il avait déjà suffisamment repoussé les limites pour une journée.

— Il y a une surveillance sur les caméras ?

— Je reçois une notification chaque fois que quelque chose traverse l'un des faisceaux proches de la maison. Tout est enregistré en permanence, et les données sont effacées tous les sept jours. Alex a installé une alarme silencieuse qui se déclenche si quelqu'un d'autre que quelques personnes identifiées, c'est-à-dire lui et moi à ce stade, tente d'interférer avec le système. Une capture d'écran de la personne qui désarme la console est prise et envoyée chaque fois que l'alarme est désactivée. Bien entendu, je retirerai Alex dès qu'EG sera attrapé, mais pour l'instant, j'apprécie le renfort.

Shane acquiesça. Le système de sécurité pouvait être contourné, mais pas aisément, et pas sans déclencher d'alerte. C'était du matériel sophistiqué.

Il ouvrit les contacts du téléphone de Yael, trouva son numéro, et l'appela. Son téléphone sonna.

— Et, maintenant, j'ai votre numéro, si j'ai besoin de vous pour quoi que ce soit.

Il lui rendit l'appareil, pris au dépourvu une fois de plus par l'étincelle qui jaillissait entre eux. Peut-être s'agissait-il simplement d'électricité statique ? Ou peut-être était-ce parce qu'elle était hors limites ? Ou qu'elle résistait activement à cette chose qu'il y avait entre eux.

Yael leva les yeux au ciel.

— Je peux toujours vous bloquer ou vous supprimer, vous savez.

— Pourquoi feriez-vous une chose pareille ? s'enquit-il alors qu'il se dirigeait vers la porte d'entrée. Considérez-moi comme le plan de secours.

Il ouvrit la porte d'entrée et remarqua que Kevin Karvo sortait d'autres déchets de l'autre côté de la rue. L'homme s'arrêta et leva une main.

Shane hocha la tête en guise de réponse, puis il se retourna vers Yael, qui était appuyée contre l'encadrement de la porte.

— Yael.

— Qu'y a-t-il ? s'enquit-elle, sourcils froncés.

— Préparez-vous.

— Pour quoi ?

— Je vais vous embrasser, pour que le gars d'en face n'ait pas l'idée de venir ici pour emprunter du sucre dès que je partirai.

Il se rapprocha, glissa ses doigts dans les cheveux de la jeune femme et autour de son crâne. Lentement, il l'attira vers lui.

— D'accord ?

Elle tourna les yeux sur le côté et resta tendue pendant une fraction de seconde, avant de hocher légèrement la tête.

— Essayez de ne pas vous enfuir en criant.

Un sourire effleura sa bouche, mais ses yeux sombres se posèrent sur les lèvres de Shane.

Il se rapprocha encore un peu plus, regrettant pour la millionième fois d'avoir un plâtre sur son bras gauche dominant. Il posa délicatement sa main gauche sur la hanche de la jeune femme.

Lentement, il abaissa sa bouche jusqu'à la sienne, effleurant rapidement ses lèvres. Elle cligna des yeux en réponse et déglutit. Elle écarta légèrement les lèvres et garda les yeux rivés sur la bouche de Shane. Il ne pouvait résister à la goûter à nouveau, alors il abaissa à nouveau sa tête. Yael se hissa sur la pointe des pieds, ses seins frôlant son torse et faisant chuter son QI de trente points. Il lui mordilla la lèvre inférieure et approfondit un peu plus leur baiser. Il faillit tomber à la renverse quand la langue de la jeune femme glissa sur sa lèvre inférieure. Puis elle remonta les mains sur son torse, pour les glisser autour de son cou. Shane la rapprocha, l'embrassant comme il se devait. Il sentit la réaction intense de son propre corps. Il ressentit le désir refoulé qui réchauffait sa peau et faisait s'emballer son cœur. Un frémissement lui parcourut tout le corps tandis qu'il passait son bras gauche autour de la taille de la jeune femme et la plaquait contre le mur. La douleur irradia son coude et il s'éloigna, crispant sa mâchoire en signe d'irritation. Non pas à cause de la douleur, mais parce qu'il avait oublié son bras cassé et qu'ils se trouvaient dans un espace semi-public. Il avait baissé sa garde alors qu'il était censé aider à la protéger.

Il la relâcha, puis leva son bras valide pour lui saisir le menton. Il abaissa une dernière fois ses lèvres, se disant qu'ils pouvaient tout aussi bien faire en sorte que cela ait l'air bien. Cette fois, lorsqu'il s'écarta, il n'eut pas à simuler le regret qui inondait tout son être.

— Est-ce qu'il regarde toujours ? demanda Yael d'une voix douce.

Shane jeta un regard sur le côté et secoua la tête.

— Bien.

— Oui, répondit-il.

Il n'était qu'un foutu menteur. La ligne délicate de sa gorge ondula lorsqu'elle déglutit.

— Gardez les portes fermées. Appelez-moi à n'importe quel moment si la moindre chose vous inquiète ou vous rend nerveuse. Et n'oubliez pas, ajouta-t-il en soutenant son regard noir. Votre instinct est votre meilleure protection. Mieux que n'importe quel système de sécurité ou n'importe quelle arme. Faites-lui confiance.

Yael le regardait fixement, comme si elle était devenue muette. À cause du baiser ? Il avait été plutôt incroyable. Ou bien, était-elle terrifiée par lui parce qu'il s'était imposé à elle ? Il recula d'un pas en l'observant attentivement.

Il ne voulait pas lui faire peur.

— Et chaque fois que vous aurez besoin d'un faux petit ami, vous pourrez compter sur moi.

Cela la fit rire.

— Un faux petit ami, hein ? Ça ressemble à tous mes petits amis.

Shane rit aussi, mais il avait envie de l'interroger à ce sujet. Pourquoi ? Étaient-ils en ligne ? Imaginaires, pas investis, pas honnêtes avec elle ?

Il ne pouvait pas se permettre d'aller plus loin avec cette femme. Pas s'ils espéraient tous les deux se sortir de cette histoire avec une réputation et une vie intactes. Mais il avait des questions... beaucoup de questions.

Les femmes intelligentes et intéressantes... c'était une foutue *kryptonite* absolue pour lui.

— Verrouillez derrière moi. N'ouvrez la porte à personne. Ne restez pas assise sur la terrasse. Ne faites pas de longues promenades solitaires dans les bois. Pas avant que nous ayons attrapé ce type, d'accord ? Et nous l'attraperons.

Il soutint son regard jusqu'à ce qu'elle acquiesce, même si elle semblait peu encline à suivre les ordres.

Elle referma la porte derrière lui, l'air encore un peu abasourdie... parce qu'il lui avait flanqué une trouille bleue ? Sans doute. Et c'était une bonne chose. Elle ne pouvait pas se permettre de prendre des risques. Il entendit les deux serrures s'enclencher.

Shane jeta un coup d'œil à la maison de Kevin avant de se diriger vers son camion. Il avait l'intention de vérifier les antécédents de cet homme avant de rentrer chez lui, et ce n'était pas seulement parce qu'il avait reconnu l'intérêt masculin dans son regard. C'était parce qu'il correspondait à la taille et à la silhouette d'Evi1Geni-us et que le timing était vraiment suspect.

Et si Kevin Karvo était Evi1Geni-us, Shane était impatient de lui réserver l'accueil qu'il méritait, avec son SIG Sauer P226 et une paire de menottes en acier inoxydable.

Bienvenue dans le quartier, enfoiré.

CHAPITRE NEUF

Shane visa la cible et tira une série de coups avec sa main droite avant de passer à la zone suivante et d'en tirer quelques autres. Il examina la chambre de son SIG pour s'assurer que l'arme était vide avant de vérifier les cibles. Plus tôt, il avait tiré une série avec son bras cassé dominant pour s'entraîner et il était satisfait de ses résultats, malgré la douleur qui semblait traverser l'os quand il poussait trop.

Le temps était couvert et frais. Les membres de l'équipe d'assaut Charlie effectuaient des exercices de combat rapproché dans le stand de tir. Ceux de l'équipe Echo attendaient leur tour, qui devait arriver une heure plus tard. Shane était déçu de ne pas pouvoir participer à l'action, même s'il avait l'intention d'observer. De voir comment les nouveaux s'intégraient parmi les autres.

Les snipers de l'équipe Gold s'étaient rendus sur l'un des champs de tir des Marines pour affiner leur technique. L'adresse au tir était une aptitude périssable et même les meilleurs tireurs du monde avaient besoin de pratiquer constamment. Cela valait également pour les personnes qui s'entraînaient avec des munitions réelles dans des conditions dynamiques.

Il retira ses protections auditives et se dirigea vers une table où il avait posé son matériel.

— Hé, Livingstone ! Quelqu'un veut te voir.

Shane se tourna vers Cowboy, qui se tenait près de la porte de l'enceinte.

Ryan Sullivan était l'un de ses meilleurs amis au monde, mais le voir adresser à Yael Brooks l'un de ses tristement célèbres sourires de pirate alors qu'elle se tenait là, comme une écolière perdue, serrant nerveusement son sac contre sa poitrine, donnait envie à Shane de le frapper.

Il inspira profondément, posa l'arme sur le banc et lui fit signe d'approcher. Yael jeta un regard nerveux à Hugo, le chien. Aujourd'hui, Cowboy effectuait un travail de base avec le malinois belge, au cas où Ford Cadell, le maître-chien habituel de l'animal, serait un jour inapte au travail. La jeune femme descendit prudemment la pente qui menait au stand de tir. Elle était vêtue de son habituel jean, de bottes, d'un t-shirt à motifs graphiques et d'une vieille veste en cuir.

Elle n'était pas maquillée, mais ses lèvres étaient brillantes, probablement grâce à un baume à lèvres qui les protégeait de l'air glacial du matin. Il avait goûté ces lèvres...

Shane détourna le regard et prit le temps de recharger ses armes, plaçant le SIG dans un holster à la cuisse et le Glock sur sa hanche. Puis il balaya les douilles de balles vides. Yael était-elle ici à cause de ce baiser ? Rétrospectivement, cela avait été une très mauvaise idée, mais elle l'avait embrassé en retour.

En voulait-elle plus ?

Shane leva les yeux. Elle ne lui semblait pas être le genre de femme à courir après un homme, surtout pas dans un complexe rempli de mâles alpha qui mangeaient des munitions et des explosifs au petit déjeuner.

— Vous êtes venue pour la leçon de tir ? s'enquit-il lorsqu'elle fut assez proche pour qu'il puisse lui parler sans élever la voix.

Alors qu'elle s'approchait, il la vit jeter un coup d'œil inquiet sur les armes. Il ramassa sa carabine, vérifia la sécurité, puis la passa en bandoulière. Confirmant son sentiment qu'elle détestait les armes à feu, ses yeux bruns s'écarquillèrent et elle secoua rapidement la tête.

— Pas dans cette vie.

Elle sembla pâlir. Elle n'aimait *vraiment pas* les armes. Avait-elle subi un traumatisme quelconque ? Il avait envie de le lui demander, mais il sentait qu'en la poussant trop fort et trop tôt, elle se retrancherait derrière ces murs qui lui servaient de cachette.

Les snipers n'étaient pas les seuls à apprendre l'art de la patience.

— Que puis-je faire pour vous ?

Il essaya de paraître professionnel et nonchalant plutôt qu'intrigué et enthousiaste.

— Je me suis rendu compte hier soir après votre départ que vous aviez oublié de me donner les clés de Myrtle.

Sans blague.

— Je n'arrive pas à croire que j'ai oublié de vous les rendre !

Et il était tout à fait possible qu'il les ait gardées à dessein, en guise d'excuse pour la revoir. Instaurer la confiance prenait du temps et Yael semblait réticente à l'idée de se rapprocher de lui, ce qui n'était pas un problème auquel il était habituellement confronté.

Elle haussa un sourcil sceptique, qui exprimait aussi clairement que des mots qu'elle ne le croyait pas.

— Toutefois, ce baiser m'a vraiment époustouflé, même si ce n'était que pour la galerie.

Shane sourit à Yael. Sa manœuvre de diversion fonctionna, car les joues de la jeune femme se couvrirent de rose. Il scruta ses yeux bruns et chauds pour savoir si elle regrettait ou non le baiser, mais, une fois de plus, son expression était difficile à déchiffrer.

Il rassembla le reste de ses affaires.

— Les clés sont à l'intérieur avec mon matériel. Je vous fais une visite rapide ?

Elle semblait partagée. Très peu de personnes étaient autorisées à entrer dans ce complexe, mais, comme elle travaillait dans la *task force*, il ne voyait pas l'administration s'en plaindre. Elle n'aimait peut-être pas les armes, mais il voyait bien qu'elle s'intéressait au fonctionnement de la HRT. Et même si, par le plus grand des hasards, elle était impliquée dans une fuite, il n'avait pas l'intention de lui montrer quoi que ce soit de classifié ou de sensible sur le plan opérationnel. Il ne la quitterait pas des yeux.

— D'accord.

Ils remontèrent la colline en passant devant Cowboy, qui regardait Yael avec un intérêt non dissimulé. Shane fit les présentations, car, dans le cas contraire, il aurait donné l'impression de revendiquer quelque chose.

— Ryan Sullivan, voici Yael Brooks. Elle travaille avec moi au sein de la *task force* conjointe.

Une lueur de compréhension passa sur les traits de Ryan, mais ses yeux ne perdirent pas leur éclat appréciateur. Ryan se considérait comme un fin connaisseur des femmes. Shane le considérait comme un pire animal que le chien assis patiemment à ses pieds.

Ryan tendit la main et Yael la prit à contrecœur, tout en regardant prudemment Hugo, qui les observait tous de ses yeux sombres et intelligents, une longue langue rose pendant sur le côté de sa gueule.

— Je suis désolée pour la perte de votre coéquipier, dit Yael à Cowboy d'un ton solennel.

Elle retira rapidement sa main et Shane remarqua qu'elle n'était pas particulièrement tactile.

L'expression de Ryan s'assombrit aussitôt. Il hocha brièvement la tête.

— Je vous remercie.

Aucun d'entre eux ne pouvait encore vraiment en parler. C'était bien trop douloureux.

— Ne vous inquiétez pas pour Hugo, la rassura Shane, inclinant la tête vers le chien, qui percevait manifestement la nervosité de Yael. C'est le chien le plus amical du FBI. Mais ne le dites pas aux méchants.

Toutefois, ce chien était capable de terrasser le pape lui-même si on lui en donnait l'ordre.

— Puis-je le caresser, s'enquit-elle.

— Bien sûr. Il protège sa meute. Il a simplement besoin de savoir que vous en faites partie, expliqua Ryan, lui tendant une friandise pour chien. Dites-lui de s'asseoir et donnez-lui ça. Il vous aimera pour toujours.

Shane remarqua le regard que Ryan lui adressa quand il prononça ces mots. Il leva les yeux au ciel dans le dos de Yael. Il insinuait que Shane était amoureux, et ce n'étaient que des foutaises. Certes, il l'aimait bien, mais il essayait de se rapprocher d'elle pour obtenir des informations, pas pour son corps.

Laissant Ryan derrière eux, Shane conduisit Yael à l'intérieur du bâtiment principal qui accueillait le personnel de soutien, leurs casiers et les cages d'équipement. L'espace de l'équipe Gold était plein à craquer de matériel technologique haut de gamme et dégageait une vague odeur de vestiaire de football doublé d'un atelier de mécanique.

Heureusement, il était vide, car la plupart des membres de l'équipe étaient occupés à s'entraîner. Shane consulta sa montre. Il était presque temps pour les équipes d'échanger leur place au stand de tir, mais c'était une nouvelle occasion de gagner la confiance de cette femme, et il n'était pas sûr d'en avoir beaucoup d'autres. Il pouvait regarder les gars à tout moment.

— Avez-vous eu des soucis après mon départ hier soir ? lui demanda-t-il.

— Personne n'est venu m'emprunter du sucre, si c'est ce qui vous préoccupe, répondit-elle, une lueur d'humour inattendue dans le regard.

Il sourit.

— On n'est jamais trop prudent.

Yael baissa le regard. Était-elle timide ? Il se disait que cela expliquait peut-être en partie son histoire, mais pas tout.

Il ouvrit son casier et récupéra ses clés sur l'étagère du haut. Il retira le trousseau de Yael du porte-clés de son camion.

— Tenez. Pourquoi *Myrtle*, au fait ?

Elle haussa les épaules en prenant les clés.

— Elle avait l'air d'une Myrtle, répondit-elle, lui adressant un regard perplexe. Vous ne donnez pas de nom à vos véhicules ?

Shane sourit.

— Il est possible que je donne des noms à mes armes, mais jamais à mon camion.

Yael fit les yeux ronds.

— Vous donnez un nom à vos armes ?

Il rit parce qu'elle avait l'air de penser qu'il avait perdu la tête, alors que c'était elle qui avait donné un nom à son foutu scooter.

— Non. Pas vraiment. Les snipers baptisent leurs armes longues, mais les membres de l'équipe d'assaut ne sont pas aussi sentimentaux que ces cœurs tendres.

Il referma la porte de son casier et se dirigea vers sa cage pour ranger sa carabine sur le support. Il devait nettoyer les trois armes avant de partir, mais, compte tenu de son bras inutilisable, il se disait qu'il avait le temps. Il prévoyait de se rendre plus tard au quartier général de la *task force* conjointe pour voir s'il y avait du nouveau.

— C'est ici que vous gardez toutes vos affaires ?

Ses yeux s'arrondirent en découvrant la combinaison de protection contre les armes biologiques et les sacs de transport d'équipement lourd.

— Oui. Toute l'équipe peut décoller en quatre heures. Cela inclut le chargement des véhicules, des hélicoptères et du matériel dans l'avion de transport de la base aérienne d'Andrews.

— C'est impressionnant.

Shane acquiesça, puis il fronça les sourcils en recevant une notification sur son portable professionnel. Il s'agissait d'un code rouge, ce qui signifiait qu'il devait se rendre immédiatement dans la salle de classe principale pour un briefing.

— *Merde !* Désolé, lui dit-il, puis il leva les yeux, et elle sembla comprendre qu'il se passait quelque chose. Je dois me présenter au bureau.

— Pas de problème. J'ai ce que je suis venue chercher.

Yael agita les clés sur la chaîne et les glissa dans la poche de son jean serré. Les doigts de Shane brûlaient de suivre le même chemin.

— Je vais vous raccompagner au bureau principal, et quelqu'un vous indiquera la sortie.

— Je peux retrouver mon chemin, protesta-t-elle.

— Ce sont les règles, j'en ai peur.

— *Évidemment.* C'est logique.

Elle acquiesça et il la laissa passer devant dans le couloir, en direction de l'atrium principal. Les agents franchissaient la porte, certains d'entre eux en sueur et empestant la poudre à canon après avoir terminé dans la salle de tir.

Yael se plaqua contre le côté du couloir tandis que le mur de testostérone les dépassait pour entrer dans la salle de classe. Certains hommes la regardèrent avec un intérêt évident et

Shane tâcha de ne pas se sentir possessif. Yael et lui *travaillaient* ensemble. Il ne s'impliquait jamais avec les personnes avec lesquelles il travaillait. Cela laissait trop de place pour les conflits. Sauf qu'il s'agissait d'une situation temporaire... Elle n'appartenait pas à la HRT. Elle ne faisait même pas partie du FBI.

Peut-être qu'une fois que tout serait terminé...

Il repoussa ces pensées. Trouver le tueur en série qui avait piégé la scène de crime et assassiné son meilleur ami était sa priorité. Pas *sortir avec quelqu'un*. Il se pencha sur le bureau et demanda à Maddie Goodwin, qui était la réceptionniste principale et la gardienne du bureau, si elle pouvait trouver quelqu'un pour escorter Yael jusqu'à la grille.

— Bien sûr, répondit la jeune femme, d'ordinaire joyeuse, mais qui était blême à cet instant.

L'estomac de Shane se noua. Il s'était passé quelque chose de grave.

— Que se passe-t-il ? lui demanda-t-il à voix basse.

Elle jeta un coup d'œil latéral aux patrons qui sortaient de la salle du fond et refusa de lui répondre. Shane sentit un frisson d'appréhension lui parcourir l'échine. Il fallait que la situation soit vraiment grave pour que les grands pontes assistent à cette réunion d'équipe impromptue. Les agents des équipes Red et Blue qui se trouvaient sur la base entrèrent à leur tour.

Merde.

— Venez par ici, Yael, je vais vous raccompagner. Désolée pour le chaos.

Le sourire de Maddie était forcé lorsqu'elle contourna le comptoir, renvoyant à Shane une expression tendue qui indiquait qu'il n'allait pas aimer ce qu'il était sur le point d'entendre.

— À demain, lança-t-il à Yael, mais elle avait déjà commencé à s'éloigner.

Elle avait compris que quelque chose d'important se passait, et qu'il devait entrer tout de suite dans cette salle.

Il s'efforça de la chasser de son esprit. Si elle était *effectivement* en danger, elle serait suffisamment en sécurité sur la base. Cependant, il détestait que ses pensées se bousculent. Il éprouvait une inquiétude sincère à l'idée qu'EG puisse la prendre pour cible, tout en étant insidieusement préoccupé par le fait que l'un des membres de la *task force* pouvait être corrompu.

C'était un peu exagéré d'imaginer que cette personne pouvait être Yael, mais Shane n'était pas prêt à écarter la moindre hypothèse quand il était question de l'homme qui avait assassiné son meilleur ami. Pas encore.

Il secoua la tête et entra dans la salle de cours. Il trouva une place contre le mur, à côté de Novak.

— Que se passe-t-il ? lui demanda Shane.

— Je ne sais pas, mais ça ne peut pas être bon.

Il pouvait s'agir de n'importe quoi, depuis une attaque terroriste majeure jusqu'à un exercice d'entraînement impromptu destiné à les maintenir au top de leurs compétences tactiques. Ce pouvait être également une émeute dans une prison, une menace nucléaire, ou les prémices de la prochaine guerre mondiale.

Shane inspira et tâcha d'apaiser son pouls qui s'emballait. Cowboy vint se placer à côté de lui.

— *Yael*, hein ?

— Elle fait partie de la *task force*, répondit Shane, serrant les dents.

— Dans ce cas, ça ne te dérange pas qu'elle m'ait donné son numéro quand je l'ai croisée dans le couloir ?

Shane regarda fixement son ami, et ce que celui-ci vit sur son visage le fit sourire.

— Je plaisante, mon pote. Je plaisante, lança Cowboy, qui croisa les bras et s'adossa au mur. Je lui ai donné le mien...

Shane était tenté de le plaquer au sol, même s'il savait que Ryan mentait. *Sans doute.*

Pour Shane, Yael n'était pas du genre à se laisser séduire par des mots doux superficiels ou des sourires charmeurs. Mais, à en juger par le nombre de femmes avec lesquelles Ryan sortait, peut-être ne savait-il pas vraiment ce qu'aimaient les femmes.

Ils *travaillaient* ensemble. Elle constituait pour lui un moyen de parvenir à ses fins.

Et Shane l'avait embrassée... et elle lui avait rendu son baiser. Même si c'était pour la galerie.

Il laissa échapper un grognement, la bouche en biais.

— Si tu t'approches d'elle, je te tue et je te balance dans la mer pour servir de nourriture aux poissons.

— Ah ! Je le savais !

Cowboy ricana et lui donna un coup de coude ; Shane secoua la tête. Ce type était l'un des meilleurs agents de l'équipe, mais il prenait rarement les choses au sérieux. Shane était conscient que c'était profondément lié au fait que Ryan était veuf, même s'il ne parlait jamais de sa défunte femme.

Tout le monde se tut quand le directeur de la HRT entra dans la salle et prit place à l'avant.

Daniel Ackers avait fait partie des équipes pendant huit ans avant de partir à Washington pour quelques années au siège du FBI. Il était revenu à la direction de la HRT deux ans plus tôt. C'était un homme franc du collier, qui comprenait leur travail comme aucune personne extérieure n'aurait pu le faire.

Il arborait une moue sinistre, les yeux baissés. Il leva la main pour attirer l'attention de tous.

— J'ai de mauvaises nouvelles, et, au regard de ce qui s'est passé à Houston récemment, je voulais être le premier à vous les annoncer. Vous savez sans doute que Kurt Montana devait rentrer d'une assignation temporaire aujourd'hui.

Il leva les yeux, ses yeux bruns habituellement pétillants étaient éteints et rougis.

C'est quoi ce bordel...

— Il y a vingt minutes, j'ai été informé par le département d'État que l'avion de Kurt au départ de Harare s'était écrasé. Toutes les personnes à bord sont mortes. On ne compte aucun survivant.

Il fallut une seconde pour que l'information soit assimilée, pour qu'elle pénètre le déni instinctif et persistant. Ce qui s'ensuivit ressemblait à un foudroiement du cœur.

Montana était un homme dur, mais il assurait toujours vos arrières et il aurait même pris une balle pour ses hommes.

Mort ?

C'était incompréhensible.

Dans un accident ?

Shane regarda fixement Jordan Krychek, qui était revenu au travail la veille. Le type était blanc comme un linge. Qu'avaient-ils fait en Afrique ? Avec qui avaient-ils travaillé ?

S'agissait-il d'une erreur humaine, d'une défaillance technique ou d'un attentat terroriste ? Ou une sorte de plantage militaire ? Un tas de questions se bousculaient dans la tête de Shane, mais il savait qu'il était trop tôt pour obtenir de vraies réponses.

— Nous allons bien évidemment chercher à en savoir plus et des membres de l'équipe Red sont déployés pour enquêter sur le terrain, annonça Ackers, qui s'éclaircit la gorge. Mais, à mon immense tristesse, j'ai toutes les raisons de croire que Kurt Montana est mort la nuit dernière. Je suis sur le point d'annoncer la nouvelle à sa famille. Agents Novak et Angeletti, j'aimerais que vous m'accompagniez, si vous le voulez bien.

Shane vit Novak prendre une respiration tremblante et il fut heureux que ce dernier puisse compter sur le soutien émotionnel de sa petite amie négociatrice du FBI. Charlotte Blood était un amour. Malgré son trouble intérieur, Shane nota qu'il devait lui envoyer un message pour l'avertir. Angeletti semblait sur le point de vomir. Cet événement les avait tous durement frappés.

Un sentiment de chagrin et de solitude s'empara de Shane alors qu'il pensait au manque de soutien émotionnel dans sa propre vie. Certes, il pouvait appeler ses parents, ou ses sœurs, mais cela ne ferait que les inquiéter.

Merde.

Une soudaine poussée d'énergie se répandit en lui sans qu'il sache comment la canaliser. Le monde venait de basculer à nouveau et s'écroulait sur sa tête.

Cowboy déglutit avec difficulté, et un tic agita sa mâchoire. Puis il s'écarta du mur.

— Il est temps d'aller faire quelques exercices à la maison de tir, annonça-t-il, puis il lança un regard à Shane. Tu viens ?

Son ami acquiesça, et tout le monde sortit en silence de la salle.

Il se sentait vide à l'intérieur. Perdre un membre de l'équipe était déjà assez terrible. En perdre deux en autant de semaines était dévastateur.

CHAPITRE DIX

Yael bâilla si fort qu'elle eut l'impression que sa mâchoire allait se déboîter. Il était huit heures du matin et elle était une fois de plus coincée dans un briefing matinal de la *task force* à Quantico.

— La nuit dernière, nous avons mis le doigt sur un paiement en cryptomonnaie à un ancien soldat, expert en munitions basé à Fort Bragg.

L'ASAC Carly Sloan se tenait à l'avant de la salle et expliquait les informations que Yael et Alex avaient passé la majeure partie de la nuit à dénicher après que Laura avait identifié l'activité sur une monnaie liée à l'un des meurtres via la plate-forme Ethereum, tard dans la soirée.

Après avoir découvert avec Yael une identité qui suggérait que l'homme pouvait être un suspect sérieux pour l'expert en explosifs d'Evi ı Geni-us, Alex avait passé quelques coups de fil.

À en juger par son absence à la réunion de ce matin-là, et par le fait que la moitié des sièges de la salle étaient également vides, le FBI était vraisemblablement déjà en route pour exécuter un mandat d'arrêt.

Yael n'était pas la seule à avoir remarqué qu'il manquait beaucoup de monde. Elle sentait la tension intense qui habitait Shane.

— Quels sont les détails dont nous disposons ? s'enquit-il.

Il semblait sévère ce jour-là, concentré et fermé, pas du tout l'homme facile à vivre auquel elle s'était habituée. Elle se demanda si ce changement de comportement avait quelque chose à voir avec la réunion urgente qui avait agité tout le monde la veille dans l'enceinte de la HRT. Ou peut-être avait-elle confondu une sincère préoccupation pour sa sécurité avec de l'attirance. Peut-être était-elle la seule à avoir été profondément déconcertée par ce stupide baiser.

— Lloyd Zenko était un soldat d'infanterie formé au sein de l'unité de neutralisation des explosifs et munitions, mais il a été exclu du programme et renvoyé pour déshonneur après s'être présenté au travail en état d'ébriété il y a seize mois.

— Boire au travail n'est pas une très grande qualité pour un démineur, commenta Shane avec amertume.

Yael bâilla à nouveau, et il lui décocha un regard.

Elle se couvrit la bouche. *Bon sang !* Elle ne s'était pas couchée la nuit précédente. Après avoir quitté les nouveaux bureaux de Cramer, Parker & Gray à Quantico à cinq heures du matin, elle avait décidé de prendre une douche et de se rendre directement ici. Elle était arrivée encore plus tôt que lundi, mais Shane l'avait quand même devancée. Elle lui avait adressé un bref signe de tête et s'était installée au même endroit que la dernière fois, conformément aux instructions d'Ashley Chen.

Une fois encore, il s'était posté nonchalamment à côté d'elle dès qu'elle s'était assise. Elle aurait menti en affirmant que cela ne lui avait pas procuré une petite sensation d'euphorie intempestive.

Peut-être s'asseyait-il à côté d'elle pour suivre les consignes d'Ashley ? Cet agent semblait coordonner tout et tout le monde. Sans doute Yael accordait-elle trop d'importance au fait de savoir qui s'asseyait à côté de qui. Ashley lui avait peut-être demandé de garder un œil sur elle. Les agents du FBI la soupçonnaient-ils de quelque chose ? Cette pensée lui fit l'effet d'un coup de poignard dans le cœur. Ou peut-être Shane espérait-il simplement la mettre dans son lit.

Elle n'était pas certaine de ce qu'elle pensait de ce dernier point, mais c'était toujours mieux que de voir les gens douter de son intégrité. Cela faisait longtemps qu'elle n'avait pas fait l'amour, et ce baiser lui avait assurément grillé les circuits. Il lui avait rappelé toutes les choses à côté desquelles elle passait en s'exilant du monde. La solitude était une évidence, mais, habituellement, elle ne remarquait pas le manque d'intimité physique avec autant d'acuité. Il avait clairement indiqué qu'il ne recherchait pas une relation à long terme ni un lien émotionnel profond. Mais, même ainsi, s'engager avec quelqu'un avec qui elle travaillait semblait constituer un risque inutile.

Elle chassa ces pensées parasites de son esprit. Elle devait écouter Sloan parler de l'affaire, et non rêvasser à propos d'un agent du FBI sexy qui maniait les fusils d'assaut avec la même aisance qu'elle écrivait du code.

Elle bâilla à nouveau et Shane la regarda avec insistance cette fois, comme si elle lui cachait délibérément des secrets.

Techniquement, c'était le cas, mais elle refusait de s'en sentir coupable. Cela n'avait rien à voir avec l'affaire.

Elle était fatiguée, mais satisfaite. Le fait qu'Alex, Laura et elle aient découvert cet indice à partir des données de la blockchain signifiait qu'Evi1 Geni-us n'était peut-être pas aussi avisé qu'il le pensait. Il s'agissait d'une bonne piste qui, avec un peu de chance, compenserait son échec à Houston.

L'humeur de Yael s'assombrit.

Cela ne ramènerait quand même pas Dave Monteith ou Anya Baker à la vie.

— Nous avons depuis vérifié : le portable de Zenko a été éteint le 30 décembre et n'a été rallumé que le 2 janvier. Ce qui laisse supposer à toute personne dotée d'un cerveau en état de marche qu'il ne souhaitait pas que ses mouvements soient tracés au cours de cette période, ce qui est un énorme signal d'alarme, expliqua Sloan, qui avait dû confirmer les premières découvertes d'Alex. Dans l'intervalle, nous recherchons des captures de plaques d'immatriculation ou tout autre élément indiquant qu'il aurait loué une voiture et se serait rendu à Houston à partir de la Caroline du Nord.

— Quel est le plan ? s'enquit Shane.

Sloan mit les mains sur ses hanches.

— La HRT a envoyé une équipe en renfort de la brigade d'arrestation des criminels violents du FBI à Charlotte, dirigée par l'agent spécial superviseur Lucas Randall, que certains d'entre vous connaissent certainement...

— Ils sont déjà partis ? l'interrompit Shane.

Sloan hocha la tête.

— Ils se sont envolés il y a une heure. Nous nous en tenions strictement au principe du besoin d'en connaître[1].

Shane grinça ostensiblement des dents et Yael lui jeta un coup d'œil. Il se rattrapa et esquissa un sourire qui ne parvint pas à atteindre ses yeux couleur viride[2].

— Ils emmènent avec eux des techniciens de l'équipe de

---

1. Nécessité impérieuse de prendre connaissance d'une information dans le cadre d'une fonction déterminée et pour la bonne exécution d'une mission précise
2. Vert bleuté et transparent.

déminage et le plan est d'arrêter Zenko lorsqu'il quittera son appartement.

— Avons-nous un visuel du suspect ? s'enquit Shane.

Sloan secoua la tête.

— Pas encore, mais nous savons, grâce au radar, que quelqu'un dort dans son lit à l'intérieur de son appartement. Nous ne savons pas encore qui. Nous n'avons découvert cette information qu'aux premières heures de ce matin grâce à Alex Parker et Yael, conclut Sloan en adressant un signe de tête à la jeune femme.

Elle appuya ses doigts sur ses joues chaudes ; elle aurait préféré ne pas rougir si facilement. Elle n'était pas timide. Elle était tout simplement allergique au fait d'être le centre d'attention.

— C'est vous qui l'avez trouvé ? l'interrogea Shane.

— J'ai aidé.

— J'aurais aimé que vous m'appeliez. Beau travail cependant.

Il la fixa si longtemps que le pouls de Yael s'emballa.

Elle lui fit un signe de tête. Le regard de Shane se posa sur la bouche de la jeune femme, avant de revenir sur ses yeux. Ensuite, il se détourna, comme énervé après lui-même. Apparemment, ce baiser les avait déstabilisés tous les deux.

Elle n'appréciait pas vraiment le nombre de fois où ses pensées s'étaient tournées vers cet homme au cours des derniers jours. Son doigt avait survolé une douzaine de fois le bouton d'effacement de son numéro dans sa liste de contacts. Mais pourquoi effacer quelque chose dont elle pourrait avoir besoin au cours de cette enquête ?

Cette excuse avait beau être valable, elle était consciente de se mentir à elle-même. Elle voulait l'appeler. Elle voulait passer plus de temps avec lui, même s'il n'était pas vraiment son genre…

parce que les beaux mecs n'étaient pas son genre ? Elle leva les yeux au ciel en pensée. Elle était complètement idiote.

Shane tapota la table avec son stylo.

— Que sommes-nous censés faire ici ?

Sloan plissa les yeux. La responsable de la *task force* reconnaissait manifestement le ressentiment de Shane d'être laissé de côté.

— Vous continuez à chercher le suspect. Et il me semble que *vous* devez faire un rapport à la HRT avec nos découvertes.

— On dirait qu'ils en savent plus que moi.

Il avait l'air énervé et semblait se moquer que Sloan le sache ou non.

Yael le regarda, surprise.

— Je ne suis pas là pour protéger votre ego, agent Livingstone, lança Sloan, dont l'expression était aussi glaciale que son ton.

— Ce n'est pas mon *ego* qui est affecté par la situation, se justifia Shane en se frottant l'arête du nez. J'aimerais contribuer de manière significative et être tenu hors de la boucle signifie que je suis redondant.

Sloan hocha la tête.

— Je comprends, mais il y a plus qu'assez de travail de base pour tout le monde. Vous pouvez apporter votre contribution de la manière qui vous semble la plus utile.

— M'dame, acquiesça-t-il, et, d'une certaine manière, cela ne semblait pas facétieux. Une idée de la façon dont Zenko est entré en relation avec le suspect ?

— Pas encore. J'espère que nous pourrons lui poser directement la question plus tard dans la journée, répondit Sloan, avant de poursuivre. Les techniciens ont mis en place des écrans avec des flux en direct vers la HRT et les agents du FBI de Charlotte.

Elle pointa du doigt la porte d'une pièce adjacente.

— L'équipe de Randall se tient à proximité de l'appartement

de Zenko et a mis en place une surveillance. Nous espérons pouvoir accéder rapidement à l'un des appartements voisins, et voir si c'est Zenko ou non qui se trouve dans ce lit. Une chose à noter : son camion n'est pas là, mais il pourrait être au garage, ou bien il pourrait en avoir acheté un nouveau. Nous n'en sommes pas encore sûrs. Si nous sommes prévenus suffisamment à l'avance, nous avertirons tous ceux qui souhaitent assister à l'arrestation. En attendant, continuons à poursuivre ce suspect et démontrons qu'il est plus diabolique que génial.

Le bruit des pieds de chaises raclant le sol emplit la pièce.

Shane se leva et alla voir Ashley Chen, sans doute pour demander à être contacté quand et si les agents de la HRT passeraient à l'action. Yael comprenait pourquoi il était inquiet pour ses amis et collègues après la dernière fois.

Elle consulta ses messages pour voir si son patron avait besoin de quelque chose avant de rentrer chez elle, mais il n'avait pas répondu à sa dernière note. Cela signifiait qu'il était probablement en train de faire une sieste dans l'avion qui l'emmenait à Charlotte. Elle prévoyait de rentrer chez elle et de dormir quelques heures avant de retourner à ses données. Jusqu'à présent, elle avait obtenu un peu moins d'un millier de résultats sur le code utilisé par EG dans son fichier exécutable ; elle était en train de travailler dessus.

Elle leva les yeux et se rendit compte que la salle s'était vidée, chacun vaquant à ses occupations. Shane n'était nulle part en vue et elle réprima le sentiment de déception à l'idée qu'il n'avait pas pris la peine de lui dire au revoir.

C'était encore une raison de ne pas s'engager avec quelqu'un au travail. L'énergie émotionnelle investie dans une relation était épuisante. Tous les doutes, la peur constante du rejet ou de l'embarras... Mieux valait être seul que se poser constamment la question de savoir si, et quand, quelqu'un allait partir. Et éventuellement, vous humilier dans la foulée.

Elle entendit Ashley et Sloan parler dans la pièce voisine. Apparemment, Ashley Chen et Lucas Randall avaient adopté une petite fille appelée Becca avant les fêtes, et Sloan s'informait de ses progrès.

Yael constatait que de nombreux agents du FBI se connaissaient et que beaucoup considéraient le Bureau comme une grande famille. D'une certaine manière, c'était pareil chez Cramer, Parker & Gray. Les patrons prenaient soin du personnel. Les gens semblaient sincèrement se soucier les uns des autres. Elle avait remarqué qu'ils semblaient employer beaucoup de personnes qui, à première vue, ne correspondaient pas au moule habituel de l'entreprise, mais qui étaient intelligentes, dévouées et honorables. Ses collègues lui donnaient envie d'être une meilleure personne, et elle soupçonnait que beaucoup d'entre eux avaient des secrets ou des antécédents semblables aux siens.

Yael s'apprêtait à fermer son ordinateur portable et à rentrer chez elle lorsqu'une notification s'afficha sur son écran. Il s'agissait de données concernant cet homme, Zenko.

— Qu'est-ce que c'est ? demanda Shane dans son dos.

Yael sursauta. Elle ne l'avait pas entendu revenir dans la pièce. Elle se retourna ; il était si proche qu'elle voyait les mouchetures argentées dans le vert de ses iris.

Il s'assit.

— Désolé. Je ne voulais pas vous surprendre.

— Est-ce que c'est à l'Académie qu'on vous apprend à vous faufiler comme ça ?

Shane ricana.

— Non. Dans les forces spéciales. À la HRT aussi. Qu'est-ce que c'est ? répéta-t-il avec un signe de tête vers l'écran.

Elle retourna à ses messages.

— J'ai entrepris des recherches de propriétés pour la famille Zenko hier soir avant que nous ne découvrions qu'il avait loué un appartement à Fayetteville. J'ai inclus les noms de la famille de sa mère et de ses grands-parents pour voir ce que cela donnait.

La liste n'était pas longue.

Elle élimina celles qui avaient manifestement été vendues hors de la famille immédiate des Zenko. Shane regarda attentivement l'écran de son ordinateur portable et elle s'obligea à ne pas réagir à sa proximité.

— Est-ce que tout allait bien hier ?

Elle avait envie de se frapper pour avoir posé la question. Pour des raisons évidentes, les activités de la HRT étaient hautement confidentielles.

Il serra le poing de son bras cassé.

— Non. Nous avons perdu un autre membre de l'équipe, répondit-il, s'éclaircissant la gorge. Outre-mer.

— Je suis sincèrement désolée, dit Yael, qui s'interrompit, puis le regarda. Est-ce que vous allez bien ?

Shane pinça les lèvres.

— Pas vraiment, mais je gérerai ça en temps voulu. Et attraper cet enfoiré m'aidera à me sentir beaucoup mieux à propos de tout un tas de choses.

Le silence s'installa entre eux. Il ne voulait pas de réconfort. Il voulait des résultats. Elle se tourna à nouveau vers l'écran, car il ne voulait manifestement pas en parler, et elle le comprenait.

— Les parents de Zenko ont pris leur retraite près de Jacksonville.

Yael était particulièrement consciente du frôlement de son genou contre sa cuisse lorsqu'il se pencha vers l'avant.

— Hé, regardez ça ! Les grands-parents maternels possédaient un chalet en bordure du parc national de Shenandoah. On dirait que la mère de Zenko en est toujours propriétaire, remarqua Shane, pointant l'écran. Ce n'est qu'à une heure à l'ouest d'ici.

Il consulta sa montre.

— À quoi pensez-vous ?

Une lueur passa dans ses yeux verts, et son expression suggérait qu'il réfléchissait attentivement à ce qu'il allait dire.

— Nous pourrions aller y faire un tour et voir s'il y a quelqu'un ?

Yael fronça les sourcils devant son écran.

— Je croyais qu'il était à Fayetteville.

Shane baissa le menton.

— Il est *probablement* à Fayetteville. Mais si la famille possède cet endroit depuis longtemps, les voisins auront peut-être quelques histoires à nous raconter sur le petit Lloyd. Et, s'il n'est pas à Fayetteville, ajouta-t-il en tapotant l'écran, c'est exactement le genre d'endroit où il se terrera.

Yael fronça les sourcils. Rien ne lui ferait davantage plaisir que de se racheter en aidant à attraper ce monstre. Et elle ne croyait pas que Shane l'emmènerait s'il pensait que c'était dangereux.

— Allez-vous en informer Sloan ?

— Voulez-vous que je le fasse ?

— Euh... Oui.

Yael afficha l'adresse sur une carte. Ce n'était pas loin du tout.

— Je ne voudrais pas être éjectée de cette *task force*.

Shane acquiesça.

— Moi non plus. Je vais aller lui parler.

Yael prépara ses affaires et, lorsqu'elle arriva devant la porte, Shane la pointa du doigt. Sloan acquiesça et se remit aussitôt à parler avec Ashley Chen. Elles semblaient occupées à aménager sur le mur une section dédiée à Lloyd Zenko.

— Qu'a-t-elle dit ?

— Uniquement en surveillance. Elle nous demande de nous faire passer pour des touristes partant en randonnée et de ne pas poser trop de questions pour ne pas éveiller les soupçons, expliqua Shane, qui regarda les pieds de Yael. Vous avez des chaussures de randonnée ?

Elle aimait bien la randonnée, mais marcher seule sur des sentiers silencieux lui donnait la chair de poule, alors elle ne le faisait pas. Mais elle ne voulait pas admettre sa peur à cet homme. Elle passa son sac en bandoulière sur son épaule.

— Ai-je l'air de passer beaucoup de temps à faire des randonnées dans les bois ?

Shane la regarda des pieds à la tête.

— Vous avez deux jambes valides, alors, pourquoi pas ? Ces bottes conviendront sûrement tant que le terrain n'est pas trop glissant.

Il y avait eu une légère chute de neige au cours de la nuit et elle était reconnaissante de ne pas conduire Myrtle.

— Nous allons passer devant chez vous pour prendre une veste de pluie. Vous avez bien une veste de pluie ? s'enquit-il en fronçant les sourcils.

Yael ne put s'empêcher de sourire.

— Oui, agent Livingstone. Je possède un vêtement de pluie.

— Je me disais que nous pourrions nous tutoyer et nous appeler par nos prénoms aujourd'hui, Yael..., lui dit-il, puis il baissa la voix pour prendre un ton doux et velouté, et il se pencha plus près d'elle. Étant donné...

Ah ! Il faisait référence au baiser. Elle n'arrivait pas à croire qu'il l'avait évoqué, même de façon indirecte.

Mais il était difficile de résister à son sourire, et Yael commençait à se demander pourquoi elle essayait. Quel mal y avait-il à être ami avec ce type ? Même si elle couchait avec lui, ce n'était pas bien grave, et ce serait sans doute un bon moyen de se libérer de cette attirance distrayante. Tant qu'il ne découvrait pas son passé, elle pouvait être qui elle voulait. Et il faudrait qu'il soit bien plus doué pour creuser dans le cyberespace pour percer à jour ses secrets.

Mais changer de nom pour cacher une histoire tragique était-il vraiment de la tromperie ? Pour elle, il s'agissait plutôt de se protéger.

Yael frémit. Elle avait passé sa vie à déménager et à se réinventer lorsque des personnes en qui elle avait confiance avaient fini par découvrir la vérité. Mais, puisqu'elle était coincée avec ce type, peut-être devrait-elle relâcher un peu sa vigilance et se concentrer simplement sur l'aide qu'elle pouvait apporter à la capture de ce tueur.

Cela devrait jouer en sa faveur, n'est-ce pas ? Un jour, elle en ferait peut-être assez pour racheter les péchés de son frère.

Son esprit se remplit d'images saturées de sang et son humeur se dégrada. Elle ne pourrait jamais tout expier. Tout ce qu'elle pouvait faire, c'était essayer.

CHAPITRE ONZE

Shane jeta un coup d'œil du côté du passager du camion et sa conscience lui donna l'impression d'être un sale con. Il ne s'était pas montré tout à fait honnête avec Yael ni avec la responsable de la *task force*.

Mentir à de bonnes personnes lui laissait un sale goût dans la bouche, mais Shane savait que s'il informait l'ASAC Sloan de ses soupçons, elle lui dirait d'attendre de voir ce qui se passait à Fayetteville avant d'envoyer une équipe au chalet. Et s'il avait révélé à Yael qu'il avait menti au sujet de l'autorisation du chef du groupe de travail, elle ne serait pas venue. Et il la voulait avec lui.

D'une part, c'était l'occasion de nouer des liens et de prouver qu'il ne partait pas seul pour une mission de loup solitaire. Il veillerait à ce qu'elle ne coure aucun réel danger.

D'autre part, il pourrait garder un œil sur Yael. Observer ses réactions.

Étant donné qu'elle avait fait partie de l'équipe qui avait identifié Zenko, il était peu probable qu'elle soit de mèche avec EG.

Shane craignait que Zenko n'apprenne la descente du FBI dans son appartement par l'un de ses amis à Fort Bragg. Si le type était au chalet, il disparaîtrait avant que le FBI ne le rattrape. Non seulement Shane voulait que Zenko paie pour ses crimes, mais il était également certain que ce type informerait cette ordure d'Evil Geni-us en moins de temps qu'il n'en fallait pour le dire.

Il jeta un regard de côté.

Yael n'était pas vraiment une bavarde. Il était habitué à avoir Cowboy sur le siège passager, et, en dehors du service, il ne la fermait jamais. Ou Scotty... Shane serra les dents pour résister au coup de poing émotionnel qui voulait le frapper, encore et encore. Chaque coup lui faisait l'effet d'une nouvelle blessure.

Et maintenant, Kurt Montana...

Merde.

Il ne savait pas vraiment comment il avait survécu aux douze dernières heures. Principalement en ne pensant pas à ses amis, et en se concentrant sur cette affaire. Trouver l'assassin de Scotty était sa seule raison d'être en ce moment.

Il avait raconté à Sloan qu'il allait aider Yael à faire des recherches en ligne. La responsable du groupe de travail avait paru soulagée de ne plus l'avoir dans ses pattes. Il avait donc dupé les deux femmes, et maintenant il se sentait comme un gigantesque crétin. Mais au moins, c'était un stratège.

S'ils ne trouvaient rien au chalet, ni Sloan ni Yael ne se rendraient compte qu'il s'était montré un peu économe avec la vérité. Si Zenko était au chalet, la HRT pourrait être déployée pendant que Shane et Yael observeraient à distance. La *task force* serait tellement ravie de l'avancée rapide de l'affaire que Sloan ne le réprimanderait pas. En tout cas, c'était sa théorie.

Shane avait décidé de conduire son propre véhicule. Il avait l'air nettement moins gouvernemental que le SUV de Yael, et, même s'il n'avait pas de vitres pare-balles, il était confiant dans sa capacité à protéger la jeune femme d'un danger immédiat. Ils s'étaient arrêtés chez elle pour prendre des vêtements de pluie, puis chez lui pour faire de même. Il avait insisté pour qu'elle entre, car la laisser dans le camion semblait être un risque inutile pour sa sécurité. Cela lui avait laissé une impression étrange et il ne se rappelait pas la dernière fois qu'une femme s'était trouvée là. Il n'était pas très doué pour recevoir. Il était de garde presque tout le temps, ce qui avait tendance à gâcher toute vie sociale, sauf pour aller boire une bière ou regarder un match avec ses copains du FBI ou de la HRT.

Il avait rapidement enfilé un pantalon tactique noir, des chaussures de randonnée et une veste polaire légère. Il était ensuite entré dans le salon et l'avait trouvée en train de regarder les photos encadrées de sa famille qui étaient accrochées aux murs. Shane n'avait pas vu de photos chez Yael, mais elle venait tout juste d'emménager.

Il avait pris son manteau de pluie, qui se trouvait maintenant sur la banquette arrière, ainsi que les deux bâtons de marche tout neufs qu'il avait achetés à sa mère pour Noël et qu'il avait oublié de lui donner.

Ils constituaient une aide à la marche, ce qui était une bonne chose, car les bottes de Yael manquaient d'adhérence ; de plus, ils pouvaient servir d'armes. Il portait son SIG préféré, ainsi que quelques chargeurs de munitions dans ses poches. Il avait une arme de secours attachée à sa cheville et ne se déplaçait jamais sans son couteau tactique et une autre lame fine cachée sur lui.

Yael bâilla à nouveau et il la soupçonna d'avoir passé la plus grande partie de la nuit précédente à découvrir cette piste.

Combien de temps exactement passait-elle devant son ordinateur ? Cependant, il ne pouvait pas vraiment se permettre de dire quoi que ce soit. Il lui avait expliqué qu'il était marié à son travail, et il n'avait pas menti. Après avoir quitté les bérets verts, il s'était inquiété de ne jamais retrouver dans le monde civil une carrière aussi satisfaisante. Mais travailler pour la HRT au sein du FBI était encore mieux que d'être dans l'armée. Ils ne se contentaient pas de tirer sur les ennemis, ils les arrêtaient aussi. Aux yeux de Shane, il n'y avait pas de meilleur emploi dans tout l'univers et il n'avait pas l'intention de mettre son poste en péril. Cependant, il ne pouvait pas non plus accepter de rester assis dans une pièce à regarder un écran d'ordinateur alors qu'ils avaient une piste crédible sur un suspect. Il faisait partie de l'unité la mieux entraînée des forces de l'ordre fédérales aux États-Unis, voire du monde, et il n'allait pas négliger un indice potentiel.

Pas si cela impliquait que les assassins de Scotty échappent à la justice.

Le paysage défilait, de plus en plus rural, passant des banlieues aux terres agricoles. Il roulait légèrement au-dessus de la limite, pas assez pour se faire arrêter par la police de la route, mais suffisamment pour arriver le plus vite possible à leur destination. Il ne voulait pas attirer l'attention en utilisant des gyrophares ou des sirènes. Il ne pouvait pas être certain que ce Zenko n'avait pas des amis ou des parents dans la police locale.

Yael effectuait des recherches sur son ordinateur portable. Elle cherchait plus d'informations de base. Elle n'avait pas dit un mot depuis qu'ils avaient quitté la ville. Elle s'était encore repliée sur elle-même et il avait l'impression de perdre du terrain sans même ouvrir la bouche. Il avait senti un bref dégel dans leur relation plus tôt, mais peut-être l'avait-il imaginé.

Il avait plus de mal à faire semblant d'être joyeux qu'à l'accoutumée. C'était peut-être le problème. Elle sentait qu'il était détruit et ne voulait pas être mêlée à son malheur.

Il s'éclaircit la gorge.

— Alors, d'où es-tu originaire ?

— D'un peu partout. Surtout du Colorado, j'imagine. Et toi ?

Il vit ses doigts se crisper sur ses genoux.

Elle n'aimait pas parler d'elle. Elle détournait constamment les questions. Était-elle nerveuse, ou bien avait-elle quelque chose à cacher ?

— De Géorgie, mais je me doute que tu le sais déjà.

Yael lui adressa un regard coupable.

— Tu n'aurais jamais pu trouver mon nom complet sans vérifier l'histoire de ma famille.

Elle leva les yeux au ciel.

— Je voulais m'assurer que tu ne descendais pas de propriétaires de plantations.

Les doigts de Shane se crispèrent sur le volant.

— Heureusement, mes ancêtres ont gagné leur argent grâce à la vente de bois, et non grâce à l'asservissement sans âme d'autrui. Cependant, la destruction de l'environnement n'est pas non plus un motif de fierté.

— Je suis presque certaine que la plupart des vieilles fortunes ont été gagnées grâce à l'exploitation de quelque chose ou de quelqu'un.

Il grogna.

— Je n'ai pas grandi avec une cuillère en argent dans la bouche, si c'est ce que tu penses. Le père de mon père a joué la majeure partie de son héritage après la mort de ma grand-mère. Il a dépensé le reste en femmes et en alcool, à la grande déception de ma mère.

Yael leva les yeux vers lui, surprise.

— Cela a dû être difficile pour ta famille.

Il haussa les épaules.

— Pas vraiment. Ce n'était pas mon argent. Et j'aimais ce vieux bouc.

Sa gorge se serra à l'évocation d'une autre grande perte dans sa vie. Son grand-père avait aimé la grand-mère de Shane et n'avait pas pu supporter sa mort. Cowboy lui faisait penser au vieil homme à cet égard.

— S'appeler Shannon Marcus Livingstone III, c'est un peu compliqué, mais j'aime bien avoir ce lien permanent avec lui, tu vois ?

Yael fronça les sourcils.

— Je crois que oui. Comment en es-tu arrivé à te faire appeler Shane ?

— Ma mère n'était pas vraiment fan de cette tradition du nom transmis de génération en génération. Elle ne voulait pas que son fils porte le même nom que son mari, expliqua-t-il, et il comprenait parfaitement. L'une de mes sœurs a commencé à m'appeler Shane. Et je préférais ça à *junior*.

Il s'interrompit, puis fit semblant de frissonner.

— Shane est resté. Tu portes le nom de quelqu'un ?

— Moi ?

Yael croisa les bras, et regarda par la vitre. Sa famille semblait être un point sensible.

— Mon arrière-grand-mère maternelle. Juive polonaise, elle est arrivée aux États-Unis avec ses parents en 1923.

— Entre les deux guerres.

Yael acquiesça.

— Elle a eu de la chance qu'ils soient partis à ce moment-là. En 1924, le Congrès a adopté des lois qui ont rendu beaucoup plus difficile l'immigration des « indésirables » aux États-Unis. Puis la Grande Dépression a frappé, suivie de la progression des nazis.

— Foutus nazis.

— Oui, acquiesça-t-elle. Foutus nazis.

Après quelques instants de silence, Yael poursuivit.

— Je l'ai rencontrée quand j'étais toute petite, mon arrière-grand-mère. Je ne me souviens pas de grand-chose à son sujet, si ce n'est qu'elle faisait les meilleurs câlins et qu'elle avait une drôle d'odeur, raconta-t-elle, et un sourire triste illumina ses traits. Nous n'avons jamais été une famille particulièrement religieuse. Mon père a été élevé dans la religion catholique, ma mère était farouchement athée. Mais nous allumions une bougie en l'honneur de tous ceux qui nous avaient précédés à l'occasion des fêtes de fin d'année.

— Tes parents sont-ils encore en vie ?

Elle secoua la tête et croisa les bras en se retournant pour regarder à nouveau par la vitre.

Il voulait en savoir plus, mais il préférait ne pas insister, ce qui allait totalement à l'encontre de sa nature curieuse. Mais, à en juger par son expression, la perte de ses parents était suffisamment récente pour être encore douloureuse.

Une nouvelle vague de culpabilité l'envahit à l'idée qu'il ne se montrait pas tout à fait honnête avec elle. Cependant, son intérêt était sincère et ils travaillaient ensemble pour un objectif commun. Il apparaissait de plus en plus improbable qu'elle ait quelque chose à voir avec EG, compte tenu du travail qu'elle accomplissait avec Alex Parker.

En outre, il *l'aimait bien*, comme il n'avait pas apprécié quelqu'un depuis longtemps.

Par conséquent, il ne se montrait pas totalement déloyal en voulant apprendre à mieux la connaître. C'était une collaboration entre ses propres compétences en matière d'application de la loi et celles de la jeune femme en informatique, avec pour objectif la résolution de l'affaire. Travailler efficacement en équipe, c'était exactement ce à quoi la HRT s'entraînait. Il s'adaptait et optimisait ses compétences, tout en gérant ce fichu bras cassé qui reposait actuellement sur sa cuisse.

Il guérissait. Mais pas assez vite, *bon sang !*

Il voulait être à nouveau au cœur de l'action. Il voulait être avec ses coéquipiers, mais il ne pouvait pas nier le fait qu'il prenait plaisir à chasser cette ordure.

Il vit un tournant et Yael s'agrippa à la poignée quand il le prit, ralentissant à peine. Les agents de la HRT étaient entraînés à la conduite tactique, mais les routes étaient un peu glissantes, aussi comprenait-il son appréhension. Le silence s'installa à nouveau dans l'habitacle. C'était un changement pour lui d'être la personne la plus bavarde dans une conversation.

— Comment se fait-il que tu aies fini par travailler pour Alex Parker ?

Elle replaça une mèche de cheveux sur le bonnet en laine rouge des Bulldogs qu'il avait trouvé pour elle. Porter les couleurs de son ancienne université lui allait bien et cela l'affectait plus qu'il ne voulait bien l'admettre.

— Il y a un peu plus d'un an, j'ai contacté le ministère de la Défense. Je les ai informés que j'avais trouvé une faille dans l'un de leurs systèmes, faille qu'ils auraient pu vouloir corriger. Ils m'ont offert une récompense en cash que j'ai refusée. Il s'est avéré qu'il s'agissait d'une sorte de test mis en place par Alex Parker pour piéger les hackers en puissance à la recherche de vulnérabilités zero-day à vendre au plus offrant.

— Il t'a proposé un emploi ?

— Oui. À ma grande surprise, confirma-t-elle avec un hochement de tête. Avant ça, je rédigeais du code pour une startup en Californie. Mon contrat était presque arrivé à terme, alors je me suis dit... pourquoi pas ? J'ai commencé à travailler pour Cramer, Parker & Gray dans leur bureau de Washington en janvier dernier. Tu sais à peu près tout ce qui s'est passé depuis.

Elle haussa les épaules. Il éclata de rire. À peine. Elle déviait à nouveau le sujet.

— C'est un grand pas en avant.

— Il était temps de changer.

Avait-elle laissé un amant derrière elle ? De la famille ?

Shane aurait parié qu'il y avait des officiers de renseignement plus bavards que Yael Brooks. Il voulait en savoir plus sur elle. Découvrir ce qui la motivait. En outre, la dernière chose dont il avait besoin en ce moment, c'était de voir débarquer un ex jaloux. Surtout quand Billy avait embrassé Betty sur le perron de sa nouvelle maison.

— Qui a découvert le lien avec Zenko ?

Il changea de sujet, car, de toute évidence, la faire sortir de sa coquille était un travail à plein temps. Heureusement, il excellait dans l'art de la persévérance.

— Laura Bay, tu sais, mon amie de vendredi soir ?

Il hocha la tête.

— Elle avait repéré des informations de cryptopaiement concernant Evi1Geni-us. La cryptomonnaie est réapparue en ligne hier. Alex et moi avons épluché les informations de la blockchain et j'ai mis en place un robot d'indexation qui a retracé le paiement jusqu'à une société-écran aux Caïmans. C'est Alex qui est parvenu à identifier Zenko à partir de là. Je ne sais pas vraiment comment il s'y est pris pour y parvenir aussi rapidement. Je n'ai pas posé la question, lui dit Yael, le regardant par-dessous ses cils.

— Je ne vais pas le dénoncer.

Mais il était conscient de la facilité avec laquelle une affaire pouvait capoter parce que quelqu'un n'avait pas respecté les procédures légales. Alex Parker ne faisait pas partie du FBI, mais il était consultant pour eux ; ils devaient donc se montrer prudents.

Ils empruntaient des routes de plus en plus étroites, où l'on voyait de moins en moins de maisons et de plus en plus d'arbres dont les branches surplombaient l'asphalte et lui donnaient l'impression de voyager dans un tunnel vers un autre monde. Shane suivait les instructions de son GPS, car il ne connaissait pas la région.

— Il y a un sentier de randonnée derrière le chalet de la mère de Zenko. Je prévois de me garer de l'autre côté de la crête et d'emprunter le sentier jusqu'à ce que nous soyons au-dessus de chez Zenko. Nous pourrons alors couper à travers bois et trouver une position entre les arbres pour observer le chalet. J'ai des jumelles, pour ne pas risquer de nous approcher trop près. S'il apparaît que l'endroit mériterait d'être examiné de plus près, j'irai y jeter un coup d'œil et je te retrouverai ensuite dans les bois.

Elle le regarda fixement, sans rien dire. Il aurait aimé savoir ce qu'elle pensait.

— Ce ne sera pas dangereux. Mais nous porterons tous les deux des gilets pare-balles sous nos vêtements de pluie, au cas où.

— Tu crois vraiment qu'il pourrait être ici ?

Le point sensible entre ses omoplates avait commencé à le démanger dès qu'il avait vu ce chalet répertorié au nom de la mère de Zenko.

— Honnêtement ?

Yael hocha la tête.

— Oui. Ou bien il est sur une plage en train de bronzer au Mexique. Ce qu'il n'est sans doute pas en train de faire, c'est la grasse matinée dans un appartement pourri à Fayetteville.

Shane tempéra sa colère en se disant que cet enfoiré avait tué son ami. Les émotions l'empêchaient de faire son travail, et il n'avait pas l'intention de se planter.

Elle se frotta les avant-bras, comme si elle avait froid, et il monta le chauffage.

— Il se peut qu'il soit inconscient du danger. Beaucoup de gens ne se rendent pas compte que les cryptomonnaies peuvent être tracées. Lloyd Zenko pourrait penser à tort que nous ne pourrons jamais le relier au crime.

Shane prit un autre virage. Ils se rapprochaient à présent.

— Ce type, Evi1Geni-us, il ne l'aurait pas prévenu à ce sujet ?

— Sûrement que si. Cela ne veut pas dire que Zenko l'a cru ou l'a écouté.

Yael avait raison. Les criminels n'étaient pas toujours intelligents et un artificier ivre n'était sans doute pas le couteau le plus aiguisé du tiroir.

La jeune femme se tourna vers Shane, les yeux soudain écarquillés.

— Crois-tu que la HRT soit en train de tomber dans un autre piège ? Est-ce qu'ils sont en danger ?

Il secoua la tête.

— Pas cette fois. Les agents de la HRT et les démineurs vérifieront l'endroit avant d'y pénétrer. Si l'occupant ne sort pas volontairement, je pense que le FBI déclenchera une alarme incendie, ou quelque chose d'autre, pour l'y obliger. De toute façon, ils évacueront les logements situés à proximité.

— N'est-ce pas un risque ? s'enquit-elle, fronçant les sourcils au-dessus de ses yeux sombres. Et si quelqu'un le prévient ? Ou s'il voit les gens sortir ?

— *Servare vitas*, répondit-il, citant la devise de la HRT. Notre objectif premier est de *sauver des vies*.

Shane haussa les épaules. Assurer la sécurité des gens importait davantage que de faire irruption chez ce type. Il finirait par sortir. S'il se barricadait, les négociateurs pourraient lui parler et peut-être conclure un accord qui les mènerait à EG, qui orchestrait les meurtres. Bien sûr, ce serait rageant si Zenko, l'homme qui avait probablement posé la bombe responsable de la mort de son meilleur ami, était condamné à une peine plus légère, mais ce type irait quand même dans une prison fédérale. Ce ne serait pas facile. Ce ne serait pas amusant.

— S'il est dans cet appartement, il n'ira nulle part, mais j'ai quand même des doutes.

Shane pensait que Zenko était ici, dans ce vieux chalet de famille.

Ils arrivèrent à une aire de stationnement pouvant accueillir environ six véhicules. Il était le seul garé là, sans doute en raison du ciel couvert, de la légère couche de neige au sol et du fait que c'était le milieu de la semaine.

Il passa la main sur le siège arrière et donna à Yael un gilet en Kevlar vert.

— Mets-le sous ton sweat.

La bouche crispée par la consternation, elle le lui prit et retira son sweat-shirt. Shane s'obligea à détourner le regard pour ne pas admirer sa silhouette. Elle avait des courbes à tous les bons endroits, et elle sentait comme son dessert préféré.

Il attrapa un second gilet pour lui-même, et le glissa sans mal sur sa tête, serrant les sangles avec son bras valide, presque simplement grâce à la mémoire musculaire. Il enfila ensuite une chemise à carreaux par-dessus le plâtre, puis son manteau de pluie Gore-Tex vert. Il laissa tomber l'écharpe pour cette randonnée. À la place, il boutonna la chemise de sorte qu'il puisse reposer son avant-bras cassé confortablement à l'intérieur, contre son abdomen, chaque fois que son bras commencerait à lui faire mal. Il vérifia l'arme dans le holster contre son flanc.

Verrouillé et chargé. Prêt à l'emploi.

Les cheveux de Yael étaient ébouriffés, et il ne put s'empêcher de la regarder tandis qu'elle les rassemblait et les attachait en une sorte de nœud à la nuque avant de remettre le bonnet de laine sur sa tête.

Elle croisa son regard avec un air renfrogné. Elle semblait toujours attendre la désapprobation ou une dispute. Pour quelle raison ?

Elle portait un manteau rouge vif, comme le bonnet qu'il lui avait prêté, mais il ne pouvait pas y faire grand-chose pour l'instant.

— Attends ici.

Shane sortit du camion et courut jusqu'à l'autre côté. Il ouvrit la portière de Yael, qui eut l'air surprise.

— C'est pour ça que tu m'as dit d'attendre ? Pour ouvrir ma portière ?

— J'ai grandi en Géorgie. Je suis conscient que tout le monde n'apprécie pas les manières du Sud, mais je crains davantage le fantôme de ma grand-mère qu'une féministe énervée.

Yael ricana.

— Tu n'as pas été très poli avec l'ASAC Sloan tout à l'heure.

— C'était différent. Le FBI n'a pas dépensé des millions de dollars à me former pour que je me taise dans les réunions d'équipe, à moins qu'on ne me l'ordonne.

Et cela s'était produit plusieurs fois quand Kurt Montana était le chef d'équipe.

Une énorme vague de chagrin envahit Shane, mais il la repoussa fermement.

Ils ne pouvaient rien faire face à un crash d'avion qui n'avait laissé aucun survivant. Montana aurait voulu que Shane fasse son travail, qu'il attrape l'assassin de Scotty et qu'il boive quelques verres à leur santé à tous les deux, une fois la menace neutralisée.

Shane chassa ces pensées de sa tête. Être distrait pouvait lui coûter la vie.

Il tendit sa main valide et s'écarta pour que Yael puisse descendre du camion. Et même si elle avait les doigts froids, il s'obligea à la lâcher, à se rappeler que ce n'était pas un rencard et qu'il ne lui appartenait pas de la réchauffer. Ils travaillaient, et la situation pouvait s'avérer dangereuse. Il devait donc rester conscient de leur environnement à tout moment.

Il fouilla la banquette arrière et en sortit les bâtons de marche nordique. Il les ajusta à la taille de Yael et les lui remit.

— Je me suis dit qu'ils te seraient utiles sur le chemin et

qu'ils pourraient te servir d'armes si tu croisais quelqu'un... ou si tu voulais me frapper.

Elle les testa et s'appuya dessus, lui souriant de ses yeux sombres et de ses lèvres couleur rubis.

— C'est magnifique par ici.

Il fut surpris par son enthousiasme, d'autant plus que la brume s'accrochait à la cime des arbres et que le givre s'était mué en goutte-à-goutte sur les quelques feuilles encore accrochées aux branches. Shane aimait être dehors par tous les temps. Il tendit les jumelles à Yael pour qu'elle les passe autour de son cou, et, soudain, il se surprit à souhaiter qu'ils puissent le faire pour de vrai un jour.

Il ferma les portières du camion sans bruit, puis verrouilla le véhicule.

— Allons-y.

Il ouvrit la marche, ce qui allait à l'encontre de ses bonnes manières, mais il préférait être le premier à croiser un danger potentiel alors qu'ils gravissaient le sentier étroit et escarpé. Au sommet de la première pente, il s'élargissait, et ils purent facilement marcher côte à côte.

— Cela me fait regretter de ne pas avoir de chien, admit Shane.

— Vraiment ? Je n'ai jamais eu d'animal de compagnie, mais j'ai pensé en prendre un, répondit Yael, arborant une expression triste.

— Même pas un poisson rouge ?

Elle fit la grimace et secoua la tête.

— Nous déménagions beaucoup.

Son expression se referma, et Shane laissa couler le sujet. Il progressait à petits pas.

La brume planait bas sur les branches quand ils montèrent plus haut sur la crête. Après environ un kilomètre et demi, il vérifia son GPS, qui était précis à dix mètres près.

Ils n'étaient plus qu'à quatre cents mètres du chalet de la mère de Zenko, mais il fallait descendre une pente raide et très boisée pour l'atteindre. Le chant des oiseaux et le bavardage des écureuils étaient les seuls bruits qui emplissaient l'air. Une odeur de fumée de bois s'éleva dans la brise. Quelqu'un à proximité avait allumé un feu.

Shane tempéra son excitation. Il y avait au moins dix chalets de l'autre côté de cette crête, et chacun d'entre eux était susceptible d'être occupé.

Zenko savait sûrement que le FBI n'allait pas tarder à se mettre sur sa piste. Il devait certainement comprendre que ce chalet dans les bois serait l'un des premiers endroits que le FBI localiserait et fouillerait.

Yael glissa et il l'attrapa avec sa main droite avant qu'elle ne tombe dans la boue.

— Doucement. Les feuilles sont glissantes, lui dit-il, la relâchant à contrecœur.

Elle frissonna et murmura :

— Merci. Où sommes-nous ?

Il le lui montra sur son GPS. Elle jeta un regard en direction de la propriété. Ses joues arboraient de petites taches de couleur et ses lèvres étaient un peu pâles.

— Tu as froid ?

— Un peu, admit-elle, croisant les bras et tapant du pied. Ça ira.

La dernière chose que Shane souhaitait, c'était que Yael succombe à l'hypothermie.

— Grimpons un peu plus haut, ensuite nous descendrons à travers les arbres. Tiens, lui dit-il, retirant son manteau de pluie pour le glisser sur les épaules de Yael. Ça t'aidera à te fondre un peu mieux dans la masse.

Il était de meilleure qualité que celui de la jeune femme, et devrait lui tenir chaud.

— Tu ne vas pas avoir froid ?

— Ma température corporelle est toujours élevée, répondit-il avec un grand sourire, et il fut surpris de la voir rire.

— Je n'en doute pas.

Elle remonta les manches avant de planter fermement les bâtons dans le sol. Shane la regarda, surpris. Flirtait-elle avec lui ?

Ils gravirent encore une centaine de mètres, puis Shane posa la main sur le coude de Yael pour attirer son attention. Lorsqu'elle se tourna vers lui, il murmura :

— Le son voyage plus loin qu'on ne le pense, alors ne faisons pas de bruit quand nous sortirons du sentier, d'accord ?

Elle acquiesça sans un mot et il la guida sur le flanc de la colline.

Il plaça ses pieds avec précaution, content que les feuilles soient mouillées plutôt que craquantes, même si cela signifiait qu'elles étaient plus glissantes. Rien au monde n'était plus bruyant que des feuilles mortes. Les traverser sans bruit requérait des compétences et une patience qu'il n'avait pas le temps d'enseigner à Yael. La pente était raide par endroits et il tendit sa main valide pour l'aider. Il lui aurait volontiers tenu tout du long pour s'assurer qu'elle ne tombe pas, sauf qu'il avait besoin de garder la main libre pour son arme.

Les bâtons l'aidaient à se stabiliser dans la boue.

Sur un affleurement rocheux masqué par plusieurs grands conifères, il s'arrêta pour s'orienter. Puis il pointa vers la droite, et ils cheminèrent à travers les bois soudain silencieux.

Ses cheveux se hérissèrent sur sa nuque et il s'immobilisa. Il se demanda ce qui avait déclenché son instinct de survie. Yael s'arrêta derrière lui. Elle était bien plus douée pour la furtivité qu'il ne l'avait imaginé.

Il balaya la zone du regard, en quête d'éventuelles caméras de surveillance, comme celles qu'ils avaient trouvées dans les montagnes de l'État de Washington le mois précédent, lorsqu'un groupe de survivalistes avait hébergé un tueur présumé et que la HRT avait été appelée à la rescousse pour résoudre la situation. Ces types en avaient installé dans les bois entourant leur propriété, mais Shane ne voyait ni n'entendait rien de tel ici.

Le terrain devint plus rocailleux et il aida Yael à franchir quelques gros rochers, profitant de cette connexion malgré les circonstances. De toute évidence, cela faisait trop longtemps qu'il n'avait pas été en compagnie d'une femme si lui tenir la main dans les bois humides, tout en essayant de faire de la surveillance, lui faisait un tel effet.

Ils avaient à présent une vue partielle sur le chalet, même s'il était encore assez éloigné. Shane s'arrêta derrière un bosquet de bouleaux pour observer. Yael porta les jumelles à ses yeux et régla la mise au point.

— Tu vois quelque chose ? lui demanda-t-il doucement.

— Pas vraiment, murmura-t-elle, la voix grave et sensuelle. Trop de branches gênantes.

— Oui, je sais. Il nous faut une meilleure position.

Ce qui signifiait qu'ils devaient se rapprocher.

Ils contournèrent un grand conifère, et il crut entendre des voix. Le pied de Shane glissa sur le sol meuble. Yael l'attrapa par l'arrière de son gilet et il se retourna pour lui adresser un sourire reconnaissant, avant de l'aider à descendre un peu plus bas.

Un panneau indiquant *interdiction d'entrer* l'avertit qu'ils s'approchaient de la limite de la propriété. Un épais fourré de broussailles et de buissons bloquait la visibilité et il fut contraint de s'approcher plus près du chalet qu'il ne l'avait prévu. C'était la nature même de toute opération. Il fallait s'ajuster si nécessaire.

Un étroit sentier de gibier passait derrière un vieux buis noueux. Il s'apprêtait à faire un pas de plus lorsque quelque chose lui fit baisser les yeux. Il ne l'aurait peut-être pas vu sans la goutte d'eau qui s'apprêtait à tomber du fil tendu entre deux troncs d'arbres au ras du sol. Il se figea en attrapant le bras de Yael avec sa main droite indemne, pour l'empêcher d'avancer.

— Fil déclencheur, murmura-t-il. Reste complètement immobile.

CHAPITRE DOUZE

Un fil déclencheur ?
Un foutu fil déclencheur ?
Qu'est-ce que... ?

Le cœur de Yael tonnait dans sa poitrine et elle avait du mal à inspirer, surtout avec son gilet pare-balles et plusieurs couches de vêtements.

Shane lui adressa un sourire ravageur qui lui rappela à quel point il était beau. Il avait l'air franchement ravi de cette situation. Il s'entraînait sans doute tous les jours à ce genre de scénario.

— Est-ce que c'est un *explosif* ? demanda-t-elle, serrant si fort le biceps de son mauvais bras qu'il était étonnant qu'il ne grimace pas.

Il lui prit les bâtons de marche des mains, sans doute pour qu'elle ne les fasse pas accidentellement exploser.

— Pas sûr. Ce pourrait être un explosif, mais il est bien plus probable qu'il s'agisse d'une sorte de système d'alerte précoce mis en place pour empêcher que quiconque s'approche furtivement de lui.

— Oh, mon Dieu ! Il est ici, n'est-ce pas ?

L'intuition de Shane s'était avérée juste. Lloyd Zenko était ici, et ce malade avait piégé sa propre propriété.

— Je dirais qu'il y a une très forte probabilité qu'il soit ici, oui.

— Mon cœur s'emballe, admit Yael en lâchant Shane pour porter la main à sa poitrine.

Soudain, tout était devenu beaucoup plus réel.

— C'est ma faute. Désolé. Ne fais plus un pas. Je veux vérifier rapidement la zone avant que nous bougions. Je doute que Zenko en ait beaucoup, sinon la faune locale les déclencherait constamment, mais le fait qu'il soit si inquiet me dit que, non seulement il est ici...

— Mais il est aussi coupable, murmura-t-elle en retour. Tu crois qu'Evil Geni-us est ici aussi ?

— J'en doute. EG est trop prudent pour risquer de se faire prendre. Ce Zenko est un élément isolé auquel notre homme n'a sans doute pas suffisamment réfléchi. EG voulait envoyer un message au FBI, expliqua-t-il, et chacun de ses mots était empreint d'amertume, mais il a oublié qu'il allait laisser davantage d'indices sur son identité en le faisant.

Shane scruta le sol derrière eux pour s'assurer qu'il était dégagé, puis il la prit doucement par le bras et la conduisit jusqu'à un rocher qu'il vérifia pour s'assurer qu'il était exempt de fils et d'explosifs, avant d'y appuyer les bâtons de marche.

Elle relâcha une grande bouffée d'air en s'asseyant. Elle n'était pas habituée à ce genre de poussée d'adrénaline. Et c'était pour cette raison que des gens comme Shane s'entraînaient sans relâche. Pour que cette crise de panique interne ne vienne pas perturber leur esprit critique. Pour être capable de fonctionner calmement dans des circonstances extrêmes et d'atteindre une cible avec une balle si nécessaire.

Yael avait lu quelque part que la précision du tir sur une cible en mouvement était d'environ quatre pour cent. Malheureusement, elle avait vu ce que pouvaient faire quatre pour cent avec un fusil automatique.

Shane s'accroupit devant elle, et elle rapprocha ses genoux, puis se pencha en avant pour écouter ce qu'il avait à dire. Elle n'avait pas l'intention de tout gâcher. L'idée qu'elle puisse avoir un rôle à jouer dans la localisation de ce type dont tout le monde pensait qu'il se trouvait en Caroline du Nord lui fit serrer la mâchoire avec détermination. Ils ne l'avaient pas encore attrapé, se rappela-t-elle.

— Qu'est-ce qu'on fait ensuite ? murmura-t-elle.

Shane était si proche qu'elle pouvait sentir sa peau par-dessus l'odeur de boue et de feuilles pourries. Il sortit son télé-phone portable.

— *Merde*, ça ne capte pas.

Elle consulta son téléphone portable et scruta la zone.

— Je pense que nous devrions capter au sommet de la crête.

Shane jeta un œil au chalet.

— Tu ne veux pas repartir, au cas où il s'échapperait, comprit-elle à haute voix.

— Pour l'instant, nous ne savons pas s'il est à l'intérieur. Je ne veux pas appeler de renforts avant d'en avoir la confirmation.

Yael frissonna. Elle avait apprécié de se promener dans les collines jusqu'à ce que l'intuition qu'ils suivaient devienne une dangereuse réalité. Le chasser à travers les méandres d'Internet était une chose. C'en était une autre que de trébucher sur des fils déclencheurs dans le refuge rural du méchant par un après-midi glacial de janvier.

— Je vais me rapprocher, et voir si son camion est là. Tu restes ici.

La panique envahit la jeune femme.

— Je viens avec toi.

— Ce serait plus sûr si tu restais assise ici, lui dit-il avec patience.

Elle secoua la tête.

— Sauf que je ne saurai pas si tu vas bien ou non. Je serai coincée ici, sans savoir si la prochaine personne que je verrai sera toi, ou un méchant qui voudra m'éliminer.

Elle parlait tout bas, et il parut légèrement surpris par sa véhémence. Mais elle avait déjà vécu cette expérience, et elle refusait de recommencer, à moins qu'il n'y ait absolument aucune autre solution.

— J'ai promis de ne pas te mettre en danger, lui rappela-t-il.

— Je resterai cachée derrière un arbre ou un rocher, du moment que je sais ce qui se passe, dit-elle, se mordant la lèvre. Sloan t'a dit de ne faire que de la reconnaissance, rappelle-toi.

Shane détourna le regard et expira.

— Tu promets de faire exactement ce que je te dis ?

Elle hocha rapidement la tête.

— Alors, reste ici.

Merde. Il était agaçant.

— Sauf ça, affirma-t-elle, puis, devant son expression, elle poursuivit. Et si tu es blessé et que je reste assise sur un rocher toute la nuit comme une idiote ?

— J'ai perdu deux personnes qui m'étaient chères récemment. Je ne veux pas être responsable des blessures de quelqu'un d'autre, expliqua-t-il, le regard brillant d'émotion.

— Tu n'es pas responsable de ce qui m'arrive, Shane, répondit-elle doucement. Tu n'es pas mon boss. Nous faisons tous les deux partie de la *task force*, et je suis parfaitement capable de décider du niveau de danger qui me convient.

Shane posa une main sur le visage de Yael, repoussant ses cheveux sous son bonnet, désarmant sa peur.

— Tu es déjà gelée. Et si tu retournais au camion pour t'asseoir au chaud ? Si je ne suis pas là dans une heure, tu appelles Sloan, puis tu te rends au poste de police le plus proche.

Yael agita les doigts pour essayer d'améliorer sa circulation.

Le froid humide et glacial s'infiltrait en elle, à tel point qu'elle commençait à frissonner.

— Je ne peux pas te laisser. Je suis ton renfort. Je ne t'abandonnerai pas. Je ne suis peut-être pas une opératrice de la HRT ni même agent du FBI, mais je peux observer à distance, et m'assurer que tu vas bien.

Shane s'appuya sur ses talons, l'air frustré.

— Je pourrais te menotter à un arbre.

Elle le regarda, bouche bée.

— Tu n'oserais pas !

Pendant quelques secondes, il eut l'air tenté et elle ne savait pas comment elle réagirait à cela à part avec un sentiment d'impuissance et de honte totale. Elle ne lui parlerait plus jamais.

Ce que Shane vit sur le visage de Yael finit par le faire céder.

— Très bien. Ce type sera armé et nous savons qu'il est dangereux. Si nous arrivons au chalet, que je le vois à l'extérieur et que je pense que je peux avoir le dessus sur lui, je le ferai. Mais j'attends de toi que tu restes là où je te dis de rester et que tu ne sortes pas, même si je suis étendu sur le sol en train de me vider de mon sang. Tu te caches, tu observes, et ensuite tu appelles à l'aide quand tu peux le faire en toute sécurité.

Cette vision ébranla Yael.

— Je ne sais pas si je peux te promettre ça.

L'expression de Shane se figea.

— Alors, nous retournons tous les deux au camion.

Une partie d'elle en avait envie, mais elle se rappela le visage terrifié d'Anya Baker et de la chair mutilée de l'agent Monteith. Elle savait que tout le monde poursuivait désespérément Evil-Geni-us depuis des mois, sans réel progrès. Et, même si ce n'était pas lui, Lloyd Zenko était la personne la plus susceptible d'être en mesure de l'identifier.

— Je ferai ce que tu me demandes, lui dit-elle, la voix tremblante. Je resterai cachée quand tu me le diras, et j'irai ensuite chercher de l'aide si tu en as besoin.

Son regard vert soutint celui de Yael pendant un moment, comme pour évaluer si elle disait vrai. Enfin, il hocha la tête.

— D'accord. Suis-moi prudemment. Marche là où je marche.

Yael acquiesça et prit les bâtons de marche dans une main. Elle était terrifiée, mais déterminée.

— Allons-y.

Shane lui retira son bonnet et le lui mit dans la poche. Puis il referma la veste qu'il lui avait prêtée, de sorte qu'on ne voit plus le rouge de la sienne. Il lui remonta sa capuche et lui lança un long regard scrutateur qu'elle ne parvint pas à déchiffrer. Il lui prit ensuite un bâton et s'en servit pour tester le sol de l'autre côté du fil déclencheur, vraisemblablement à la recherche d'explosifs. Satisfaits, ils enjambèrent le piège avec précaution. Elle repéra le suivant au moment où il levait la main, lui faisant signe de s'arrêter.

Ils passèrent également celui-ci avec prudence. Ils n'étaient plus qu'à une trentaine de mètres de l'arrière du chalet. Shane lui indiqua la droite et elle le suivit, respirant à peine alors qu'ils s'approchaient de la propriété voisine qui semblait inoccupée. Contrairement au chalet de la mère de Zenko, aucune fumée ne sortait de la cheminée en dépit de la fraîcheur de l'air. Devant le chalet d'après, un van blanc était garé dans l'allée, mais il n'y avait personne en vue. Avec un peu de chance, les propriétaires n'appelleraient pas les flics s'ils les apercevaient, Shane et elle, en train de se faufiler dans les bois.

Ils progressèrent dans les buissons jusqu'à ce qu'ils se trouvent derrière le hangar à bois du voisin immédiat. Shane ouvrit doucement la porte et ils entrèrent tous deux dans l'espace exigu qui sentait fortement le bois sec et les souris mortes.

Shane se pencha près de son oreille, et elle sentit son souffle chaud sur sa joue.

— Je pense qu'il ne poserait pas de pièges sur la propriété du voisin, mais ne baisse pas ta garde et garde l'œil ouvert. Je veux que tu te caches dans ce coin de l'abri, en te tenant derrière le plus gros tas de bois, au cas où des balles commenceraient à voler. Tu peux voir ce qui se passe à travers cette fenêtre.

Il pointa du doigt une petite fenêtre à un seul carreau, couverte d'une épaisse couche de poussière et de toiles d'araignée. Elle détestait les araignées, mais elle lui avait fait une promesse et elle savait qu'il faisait de son mieux pour s'adapter à elle.

— D'accord.

Il acquiesça, visiblement convaincu qu'elle ferait ce qu'il disait. Il lui prit les jumelles et les dirigea vers le chalet.

— Tu vois quelque chose ? murmura-t-elle.

Le monde semblait être devenu étrangement silencieux, mais peut-être était-ce son imagination. Il grogna.

— Rien.

Il lui tendit les jumelles et sortit son arme de son holster. Les yeux de Yael se posèrent dessus. *Bon sang !* Elle détestait les armes à feu !

— Je vais me rendre de l'autre côté du chalet et voir si je peux jeter un coup d'œil au véhicule qui se trouve sous cette bâche bleue, expliqua-t-il, puis il lui prit doucement le menton. Ne va nulle part.

Elle hocha la tête, trop terrifiée pour bouger, mais elle n'allait pas le lui dire.

— Si c'est le camion de Zenko, je lèverai les pouces. Si tu arrives à capter, appelle Sloan.

Yael acquiesça, appuya les bâtons de marche contre la pile de bois et fouilla dans les couches de vêtements pour trouver son téléphone.

— Shane ?

Il haussa les sourcils d'un air interrogateur.

— Sois prudent.

Il lui adressa un sourire.

— Toujours.

Il se glissa dehors, et elle l'observa à travers la fenêtre tandis qu'il longeait la façade de la maison. Il se dirigea ensuite vers la maison de Zenko en trottinant prudemment, partageant son attention entre les fenêtres et le sol, sans doute à la recherche d'autres fils déclencheurs. Il disparut rapidement à l'angle du bâtiment.

À ce moment précis, elle aperçut un homme qui traversait l'allée en terre devant le chalet, venant manifestement de la maison des Zenko. Elle se figea en le regardant traverser le jardin. Était-ce Lloyd Zenko ? Les avait-il repérés ? Était-il en train de s'échapper ?

Il ne ressemblait pas à la photo de son permis de conduire, mais elle ne pouvait pas vraiment distinguer ses traits. Il était grand, et il portait une épaisse veste noire, un bonnet de laine marron et des lunettes de soleil foncées. Quelque chose dans sa manière de se déplacer lui sembla familier. Il garda la tête baissée et s'éloigna rapidement. L'inconnu disparut derrière la maison du voisin. C'est alors qu'elle vit Shane lever les pouces.

Merde.

C'était le camion de Zenko, et elle était censée appeler Sloan, mais Shane n'avait manifestement pas vu l'autre homme partir...

Elle tenta d'attirer son attention, mais le verre était trop sale, et elle ne pouvait pas prendre le risque de faire du bruit. Elle sortit du cabanon et agita frénétiquement les mains, mais Shane avait encore disparu. Manifestement, il était parti enquêter plus avant.

Yael sortit son portable pour appeler Sloan, puis elle hésita, ne sachant que faire. L'étranger se dirigeait vers le van blanc. Pourquoi se garer à cet endroit ? Était-ce un voisin ?

Était-ce Zenko ?

L'appel tomba sur la boîte vocale et elle raccrocha, sachant qu'elle devait au moins prendre une photo de la plaque d'immatriculation du van blanc.

La pluie s'était remise à tomber, et l'humidité s'infiltrait davantage dans ses os. Elle traversa en courant la cour arrière de la maison du voisin, en priant pour qu'il n'y ait personne. Elle se glissa ensuite le long de la façade en bois, jusqu'à l'angle.

Elle ouvrit l'appareil photo de son téléphone et commença à filmer le van qui faisait marche arrière sur la route avant de s'éloigner à toute vitesse et de disparaître.

Elle devait le dire à Shane. Zenko était peut-être en train de s'échapper... Ou bien peut-être s'agissait-il d'un ami ou d'un parent en visite, et qui ne voulait pas se garer devant, pour une raison qu'elle ignorait ? Elle ne savait toujours pas quoi faire, mais elle ne pouvait pas se contenter de se cacher dans la cabane à bois après ce nouvel événement.

Yael trottina vers le chalet de Zenko, et elle prit simultanément conscience de deux choses. D'abord, elle voyait des flammes orange à travers les fenêtres du chalet. Ensuite, elle entendit un bruit de verre brisé à proximité.

Merde.

Elle s'arrêta, et essaya à nouveau de joindre Sloan. Cette fois, l'ASAC répondit d'un « oui » énergique.

— Nous sommes au chalet de la mère de Zenko...

— Vous êtes où ?

La voix de la responsable du groupe de travail s'éleva d'une manière qui fit comprendre à Yael que cette femme n'avait aucune idée de ce dont elle parlait. Shane lui avait menti. Et, si elle le dénonçait, il risquait de perdre son emploi.

Yael ravala le nœud qu'elle avait dans la gorge. Décida de porter le chapeau.

— J'ai découvert une propriété appartenant à la mère de Zenko à une heure à l'ouest de Quantico. J'ai persuadé l'agent Livingstone de venir avec moi pour l'inspecter, expliqua Yael, récitant l'adresse de mémoire. Je pense que Zenko était ici. Je crois qu'il est parti il y a quelques secondes. Je vois maintenant des flammes à l'intérieur du chalet. S'il vous plaît, envoyez la police et les pompiers locaux à cette adresse. Mais dites-leur d'être prudents, car il y a des fils déclencheurs tout autour du site. Je vais retrouver l'agent Livingstone.

... et le battre à mort avec ses propres bâtons de marche.

— Madame Brooks...

— Désolée, on capte vraiment très mal, et je crains que le signal s'interrompe. S'il vous plaît, envoyez-nous de l'aide. Zenko s'en va dans un van Ford blanc. J'ai pris une vidéo, mais je n'ai pas pu distinguer la plaque. L'endroit est isolé, et les flics pourront probablement le trouver s'ils mettent en place des barrages routiers dès que possible.

Yael raccrocha, sachant qu'elle se ferait botter les fesses plus tard.

Elle glissa le portable dans l'une des poches de la veste et courut vers le chalet. Elle se précipita vers la porte d'entrée au moment où Shane franchissait le seuil en titubant, portant un homme sur son épaule droite, un pistolet dans la main gauche. Il sauta du haut du porche jusqu'au sol et Yael recula d'un pas.

— Partons d'ici. La conduite de gaz a été sectionnée. Je pense que c'est sur le point d'exploser.

Shane rangea son arme dans son holster, lui saisit la main, et se mit à courir.

Alors même qu'il portait un autre homme, Shane était toujours plus rapide qu'elle. Il les conduisit jusqu'à la propriété située deux maisons plus loin, passa derrière la structure principale et déposa le blessé dans l'herbe humide. Du sang imbibait la poitrine de l'homme. L'haleine de l'inconnu dégageait une forte odeur de bière, plus prononcée encore que l'odeur de fumée qui s'accrochait à ses vêtements.

— C'est Lloyd Zenko ? s'enquit-elle, surprise.

Sans lever les yeux, Shane commença à prodiguer les premiers soins.

— Oui. Appuie fort ici.

Yael se força à ne pas broncher lorsqu'il lui plaqua les mains contre un torchon sur la poitrine de l'homme. La vue du sang lui donnait envie de se rouler en position fœtale, mais elle refoula ce réflexe et se concentra plutôt sur ce qu'il fallait faire.

— Shane, j'ai vu quelqu'un quitter la maison. Tu as dû le manquer d'une fraction de seconde. Il est monté dans le van blanc et il a démarré. J'ai pris une vidéo.

Il la regarda en plissant les yeux.

— *Merde*. J'ai vu des flammes à travers la porte de la cuisine et j'ai trouvé ce type sur le canapé qui se vidait de son sang. Si nous étions arrivés dix minutes plus tôt, nous aurions pu avoir un visuel du suspect. Peut-être même aurions-nous pu mettre un terme à cette histoire.

Shane fit rouler Zenko sur le côté pour vérifier l'orifice de sortie. Il jura, puis retira sa chemise. Il l'appuya sur la blessure de l'homme, puis le fit à nouveau rouler sur le dos.

— J'ai appelé Sloan. Je lui ai dit où nous étions, et je lui ai demandé d'envoyer des renforts.

Il leva alors les yeux vers elle, et sa culpabilité se lisait dans l'ombre de ses yeux et dans les rides autour de ses lèvres. Shane ouvrit la bouche, mais Yael parla avant lui.

— Je lui ai dit que c'était mon idée, et que je t'avais persuadé de venir avec moi.

Il pinça les lèvres et secoua la tête.

184   TONI ANDERSON

— J'apprécie que tu assures mes arrières, mais je lui dirai la vérité plus tard.

— Pour que je passe pour une idiote et une menteuse ? Je ne crois pas, non.

Yael mit sa colère de côté pour l'instant. Ce n'était pas le moment.

— Crois-tu que le type dans le van était Evi1Geni-us ?

Le blessé gémit et ouvrit des yeux aussi bruns que ceux de Yael. Sous le coup d'une douleur évidente, il montra les dents en la regardant fixement.

— Jolie.

Elle frissonna de dégoût en se rappelant les paroles qu'Evi1-Geni-us lui avait adressées à Houston.

— Hé, Lloyd. Vous voulez nous dire qui est ce type, pour qu'il paie pour vous avoir tiré dessus ? demanda Shane d'un ton brutal.

Les yeux de Zenko se posèrent sur Shane. Il leva les mains et agrippa son gilet pare-balles, l'attirant plus près de lui.

— C'est...

Un énorme souffle se propagea dans l'air et la chaleur se répandit dans l'atmosphère. Shane se jeta sur Yael, enroulant son corps autour du sien, la forçant à se plaquer contre l'homme blessé tandis qu'il s'appuyait sur elle, la couvrant, les protégeant tous les deux des débris brûlants qu'elle voyait pleuvoir dans sa vision périphérique et qui s'écrasaient sur la route voisine.

Au bout de dix bonnes secondes, il la laissa enfin s'asseoir.

Elle respirait fort, elle tremblait. Ils se regardèrent encore un moment sans respirer. Puis elle jeta un coup d'œil à Zenko, mais celui-ci avait fermé les yeux et sa bouche s'était relâchée. Il ne respirait plus. Shane chercha un pouls et jura. Il s'assit sur ses talons.

— Il est mort ?

Shane acquiesça.

— Est-ce qu'on ne devrait pas tenter une réanimation ?

C'était ironique de constater à quel point elle voulait sauver cet homme. Ce tueur.

— Je suis presque sûr que la balle a touché quelque chose de vital, répondit Shane, qui attira son attention. Il y avait beaucoup de sang à l'intérieur du chalet. Trop.

Le bruit de sirènes sembla soudain se rapprocher. Yael se releva en chancelant.

— Tu crois qu'il y a d'autres personnes dans ces chalets ? Pourraient-ils être blessés ?

Shane s'éloigna d'un pas de l'homme mort à leurs pieds.

— Je pense qu'ils seraient déjà sortis s'il y en avait. Je vais alerter les services d'urgence avant qu'ils ne foncent à l'intérieur. Je veux que les démineurs examinent chaque centimètre carré avant que quiconque n'entre.

Yael posa les yeux sur le chalet. Un pan de mur s'était déjà effondré et les flammes consumaient ce qui restait du toit.

— Je doute qu'aucune preuve ne survive à l'incendie.

— Sans doute que non, surtout quand les pompiers se seront servis de leurs lances, confirma Shane, qui sortit un téléphone portable de sa poche arrière. Tu peux me passer un sac de preuve qui se trouve dans la poche intérieure de ma veste ?

Yael s'exécuta et le regarda glisser le téléphone dans le sachet, puis dans une poche de son pantalon.

— C'est celui de Zenko ?

— Oui. Je l'ai trouvé sur la table à côté du canapé.

Une lueur d'excitation la traversa, car le portable contiendrait sûrement des preuves ou des indices... mais il lui était difficile d'ignorer le fait que cet homme était mort et qu'elle était couverte de son sang. Ou bien que Shane s'était trouvé en danger extrême, et qu'il était probable que l'homme se faisant appeler Evi l Geni-us avait été si près d'elle qu'elle aurait pu l'appeler.

— J'ai dit à Sloan de faire mettre des barrages routiers en place. Tu crois que les flics vont l'attraper ?

Shane haussa les épaules.

— On ne sait jamais. Un grand nombre de criminels ont été arrêtés à la suite d'un contrôle routier de routine. Nous pourrions avoir de la chance.

Mais elle devinait à son ton qu'il doutait que ce soit le cas cette fois-ci. Le bruit des sirènes s'intensifia et il s'avança au milieu de la route quand le premier camion de pompiers arriva en vue.

Yael s'éloigna en titubant du cadavre de Lloyd Zenko pour s'appuyer contre un arbre voisin. Ses mains étaient tachées du sang de l'homme et elle tremblait de façon incontrôlable. Elle ferma les yeux et fit de son mieux pour ne pas s'évanouir.

CHAPITRE TREIZE

Il faillit se faire dessus en voyant le camion de pompiers passer à toute allure.

C'était un sacré temps de réponse pour une zone aussi rurale... et maintenant, il entendait les sirènes de la police se joindre à la mêlée. *Merde.* La sueur lui tapissait le front et coulait le long de sa colonne vertébrale, malgré le froid hivernal de la journée. Il quitta la route principale et s'enfonça dans la cambrousse.

Lloyd Zenko avait réclamé plus d'argent. Il avait su que ce type poserait problème dès que les informations sur Houston avaient été diffusées sur toutes les chaînes d'information.

Zenko avait été un loser et un escroc toute sa vie, et, soudain, il pensait avoir trouvé la poule aux œufs d'or. Il avait deviné qu'il viendrait se cacher ici. Il était au courant de l'existence de ce chalet avant d'engager l'artificier. Et le traceur qu'il avait accroché au camion bien-aimé de cet abruti avait confirmé ses soupçons.

Zenko était endormi sur son canapé, ivre, quand il était arrivé. Le type avait un pistolet posé sur le sol à côté de lui, qu'il n'avait eu qu'à écarter d'un coup de pied avant de tirer à bout portant sur ce bon vieux Lloyd avec une arme silencieuse.

Cela avait été un plaisir de descendre un ancien soldat, même s'il s'agissait d'un mauvais comme Zenko.

Il vérifia l'itinéraire sur les cartes téléchargées sur le téléphone portable qu'il avait volé la nuit précédente et il estima qu'il était temps de changer à nouveau de plaques. Il emprunta une route secondaire tranquille jusqu'à ce qu'il trouve un endroit isolé, où il s'arrêta avant de les remplacer rapidement. Puis il sortit de grands autocollants magnétiques qu'il avait fait fabriquer et les colla sur les deux côtés du van.

Il s'agissait d'un véhicule de location, mais la société qui l'avait loué ne le savait probablement pas encore. Ce n'était qu'une des nombreuses transactions quotidiennes et il doutait qu'ils s'en rendent compte avant que les fédéraux ne commencent à frapper à leur porte dans environ trente-six heures.

Il tapota le volant du bout des doigts. Devait-il y retourner et changer de voiture ? Ou attendre la tombée de la nuit, comme prévu initialement ?

Son estomac gronda. Il n'avait pas mangé depuis le déjeuner de la veille, et il mourait de faim. Il allait chercher de la nourriture, puis passer du temps à admirer le paysage local. Il avait voyagé dans tous les États-Unis, mais il n'avait jamais exploré le parc national de Shenandoah.

S'en tenir au plan était le choix le plus sage. Il avait envisagé tous les scénarios. Prévu toutes les éventualités. Il le faisait toujours. Il soupira. Qu'allait-il faire de sa retraite ?

Il n'avait pas encore pris sa décision. Peut-être achèterait-il un yacht et apprendrait-il à naviguer. Peut-être ouvrirait-il un refuge pour animaux. Tout ce qui était l'antithèse d'Evil Genius. Il songea à la femme brune qui commençait à apparaître dans ses rêves. Il avait hâte de découvrir tout ce qu'il y avait à savoir sur elle.

Combien les gens seraient-ils prêts à payer pour assister à une longue traque sournoise suivie d'une mort lente et douloureuse ?

Il sourit.

Il était presque sûr qu'il allait le découvrir.

CHAPITRE QUATORZE

Shane tint la porte du bâtiment 64 pour Yael et ils se dirigèrent vers la salle de briefing. Sloan avait convoqué une réunion d'urgence de la *task force*. La plupart des agents qui s'étaient rendus à Fayetteville n'étaient pas encore rentrés. Certains aidaient à inspecter l'appartement de Zenko et à sécuriser ses appareils électroniques. Zenko avait laissé un ami séjourner chez lui pendant qu'il s'absentait quelques jours. L'ami avait eu une mauvaise surprise lorsqu'il était parti travailler dans un bar à l'heure du déjeuner, et qu'il avait été arrêté dans le parking par vingt agents fédéraux lourdement armés.

Un autre groupe d'intervention avait été envoyé au chalet familial de Zenko, ou du moins ce qu'il en restait.

Sloan s'approcha de lui et de Yael, qui s'était endormie sur le chemin du retour et semblait épuisée. Un secouriste l'avait nettoyée, mais il restait des taches de sang sur ses vêtements et son visage reflétait son état de choc.

— Je ne sais pas si je dois vous exclure de l'équipe ou vous féliciter tous les deux.

Yael avait envoyé la vidéo du van blanc à Ashley Chen plus

tôt : des barrages routiers avaient été mis en place dans tout l'État et des avis de recherche avaient été lancés. Malheureusement, ils n'avaient toujours pas localisé le véhicule ni trouvé le tueur.

— S'il vous plaît, ne blâmez pas Mme Brooks. C'est moi qui nous ai traînés là-bas.

Le regard de Sloan oscilla de l'un à l'autre.

— Yael a dit que c'était son idée, et vous dites que c'était la vôtre, répondit-elle, levant une main pour l'empêcher de protester. Qui que ce soit, c'était du très bon travail, et, pour être honnête, cela nous a fourni des pistes que nous n'avions pas auparavant. De plus, vous avez tous les deux survécu, et je n'ai donc pas à m'occuper de la paperasserie. Mais, la prochaine fois que vous partez sans valider avec moi d'abord, vous ne travaillerez plus sur cette affaire.

Sloan soutint le regard de Shane.

— Compris ?

Il hocha la tête.

— M'dame.

— Vous allez bien, Yael ? demanda soudain Sloan.

— Oui. Secouée. Frustrée, répondit-elle, et ses grands yeux bruns se tournèrent vers Sloan, tandis que sa mâchoire se crispait. Si nous étions arrivés quelques minutes plus tôt, nous aurions pu rattraper EG, mais j'ai ralenti l'agent Livingstone...

— Quoi ? l'interrompit-il, car il n'avait pas compris qu'elle s'en voulait pour cela. Non ! Zenko nous a ralentis en posant des pièges.

— C'est moi qui ai refusé d'être laissée seule dans les bois.

Sloan intervint.

— Et c'est vous qui avez fourni les images du suspect quittant les lieux. Vous avez fait du bon travail, Yael.

La femme en question n'avait pas l'air convaincue.

Il leva le sac en plastique contenant le portable de Zenko, et

Ashley Chen s'approcha pour le prendre. Les agents prévoyaient de le cloner, puis de le faire examiner pour y trouver des preuves matérielles.

Yael vacilla sur ses pieds.

— Je crois que je devrais peut-être raccompagner Yael chez elle...

Celle-ci secoua la tête.

— S'il y a une réunion, je n'ai pas l'intention de la manquer.

En dépit de son épuisement, une lueur de colère brillait dans ses yeux. Shane acquiesça.

Elle lui en voulait encore. À juste titre. Mais ils avaient suivi les indices et trouvé Zenko. Il s'en voulait d'avoir été tout près de l'enfoiré responsable de la mort de Scotty, mais qu'il ait pu s'enfuir. Et, certes, Zenko avait posé les explosifs, mais il l'avait fait sur les ordres d'Evil Geni-us. Néanmoins, Shane doutait qu'EG puisse recruter aussi facilement quelqu'un d'autre pour l'aider, maintenant que la mort de Zenko était annoncée sur toutes les chaînes d'information du pays. Ce serait un souci de moins à gérer.

Alex Parker entra, et il vint aussitôt auprès de Yael.

— Est-ce que tu vas bien ? lui demanda-t-il, tout en lançant un regard à Shane, lui promettant des représailles dans le cas contraire.

— Je vais bien. Nous avons failli l'attraper, Alex, répondit-elle, se frottant les mains sur le visage. Peut-être que, si je t'avais laissé m'entraîner au maniement des armes à feu l'autre jour, j'aurais pu l'obliger à s'arrêter.

Shane éprouva une pointe d'amertume à l'idée qu'elle puisse envisager de s'entraîner avec son patron, mais pas avec lui. C'était stupide. Il était ridicule.

— J'ai beau vouloir que tu aies un moyen de te défendre, je ne veux pas que tu affrontes ce type à moins que tu n'y sois obligée. Tirer sur quelqu'un, c'est plus que pointer une arme sur une cible et appuyer sur la détente. Tout le monde n'est pas forcément à l'aise lorsqu'il est question d'ôter la vie ou de blesser les autres.

Shane crispa la mâchoire en voyant comment Alex serrait le bras de la jeune femme.

— Sans oublier que tu étais debout toute la nuit dernière, et que le manque de sommeil peut affecter le jugement autant que les drogues ou l'alcool. Tu veux rentrer chez toi et zapper cette réunion ?

Shane ne s'était pas rendu compte que Yael n'avait pas dormi *du tout* la nuit précédente. Il se sentait de plus en plus coupable de l'avoir entraînée dans une situation potentiellement dangereuse.

Yael secoua la tête.

— Je crois que Sloan veut nous cuisiner tous les deux au sujet de ce qui s'est passé, et je préfère en finir avec ça.

Alex fronça les sourcils.

— Sloan attendra, si tu as besoin de repos.

Yael sourit à son patron, et Shane fut une nouvelle fois frappé par sa beauté.

Ce n'était pas le moment. Pas l'endroit.

— Si tu veux rester chez nous ce soir, Mal a préparé un lit. Ashley dort aussi à la maison. Je ne sais pas si tu sais, mais Mal et elle ont travaillé ensemble. Je ne peux pas te garantir que ce sera calme, avec Georgie qui fait ses dents, mais je peux te fournir des bouchons d'oreille et un endroit sûr pour dormir.

Yael rit enfin, et Shane sentit le poids qui lui écrasait la poitrine s'alléger un peu. Il avait promis de la protéger, et elle avait fini par s'occuper d'un homme mourant, avant d'être soufflée par une explosion.

— Il n'y a aucune raison de penser que je suis plus en danger que ce matin, si ?

Alex Parker secoua la tête. Elle croisa les bras.

— Ça ira pour moi.

— Il vaudrait mieux.

Alex décocha un regard à Shane : il le tiendrait pour responsable s'il lui arrivait quelque chose. Il répondit par un signe de tête. Il n'avait pas l'intention de permettre qu'il arrive quoi que ce soit de mal à Yael. Plus vite ils attraperaient cette ordure, plus vite ils pourraient tous revenir à la normale.

L'émotion le frappa sans crier gare. Un afflux de salive lui vint à la bouche, et sa gorge se resserra. Scotty serait toujours parti. Montana serait toujours mort. Mais lui pourrait revenir à la normale.

Il se sentait perdu dans les trous béants laissés par la perte de ses amis et collègues. Il doutait que ces blessures guérissent un jour complètement. Il aurait voulu s'isoler un instant, mais il n'en avait pas le temps.

Sloan consulta sa montre et commença la réunion. L'heure qui suivit se résuma principalement à les interroger, Yael et lui, sur les moindres détails de ce qui s'était passé.

Lorsque Yael termina enfin son récit, elle semblait prête à s'écrouler.

— Zenko m'a dit que j'étais jolie, rapporta-t-elle en frémissant. C'est presque la dernière chose qu'il a dite avant de mourir.

Yael semblait toujours aussi retournée par les événements, et Shane regrettait de ne pas avoir fait appel à un autre opérateur HRT ou à un autre agent plutôt que d'avoir traîné une civile avec lui pour la balade de cet après-midi-là. Il ne s'était pas attendu à ce que les choses prennent une tournure aussi dramatique.

— Vous avez fait du bon travail aujourd'hui. Aucun de nous ne s'attendait à ce que le suspect s'en prenne à Zenko, la rassura Sloan.

Ashley prit la parole à son tour. Elle avait travaillé discrètement en arrière-plan tout au long de la réunion.

— Je crois savoir pourquoi. Nous avons trouvé des échanges sur le téléphone portable que l'agent Livingstone a récupéré dans le chalet de Zenko. Ils suggèrent que Lloyd Zenko a décidé qu'il n'avait pas fait assez payer EG pour figurer sur la liste des personnes les plus recherchées par le FBI.

— Zenko faisait chanter EG ? s'enquit Shane.

Téméraire.

— C'est ce qu'on dirait.

— Ce qui signifie que Zenko savait qui était EG, ou bien qu'il pensait avoir un moyen de fournir au FBI des informations qui conduiraient à son arrestation, suggéra Alex Parker. Nous devons retracer les mouvements de Zenko, en ligne et dans la réalité, jusqu'à ce que nous comprenions comment ces deux-là se sont croisés. Se connaissaient-ils dans la vraie vie ? Ou bien EG a-t-il engagé Zenko spécifiquement pour tendre un piège aux forces de l'ordre à Houston ?

Alex Parker consulta sa montre, et Shane entendit l'estomac de Yael gronder bruyamment.

— Il est temps d'aller se reposer, mais je veux que tout le monde revienne ici dans la matinée pour discuter des prochaines étapes, lança Sloan abruptement. La police d'État a lancé un avis de recherche sur le van blanc. L'équipe du SSA[1] Randall examine tous les détails de la vie de Lloyd Zenko en Caroline du Nord, et prévoit d'envoyer les appareils électroniques ici par transporteur d'ici demain matin.

Les gens repoussèrent leurs chaises. Alex Parker se rapprocha de Yael.

— Tu veux que je te suive jusque chez toi ?

— Je vais le faire, intervint Shane en se levant. C'est sur mon chemin, et c'est le moins que je puisse faire après avoir traîné Yael sur le terrain aujourd'hui comme je l'ai fait.

---

1. Agent spécial superviseur.

— Yael ? insista Alex.

La jeune femme glissa son ordinateur portable dans son sac.

— Ça ira pour moi.

Alex Parker et Shane restèrent à la fixer, et elle leva le nez, des cernes sombres sous les yeux.

— Je suis juste fatiguée, Alex. Promis.

— Je m'en occupe, insista Shane. Je vais prendre des plats à emporter en chemin, et m'assurer qu'elle mange.

Yael bâilla.

— Peu importe, du moment que vous arrêtez tous les deux de me traiter comme une gamine.

— Appelle-moi si tu as besoin de quoi que ce soit, et ne va nulle part ailleurs que chez toi, la prévint Alex.

Yael acquiesça. Son patron rejoignit Ashley Chen, et ils s'en allèrent ensemble.

— Tu as tout ? lui demanda Shane.

Yael sembla s'affaisser en rassemblant ses affaires. Shane prit son sac sur son épaule sans lui demander son avis, et ouvrit la voie pour sortir. Il savait qu'elle ne le laisserait pas aller bien loin avec son précieux ordinateur portable.

Dehors, la pluie avait commencé à tomber. Une légère brume qui imprégnait tout. Le manteau de pluie de Shane se trouvait à l'arrière de son camion, maculé de taches de sang.

Il devait appeler Novak et Jordan pour leur raconter les détails de la réunion du soir, mais il n'y avait rien qui ne pouvait attendre.

Il se dirigea vers son camion, garé à côté du SUV de Yael.

— Prévois-tu d'aller quelque part entre maintenant et sept heures demain matin ?

Elle secoua la tête. Il ouvrit la portière passager.

— Monte.

Elle fit la grimace, puis s'exécuta à contrecœur. Shane referma la portière, puis rejoignit le côté conducteur. Aucun d'eux n'avait mangé de toute la journée. Il fit démarrer le camion et passa la marche arrière, regardant par-dessus son épaule.

— Tu aimes la cuisine thaïe ?

— Je ne suis pas sûre de pouvoir attendre aussi longtemps. Je vais mettre une *pop tart* dans le grille-pain en rentrant à la maison, et après je m'écroulerai.

Une *pop tart* ?

— Autant manger du carton. Il se trouve que tu as de la chance. J'ai passé la commande en ligne pendant la réunion. J'ai juste besoin de passer la récupérer.

Yael lui décocha un regard.

— As-tu commandé assez pour deux ?

Il éclata de rire.

— Je commande toujours assez pour deux.

Il se rendit au restaurant qui, selon lui, préparait les meilleurs plats thaïlandais de l'État.

Il s'était assuré de ne pas être suivi après avoir quitté la base, avait laissé Yael dans le véhicule fermé à clé et s'était garé directement sous les lumières à l'extérieur de la porte du restaurant. Il était entré et avait récupéré la commande, à laquelle il avait ajouté deux bières. Lorsqu'il revint au camion, Yael avait les yeux fermés. Il monta, et elle se réveilla en sursaut. Il ne dit rien, se contentant de poser le sac à ses pieds. L'odeur lui mettait l'eau à la bouche.

Ils n'échangèrent pas un mot pendant le trajet jusque chez elle, et la tension monta.

Yael salua le garde, puis ouvrit la porte du garage à l'aide d'une télécommande rangée dans son sac. Shane se gara à côté de Myrtle. Il descendit du camion avant que Yael puisse faire quoi que ce soit et trottina jusqu'à son côté. Puis il tendit la main pour récupérer la nourriture alors qu'elle ouvrait la portière pour descendre.

Son bras cassé le faisait souffrir ; il glissa à contrecœur son plâtre dans son écharpe. Il détestait tout ce qui lui rappelait sa faiblesse, mais il devait bien admettre qu'il avait passé une sacrée journée, même s'il n'avait pas été avec l'équipe. Yael et lui s'étaient amusés, tandis que l'équipe Gold avait passé la majeure partie de la journée en transit, puis à surveiller un appartement où il n'y avait rien de plus excitant qu'un barman endormi.

Et retrouver Zenko était bien plus intéressant que de rester assis à penser à Scotty ou à Montana, et au fait que les membres de la HRT n'étaient pas aussi invulnérables qu'ils voulaient bien le croire.

Il fléchit le bras en suivant Yael jusqu'à sa porte. Ouaip. Les fractures ne l'empêchaient pas d'avancer, et, bientôt, il serait à nouveau à sa place. Il ignora le petit pincement de regret à l'idée qu'il n'aurait plus aucune excuse pour passer plus de temps avec Yael. Il s'en remettrait.

Il la regarda déverrouiller la porte menant du garage à la maison et taper la combinaison de l'alarme. Elle jeta un coup d'œil par-dessus son épaule, semblant se rendre compte qu'il avait vu et enregistré l'information.

Elle croisa son regard, mais aucun des deux ne fit de commentaire. Cela ne semblait pas la déranger qu'il le sache, ce qui le fit culpabiliser une fois de plus. Elle pouvait toujours changer le code.

Il regarda la porte du garage descendre jusqu'au sol, puis il verrouilla la porte derrière lui après être entré dans la maison.

Il déposa le sac de Yael sur l'îlot de cuisine, tandis qu'elle sortait son téléphone de sa poche et le branchait sur le chargeur près du réfrigérateur.

La bouche de Shane devint sèche. En dépit de tout, il éprouvait le besoin impérieux de jeter un coup d'œil à ce télé-phone. Peut-être pourrait-il alors se détendre complètement avec Yael, comme il le souhaitait. Lui accorder le respect qu'elle méritait.

— Tu veux prendre une douche rapide pendant que je mets les plats au four pour les réchauffer ? s'enquit-il derrière elle.

Aucun d'eux n'avait eu l'occasion de se laver correctement depuis l'explosion, ils empestaient la fumée et leurs vêtements étaient tachés de sang. Même s'il était tellement affamé qu'il aurait pu ronger un pied de table, le besoin d'être propre était irrésistible, même pour lui. Il aurait pu parier une belle somme qu'elle allait sauter sur l'occasion.

— C'est une excellente idée.

Elle s'éclaircit la gorge, sans doute endolorie par la fumée et par le fait qu'elle n'avait pas beaucoup bu de la journée. Il aurait dû s'occuper d'elle mieux qu'il ne l'avait fait. Il s'était tellement concentré sur la recherche de Zenko qu'il n'avait pas donné le meilleur de lui-même.

— Il y a une douche dans la buanderie à côté de la cuisine, si tu veux te laver aussi. Il y a des serviettes dans le placard, lui proposa-t-elle d'une voix douce.

Il hocha la tête.

— Merci. Je vais accepter ton offre. Je vais mettre ça au four, puis j'irai récupérer mon sac de voyage dans mon camion. Je m'occupe de tout. Vas-y.

Shane regarda Yael s'en aller et il l'entendit monter les escaliers. Malgré lui, ses yeux se posèrent sur le téléphone en charge. Tout en sachant que le moindre soupçon était ridicule, il était théoriquement possible que Yael ait pu envoyer à EG l'adresse du chalet et ensuite indiquer au tueur quand il pouvait sortir sans que Shane le repère.

Il savait que c'était de la folie, et il détestait violer sa vie privée, mais l'opérateur en lui ne pouvait *pas* ne pas vérifier. Il prit le portable de Yael et entra le code qu'il l'avait vue saisir plusieurs fois ce jour-là. Il vérifia l'historique de ses appels et parcourut toutes les applications de messagerie qu'il put trouver. *Rien.*

Une vague de soulagement l'envahit, suivie d'un sentiment de dégoût de lui-même qui lui donna la chair de poule. Rien ne laissait penser que Yael transmettait des informations à EG. Il n'y en avait jamais eu. Elle avait accompli des choses incroyables pour aider à retrouver l'homme qui avait tué son meilleur ami. Dans un soudain élan de lucidité, Shane sut qu'Alex Parker ne l'aurait jamais intégrée de façon permanente à son équipe s'il avait eu le moindre doute quant à l'intégrité de Yael.

— *Abruti !*

Il était à nouveau furieux contre lui-même d'avoir douté d'elle, et d'avoir potentiellement mis en danger une femme innocente. Quel con !

Il devait redoubler d'efforts pour faire de sa sécurité sa priorité numéro un. EG avait vu son visage, et même Zenko avait semblé la reconnaître, ce qui laissait supposer que les deux criminels avaient discuté d'elle d'une manière ou d'une autre. Cette prise de conscience ne lui plaisait pas. Elle ne lui plaisait pas du tout. Il se frotta le front et entendit la douche se mettre en marche. Cela le poussa à agir.

Yael passa devant la chambre d'amis et la salle de bains, puis devant son bureau encore vide, qui attendait la livraison de nouveaux meubles, pour se rendre dans sa chambre à coucher. Elle abandonna ses vêtements sales en un tas dégoûtant qu'elle jetterait probablement à la poubelle le lendemain. Quelques instants plus tard, elle se plaça sous un jet d'eau chaude bienvenu.

La présence d'un homme dans sa maison alors qu'elle était nue aurait dû être plus étrange, mais Shane Livingstone avait prouvé qu'il faisait partie des gentils en sortant un homme blessé d'un bâtiment en feu, alors même que cet individu avait, selon toute vraisemblance, tué son meilleur ami. Et plus tard, avec Sloan, il avait essayé d'assumer la responsabilité d'avoir menti sur les détails de l'excursion du jour, même si rien ne l'y obligeait.

Elle se lava rapidement les cheveux et se savonna la peau, puis resta debout, la tête appuyée contre le carrelage froid, en attendant que l'après-shampooing agisse. Shane Livingstone n'était-il là qu'à cause de l'affaire ? Se sentait-il coupable de lui avoir menti sur ce qu'il avait dit à Sloan ? Du fait qu'ils se soient retrouvés dans une situation dangereuse ? Ou son intérêt était-il bien plus élémentaire ?

Elle n'en savait rien. Pire encore, elle ne savait pas vraiment quelle réponse elle aimerait.

Elle devait garder à l'esprit que s'engager se terminait toujours par un désastre. Et avoir une relation avec quelqu'un avec qui elle travaillait... Mauvaise idée.

Mais ils ne travailleraient pas longtemps ensemble. Même si la *task force* n'attrapait pas le tueur, Shane n'était l'agent de liaison de la HRT que jusqu'à ce que son bras soit guéri. Ensuite, il partirait enfoncer des portes et sauver le monde une fois de plus.

Elle ferma les yeux et la vision du visage de Lloyd Zenko déformé par la douleur alors qu'il agonisait d'une blessure par balle lui vint à l'esprit.

Elle chassa cette image d'un clignement d'œil et se rinça les cheveux sous le jet d'eau. Elle régla la température sur froid pour se réveiller avant de sortir et d'enrouler une serviette chaude autour de son corps et une autre autour de ses cheveux. Elle entra dans sa chambre et décida d'enfiler son pyjama à carreaux en flanelle. Il n'était pas très sexy et montrait claire-ment qu'elle n'était pas à la recherche de quelque chose de romantique. Et, de cette façon, elle pourrait se coucher directe-ment après le repas.

Ses joues s'échauffèrent à l'idée d'aller au lit avec Shane Livingstone et elle repoussa aussitôt cette pensée.

Mauvaise idée. Très mauvaise idée. Et elle n'arrivait pas vraiment à s'en défaire.

Son estomac gronda, lui rappelant exactement depuis combien de temps elle n'avait pas mangé. Yael sécha ses cheveux avec une serviette avant de passer une brosse dans les mèches emmêlées, puis de les tresser rapidement. Dans le miroir, elle avait l'air d'avoir quinze ans.

Elle avait aimé avoir quatorze ans. Ses quinze ans avaient été un véritable *enfer*.

Elle ignora la direction qu'avaient prise ses pensées, éteignit la lumière et se rendit au rez-de-chaussée.

Shane se tenait pieds nus dans sa cuisine, sortant des cartons de plats à emporter du four avec les doigts.

— J'ai des gants de cuisine quelque part...

— Pas de problème.

Il avait trouvé des couverts et des assiettes, et il avait posé une bouteille de bière ouverte sur le plan de travail. Il commença à piocher dans la nourriture, comme s'il savait qu'elle ne pourrait pas manger s'il ne le faisait pas d'abord.

Elle fut surprise quand il lui tendit l'assiette qu'il avait remplie. Puis la bière.

— Merci.

Sa table à manger était couverte de cartons de livres qu'elle devait donner, mais dont elle ne pouvait se résoudre à se séparer. Manger dans le salon, sur le canapé, semblait trop décontracté, et potentiellement dangereux. Elle préféra s'installer sur le tabouret devant l'îlot. La nourriture était délicieuse. Épicée, mais pas trop.

Shane se tenait du côté cuisine de l'îlot, et il mangeait debout.

En dépit de son épuisement, Yael était douloureusement

consciente qu'ils étaient à nouveau seuls dans sa maison. La sensation était différente du lundi, lorsqu'il avait contrôlé sa sécurité. C'était aussi différent du temps qu'ils passaient ensemble au sein du groupe de travail. C'était intime, plus proche d'une amitié, voire d'un rencard. Peut-être était-ce à cause de ce faux baiser qu'ils avaient partagé et qui lui avait semblé plus authentique que tout ce qu'elle avait jamais connu. Peut-être était-ce parce qu'ils avaient vécu l'enfer ensemble ce jour-là.

Elle l'aimait bien, et elle avait le sentiment que c'était réciproque. Mais c'était peut-être un vœu pieux de sa part. Ce fragile *désir d'appartenance* qui se battait encore pour rester en vie, après toutes ces années.

Elle ne s'était pas rendu compte à quel point elle avait faim jusqu'à ce qu'elle ait fini toute l'assiette sans dire un mot. Shane se resservit, et elle reprit un peu de *pad thaï*.

Elle fronça les sourcils quand quelque chose la frappa.

— Pourquoi n'avons-nous pas entendu le coup de feu ? Est-ce que Zenko s'est vidé de son sang sur le canapé pendant vingt minutes ?

Shane leva la tête, ses yeux verts plissés et concentrés. Il fronça les sourcils à son tour.

— EG a dû utiliser une sorte de silencieux. Soit fait maison, soit un vrai. Cependant, il est quand même surprenant que nous n'ayons rien entendu. Je n'y avais même pas pensé.

Yael but une gorgée de sa bière et s'essuya la bouche avec une serviette.

Les yeux de Shane parcoururent ses traits et elle regretta soudain d'être en pyjama, sans maquillage et avec les cheveux mouillés. Elle se sentait exposée. À vif. Vulnérable. Son armure habituelle avait disparu.

— Tu es douée pour ça, tu sais, remarqua-t-il soudain.

Yael étouffa un rire.

— Pas vraiment.

Il contourna l'îlot pour se rapprocher d'elle, et elle s'agita nerveusement.

— Je suis sincère.

Il s'avança, tendit la main vers l'assiette de la jeune femme. Ses mains tremblaient quand elle la luit donna, et il eut l'amabilité de faire semblant de ne pas s'en apercevoir. Il mit les assiettes dans le lave-vaisselle et elle plaça les récipients contenant les restes dans le sac sur le plan de travail, pour qu'il les emporte avec lui.

— Garde-les, insista-t-il en se lavant les mains dans l'évier, avant de les sécher.

— Tu es sûr ?

Il sourit en se rapprochant à nouveau d'elle. Puis il prit les mains de Yael dans les siennes. Elle voulut les retirer, mais il les serra fort pendant un moment.

— Yael, dit-il, lui tenant toujours les mains jusqu'à ce qu'elle lève les yeux. Je ne sais pas si c'est moi qui te rends nerveuse, ou les hommes en général... et, honnêtement, je ne sais pas ce que je détesterais le plus.

La jeune femme écarquilla les yeux.

En général, les hommes l'abandonnaient quand elle ne leur tombait pas dans les bras. En matière de gestion des rebuffades, Shane semblait être en téflon. Mais pas d'une manière effrayante. D'une manière qui lui faisait penser qu'il pouvait vraiment la respecter et s'intéresser à qui elle était sous la surface.

Il lui serra les doigts.

— Tu n'as pas besoin d'être nerveuse avec moi, Yael. Tu peux me faire confiance. Je te promets que je fais partie des gentils.

Elle avait envie de le croire, mais elle était déjà passée par là. Peut-être pas avec un opérateur de la HRT bourru, mais avec d'autres hommes au fil des ans. Des hommes dont elle avait cru qu'ils valaient la peine de prendre le risque d'être intimes. Elle s'était trompée à chaque fois. Elle retira ses mains.

— Tu m'as menti aujourd'hui pour obtenir ce que tu voulais. Comment puis-je croire en ce que tu me dis ?

Surpris, Shane écarquilla les yeux. Il faisait peut-être partie des gentils, mais il avait été content de se servir d'elle pour servir ses propres intérêts. Elle l'avait presque oublié tant il l'avait charmée avec ses attentions et sa prévenance. Elle ne pouvait pas se permettre d'oublier ce genre de choses. La manipulation avait son importance. D'un autre côté, il en allait de même pour le fait de mentir sur sa véritable identité.

L'humeur de Yael se dégrada : c'était exactement pour cette raison qu'elle préférait éviter d'apprendre à mieux connaître les gens. C'était un processus réciproque.

— J'aurais dû te dire la vérité sur ce que j'avais raconté à Sloan.

— Oui, tu aurais dû.

Y serait-elle allée s'il lui avait avoué la vérité ? Sans doute que non. Elle ne voulait pas prendre de risques avec son emploi, ou sa place dans la *task force*. Et elle n'aurait pas pu filmer EG et le véhicule qu'il conduisait.

Des plis se formèrent entre les sourcils de Shane.

— Je savais que Sloan m'aurait fait attendre jusqu'à ce qu'ils aient perquisitionné l'appartement de Fayetteville, et je ne voulais pas faire ça. Mon instinct me disait que Zenko était dans le chalet, expliqua-t-il, puis son pouce effleura la joue de Yael, déclenchant une vague de picotements. Et je me fie toujours à mon instinct. Mais je t'ai mise en danger, alors que j'avais promis de ne pas le faire. C'était mal. La prochaine fois, je te traiterai sur un pied d'égalité lorsque je ferai des choix concernant l'enquête.

— La prochaine fois ?

Yael se rendit compte qu'elle fixait la bouche de Shane, au moment même où il sembla remarquer qu'il faisait de même avec celle de la jeune femme.

Elle déglutit avec difficulté.

Il posa une main sur sa mâchoire, puis glissa les doigts dans ses cheveux mouillés. Ses yeux d'un vert profond reflétaient son intérêt.

Elle était coincée entre lui, le tabouret et l'îlot. Seulement, le problème n'était pas qu'elle était coincée, mais plutôt qu'elle n'avait aucune envie de s'échapper. Son épuisement s'évanouit soudain. Sa réticence à s'impliquer personnellement prit son envol et migra vers le sud pour l'hiver.

Shane se pencha lentement vers elle, et elle cessa de faire semblant de vouloir s'enfuir. Elle glissa les mains autour de son cou. Il sentait un peu le pin frais : ce devait être son savon ou son shampooing, et cela lui rappela des vacances lointaines, en des temps plus heureux.

Il l'embrassa. Elle avait imaginé un baiser doux et cajoleur comme la dernière fois, mais celui-ci était torride et exigeant, comme elle avait oublié qu'un baiser pouvait l'être. Il écarta les lèvres de Yael et approfondit le baiser, tandis qu'elle se hissait sur la pointe des pieds et s'efforçait de se rapprocher de lui.

Le désir explosa dans ses veines et pulvérisa toutes les raisons pour lesquelles elle devait se tenir à l'écart de cet homme, et des hommes en général. La langue de Yael plongea dans la bouche du jeune homme. Le goûta.

Shane Livingstone n'allait pas rester dans les parages. Il le lui avait dit dès le départ. Il était un super-agent d'élite de l'une des plus importantes organisations de maintien de l'ordre au monde. Il vivait un rêve. Ils travaillaient temporairement ensemble, rien de plus. Dans des circonstances normales, ils n'auraient jamais dû se rencontrer. Ce n'était pas quelqu'un qu'elle devrait côtoyer tous les jours. C'était quelqu'un qu'elle devrait apprécier comme une belle et courte aventure sans attaches.

Elle l'embrassa plus profondément et fit glisser ses dents sur sa lèvre inférieure. Il gémit, resserra les doigts sur la taille de Yael.

Un frisson de conscience l'envahit. Cela faisait longtemps qu'elle n'avait pas fait l'amour. La dernière fois, c'était avec un homme du service marketing de son ancien travail. Il l'avait observée pendant un an et elle avait finalement accepté son invitation à boire un verre et, malheureusement, à avoir des relations sexuelles médiocres lorsqu'elle avait su qu'elle quittait la ville. Il était parti sans un mot au milieu de la nuit et elle s'était sentie sale et utilisée, même si elle avait été contente qu'il se soit éclipsé.

Elle passait maintenant ses mains sur les épaules de Shane et sentait les muscles puissants de son dos devenir dur comme fer sous ses doigts.

Son téléphone vibra dans la poche de son pantalon, et il s'écarta. Il recula.

— *Merde !* Je n'avais pas l'intention de faire ça. *Bon sang !* Je suis désolé.

Une vague de consternation submergea Yael. Elle avait envisagé de faire l'amour, et Shane était désolé pour un baiser.

Il consulta son portable et grimaça.

— Il semblerait que je doive faire le point avec mon patron, et je sais que tu es épuisée.

Il posa à nouveau sa paume chaude contre la joue de Yael. Elle avait envie d'embrasser son pouce, mais elle ne voulait pas paraître désespérée. Elle s'écarta, bien réveillée à présent, affichant ce qu'elle espérait être un sourire sur ses lèvres.

— Oublie ça. Ce n'était qu'un baiser.

Elle ne détourna pas le regard, et vit les yeux de Shane se plisser : il était soit confus, soit amusé.

— Très bien. Repose-toi un peu. Je viendrai te chercher à six heures et demie.

Yael raccompagna Shane jusqu'à la porte, arborant une expression neutre quand elle se tourna vers lui.

— Merci de m'avoir raccompagnée, et pour le repas. On se voit demain matin.

Il s'arrêta un instant, puis il se contenta d'un hochement de tête silencieux, et d'un regard qu'elle ne sut comment interpréter. Il hésita au moment de monter dans son camion.

— Appelle-moi si tu as le moindre problème. En cas d'urgence, je suis à cinq minutes.

Elle lui décocha un grand sourire et le regarda partir, tous deux veillant à ce que la porte du garage soit bien fermée avant qu'il s'en aille.

— Ah ! s'exclama-t-elle, et le son résonna dans le garage vide, où Myrtle était le seul témoin de sa détresse.

Yael n'arrivait pas à croire qu'elle l'avait embrassé *encore une fois*.

Un sentiment d'humiliation embruma son cerveau. Il était absolument hors de question qu'elle appelle Shane Livingstone à l'aide. *Jamais*.

Elle vérifia les serrures, l'alarme et les caméras. Tout allait bien. Elle rangea la nourriture dans le réfrigérateur, attrapa son téléphone et son ordinateur portable pour les emporter à l'étage.

Elle commença à creuser dans ses données alors même que ses paupières se fermaient. Finalement, quand elle comprit qu'elle ne resterait pas éveillée plus longtemps, elle mit l'ordinateur de côté et remonta les couvertures.

Alors que son esprit dérivait, elle commença à revivre cet incroyable baiser.

Rétrospectivement, elle était contente que Shane y ait mis un terme au moment où il l'avait fait. Cela aurait été une grave erreur d'aller plus loin. Mais elle avait le sentiment qu'elle se serait remémoré cette grave erreur avec joie pour le reste de sa vie.

CHAPITRE QUINZE

Shane avait envie de se taper la tête sur le volant. Il avait su que ce baiser était une erreur avant même qu'il ne commence et pourtant il avait été incapable de résister. *Bel exemple de force mentale. Et quel esprit indomptable, quelle détermination!* Il avait eu envie de l'embrasser, et elle avait semblé avoir envie d'être embrassée, alors sa libido avait mis de côté toutes les autres considérations et s'était jetée à l'eau. Et puis, après coup, il s'était *excusé*.

Il expira une grande bouffée d'air. C'était vraiment n'importe quoi.

La froideur de Yael à la fin, lorsqu'elle lui avait très poliment montré la porte, ne l'avait pas du tout trompé. Le lui faire remarquer n'aurait servi à rien, sauf à les mettre tous les deux dans l'embarras.

Espèce. D'abruti.

Il appela Novak sur le trajet vers son appartement. Il était un peu plus de vingt-deux heures et il se prépara, sachant que son patron se serait attendu à avoir de ses nouvelles bien plus tôt que cela.

— Tu t'es lancé toi-même à la poursuite de ce Zenko ? répondit Novak, qui ne perdit pas de temps en civilités.

— Nous avons découvert une piste qui était suffisamment proche pour que nous allions la vérifier. Comme personne n'a jugé bon de *me* transmettre l'info sur la petite balade à Fort Bragg, je me suis dit que ça ne ferait pas de mal d'y jeter un coup d'œil.

C'était une pique. Shane n'avait pas apprécié d'être tenu à l'écart de ces informations jusqu'à ce que la HRT soit déjà déployée.

— Nous avions déjà trop de monde sur le terrain, grommela Novak. Les agents du FBI de Charlotte auraient pu se passer de nos services. Quoi qu'il en soit, c'est toi qui as eu droit à tout le fun. Que s'est-il passé au chalet ?

— J'ai tout écrit dans mon rapport...

Novak soupira lourdement, l'air fatigué.

— Shane, je n'ai pas envie de lire un foutu rapport. Je veux que tu me racontes ce qui s'est passé.

Tous subissaient encore le contrecoup de la perte de Montana et de Scotty. Rien ne pourrait arranger les choses de sitôt. C'était peut-être la véritable raison pour laquelle Shane avait embrassé Yael plus tôt. Pour oublier. Et parce qu'il en avait eu envie. Un petit plaisir dans un océan de douleur.

Shane poussa un soupir exagéré pour détendre l'atmosphère alors qu'il se garait sur le parking devant son immeuble.

— Très bien. Nous sommes partis...

— Nous ? l'interrompit Novak.

Shane sut exactement où cela menait avant même que cela ne commence.

— Moi-même et un autre membre de la *task force* sommes partis...

— La hackeuse ?

— Codeuse.

Shane grimaça en se surprenant à la défendre, même s'il était maintenant convaincu qu'elle était parfaitement légitime.

— Es-tu en train de me dire que tu es allé avec une civile non armée vérifier une piste sur les allées et venues d'un expert en explosifs dont on savait qu'il était armé et dangereux, et qui était très probablement responsable de la mort de l'un des nôtres ?

— Le plan n'était pas d'affronter Zenko. Il s'agissait de confirmer si le suspect était là ou non.

Shane resta dans son camion tandis qu'il expliquait patiemment ce qui s'était passé. Son boss était furieux, ce qu'il comprenait, mais Novak aurait fait la même chose à sa place.

— Nous savons tous que les plans peuvent tourner au vinaigre dans le monde réel, rétorqua Novak.

Amen.

— Quoi qu'il en soit, j'ai laissé Yael dans le hangar à bois du voisin au cas où les choses tourneraient mal. Pendant ce temps, je suis allé vérifier si c'était le camion de Zenko qui était caché sous une bâche sur le côté du chalet. J'avais prévu de vérifier, puis de surveiller depuis les bois jusqu'à l'arrivée des renforts. Le problème, c'est que, quand j'ai contourné un côté de la maison, Yael a vu quelqu'un d'autre sortir par la porte d'entrée.

— Elle a vu son visage ?

— Malheureusement non.

— Il l'a vue ?

Cette idée déclencha une nouvelle vague de panique dans les veines de Shane.

— Elle ne le pense pas.

— J'espère que non ! Elle a déjà une cible dans le dos.

Shane grogna. Il n'aimait pas qu'on le lui rappelle.

— A-t-elle une protection ?

— Elle dispose d'un excellent système d'alarme et il y a des agents de sécurité à l'entrée de sa résidence fermée.

Shane pouvait presque voir Novak pincer les lèvres.

— Et une arme ? Un entraînement ?

— Non. Elle n'aime pas les armes.

Merde. Merde ! Il n'arrivait pas à croire qu'il l'avait laissée seule, alors qu'il avait vu de quoi cet Evi1Geni-us était capable. Cette ordure avait percé un trou dans la tempe d'une femme pour l'argent, ou le plaisir... ou les deux.

Il n'était qu'un idiot.

— D'accord, boss, j'ai compris. Je retourne chez elle pour dormir sur son canapé.

Le ventre de Shane se noua alors qu'il enclenchait la vitesse de son camion et reprenait le chemin qu'il venait d'emprunter. Pourquoi était-il parti ? Parce qu'il avait eu peur de ne pas pouvoir se contrôler. *Lui*, qui était censé être un expert de la maîtrise de soi et de ses actes. C'était le boulot de la HRT.

Pourquoi un simple baiser l'avait-il complètement chamboulé ? Pourquoi s'était-il enfui ?

— Je pourrais demander une protection rapprochée de la HRT. Nous pourrions ainsi offrir aux bleus une expérience utile dans le monde réel, et, en même temps, assurer sa sécurité.

Pour une raison qu'il ignorait, Shane détestait l'idée, et il savait qu'il en serait de même pour Yael.

— Elle n'aime pas les gens ni les complications et je pense honnêtement qu'elle ne coopérerait pas. Je l'emmènerai au travail demain et l'en ramènerai, et, s'il y a une faille dans la sécurité, j'en parlerai à son patron pour qu'il mette en place des mesures supplémentaires.

— Shane...

Merde. Novak s'apprêtait à lui faire un sermon pour lui dire qu'il ne fallait pas se lier avec les gens du travail, même s'il était mal placé pour parler...

— Sois prudent. J'ai déjà perdu deux amis ce mois-ci et je ne veux pas en perdre un autre. Et ce criminel ne plaisante pas.

Les mots frappèrent Shane comme un coup à la poitrine.

— Je t'entends.

Il vérifia ses rétroviseurs et prit quelques virages supplémentaires, car se précipiter était le meilleur moyen de commettre des erreurs. La dernière chose qu'il voulait, c'était de conduire ce monstre jusqu'à la porte de Yael.

Il revint au poste de garde, et il était devenu un visiteur si régulier que la personne qui se trouvait à l'intérieur ne l'obligea même pas à ralentir ou à baisser sa vitre pour avoir accès à l'endroit.

Il parlerait le lendemain à son supérieur. Mais ce soir-là, il ne voulait pas perdre de temps ni donner à qui que ce soit une raison de le refouler, d'autant que Yael ne serait peut-être pas très contente de le voir.

Mais il n'avait même pas besoin de la réveiller. Plus tôt, il avait « emprunté » un double de ses clés et une télécommande pour la porte du garage, qu'il avait trouvés dans la buanderie. Il connaissait le code de l'alarme.

S'il n'avait pas fait aussi froid, il aurait pu s'allonger sur la banquette arrière du camion, mais le temps était glacial, et il n'avait qu'un manteau de pluie pour se réchauffer.

Il lui envoya un SMS pour la prévenir de sa présence, puis entra chez elle, désactivant l'alarme avant de réarmer tous les accès.

Quelques secondes plus tard, son téléphone vibra, et il baissa les yeux, s'attendant à recevoir un message de Yael lui disant d'aller se faire voir. À la place, c'était Alex Parker.

Alex : Des ennuis ?

Shane répondit rapidement.

Shane : Je surveille ses arrières depuis le confort de son canapé.

Alex : Faites-moi savoir si vous pensez qu'elle a besoin d'un garde du corps à plein temps.

Il était choqué qu'il se fie à son opinion. Et, étonnamment, il en était heureux.

Shane : Je le ferai.

L'idée que d'autres puissent la protéger assombrit l'humeur de Shane, même si la sécurité de Yael était primordiale, et non pas son fragile ego d'homme.

Ils passaient de toute façon le plus clair de leur temps ensemble ; ce n'était donc pas vraiment abuser que de se charger de sa protection personnelle. Il semblait superflu d'impliquer quelqu'un d'autre alors qu'il était juste là. Il doutait qu'Evi1-Geni-us l'attaque dans sa propre maison, mais qui savait de quoi ce psychopathe était capable.

Il y eut une courte pause dans leurs échanges, puis Alex envoya :

Alex : C'est une solitaire par habitude. Allez-y doucement avec elle.

Qu'est-ce que cela signifiait ?

Shane lui envoya un emoji pouce levé, car cela semblait être la réponse la plus appropriée, et qu'il doutait qu'Alex révèle de sombres secrets à un homme qu'il connaissait à peine.

La cuisine était sombre, mais Shane voyait parfaitement bien, grâce aux lumières de la cuisinière et du micro-ondes. La cage d'escalier était plongée dans l'obscurité et il n'entendait personne se déplacer à l'étage. Il vérifia la terrasse arrière, et il ne vit aucune trace de pas dans la fine couche de neige.

Mais comment pouvait-il être sûr que Yael était bien endormie à l'étage ?

Il pouvait toujours l'appeler et la réveiller, ce qui serait embarrassant si elle décidait de l'ignorer et qu'il était là, à traîner dans sa maison... Au lieu de cela, il mit à profit les compétences pour lesquelles le contribuable américain avait investi des millions et il se faufila à l'étage sans faire le moindre bruit. Il la vit assez facilement à la lueur de son réveil. Son ordinateur était posé à côté d'elle sur la couette et elle dormait profondément.

Il s'accorda un moment pour l'observer pendant que sa garde était baissée. Il y avait de la douceur dans ses traits, de l'innocence dans la façon dont sa tresse retombait sur son épaule et dont ses lèvres s'écartaient doucement dans le sommeil.

Cela lui donnait à la fois le regret de s'être détourné d'elle plus tôt, et l'envie de s'asséner une grande tape dans le dos. Autant il aurait aimé être en train de cartographier son corps nu avec sa langue, autant il sentait qu'une grande partie de la méfiance de la jeune femme à son égard, et à l'égard des autres en général, provenait d'un manque de confiance profond dans ses semblables. Et l'amener au lit pour une partie de jambes en l'air torride n'établirait pas une confiance aussi grande que s'il se retirait, comme il le faisait maintenant, avant de descendre s'allonger sur son canapé.

Il posa son SIG sur le sol à côté de lui et tira une couverture du dossier du canapé. Il espérait maintenant qu'Evi1 Geni-us s'attaquerait à cet endroit. Il l'abattrait sans sourciller.

Yael Brooks avait prouvé qu'elle était plus que compétente en matière d'informatique. Shane était convaincu qu'elle était la clé pour retrouver cette ordure. En attendant, il pouvait protéger ses arrières.

Et peut-être se mentait-il un peu à lui-même sur la raison pour laquelle il voulait rester près d'elle. Il pouvait s'avouer maintenant, après s'être assuré qu'elle était de leur côté et avoir partagé un autre baiser qui l'avait profondément marqué, que son intérêt n'était peut-être pas strictement professionnel à cent pour cent. Et, du moment que cela ne l'empêchait pas de traquer ce tueur, quelle importance ? Ils étaient tous deux des adultes consentants. C'étaient leurs affaires.

Il resta allongé à regarder le jeu de lumière de la lune sur le plafond. Il espérait ne pas avoir complètement ruiné ses chances avec elle, car apprendre à mieux connaître Yael Brooks était une perspective de plus en plus séduisante.

L'image du visage en pleurs de Grace filtra dans son esprit. *Ce n'était pas ça.* Et il songea que Scotty aurait aimé Yael. Il aurait apprécié le fait qu'elle ne se laisse pas impressionner par les trucs de macho. Lentement, Shane s'assoupit en pensant à son meilleur ami, et aux bons moments qu'ils avaient partagés.

Le portable de Yael commença à vibrer, et elle se réveilla avec l'odeur du café frais.

Elle releva la tête en grommelant. Ça n'avait aucun sens. Laura était-elle ici ? Elle connaissait le code. Ou peut-être était-ce son patron ? Cependant, elle n'imaginait pas Alex Parker entrer chez elle pour lui préparer le café, même s'il possédait un double des clés.

Elle chercha à tâtons son téléphone avant qu'il ne tombe du chevet à cause des vibrations.

— Bon. Ne panique pas, dit la voix de Shane, dans le téléphone et dans la maison.

— Mais qu'est-ce que... ?

— Je suis dans ta maison.

Yael passa une main sur son visage fatigué.

— Et je suis sur le point de t'apporter le petit déjeuner au lit, alors, fais en sorte d'être décente.

Shane raccrocha, et elle entendit des pas dans l'escalier. Elle lutta pour s'asseoir sur le lit.

— Que fais-tu ici ?

Elle jeta un coup d'œil à son réveil. *Cinq heures trente* du matin. Elle gémit.

— Au beau milieu de la nuit ?

Il franchit sa porte en portant les mêmes vêtements que la

veille quand il était parti. Il arborait également un sourire chaleureux.

— Désolé, je suis un lève-tôt. Ce qui est utile dans mon travail, mais pas si génial pour le reste du monde.

Shane déposa le plateau sur les genoux de Yael, puis il se pencha pour attraper un autre oreiller, qu'il plaça derrière ses épaules. Elle sentit son odeur. Celle de la peau chaude et de ce stupide déodorant au pin qui devait contenir une sorte de stupéfiant, car il l'attirait comme le nectar attire l'abeille.

— Je ne vais même pas me donner la peine de te demander comment tu t'es introduit ici ce matin.

Shane afficha un sourire.

— Tant mieux, parce qu'en fait, je ne me suis pas introduit ici ce matin.

Il prit l'un des deux mugs de café sur le plateau et s'assit à côté de ses pieds. Elle sentit le matelas s'affaisser, et se concentra sur le petit déjeuner qu'il avait préparé, pour oublier l'intimité de ce moment : des toasts beurrés avec des œufs brouillés et un petit pot de marmelade que Laura avait laissé lorsqu'elle avait dormi ici la semaine précédente.

Yael prit un toast et savoura la bouchée salée. Elle croisa le regard de Shane.

— C'est très bon. Merci.

C'était drôle, mais, la veille, elle avait espéré ne plus jamais le revoir, parce qu'elle s'était sentie gênée. Moins de huit heures plus tard, elle lui souriait comme une idiote.

Elle but une gorgée de café. Noir, avec du sucre. Elle se demanda comment il avait su de quelle manière elle le buvait, et elle décida de ne pas poser la question. Il était très observateur et incroyablement intelligent. Elle attaqua les œufs brouillés pendant qu'ils étaient chauds et gémit presque lorsqu'ils fondirent sur sa langue. Elle ne se rappelait pas la dernière fois qu'elle avait eu droit à un petit déjeuner au lit. Cela remontait sans doute à son enfance.

Les yeux verts de Shane croisèrent les siens tandis qu'il soufflait sur son café pour le refroidir.

— J'ai passé la nuit sur le canapé.

Yael faillit s'étouffer avec un morceau de toast.

— Tu quoi ?

— Après être parti d'ici, je me suis mis à penser à *tu sais qui*, et l'idée qu'il s'introduise ici et te trouve seule et désarmée...

Il paraissait sincèrement inquiet, et un frisson la parcourut jusqu'à la moelle.

— J'ai un système d'alarme.

Shane lui adressa un regard.

— Que tu as contourné, d'une manière ou d'une autre.

Il grimaça. À la lumière du couloir, ses cheveux présentaient une pointe de roux et l'arête de son nez était légèrement bosselée.

— Il est possible que j'aie emprunté une clé et une commande d'ouverture de porte de garage après m'être douché hier soir, ce qui n'est pas très correct de ma part, mais..., expliqua-t-il avec un haussement d'épaules, l'air impénitent, et il but une nouvelle gorgée de café. Quoi qu'il en soit, j'ai échangé des messages avec Alex Parker quand je suis revenu ici. Ton système de sécurité n'a pas failli, mais je l'ai contourné.

Yael posa sa fourchette, puis elle enroula ses mains autour du mug en grès, qui était l'un de ses préférés.

— Tu étais assez inquiet pour dormir sur mon canapé.

Shane resserra la main autour de sa propre tasse, mais il ne répondit pas. Ses actes parlaient pour lui. Il avait un appartement tout à fait correct pour y dormir et il n'avait pas essayé de se frayer un chemin jusqu'à son lit. L'idée qu'il soit sérieusement inquiet ravivait ses propres peurs. Yael grignota son toast, puis essuya les miettes sur ses lèvres.

— Tu sais que j'ai une chambre d'amis, n'est-ce pas ?

C'était sa manière de lui faire comprendre qu'elle lui pardonnait d'être entré, de l'avoir embrassée et d'être parti.

Shane afficha un sourire plein d'autodérision.

— Oui, je sais... mais je ne voulais pas dépasser les limites. Quand j'ai fait demi-tour hier soir, je me suis dit que tu étais probablement endormie. Je t'ai envoyé un message pour t'avertir de ce qui se passait, mais, comme tu n'as pas répondu, j'ai pris la décision d'utiliser le canapé.

Shane s'interrompit, puis il arbora une expression sérieuse.

— En plus, je ne voulais pas t'effrayer, ou que tu perdes le sommeil en t'inquiétant d'une attaque imminente, ou bien que tu penses que je suis un sale con qui essaie de coucher avec toi.

— Sérieusement ? demanda-t-elle, soufflant sur son café. Tu m'as déjà repoussée.

Shane cligna des yeux, surpris, puis quelque chose brilla dans son regard qui la fit rougir. Elle venait d'avouer qu'elle aurait couché avec lui la nuit précédente s'il n'avait pas freiné. Mais cela ne signifiait pas qu'elle ne pouvait pas changer d'avis maintenant.

Le portable de Yael sonna en même temps que celui de Shane, et ils consultèrent tous deux leurs écrans. Sloan voulait qu'ils arrivent tôt. Le portable de Yael sonna à nouveau, mais cette fois-ci, c'était son patron.

— Alex ?

— J'ai besoin de toi dès que tu peux arriver au Sunset Motel à Ruckersville.

— Pourquoi ?

— Je t'expliquerai quand tu arriveras. Amène Livingstone, demanda Alex avant de raccrocher.

Shane l'observait, l'air impatient.

— On dirait que nous partons pour une nouvelle excursion.

CHAPITRE SEIZE

Le Sunset Motel ressemblait exactement à ce à quoi Shane s'attendait. De mauvaises herbes poussaient dans les fissures du trottoir. Deux ensembles de petites chambres se faisaient face, avec une étroite passerelle en bois à l'avant. La circulation sur l'autoroute était suffisamment proche pour faire trembler les fenêtres poussiéreuses dans leurs cadres, et le panneau en hauteur clignotait, affichant d'éternelles chambres libres.

Pour gagner du temps, Shane avait repris son camion afin qu'ils n'aient pas à retourner à l'académie du FBI pour récupérer le SUV de Yael. Alex Parker avait validé avec Sloan, et Shane avait même vérifié auprès de Novak. Il couvrait les bases, son derrière, et rappelait à tout le monde qu'il savait jouer en équipe.

La HRT n'aimait pas les loups solitaires.

Une fois de plus, Yael avait son ordinateur portable ouvert pour faire des recherches pendant le trajet. Elle était silencieuse, mais sans ressentiment. Manifestement, elle n'était pas du matin.

— Tu as compris ce que nous faisons ici ?

Yael fronça les sourcils.

— Non. Je ne vois rien en ligne. S'il s'agit d'un crime, ils l'ont gardé en dehors du radar de la police.

Shane s'arrêta devant le bureau d'accueil, près d'une voiture de sport Audi noire. Alex Parker sortit de la réception, et ils échangèrent un regard qu'il reconnut.

Des ennuis.

Shane coupa le moteur et sortit de la voiture. Yael n'attendit pas qu'il ouvre sa portière. Elle sortit, resserrant son blouson de cuir autour d'elle pour lutter contre le mordant du vent implacable de janvier.

Shane vint à l'avant du camion.

— Que se passe-t-il ?

— Je pense avoir trouvé où EG a passé l'avant-dernière nuit, avant de tuer Zenko.

Alex les conduisit à l'intérieur de la réception exiguë. Une femme d'origine sud-asiatique se tenait derrière le comptoir, l'air inquiet. Un faux petit sapin de Noël trônait sur le comptoir, rappel tardif des fêtes de fin d'année. Une porte donnant sur un salon était ouverte, et une fillette était assise, hypnotisée par des dessins animés, sa petite main plongeant dans un bol en plastique contenant des céréales sèches qui craquaient bruyamment entre ses dents.

— Voici Sunita Cadre. Sunita, ce sont les experts dont je vous ai parlé. Ne vous inquiétez pas. Vous pouvez débiter la carte de crédit que je vous ai donnée pour toutes vos chambres ce soir. Cette personne, précisa-t-il en montrant Yael, va examiner votre système informatique et faire des copies de votre liste de réservations, ainsi que de toutes les vidéos de sécurité des derniers jours.

Sunita se mordit la lèvre.

— Je ne veux pas d'ennuis.

— Vous n'en aurez pas, lui promit Alex.

Shane exhiba sa plaque dorée du FBI et les yeux de Sunita

s'écarquillèrent, mais elle sembla se détendre. La femme acquiesça, traita le paiement d'Alex, puis elle se pencha et éteignit le panneau affichant les chambres libres.

— Avez-vous remarqué des hommes qui sont restés ici mardi soir ? s'enquit Shane.

Sunita fronça les sourcils.

— Je n'en suis pas sûre. Un homme a réservé la chambre onze pour une semaine. Il s'est enregistré mardi soir, mais je ne l'ai pas encore vu. Mon service se termine normalement à dix-huit heures, expliqua-t-elle. En général, je ne m'occupe pas de la réception la nuit, mais notre veilleur de nuit s'est fait porter pâle hier matin, et il ne pouvait pas travailler la nuit dernière, alors j'ai pris la relève.

— Vous lui avez parlé ?

Elle secoua la tête.

— Il m'a envoyé un message.

Shane eut un pressentiment, qui lui fit penser que le veilleur de nuit était en mauvaise posture.

— Pourrais-je avoir son nom et ses coordonnées ? demanda-t-il. J'aimerais lui parler. Par ailleurs, tout renseignement que vous pourriez fournir au sujet de tous vos clients de mardi serait grandement apprécié. Merci.

Elle sortit les coordonnées du veilleur de nuit de son téléphone portable et les inscrivit sur un Post-it jaune.

Shane le prit et lut le nom : Wayne Stockwell.

— Merci. Il se peut que nous ayons besoin de vous interroger un peu plus tard, donc, si vous pouviez rester disponible... ?

Elle fit la moue et recula d'un pas. Elle devait savoir que ce n'était pas bon signe quand le FBI se pointait sur le pas de votre porte.

— Je dois aller voir mes enfants.

Aussitôt entrée dans la pièce voisine, elle ferma la porte. Alex baissa la voix.

— Les policiers ont trouvé ce matin un van blanc correspondant à la description que vous avez donnée hier, incendié sur une route rurale à environ trois kilomètres d'ici. Ils ont immédiatement appelé le Bureau. Le FBI a mis en place une équipe d'intervention pour récupérer le véhicule et le ramener à Quantico pour un examen scientifique.

Shane savait qu'il y avait autre chose.

— J'ai eu un résultat sur un numéro de portable qui a borné sur une antenne près de l'endroit où le van a été abandonné, puis sur une autre ici, en ville, environ une heure plus tard. Le téléphone a été coupé peu après.

— Il a marché jusqu'en ville depuis l'endroit où il a laissé le véhicule.

Shane glissa son plâtre dans son écharpe, car plus vite son bras guérirait, plus vite il pourrait étrangler EG à mains nues.

Alex acquiesça.

— Ensuite, il a vraisemblablement retiré la carte SIM et la batterie, et il a jeté le portable.

— Vous pensez qu'il est encore au motel ? s'enquit Shane, la main droite sur son SIG, les yeux rivés sur la fenêtre.

Alex pencha la tête.

— Seulement si c'est un imbécile, ce qui me plairait beaucoup. Mais sans doute que non. Le truc, c'est que le portable appartenait à un certain Wayne Stockwell.

Le veilleur de nuit disparu. D'où la raison de leur présence ici.

Un rire d'enfant leur parvint de l'autre côté de la porte.

Yael fronça les sourcils lorsqu'elle sortit une photo de Stockwell.

— Il n'a pas le même physique qu'EG, remarqua-t-elle.

Shane haussa les sourcils quand il jeta un coup d'œil à son tour. EG était élancé, alors que ce type devait peser plus de cent trente kilos.

— Vous pensez qu'EG a dormi ici mardi soir en allant s'occuper de Zenko.

Shane échangea un regard avec Alex, et comprit qu'ils pensaient la même chose. Soit Stockwell était complice, soit c'était une autre victime potentielle.

— Je ne comprends pas pourquoi Zenko ne s'est pas davantage méfié d'EG. Pourquoi le retrouver à son chalet ? chuchota Yael. Zenko devait savoir qu'il était engagé pour tuer quelqu'un. Après l'explosion, il savait comment EG gagnait son argent.

Les détails de ces meurtres horribles avaient été étalés partout dans les journaux. Ironiquement, cela suscitait de l'intérêt et Shane aurait parié que cet enfoiré allait augmenter ses prix lors de la prochaine vente aux enchères.

S'il avait son mot à dire, il n'y en aurait pas d'autres.

— Zenko n'a pas forcément dit à EG où il se trouvait. Les messages de son téléphone indiquent qu'ils étaient censés se retrouver à Ruckersville aujourd'hui.

— C'est peut-être pour ça qu'il se trouvait au chalet plutôt qu'à son appartement, ajouta Shane. Mais EG l'a retrouvé de la même manière que Yael l'a fait.

— EG a surpris Zenko ivre et il l'a abattu, conclut Alex.

— Ce type était assez paranoïaque pour installer des fils déclencheurs autour de sa propre maison, intervint Yael, qui frémit.

— Ils n'étaient pas reliés à des explosifs. J'ai parlé à un artificier, et ils ont trouvé du C-4 caché dans la chambre de ce type, mais les fils déclencheurs étaient reliés à un simple système de cloche mécanique pour l'alerter de la présence de quelqu'un dans les bois.

Yael parut aussitôt soulagée, et son expression s'adoucit.

— C'est sans doute déjà ça.

Les fils déclencheurs l'avaient fait paniquer. Entre autres choses.

— Je pense que Lloyd Zenko a sérieusement sous-estimé EG, et surestimé ses propres capacités, ajouta Alex. Il pensait que son petit système d'alarme improvisé était suffisant pour se protéger, puis il a baissé sa garde et bu quelques bières. Je ne crois pas que les deux hommes étaient amis. Sinon, pourquoi EG aurait-il garé son véhicule quelques maisons plus loin ?

Shane jeta un nouveau coup d'œil par la fenêtre.

— Comment pouvez-vous être aussi sûr qu'EG n'est pas ici maintenant ?

— Il nous a devancés à chaque étape, et, même si nous nous rapprochons, je doute que nous ayons autant de chance, répondit Alex, sans montrer d'émotion. Mais je vous ai appelé en renfort, juste au cas où.

Shane fronça les sourcils. Il était le renfort.

— Qu'en est-il de la sécurité de Yael ?

— Je n'ai aucune intention de mettre Yael en danger.

Alex lui adressa un long regard qui suggérait qu'il ne lui avait pas complètement pardonné la journée de la veille. Puis il fit un signe de tête en direction de la porte où la directrice avait disparu.

— Pendant que j'attendais votre arrivée, j'ai vérifié qu'il n'y avait pas de dispositifs d'écoute dans les locaux et j'ai également vérifié qu'EG ne pouvait pas, d'une manière ou d'une autre, se connecter au système de surveillance du motel.

Shane jeta un coup d'œil à la caméra située au-dessus du bureau, face à la porte.

Yael eut un autre frémissement visible.

— J'ai des collaborateurs qui surveillent les communications en provenance et à destination de cette propriété, ainsi qu'un drone qui nous avertira si quelqu'un tente de s'enfuir par l'arrière. Mais la famille qui gère ce motel le fait depuis dix-sept ans. Ce sont des personnes qui travaillent dur et qui n'ont pas de compétences évidentes en informatique. Même le Wi-Fi est au mieux douteux.

Yael s'assit sur la chaise derrière le bureau.

— Tu veux que je passe les images au logiciel de reconnaissance faciale en même temps que je les copie ?

— S'il te plaît, approuva Alex.

Yael ne perdit pas de temps. Ses doigts commencèrent à voler sur le clavier et elle connecta une sorte de disque externe au PC du motel, puis ouvrit une autre fenêtre sur l'écran et téléchargea un logiciel à partir d'une clé USB.

La regarder travailler était véritablement excitant. Shane détourna donc le regard.

— Tu as vérifié les réservations pour mardi soir ?

Alex acquiesça.

— L'une d'entre elles a été effectuée à l'aide du numéro d'une carte de crédit volée avec le même lot que la carte qu'EG a utilisée pour acheter le VPN à Houston. Jason Jones. Chambre 11. C'est la chambre la plus éloignée.

Shane vérifia son arme.

— Combien d'autres chambres sont occupées ?

— Quatre. Il n'y a personne dans la chambre voisine.

— Vous ne voulez pas évacuer les autres avant que nous n'allions frapper à la porte de la chambre onze ?

— Je ne crois pas que ce soit nécessaire, répondit Alex, jetant un regard au parking par la fenêtre. Mais j'ai apporté un radar portatif pour que nous puissions jeter un coup d'œil à l'intérieur des pièces avant d'y entrer.

Shane acquiesça.

— Bonne idée.

— Vous et moi pouvons vérifier toutes les chambres, voir si quelqu'un est caché quelque part où il n'est pas censé être.

Yael avait la tête penchée sur son clavier, complètement absorbée par sa tâche.

Shane se rendit à l'extérieur et Alex sortit le radar portatif sophistiqué du sac qui se trouvait dans le coffre de son Audi. Ils se tenaient cachés près du camion et examinaient furtivement chaque chambre à tour de rôle et la comparaient au registre.

— Tout se présente exactement comme ça le devrait, confirma Shane. La chambre onze semble être vide.

— Vérifions ça. J'ai des surchaussures et des gants dans ma voiture, pour ne pas contaminer la scène au cas où elle appartiendrait à EG, dit Alex.

Les cheveux de Shane se hérissèrent sur sa nuque. Ce n'était pas bon signe. Alex retourna à la réception, et il en ressortit avec une clé sur un grand trousseau.

— Est-ce qu'on ne devrait pas vérifier l'ADN ? s'enquit Shane.

— C'est le passe-partout de Sunita. Elle a dit qu'elle ne le quittait jamais.

Alex ouvrit son coffre. Shane sortit des gilets balistiques de son siège arrière et en donna un à l'autre homme.

— Mettez ça.

Alex haussa les sourcils d'un air amusé tandis que Shane prenait des gants et des surchaussures, qu'il glissa dans sa poche arrière.

— Pas de problème chez Yael hier soir ?

Shane le regarda.

— Rien ne laisse supposer que quelqu'un se soit approché de l'endroit, mais les gardes présents dans la guérite devraient se montrer plus vigilants.

Alex hocha la tête d'un air pensif.

— Croyez-vous vraiment que Yael est en danger ? s'enquit Shane, inquiet à cette perspective.

— EG aime jouer, et il se croit plus malin que le reste d'entre nous. Il a vu son visage. Il fera tout ce qu'il peut pour l'identifier. Plus il trouvera cela difficile, plus il sera intrigué.

— Il a accédé à l'ordinateur de Yael. Peut-être sait-il déjà qui elle est.

— C'est possible, mais j'en doute. Pourquoi se trahir s'il avait infiltré son système sans qu'elle s'en soit rendu compte ?

Shane haussa les épaules.

— J'ai vérifié ses systèmes et ils étaient tous propres. EG savait où nous serions, et ce que nous rechercherions. Il a fait en sorte que nous nous concentrions sur le sauvetage d'Anya Baker plutôt que de faire preuve de prudence, alors qu'en réalité, sa victime était déjà morte. Il s'est servi de notre humanité contre nous.

Alex plissa les yeux à cause du soleil qui était fort malgré les températures basses et les nuages d'orage qui s'amoncelaient.

— Serait-il possible que quelqu'un l'aide au sein de la *task force* ?

Alex posa sur lui un regard acéré et ne se détourna pas.

— Est-ce que vous soupçonniez Yael ? Est-ce que c'est pour ça que vous vous êtes attaché à elle ?

Shane se hérissa, mais il se rappela qu'ils étaient dans la même équipe.

— Mon meilleur ami a été assassiné. Je soupçonne tout le monde.

Alex glissa un chargeur de balles dans sa poche arrière.

— Yael n'a pas de mobile et n'aime pas la violence. Elle n'est pas impliquée, et si vous lui faites du mal, je vous ferai personnellement regretter d'avoir quitté la Géorgie.

— Vous pouvez toujours essayer, répondit-il avec un sourire crispé. Et je n'ai aucune intention de lui faire du mal. Je ne crois pas qu'elle soit impliquée.

Plus maintenant.

— Mais je m'inquiète du fait que cette ordure s'en prenne à elle.

— Voilà pourquoi nous devons faire notre boulot, dit Alex, refermant son coffre. Comment voulez-vous procéder ?

Shane ricana.

— Et vous me demandez ça maintenant ?

— C'est vous l'agent principal du FBI sur place, répliqua Alex.

— Bien sûr.

Au vu du comportement d'Alex Parker, Shane savait qu'il était plus que capable de le faire seul. Il voulait sans doute bénéficier de sa légitimité, tout comme des compétences en informatique de Yael.

— Faisons simple pour éviter toute panique ou spéculation de la part des autres clients, suggéra Shane. Nous y allons et vérifions par la fenêtre si nous voyons des traces d'explosifs. Mais j'en doute fortement, car il n'y a qu'une seule issue, et qu'EG a assassiné son expert en explosifs. Ensuite, nous frapperons à la porte et nous nous ferons passer pour le service de ménage. Nous verrons bien s'il y a du mouvement à l'intérieur.

— Ça me va.

— EG n'a aucune raison de penser que nous pourrions le localiser aussi rapidement, souligna Shane. Il pourrait être terré ici.

— Il sait que nous le recherchons, contra Alex. Il a planifié sa fuite avant d'aller chez Zenko hier. Je doute fort qu'il fasse marche arrière.

Alex Parker semblait bien comprendre comment une personne pouvait couvrir ses traces.

— Vous savez qu'il y a pas mal de rumeurs qui circulent sur vous et votre passage à la CIA, n'est-ce pas ? dit Shane à voix basse alors qu'ils traversaient le parking.

— Des rumeurs ? À quel propos ? s'enquit Alex en vérifiant son arme.

Il portait un pistolet M1911. Rien d'extraordinaire, mais il ferait assurément l'affaire.

— Sur la raison pour laquelle vous avez été enfermé dans cette prison marocaine. Et ce qui s'est passé lorsque l'agent Rooney et vous avez traqué ce tueur en série en Virginie occidentale.

Alex lui lança un regard perplexe.

— Eh bien, quoi ?

Shane l'observait, mais Alex ne laissait rien transparaître, ni dans son attitude ni dans ses paroles. Il aurait juré que ce type ignorait tout des spéculations sur le fait qu'il avait travaillé dans l'ombre pour le gouvernement. Sauf qu'il voyait comment cet homme fonctionnait. Comme un professionnel. Comme un homme confiant dans sa capacité à prendre soin de lui-même, quel que soit l'adversaire.

Shane soutint le regard gris clair d'Alex, puis acquiesça.

— Vous savez quoi ? Ça n'a pas d'importance.

Alex esquissa un petit sourire.

— Vous étiez dans les forces spéciales, n'est-ce pas ?

— C'est exact.

— J'étais dans l'infanterie.

Shane le regarda : il l'ignorait.

— Je n'appréciais pas beaucoup la CIA quand j'étais soldat, remarqua Alex, l'air pensif. Toutes ces années plus tard, je ne peux pas dire que mon opinion a changé.

Shane hocha la tête : il n'était pas plus près de trouver des réponses au mystère que représentait Alex Parker qu'avant de commencer à l'interroger. Mais quelque chose lui disait que cet homme méritait de garder ses secrets et cela lui convenait. Le fait qu'il accorde une telle confiance à Yael conforta Shane dans ses propres conclusions. Elle était innocente. Quoi qu'elle cache, cela n'avait rien à voir avec cette affaire, mais il souhaitait tout de même savoir de quoi il s'agissait.

Tous deux dégainèrent leurs armes en arrivant devant la porte de la chambre onze. Shane jeta un coup d'œil par la fenêtre. Le radar portatif leur indiqua qu'il n'y avait toujours personne à l'intérieur, mais mieux valait être prudents. Il était possible de tromper les appareils électroniques.

Grâce à un interstice entre les rideaux, Shane avait une bonne vue sur l'intérieur de la porte.

— Elle ne semble pas être piégée.

Alex enfila des gants en latex et frappa.

— Ménage.

Shane guetta les mouvements à travers la fenêtre. Rien ne bougea. Il adressa un signe de tête à Alex, qui glissa le passe-partout dans le pêne dormant et ouvrit la serrure. Il tourna la poignée et ouvrit grand la porte. L'odeur nauséabonde les frappa immédiatement.

Shane se détourna et déglutit difficilement. Tous deux s'équipèrent en silence avant d'entrer. La chambre était vide. L'odeur de l'eau de javel persistait sous celle de la décomposition. Il ouvrit la porte de la salle de bains et eut un haut-le-cœur.

Alex ne broncha pas.

Le corps d'un homme se trouvait dans la baignoire, la tête recouverte d'un sac en plastique transparent scotché autour du cou. L'odeur de l'eau de Javel était encore plus prégnante, et on aurait dit que le tueur en avait aspergé le torse de la victime. Shane espérait que ce type était déjà mort à ce moment-là.

— Wayne Stockwell ? Le veilleur de nuit ?

Alex recula d'un pas.

— On dirait.

Ils sortirent, refermèrent la porte et se dirigèrent vers un coin d'herbe pour respirer quelques bouffées d'air froid et pur.

— Ce type avait quoi, dix-neuf ans ? demanda Shane.

Alex avait le regard dans le vague.

— Il a pris ce boulot pour aider à payer ses études.

Shane fixa ses yeux vers l'horizon.

— EG tue tous ceux qui peuvent l'identifier.

L'autre homme acquiesça.

— Je dois appeler Frazer. Voir si les profilers peuvent trouver quelque chose de plus solide sur lequel bosser. Appelez Sloan pour l'informer que nous avons encore une autre scène de crime, dit-il, puis il marqua une pause. Vous savez, si ces rumeurs étaient vraies, c'est le genre de monstres que j'aurais traqués. Des psychopathes comme Evil Geni-us.

Shane hocha la tête. Il ne lui en aurait pas voulu. Le vent agita l'herbe, et une corneille s'échappa des branches noueuses de l'arbre voisin en poussant de grands cris. Les nuages anthracite et les bois avoisinants dégageaient maintenant une impression sinistre qui s'infiltrait dans la chair de Shane et descendait le long de sa colonne vertébrale comme un filet de glace. Comme si ce tueur avait laissé derrière lui une malveillance résiduelle qui souillait le paysage et entachait l'air même qu'ils respiraient.

Yael copia d'abord les images et veilla à isoler les fichiers de sa propre machine jusqu'à ce qu'elle puisse se plonger dans les métadonnées. Cela ne l'aurait pas étonnée d'EG qu'il ait introduit un ver ou un virus dans les images de surveillance pour tenter d'accéder à nouveau à son ordinateur.

La copie prit moins de temps qu'elle ne l'avait prévu, et elle comprit pourquoi. L'horodatage passait de mardi après-midi à tôt ce matin-là.

Cette ordure avait effacé toutes les images qui auraient pu révéler son identité, et retardé le redémarrage des caméras jusqu'à ce jour. Elle ne savait pas s'il l'avait fait à distance ou en personne, mais il n'y avait pas d'images de lui.

Elle s'adossa à sa chaise, frustrée. Il semblait penser à tout. Elle soumit le reste de la vidéo à un programme de reconnaissance faciale auquel le FBI avait accès. Cela prit environ vingt minutes, mais rien n'en sortit, à l'exception d'un ex-détenu qui s'était également enregistré le mardi : le type était costaud au niveau des épaules, et, d'après ses estimations, bien plus petit qu'EG. Elle nota le nom de l'homme et l'envoya à Ashley Chen pour qu'elle effectue un suivi.

Yael vérifia s'il existait une sorte de sauvegarde dans le cloud, mais, sans surprise, il n'y en avait pas. La marge bénéficiaire de cet établissement était trop faible pour qu'ils puissent investir massivement dans la sécurité. La plupart des gens n'y venaient qu'une seule fois, à l'occasion d'un voyage ou juste en passant, et il n'y avait pas grand-chose à voler par ici.

Yael fouilla le disque dur de l'ordinateur du motel et la corbeille en ligne à la recherche de tout ce qu'EG aurait pu oublier. Elle ne trouva rien.

S'était-il assis ici, sur cette chaise ? Ou bien avait-il accédé au système à distance ?

Un message apparut sur son téléphone. Shane. Les mots lui retournèrent l'estomac. Le veilleur de nuit était mort dans la chambre onze.

Un nouveau cri d'enfant provenant de l'autre côté de la porte la poussa à se tourner dans cette direction. Un frisson lui parcourut la peau. Si Sunita avait fait l'enregistrement d'EG au motel le mardi soir, elle ne serait probablement plus en vie aujourd'hui. Aurait-il également tué les enfants ?

La porte intérieure s'ouvrit, et Yael sursauta. *Merde.*

Une petite fille d'environ quatre ans apparut, suivie d'un bambin qui se dandinait, soit à cause de ses courtes jambes, soit à cause du volume de vêtements dont sa mère l'avait affublé.

— Pourriez-vous les surveiller quelques instants sur le

parking pendant que je prends mon manteau et mon sac à main ? demanda Sunita à Yael.

— Bien sûr.

La jeune femme se leva et se dirigea vers la porte. Les enfants se précipitèrent dehors et s'agenouillèrent aussitôt pour jouer avec un duo de chatons qui avait traversé en courant depuis l'autre côté du complexe.

Elle sourit. Les enfants et les chatons étaient très mignons. Elle détestait le fait qu'EG ait répandu sa cruauté maladive si près d'eux.

Yael s'appuya sur le côté du bâtiment et jeta un coup d'œil sur le parking, où Shane et Alex parlaient tous les deux au téléphone.

Shane se tourna, la vit et commença à marcher vers son camion. Il avait une démarche qu'elle ne pouvait pas vraiment décrire, à part qu'elle était fluide, pleine d'assurance et extrêmement sexy.

Alex se déplaçait d'une manière semblable, se rendit-elle compte, puis elle se souvint qu'il avait été un soldat décoré avant de devenir un consultant en sécurité à succès. Peut-être était-ce un truc militaire. Ou un truc de mâle alpha. Pourtant, son patron ne lui mettait pas l'eau à la bouche, comme le faisait Shane Livingstone.

Elle se retourna vers les enfants qui riaient encore et piaillaient de joie tandis que les chatons tournaient autour d'eux en quémandant de la nourriture.

Elle leva à nouveau les yeux lorsque Alex et Shane arrivèrent au camion et jetèrent nonchalamment leurs gilets pare-balles sur la banquette arrière. Shane la surprit en train de le fixer, et il haussa un sourcil. Elle enfouit son menton dans sa veste et regarda les enfants profiter de leur vie sans complication.

Sunita sortit en portant un grand sac fourre-tout.

— J'emmène les enfants chez ma mère pour quelques jours. Elle a dit qu'elle les surveillerait pour moi.

Elle installa le petit garçon dans son siège auto, et Alex aida à attacher la fillette. Il prit ensuite Sunita à part et lui parla doucement. La femme s'agrippa à son t-shirt et inclina la tête contre son torse. Manifestement, il lui avait appris qu'il avait retrouvé son veilleur de nuit disparu.

L'émotion saisit Yael à la gorge.

Cette femme avait-elle eu de l'affection pour Wayne Stockwell ? Ou bien comprenait-elle qu'elle avait frôlé la mort de justesse ? À en juger par la profondeur de ses sanglots, c'était sans doute les deux.

Yael détourna le regard, et elle surprit à nouveau Shane qui la fixait avec une expression qu'elle n'arrivait pas à déchiffrer.

— Quoi ?

— Rien.

Alex entoura Sunita de son bras pendant un long moment, jusqu'à ce qu'elle soit assez forte pour le repousser.

Shane reçut un autre appel et s'éloigna de quelques mètres avant de s'accroupir pour jouer avec les chatons qui miaulaient bruyamment, réclamant de la nourriture. Yael en chercherait dès le départ de Sunita.

La femme s'essuya les yeux et Alex dit d'une voix calme :

— Le FBI aura probablement besoin de vous parler à nouveau dans les prochaines heures.

Le véhicule du médecin légiste, qui ressemblait beaucoup à un fourgon mortuaire, entra sur le parking et les yeux de Sunita se remplirent à nouveau de larmes. Elle fixa du regard le véhicule noir, jusqu'à ce qu'il s'arrête devant la chambre onze. Puis elle monta dans sa voiture et s'éloigna.

— Tu crois qu'elle va revenir ? s'enquit Yael.

— C'est son motel. Elle n'a pas vraiment le choix, répondit Alex, qui s'était approché de Yael.

Le vent fit voler les cheveux de la jeune femme.

— Je ne crois pas que je reviendrais, remarqua-t-elle en grimaçant, s'entourant de ses bras. Il est impossible qu'EG se cache dans son appartement, n'est-ce pas ?

— Oui, à moins qu'il se soit enfermé dans le réfrigérateur, confirma Alex en lui adressant un regard. J'y ai pensé aussi, et je l'ai convaincue de me laisser entrer plus tôt. J'ai examiné attentivement l'endroit.

— Tu as réservé tout le motel pour la nuit ?

Alex haussa les épaules.

— Je peux le passer en frais professionnels. Ces personnes vont être durement touchées quand sortira la nouvelle d'un meurtre dans leurs locaux. C'est le moins que je pouvais faire.

Le patron de Yael était un tendre, même s'il ne l'admettait jamais.

— Où est le père des enfants ?

— Il travaille pour une compagnie pétrolière et se trouve actuellement sur une plate-forme dans le golfe.

Yael grimaça. Ce n'était pas vraiment la vie de couple idéale.

— Se pourrait-il que ce soit notre homme ?

Alex secoua la tête. Manifestement, il avait déjà vérifié le profil de l'homme.

— Tu as trouvé quelque chose sur les images de surveillance ?

— Pas grand-chose. Quelqu'un a supprimé la majeure partie de la vidéo.

Son patron jura.

— Ce qui rend presque impossible toute tentative de le suivre sur les caméras de surveillance de la circulation dans les environs, car nous ne savons pas exactement quand il était là et la camionnette avait probablement de fausses plaques d'immatriculation.

— Le numéro d'identification du véhicule pourrait être utile, remarqua Shane, qui les rejoignit après avoir terminé son appel.

— J'imagine qu'il ne possédait pas le van sous son vrai nom, remarqua Yael.

— Mais chaque indice que nous découvrons nous offre une chance supplémentaire de le retrouver. Il suffit qu'il commette une erreur pour que nous ayons son identité. Une fois que nous aurons son vrai nom et son visage, il ne pourra plus se cacher, dit Alex.

— Je suppose qu'EG n'avait pas son véritable portable avec lui. Ou, s'il l'avait, il ne l'a sûrement jamais allumé ? s'enquit Shane.

— Il s'est sans doute servi d'un prépayé avant de voler le téléphone de Stockwell, acquiesça Alex.

Quelques clients se tenaient maintenant à l'extérieur de leur chambre, attirés par le matériel du médecin légiste.

Une famille s'apprêtait à partir.

— Je vais les interroger et prendre leurs coordonnées, proposa Shane, qui décocha un nouveau regard à Yael avant de traverser le parking.

Elle oubliait parfois qu'avant de rejoindre la HRT, il avait sûrement été un agent de terrain régulier.

Alex s'éclaircit la gorge, et Yael se retourna quand elle se rendit compte qu'elle observait Shane comme une adolescente qui avait un crush.

— Où est la voiture de Wayne Stockwell ? s'enquit-elle pour détourner l'attention d'elle-même et de la direction que ses pensées avaient prise. À supposer qu'il en avait une...

Son patron la regarda, comme si c'était une chose à laquelle il n'avait pas encore pensé. Il leva un doigt.

— Bien pensé.

Alex appela Ashley Chen pour lui demander des informations sur la voiture de Stockwell. Puis ils parcoururent le parking du regard, mais ne trouvèrent aucune trace d'une Buick marron.

— EG l'a probablement volée. Il l'a peut-être cachée quelque part après avoir tué Stockwell et avant de se rendre chez Zenko. Il ne pensait peut-être pas que nous allions nous intéresser à lui si tôt. Ou peut-être avait-il toujours prévu d'incendier le van et savait-il qu'il aurait besoin d'un autre véhicule de fuite qui ne pourrait pas être immédiatement relié à lui.

Alex balaya la zone des yeux et leurs deux regards se posèrent sur un grand magasin à environ huit cents mètres, au-delà d'un terrain vague.

— EG n'a pas tué Wayne juste parce qu'il a vu son visage. Il voulait également un véhicule et un téléphone portable, et il ne voulait pas risquer d'attirer l'attention en volant une autre voiture dans la rue. Il a vu le veilleur de nuit, et il a décidé de se servir de lui. Les yeux d'Alex brillaient comme de l'argent dans cette lumière.

— Ou peut-être avait-il prévu çà depuis le début. Il a peut-être séjourné ici par le passé...

— Nous devons vérifier les registres, murmura Yael. Sunita et ses enfants ont de la chance d'être en vie.

Alex acquiesça. Elle se demanda s'il pensait à Mallory et à leur petite fille.

— C'est comme un jeu d'échecs géant.

Yael croisa les bras pour essayer de garder la chaleur. Elle ignorait si elle avait froid à cause du temps, ou parce qu'ils pourchassaient un tueur aussi sadique. Les deux la glaçaient jusqu'à l'os.

— Seulement, nous n'avons pas le droit de voir le plateau, acquiesça Alex.

Shane se tourna vers eux. Il était tellement beau ! Pire, il semblait être quelqu'un de bien. De franc. D'authentique. Si compétent qu'elle avait envie de se plonger dans ce qui se passait entre eux et de se laisser porter là où cela les mènerait. Cela ne durerait pas. C'était ce qu'il avait dit en rentrant du bar le vendredi soir précédent, mais c'était sans doute aussi bien.

Alex suivit son regard.

— Il semble être un type bien, d'après ce que l'on dit.

Elle lança un regard en coin à son patron.

— Tu as enquêté sur lui ?

— J'enquête sur tout le monde, Yael.

Le regard qu'il lui lança lui indiqua qu'il ne servait à rien de prétendre qu'il ne connaissait pas la vérité sur son passé. Ce serait les insulter tous les deux que de croire le contraire.

Yael haussa les épaules.

— Il ne cherche pas une relation avec quelqu'un comme moi.

— Parfois, les gens nous surprennent, remarqua Alex.

— D'une certaine manière, j'en doute, répondit-elle, laissant échapper un petit rire sans humour. Ce n'est pas comme si j'avais été prise en flagrant délit de vol à l'étalage. Mon frère a ouvert le feu dans notre lycée et a tué dix personnes.

Le dire à haute voix lui donnait envie de se détourner et de se cacher.

— Sans parler du meurtre de vos parents.

La voix d'Alex était empreinte de compassion, et des larmes brûlèrent les yeux de la jeune femme.

— Oui, sans parler de cela, confirma-t-elle, se sentant vide et fragile.

— Ce n'était pas ta faute, Yael.

Elle détourna le regard.

— Ce n'est pas ainsi que beaucoup de gens l'ont vu.

Elle avait été accusée de complicité et avait été jugée alors qu'elle n'était pas au courant des projets de son frère.

— Tu as été disculpée.

— Le jury était divisé. J'ai failli aller en prison pour le reste de mes jours, et la presse m'a diffamée. Les familles...

Elle ravala la boule qu'elle avait dans la gorge. Elle comprenait leur douleur, mais ils n'avaient jamais compris la sienne.

— Chaque fois que j'ai laissé quelqu'un se rapprocher de moi, ou que j'ai tenté de me poser, quelqu'un a découvert mon passé et le harcèlement a recommencé.

— Je ne laisserai pas une telle chose se produire, affirma Alex calmement, soutenant son regard.

Elle repoussa un sentiment d'échec et d'autoapitoiement.

— Tu ne pourrais pas l'empêcher. Que veux-tu que je fasse maintenant ?

— Je veux que tu m'aides à attraper cette ordure. Je veux l'enfermer dans un endroit où il ne pourra plus jamais faire de mal à quiconque.

— Il semble toujours avoir une longueur d'avance sur nous...

Sa voix était faible, et un élan de fureur l'envahit à l'idée que ce seul homme puisse l'affecter de la sorte. Comme s'il avait le droit d'écraser les autres, et de se servir d'eux comme de pions. Ce n'était pas la première fois qu'elle ressentait cela ; la rancœur lui brûlait la poitrine. Elle n'avait pas détesté qui que ce soit de cette façon depuis très, très longtemps. C'était bon.

C'était l'amour qui détruisait tout.

— Nous sommes en train de le rattraper, répliqua Alex avec un sourire déterminé. Il commence à commettre des erreurs.

Yael songea à Wayne Stockwell, Dave Monteith et Anya Baker. À tous ceux qui les avaient précédés. À tous les innocents qui avaient été assassinés pour nourrir la cupidité et la corruption d'un seul homme.

— Nous devons y arriver plus vite, Alex. Attrapons cette ordure avant qu'il fasse du mal à quelqu'un d'autre.

CHAPITRE DIX-SEPT

Quelques heures plus tard, Shane s'arrêta devant le bâtiment de la *task force*, près de l'Académie nationale du FBI. Il y avait de la lumière à l'intérieur.

— Je dois me rendre à l'enceinte de la HRT. Je reviens dans une heure. Tu veux bien passer le message à Sloan de ma part ?

Yael acquiesça. Elle était restée silencieuse sur le chemin du retour. Elle avait les joues pâles, les traits tirés, les yeux fatigués.

Il était heureux qu'elle n'ait pas vu le veilleur de nuit mort. Ce n'était pas une image dont quiconque avait besoin dans son esprit. Il repoussa ce souvenir et se concentra sur sa cible. Evil-Geni-us. Cet enfoiré allait tomber. Le tout était de savoir quand et où.

Yael posa la main sur la poignée de la portière, et il lui attrapa le bras.

— Tu as encore fait du bon boulot aujourd'hui.

Elle avait l'air d'avoir besoin de croire en quelque chose et il aurait aimé avoir plus à lui donner.

— Deux meurtres en deux jours, sans parler de ce qu'il a fait à Houston. C'est beaucoup.

Elle essaya de sourire, mais ce sourire s'effaça avant qu'elle ne quitte la cabine.

Il la regarda entrer dans le bâtiment. Il n'était pas inquiet pour sa sécurité ici, pas vraiment. Mais Evi1Geni-us était audacieux et vaniteux. Rien ne pouvait étonner Shane à son sujet. EG pouvait tenter de se faufiler sur le site en se faisant passer pour un Marine ou un agent du FBI. Il était important de ne jamais baisser la garde, mais, comme tous les agents du FBI étaient armés, il doutait qu'EG ait le cran de les défier sur leur terrain. S'il le faisait, il ne ferait pas long feu.

Après l'arrivée d'une équipe de la *task force* conjointe EGMURD à Ruckersville, Yael, Alex Parker et lui-même s'étaient rendus au Walmart le plus proche. Le magasin n'avait pas de caméras de sécurité couvrant les coins les plus éloignés du parking, mais Yael avait repéré une intersection qui aurait pu être dans le champ. Effectivement, les caméras de circulation avaient révélé une petite silhouette obscure émergeant de la zone boisée à l'ouest, puis traversant le bord du parking dans l'obscurité. Des techniciens de scène de crime avaient été envoyés pour rechercher des indices évidents, comme un téléphone portable abandonné, mais c'était un pari risqué.

La silhouette était trop imprécise pour qu'on puisse en distinguer les traits, mais Evi1Geni-us ne le savait pas. Ils pourraient être en mesure de tirer parti de cet angle et de manipuler l'homme pour qu'il commette une autre erreur.

EG était reparti dans la Buick volée de Wayne Stockwell et les agents tentaient à présent de retracer son itinéraire. Même s'il avait probablement changé les plaques, Shane doutait qu'EG se soit attendu à ce qu'ils découvrent cette piste aussi rapidement, étant donné tous les efforts qu'il avait déployés pour dissimuler ses traces.

Pour l'instant, ils avaient réussi à éviter que la presse soit informée du dernier meurtre. Aux clients qui avaient posé la question, il avait été répondu que quelqu'un était décédé dans sa chambre. EG avait réservé la chambre de motel pour une semaine, donc, à moins que ce type ne puisse accéder aux rapports du FBI, il ne pouvait pas savoir que le corps de Wayne Stockwell avait déjà été retrouvé.

Shane conduisit jusqu'à l'enceinte de la HRT et entra en se demandant où tout le monde était. Étonnamment, il n'avait même pas pensé aux gars ce jour-là. Il avait oublié à quel point c'était agréable de travailler sur une affaire. Quand il finirait par être contraint de quitter la HRT, car il ne pourrait plus suivre le rythme des plus jeunes, redevenir un agent de terrain ne serait peut-être pas une si mauvaise chose.

Il pénétra dans le bâtiment et aperçut Jordan Krychek en pleine conversation avec le responsable, Daniel Ackers. Shane marqua une pause. Il voulait leur demander s'il y avait plus de détails sur l'accident d'avion qui avait tué Montana, mais Ackers s'interrompit et posa sa main sur le bras de Jordan, l'entraînant à l'écart. Ce dernier jeta un coup d'œil à Shane par-dessus son épaule ; il n'avait pas l'air content.

Shane comprit le message. Quel que soit le sujet de leur conversation, Ackers ne voulait pas qu'ils soient interrompus. Qu'est-ce que Krychek et Montana avaient fait exactement en Afrique ? Shane était curieux de le savoir, mais cette question était classée bien au-dessus de son niveau de compétences. Néanmoins, les opérateurs HRT qui avaient travaillé avec Kurt méritaient de savoir exactement ce qui s'était passé pour que cet avion tombe du ciel. Jusqu'à présent, personne ne leur avait apporté de réponses.

Il monta en trottinant les escaliers menant à sa cage d'équipement. Il rangea tout, puis se tourna et tomba sur Will Griffin. Un sentiment de culpabilité le traversa.

— Salut, mec. Comment vas-tu ?

Griffin lui adressa un signe de tête raide.

— Bien. J'ai passé la journée à faire des exercices dans la maison de tir. Des nouvelles pour ta blessure ?

Shane leva le bras, puis baissa les yeux sur l'écharpe qui pendait inutilement autour de son cou.

— Ça va. Je reprendrais le boulot demain si ça ne tenait qu'à moi.

Sauf qu'il se rendait compte que c'était un mensonge. Il voulait d'abord attraper cette ordure. Griffin passa une main dans ses courts cheveux noirs.

— Shane, je voulais dire quelque chose. Je sais à quel point il est difficile de perdre un proche de manière inattendue et violente, dit-il, déglutissant bruyamment. Et ensuite de faire comme si tout allait bien.

Tous deux inspirèrent longuement, puis Griffin poursuivit.

— Et je comprends que tu ne veuilles pas de moi ici, essayant de remplacer ton pote...

— Hé, répliqua Shane, attrapant l'autre homme par les deux bras pour le secouer un peu. Ne dis *jamais* ça.

Griffin sembla surpris.

— Ne dis jamais ça, insista Shane, serrant les dents. *Je* veux que tu sois là. *Scotty* voulait que tu sois là. Nous avons tous les deux voté pour qu'on te propose une place dans l'équipe Echo.

L'émotion obstrua la gorge de Shane. Il aurait dû consacrer plus de temps à ce gars, mais cette affaire le dévorait.

— Tu nous as rejoints à un mauvais moment, mais je ne veux pas que tu croies que tu n'es pas l'un des nôtres, ou que je ne veux pas de toi ici. Parce que je veux que tu sois là, expliqua Shane, qui renifla, et fit comme s'il n'était pas assailli par toutes ces émotions qu'il s'était efforcé d'éviter. J'aimerais aussi que les choses soient différentes, et que Scotty et moi puissions vous mener la vie dure à Kincaid et toi.

Il serra une dernière fois les épaules de Will Griffin, puis il le relâcha.

Il était visiblement ému par les paroles de Shane, qu'il aurait dû prononcer dès l'arrivée de la nouvelle recrue. Il avait été trop occupé à se complaire dans son chagrin. Scotty lui aurait botté les fesses s'il avait été là.

— Je sais que tu as perdu ta fiancée. Je sais que Hunt Kincaid et toi avez failli mourir en essayant de la sauver, ainsi que la petite amie de Kincaid, et c'est pour ça que nous vous avons choisis, expliqua Shane, qui ne prit pas la peine de mentionner les centaines de milliers de vies innocentes menacées par une arme à l'anthrax. Ce n'est pas à cause du nombre de tractions que vous pouvez faire, ou du nombre de kilomètres que vous êtes capables de courir.

La force physique comptait, mais pas autant que celle du cœur.

— Nous te voulions parce que tu es un atout pour cette équipe. Parce que tu es un *putain* de bon agent. Et parce que tu te soucies de tes coéquipiers. Nous t'avons choisi pour ton courage et ton intégrité, et Scotty aurait été sacrément fier de t'appeler son partenaire.

Griffin baissa les yeux sur le sol, visiblement à court de mots.

— Pour l'instant, c'est dur, et, pour être honnête, je suis tellement obsédé à l'idée de choper cette raclure que j'en sens presque le goût dans la bouche, avoua Shane, passant sa main valide sur son visage.

Griffin plissa les yeux et soutint le regard de son coéquipier.

— *Tu* es mon partenaire maintenant. Si tu as besoin d'aide, quoi que ce soit, appelle-moi. Compris ?

Shane sentit les larmes lui monter aux yeux. Il hocha la tête. Il y eut un bruit et Hunt Kincaid et Aaron Nash arrivèrent en trombe au coin du couloir, revenant manifestement de la salle de sport.

— Tout va bien ? s'enquit Kincaid, redressant les épaules, le regard passant de son ami à Shane.

Et ce dernier savait qu'il devait garder à l'esprit qu'il n'était pas le seul à souffrir ici. Griffin sourit lentement.

— Oui. Tout va bien.

— Oh que oui ! Ça va.

Ou du moins, ça irait. Dès qu'il aurait trouvé Eviı Geni-us et l'aurait empêché de commettre d'autres crimes odieux. Shane consulta sa montre.

— Et maintenant, je m'excuse de devoir partir, mais je dois me présenter au quartier général de la *task force*.

— Ils ont trouvé ce salopard ? s'enquit Nash, retirant son t-shirt plein de sueur.

Nash était l'un des membres les plus sérieux de l'unité, un bon contre-pied à l'humour incessant de Cowboy. Il était extrêmement intelligent et il aimait sortir des sentiers battus lorsqu'ils rencontraient des problèmes.

Shane secoua la tête.

— Non, mais nous nous rapprochons. N'oubliez pas d'assurer mutuellement vos arrières, les prévint-il.

Parce qu'EG aimait jouer.

— Qui surveille les tiens ? La brunette avec l'impressionnant parechoc...

Shane empoigna Nash d'une seule main et le plaqua contre le métal de la cage.

— Un peu de respect pour la dame, s'il te plaît.

Nash sourit et Shane comprit qu'il était tombé dans le plus vieux piège du monde : insulter la fille pour savoir ce qu'un type ressentait vraiment pour elle.

Shane le rapprocha et embrassa son coéquipier sur la joue.

— Et mêle-toi de tes oignons.

Puis il repoussa Nash, et les trois hommes rirent et plaisantèrent tandis que Shane sortait de la pièce. Il était temps pour lui de retourner auprès de la *task force* et de la femme qui commençait à se glisser sous ses défenses, et à lui faire oublier son objectif principal.

Il se dit qu'il devait empêcher que cela se produise. Il savait qu'il se mentait à lui-même.

Que penserait Scotty de Yael ?

Shane sentit un sourire étirer ses lèvres tandis qu'il avançait dans le couloir. Scotty raffolerait d'elle. Il lui dirait de se lancer.

Mais Scotty était mort, et Shane devait retrouver son assassin. Peut-être qu'alors il poursuivrait un peu cette histoire avec Yael. Pour voir s'ils avaient des points communs au-delà de l'attirance physique.

Peut-être.

Il était presque vingt-deux heures lorsque Yael put enfin quitter le quartier général de la *task force*. Il faisait sombre, et un brouillard bas s'accrochait au sol, rendant l'atmosphère un million de fois plus effrayante que d'habitude, ou peut-être était-ce l'ombre menaçante qui semblait planer sur tout ces derniers temps. Le sentiment de danger qui souillait le monde la poussait à en vouloir encore plus au tueur en série.

Elle jeta un coup d'œil à Shane qui avait l'air calme et sûr de lui sur le siège conducteur, et un sentiment de déjà vu s'empara d'elle. Il avait insisté pour rester chez elle une nuit de plus tant qu'EG était encore en liberté. Ils étaient passés à l'appartement de Shane pour prendre des vêtements propres et vérifier son courrier, puis dans une pizzeria pour prendre le dîner avant de se rendre à sa maison de ville.

En plus de tout ce qui s'était passé ce jour-là, Alex avait remonté la piste de la vente en ligne de l'enregistrement sonore du meurtre d'Anya Baker. Vendu en tant que NFT pour une valeur de quarante mille dollars américains en cryptomonnaie. La loi était un peu obscure en ce qui concernait les NFT et le dark Web en général, mais payer pour l'enregistrement d'un meurtre afin de s'en servir comme source de divertissement était forcément aussi illégal qu'immoral. Il était également possible qu'Evi1Geni-us se soit arrangé pour l'acheter lui-même via un mandataire afin d'augmenter la valeur globale de la marchandise, ce qui n'était pas rare sur ce marché émergent. L'acheteur était surveillé par la police locale en Angleterre, de même que ses communications. Il serait placé en détention pour être interrogé dès que le FBI en donnerait l'ordre.

Les techniciens audio du FBI cherchaient à obtenir une copie pour l'analyser dans les moindres détails. Yael avait quelques idées pour en récupérer une.

Ils s'arrêtèrent devant chez elle, et elle ouvrit la porte du garage ; Shane y rentra son camion. Elle avait besoin d'ajouter quelques informations supplémentaires à ses autres recherches. Ensuite, il ne resterait plus qu'à attendre. Épuisée, elle se traîna hors du camion de Shane quand il tint sa portière ouverte. Elle déverrouilla sa maison, désactiva l'alarme, puis jeta ses clés sur l'îlot de la cuisine.

— Va prendre une douche, lui dit Shane tout en verrouillant derrière eux avant de réenclencher l'alarme.

— Tu en veux une ?

Les mots sortirent de sa bouche comme une invitation et son cœur s'arrêta sous l'effet d'une terreur soudaine.

Les yeux de Shane s'assombrirent, mais il s'éloigna d'un pas en direction de la cuisine.

— J'en prendrai une plus tard, si tu es d'accord.

En dépit des baisers qu'ils avaient partagés, il semblait déterminé à rester professionnel avec elle, ce qu'elle appréciait. Ils avaient des raisons évidentes de ne pas s'impliquer. Si les choses devenaient gênantes entre eux, et qu'ils devaient quand même travailler ensemble, ce serait une plaie. Et peut-être cette attirance était-elle à sens unique. Yael jeta un regard à Shane.

Il était beau et musclé. Les femmes se jetaient sans doute sur lui régulièrement.

Passait-il beaucoup de temps à s'excuser d'avoir embrassé des gens, ou était-ce seulement avec elle ? En temps normal, elle doutait que Shane Livingstone l'ait regardée à deux fois, mais il s'était imposé comme une sorte de garde du corps personnel pour cette affaire, et ils étaient collés ensemble.

Elle se rendit à l'étage, plus abattue que jamais, sans trop savoir pourquoi. Elle s'assura qu'il y avait des serviettes dans la salle de bains principale, et que le lit de la chambre d'amis était fait. Il n'était pas nécessaire que Shane dorme sur le canapé et qu'il se fasse un torticolis pour la surveiller.

Elle se mit à sa fenêtre et remarqua Kevin Karvo qui la regardait depuis son salon. Il leva la main. Elle hocha la tête et ferma les stores et les rideaux.

Laura était censée venir le lendemain, mais Yael ne voulait pas vraiment que son amie soit là. Sa réticence était-elle liée au fait qu'elle ne voulait pas perdre cette intimité inattendue avec Shane ? Elle n'avait aucune garantie qu'il serait là le lendemain soir. Elle ignorait ce qui se passerait d'un jour à l'autre, mais elle avait besoin d'un peu d'espace mental. Cela faisait bien trop longtemps qu'elle n'avait pas été seule.

Elle s'arrêta sur le palier, et, avant de changer d'avis, envoya un message à son amie.

Yael : Je dois annuler pour demain soir. Désolée.

Yael grimaça en voyant apparaître et disparaître les trois points plusieurs fois. Laura était extravertie et sociable. Ce qui n'était pas le cas de Yael. Elle était une très mauvaise amie.

Finalement...

Laura : Comment ça se fait ? Aurais-tu un rencard ?

Laura encourageait toujours Yael à faire des rencontres.

Comme si une sortie au restaurant ou au cinéma, suivie d'un rapport sexuel vigoureux, signifiait que Yael avait enfin, comme par magie, une vie qui valait la peine d'être vécue. Yael se détesta pour cela, mais elle mentit. C'était la seule excuse que Laura ne tenterait pas de détruire.

Yael : Oui.

Elle n'avait pas besoin de savoir que ledit rencard consisterait sûrement à manger des plats à emporter tout en travaillant sur l'affaire.

Laura : Avec qui ?

Yael : Personne que tu connais.

Cette femme était épuisante.

Laura lui envoya un pouce levé, suivi d'un certain nombre de légumes ; Yael comprit le message, mais elle ne voulait pas y penser.

— On se parle bientôt.

Elle mit fin à la conversation parce qu'elle avait besoin de prendre une douche, de raviver son cerveau et de *manger*. Même s'il était tard, Shane et elle avaient prévu de passer en revue le dossier de l'ex-détenu qui avait séjourné au motel le mardi soir, la nuit même où EG avait assassiné le pauvre Wayne Stockwell. Peut-être s'agissait-il d'une coïncidence, mais ils ne pouvaient pas ignorer le lien possible, aussi fatigués qu'ils soient.

Elle se savonna, mais ne se lava pas les cheveux. Après s'être séchée, elle enfila son pyjama, avec un ample sweat à capuche blanc. Elle brossa ses cheveux rebelles et les attacha avec un chouchou. Elle ne se maquilla pas, ne mit pas de parfum. Elle ne voulait pas envoyer de mauvais signaux à Shane. Ils étaient collègues de travail. Il la protégeait d'un psychopathe meurtrier, il ne se préparait pas à l'art de la séduction. Elle ne voulait plus entendre ses excuses.

Elle descendit discrètement les escaliers et le trouva en train de regarder le journal de fin de soirée.

— Quelque chose ?

Elle savait qu'il essayait de voir si quelqu'un avait déjà fait le lien entre le veilleur de nuit décédé et Evi1 Geni-us. Plus ils pouvaient retarder ce moment, moins EG s'inquiéterait de savoir s'ils étaient après lui, et plus il serait susceptible de se détendre et d'arrêter de regarder par-dessus son épaule, ce qui pourrait leur donner du temps pour le rattraper.

— Rien.

Le sujet du journal changea, et elle reconnut immédiatement des images d'une fusillade dans une école.

— Éteins ça, dit-elle, d'une voix plus dure qu'elle ne l'aurait voulu.

Shane coupa la télévision et ne sembla pas remarquer son ton. Mais peut-être se faisait-elle des illusions, parce qu'il n'y avait pas grand-chose qui lui échappait.

Elle prit deux bières dans le réfrigérateur et lui en tendit une. Quand leurs doigts se touchèrent, elle fit comme si elle n'avait pas senti le courant électrique entre eux.

Il se tourna pour regarder un dessin au crayon qu'elle avait accroché au mur de la cuisine et le montra à l'aide de sa bouteille de bière.

— C'est toi qui as dessiné ça ?

Il s'agissait d'un petit roitelet solitaire. Chaque plume était minutieusement détaillée. Elle acquiesça. Elle l'avait signé d'un simple « Y » à peine visible dans le coin inférieur droit.

— C'est fantastique. Tu as déjà pensé à vendre quelque chose ?

Elle haussa les épaules, mal à l'aise avec le sujet, maintenant.

— Ce n'est qu'un hobby.

Elle s'assit sur un tabouret de bar que Lincoln Frazer avait laissé derrière lui, attrapa une part de pizza et mit sa main en dessous pour éviter qu'elle dégouline sur ses vêtements.

— Oh la vache ! s'exclama-t-elle en mâchant. C'est délicieux.

Shane acquiesça et dévora sa propre part. Tous deux travaillaient d'arrache-pied depuis l'aube, mais il n'avait pas l'air fatigué.

Elle remarqua que quelqu'un avait continué une grille de mots croisés inachevés que Laura et elle avaient commencée le week-end précédent.

— Tu as terminé la grille ? dit-elle, tirant le journal vers elle. « Dessins de pirate », tu as répondu « celluloïd[1] » ? Mais c'est n'importe quoi !

— Sam le pirate. Le personnage de dessin animé.

— Je n'arrive pas à croire que tu connaissais cette réponse ! Shane haussa les épaules.

— Nous passons beaucoup de temps à traîner, ou en transit. Nash a toujours des mots croisés en cours, et parfois, nous faisons un concours.

— Dis donc !

Il se tenait là, souriant, dans son pantalon tactique kaki et son t-shirt noir moulant, et elle aurait pu jurer qu'elle commençait à avoir l'eau à la bouche pour autre chose que de la nourriture.

Bon sang !

Elle s'obligea à se concentrer sur la pizza, et sur la raison de la présence de Shane. Il n'était pas là dans l'espoir de coucher avec elle. Il était là pour la *protéger*. Il était coincé ici. Elle devait se ressaisir.

— À quoi penses-tu ?

Yael sursauta.

— À rien.

Shane prit une nouvelle part de pizza.

— Tu es toujours aussi silencieuse ?

---

1. Les artistes des studios dessinaient sur des planches de celluloïd, qui étaient ensuite photographiées en séquence pour créer le dessin animé.

Elle esquissa un léger sourire.

— C'est dans mon intérêt. Je vis seule, souviens-toi.

Il but une grande gorgée de bière et Yael observa la façon dont les muscles puissants de sa gorge travaillaient. Il reposa sa bouteille derrière lui sur le plan de travail.

— As-tu toujours vécu seule, ou...

Elle se concentra pour attraper un morceau de fromage fondu. Elle détestait parler d'elle. Les gens insistaient toujours pour en avoir un peu plus, et encore, jusqu'à ce qu'ils aient tout, et qu'il ne lui reste plus qu'un besoin de fuir et de se cacher.

— J'ai déjà eu des colocataires par le passé, mais je n'ai pas particulièrement apprécié l'expérience. Et, oui, j'ai toujours été silencieuse, répondit Yael avec une grimace. Sauf si j'ai trop bu, et là, apparemment, je suis incapable de me taire.

Une lueur d'amusement brilla dans ses yeux.

— J'aimerais bien voir ça.

Sauf que, dorénavant, elle ne buvait jamais trop. Pas depuis que, jeune et stupide, elle avait confié ses secrets à un garçon dont elle pensait, à tort, qu'il les garderait. Elle adressa à Shane un sourire qui, elle l'espérait, ne révélait pas son amertume.

— Non, tu n'aimerais pas. Vraiment.

— D'après ma sœur, j'ai commencé à parler très tôt et je ne me suis jamais tu. Je crois que c'était écrit dans tous mes bulletins à l'école. Mais, quand j'ai rejoint l'armée, j'ai finalement appris à garder la bouche fermée. Scotty dit toujours...

Il s'interrompit. À l'évidence, il éprouvait un chagrin profond et brutal chaque fois qu'il oubliait que son ami n'était plus là.

C'était dévastateur à regarder.

Il fallait qu'elle cesse de s'apitoyer sur son sort et sur ses propres blessures pathétiques. Des gens mouraient. Elle descendit du tabouret et s'approcha de lui, lui toucha le bras.

— Je suis sincèrement désolée pour ton ami, lui dit-elle, puis elle retira sa main et se blottit plus profondément dans le sweat à capuche. Je sais que je l'ai déjà dit, mais je le pense. Je suis consciente que trouver ce tueur, c'est une affaire personnelle pour toi. Je sais pourquoi. Je te promets que je ferai tout ce que je pourrai pour le traquer.

— Je n'arrête pas d'oublier que Scotty est mort, avoua Shane. Je me retrouve sur le point de lui envoyer un message, je pense à une blague que j'ai envie de lui raconter.

Il se tourna de côté.

— Parfois, j'ai envie de lui dire à quel point j'aime travailler avec toi, et à quel point tu es intelligente, poursuivit-il, la voix plus grave. À quel point tu es belle.

Yael en resta bouche bée, et elle détourna le regard.

— Et combien tu n'aimes pas que quelqu'un le remarque.

Il se tint debout devant elle et ses nerfs s'agitèrent. Puis Shane baissa la tête et l'embrassa. Elle était là, désespérée de l'embrasser à nouveau comme elle l'avait fait la veille, mais...

Il s'écarta, le regard sombre et intense.

— Qu'est-ce qui ne va pas ?

Yael choisit d'être honnête.

— Hier, après... tu as dit que tu n'aurais pas dû m'embrasser.

Shane esquissa un sourire navré.

— J'essayais de faire ce qu'il fallait, expliqua-t-il, repoussant ses cheveux, qui avaient encore une fois échappé à l'élastique, derrière son oreille. Maintenant, j'ai du mal à me rappeler pourquoi ce serait une mauvaise chose.

Elle ne s'en souvenait pas non plus. Yael se hissa sur la pointe des pieds, sa poitrine plaquée contre le torse de Shane, et elle l'embrassa sur la bouche. Puis elle glissa ses doigts dans ses cheveux, frôlant son cuir chevelu de ses ongles.

Il l'attira contre lui, et elle se sentit tendue, nerveuse, sachant qu'elle voulait l'avoir dans son lit, mais craignant que les retombées n'en vaillent pas la peine.

Il repoussa la boîte à pizza, la souleva sur l'îlot de cuisine malgré son plâtre, et se plaça entre ses jambes. Les doigts de Shane semblaient frémir quand il les resserra sur ses hanches et la ramena vers l'avant. Il descendit lentement la fermeture éclair du sweat à capuche, qui glissa facilement de ses épaules.

Yael l'embrassa à nouveau ; elle ne voulait pas penser à la raison pour laquelle ils étaient ensemble ou à ce qui se passerait si les choses tournaient mal. Cela faisait longtemps qu'elle n'avait pas désiré d'intimité, et, maintenant qu'elle l'avait goûté, elle ne pouvait s'empêcher d'avoir envie de lui. Il avait le goût du musc, des épices, de la peau chaude d'un homme après une froide journée au soleil.

Elle passa les doigts dans son dos, puis mordilla sa lèvre inférieure ; il gémit et l'attira contre lui.

Une vague de chaleur se répandit sur sa peau, faisant trembler les mains de la jeune femme.

Il posa ses doigts sur les boutons de son pyjama et commença à les défaire l'un après l'autre, jusqu'à ce qu'ils soient tous ouverts. Il écarta lentement un bord de l'étoffe sur le côté, puis l'autre. Ses yeux s'écarquillèrent d'admiration devant ses seins. Ses mamelons étaient tendus par l'excitation. Il s'abaissa pour prendre une pointe rose dans sa bouche, et elle gémit.

Les sensations qu'il déclenchait la faisaient frémir de désir.

Yael tira sur le t-shirt de Shane et l'aida à le passer par-dessus son plâtre, avant qu'il fasse glisser ses lèvres sur sa clavicule et sur la peau délicate de sa gorge.

Jamais elle n'avait été avec quelqu'un d'aussi musclé ou tonique et elle savait qu'il devait passer des heures à perfectionner son corps pour en faire une sorte d'arme. Elle était heureuse qu'il ne semble pas dérangé par ses courbes plus douces, car ses cours de cardio et de yoga ne lui permettaient pas de rivaliser.

Mais elle aimait bien son corps. Elle aimait bien ses courbes.

Elle adorait la sensation de ses mains agrippant ses hanches de façon possessive, celle de sa bouche sur sa peau, et la chaleur dans ses yeux à mesure qu'il la découvrait.

Sa langue tourna autour de son mamelon jusqu'à ce qu'elle se tortille, et il lâcha sa hanche pour toucher son corps, comme s'il n'avait qu'une envie : l'exciter jusqu'à ce qu'elle brûle. Puis il la repoussa doucement, et elle s'appuya sur ses coudes pour le regarder.

Les doigts de Shane s'accrochèrent à la ceinture de son bas de pyjama.

— Soulève-toi.

— Dis s'il te plaît, rétorqua-t-elle, et sa voix ne vacilla pas, à son grand plaisir.

— S'il te plaît.

Il sourit et fit lentement descendre le coton doux le long de ses jambes. L'instant d'après, elle ne portait rien d'autre qu'un string.

Heureusement, les rideaux étaient tirés et les lumières tamisées, car Yael n'était pas exhibitionniste, n'avait aucune envie de l'être, et l'idée d'arrêter ce qu'ils faisaient la terrifiait. Elle était réservée, et elle mettait du temps à accorder sa confiance. Mais, d'une manière ou d'une autre, elle faisait confiance à cet homme. Du moins, assez pour coucher avec lui. Elle ne l'imaginait pas vouloir rester dans les parages une fois l'affaire terminée. C'était peut-être sa seule chance de savourer physiquement cet homme.

Le regard que Shane posait sur elle était si intense qu'elle se mordit la lèvre. Il embrassa son ventre, puis le tatouage d'un corbeau sur sa hanche, et celui d'un serpent à l'intérieur de son poignet.

— Je les aime bien.

Évidemment qu'il les aimait.

Il fit glisser sa langue plus bas, sur l'os de sa hanche, et elle se tendit, sachant où il allait. Elle avait envie qu'il y aille, mais elle était aussi nerveuse. Elle songea à son vibromasseur à l'étage. Il avait beaucoup d'atouts, mais il ne lui avait jamais donné de plaisir sur le comptoir de la cuisine, fantasme dont elle avait pensé qu'il resterait mystérieux et inassouvi.

Shane fit passer les jambes de Yael sur ses épaules et promena sa langue sur le côté de sa culotte presque inexistante.

Elle se redressa brusquement.

Il éclata de rire.

— Détends-toi. Je veux te faire du bien.

Ce qu'elle ressentait, ce n'était pas « bien ». C'était un mélange de désir ardent et d'envie désespérée. « Bien » était loin de suffire à décrire ce qu'elle éprouvait. C'était comme des diamants et de la poussière de fée. Comme des châteaux et des paysages de rêve. C'était *incroyable*.

Les cheveux courts de Shane brillaient, et sa barbe griffait sa peau d'une manière qui lui donnait la chair de poule. Yael ferma les yeux, et sa bouche s'ouvrit sur un doux halètement. Il la lécha et l'embrassa jusqu'à ce qu'elle s'allonge contre le marbre froid. Elle ne sentait rien d'autre que le lent glissement de sa langue sur sa chair la plus sensible, elle brûlait d'envie que cela dure éternellement, alors même qu'elle voulait davantage de lui. Tout de lui.

Il plongeait ses doigts en elle et le désir enflait de plus en plus, comme un ressort au creux de son ventre. Elle enroula une jambe autour de son cou, sachant qu'elle se dirigeait vers son apogée plus vite qu'elle ne l'avait jamais fait auparavant.

Il ignora son incitation peu subtile et prit son temps.

— Shane.

Elle ne le supplia pas. Elle n'avait pas souvenir d'avoir jamais éprouvé un tel désir dans le passé. Le sexe se résumait généralement à des tâtonnements rapides dans l'obscurité avec des personnes qu'elle prévoyait de ne jamais revoir. À cet instant, elle voulait cet homme en elle plus qu'elle n'avait jamais rien désiré de toute sa vie d'adulte.

Il appuya sa langue fermement sur son clitoris et son monde explosa en un million d'éclats de lumière qui se brisaient et scintillaient. Un frisson de plaisir la traversa, et elle cria.

Shane posa sa joue rugueuse contre le ventre de Yael tandis qu'elle retombait lentement sur terre.

Elle le serra avec ses jambes, et caressa ses cheveux courts.

— Shane.

— Accorde-moi juste un instant. J'essaie d'être un gentleman. Tu as eu une journée difficile, et tu n'as pas beaucoup dormi ces derniers temps. Je cherche la force de partir sans faire quelque chose que tu pourrais regretter demain.

Le cœur de Yael s'emballa. Comme un coup de semonce. Cet homme avait énormément perdu, et, à cet instant, il avait besoin d'elle autant qu'elle avait besoin de lui.

— Je n'ai pas l'intention de regretter quoi que ce soit, le rassura-t-elle d'une voix rauque. Pas après les dernières semaines. La vie est trop courte.

Shane se crispa à ses mots, et elle crut qu'il allait encore s'éloigner.

CHAPITRE DIX-HUIT

Les gens ne vivaient pas éternellement, et gâcher des occasions comme celle-ci était en tête de liste des choses stupides à faire. Les paroles de Yael lui rappelèrent qu'il avait perdu deux personnes qui lui étaient chères au cours des deux dernières semaines.

Et, s'il se montrait honnête avec lui-même, il n'avait jamais été aussi désespéré de pénétrer une femme qu'il l'était de le faire avec Yael à cet instant précis. La faire jouir l'avait étourdi de désir. Elle l'avait excité avec son mélange d'insécurité et de plaisir impudique. Malgré tout, elle lui avait fait confiance pour lui procurer du plaisir. Pour l'amener à cet endroit où ils avaient tous les deux envie d'aller.

La plupart des femmes avec lesquelles il était sorti ces derniers temps considéraient le sexe comme une série de mouvements chorégraphiés attendus, qu'elles avaient vus dans un magazine ou dans une émission de télé. Plus d'une lui avait demandé de la menotter aux montants du lit, ce qu'il acceptait tant qu'elles avaient leurs propres menottes en fourrure et ne s'attendaient pas à ce qu'il utilise les siennes.

Rien ne semblait chorégraphié ou planifié avec cette femme.

Elle avait manifestement pensé que descendre vêtue de son pyjama écossais serait une sorte de repoussoir, mais, apparemment, il avait une sorte de fétichisme inconnu jusqu'à présent.

Ils travaillaient ensemble, mais ils n'étaient pas collègues de travail.

Une relation entre eux ne contreviendrait à aucune règle.

Bientôt, il réintégrerait son équipe, et il perdrait probablement l'occasion d'être avec cette femme... et cette idée ne lui plaisait pas.

Yael l'intriguait.

Et s'il n'était pas tout à fait sincère sur les raisons qui l'avaient poussé à rester auprès d'elle au départ ? Ses inquiétudes s'étaient révélées infondées, et il savait qu'ils étaient sur la même longueur d'onde, qu'ils cherchaient tous les deux à attraper ce tueur. Et il ne simulait certainement pas son attirance pour elle. Il était si dur qu'il en avait mal à la tête. Et Yael était consciente qu'il n'était pas intéressé par une relation à long terme.

Elle le déchargea de la question en descendant du comptoir et en resserrant le haut de son pyjama autour d'elle. Un instant, la déception le saisit, avant qu'elle ne lui prenne la main et ne l'entraîne à sa suite dans l'escalier menant à sa chambre à coucher. Il y alla de bon gré.

Il y avait une couette en satin violet et des draps mauves sur son lit. Dans un coin se trouvait un grand fauteuil crème, avec une lampe de lecture et une liseuse posée sur une table d'appoint. Yael s'approcha des rideaux pour fermer une petite ouverture.

Il la suivit à travers la pièce, et, lorsqu'elle se retourna, il l'arrêta, la plaqua contre la vitre cachée et l'embrassa fougueusement.

De toute évidence, elle n'avait aucune idée de l'effet qu'elle lui faisait avec ses petits tatouages et son foutu string rouge totalement inattendu. Elle était comme son cadeau de Noël préféré et il voulait la déballer encore et encore.

Yael plongea ses doigts dans les cheveux de Shane et il la souleva jusqu'à ce que ses jambes entourent ses hanches.

— Ton bras ! protesta-t-elle.

— Il va bien.

Il tourna, les approcha du lit, et il se coucha sur elle. La pièce était sombre, à l'exception de la lumière du couloir qui suffisait amplement pour voir la chaleur dans le regard de la jeune femme. Il recula, sortit son SIG et son Glock de leur holster, et les posa sur le chevet.

Elle se redressa laborieusement et ouvrit le tiroir. Il plaça les deux armes hors de vue et elle se détendit à nouveau sur les couvertures.

Il jeta son portefeuille sur la table de chevet, heureux d'avoir toujours des préservatifs sur lui pour des raisons de survie, mais aussi parce que les hommes étaient parfois faibles quand il était question de se déshabiller et de s'envoyer en l'air. Comme elle l'avait remarqué, le travail de Shane était parfois terriblement solitaire.

Cela faisait un bout de temps pour lui.

Il était pris par son travail et évitait tout ce qui pouvait ressembler de près ou de loin à un engagement.

Mais, en réalité, personne n'était éternel, et les larmes de Grace en étaient la preuve.

L'émotion lui obstrua la gorge. Il ne voulait pas penser à son ami mort. Il ne voulait penser à rien d'autre qu'à s'enfouir dans cette femme aux magnifiques yeux bruns pleins d'ombres et de secrets.

Le regard de Yael suivit le mouvement de ses mains tandis qu'il débouclait lentement sa ceinture et se dépouillait de ses bottes et de son pantalon.

L'appréciation dans ses yeux faillit le faire rougir, mais

c'était le corps de la jeune femme qui l'intéressait le plus. Elle possédait des courbes si appétissantes qu'il avait envie de passer toute la nuit à les explorer.

Il se laissa tomber sur le lit et sentit le matelas s'affaisser. Il l'embrassa ensuite sur la bouche, et elle poussa un soupir. Puis il descendit, prenant soin de ne pas l'accrocher avec le bord rugueux du plâtre de son bras gauche.

Ses fractures lui faisaient un peu mal. Suffisamment pour lui rappeler qu'il devrait sans doute prendre un peu plus soin de sa blessure, mais pas avant une heure ou deux.

Yael passa les mains sur le torse et les épaules de Shane.

— Tu dois t'entraîner tous les jours.

— À peu près. Ça fait partie du boulot.

Elle avait la peau pâle, mais ses joues étaient rouges et ses yeux écarquillés tandis qu'elle le regardait. Le fait qu'elle appréciait son corps compensait presque les séances d'entraînement brutales. Ce n'était pas tant la salle de sport que les parcours d'assaut, les combats au corps à corps, l'escalade, et, plus généralement, le fait de se suspendre à une corde depuis un hélicoptère en portant vingt-deux kilos d'équipement. C'était ce qui le poussait à maintenir la force du haut de son corps. C'était également la raison pour laquelle Novak l'avait mis en retrait de l'équipe.

Et c'était la dernière chose à laquelle il pensait en ce moment.

Les doigts de Yael semaient une traînée d'excitation dans leur sillage, jusqu'à ce que chaque centimètre de son corps soit en feu. Elle l'entoura de sa main, et, soudain, Shane se mit à transpirer.

Il lui attrapa le poignet.

— Attends.

Surprise, Yael haussa les sourcils.

— Je veux te faire du bien, dit-il.

— Je me sens déjà bien.

Elle rit, et le son grave lui fit ressentir quelque chose qui ressemblait fort à de la tendresse.

Il se déplaça pour s'allonger à côté d'elle.

— *Encore.*

— Encore ? répéta-t-elle, l'air dubitatif.

Il l'embrassa sur la bouche.

— Encore.

Shane leva la main et détacha les cheveux de Yael, étalant leur masse noire sur l'oreiller. Il enfouit son nez dans le cou de la jeune femme.

— Tu sens toujours incroyablement bon.

Il la sentit sourire, et il ne savait pas pourquoi cela lui faisait du bien. Elle se méfiait des hommes, et il supposait que certaines de ses expériences n'avaient pas été très agréables. Il voulait remplacer ces souvenirs par quelque chose de bon. Maintenir la réputation d'excellence de la HRT.

Yael caressa ses épaules et ses pectoraux. Il descendit le long de son corps, en goûtant chaque centimètre, et il finit par lui retirer ce dernier petit morceau de vêtement. Ses jambes étaient longues et ses ongles de pied étaient peints d'un rose tendre inattendu.

Shane goûta à nouveau ses seins, incapable de résister. Elle enfonça les doigts dans ses cheveux, dans un geste impatient.

— As-tu un préservatif ? s'enquit-elle.

Il ne pouvait pas attendre non plus. Il grimaça en se déplaçant sur le lit pour en prendre un dans son portefeuille.

Yael remarqua son regard douloureux et son expression s'assombrit.

— Est-ce que tu vas bien ?

S'appuyant sur son bras valide, il trouva le préservatif, déchira l'emballage avec ses dents, et elle l'aida à l'enfiler rapidement. Il allait plus que bien. Ce qu'il éprouvait était tout simplement sublime.

Shane s'installa entre les jambes de Yael, et elle le guida. Elle enroula un genou autour de sa cuisse, et il s'enfonça en elle.

Elle haleta et le cœur du jeune homme s'emballa tandis que leurs regards se croisaient pendant un merveilleux moment de chaleur.

Il bougea, puis s'enfonça en elle, encore et encore. Yael s'accrochait si fort à lui, et ils se complétaient si parfaitement qu'il n'arrivait pas à réfléchir clairement. C'était une torture exquise : il bougeait de plus en plus vite et elle le suivait, enfonçant ses doigts dans sa colonne vertébrale, puis plus bas en lui agrippant les fesses, ce qui l'aurait fait sourire s'il n'avait pas été aussi concentré sur elle.

Ils s'étreignirent et bougèrent à l'unisson jusqu'à ce qu'elle se cambre sur le lit et ferme les yeux en poussant un cri.

Mais son propre contrôle lui échappa et il s'enfonça une fois de plus en elle au moment où son orgasme se propageait dans tout son corps et embrasait son cerveau d'une brume blanche de plaisir.

Lorsque Shane put respirer à nouveau, il se rendit compte qu'il s'était effondré sur elle et qu'elle ne pouvait probablement pas respirer. Il déplaça son poids et les bras de la jeune femme se resserrèrent brièvement avant de le relâcher.

Il sortit du lit et se rendit dans la salle de bains pour se débarrasser du préservatif.

Lorsqu'il revint, Yael était blottie sous les couvertures, et elle le regardait avec de grands yeux.

— Tu veux que je dorme dans l'autre chambre ? demanda-t-il d'une voix douce.

Elle secoua la tête.

Il n'avait pas besoin de plus.

Il éteignit la lumière dans le couloir et se mit au lit. Il s'allongea sur le dos à cause de son maudit plâtre, et attira Yael contre lui. Elle était chaude. Elle posa la joue contre son torse, la jambe accrochée à sa cuisse. Sa peau était aussi douce que du velours et l'époustouflait.

Le sexe avait été spectaculaire. Il se demanda si elle l'avait savouré autant que lui ou s'il s'était ajouté à sa liste de déceptions.

Il resserra son bras valide autour d'elle et elle se blottit plus près, son parfum emplissant ses sens. Shane sentit le pouls de Yael ralentir, et sa respiration devenir plus profonde. Il s'assoupit lentement ; il avait envie d'un deuxième round, mais savait qu'ils avaient tous deux besoin de sommeil.

———

Yael se glissa hors des couvertures et se rendit à la salle de bains. Cela avait été la plus incroyable partie de jambes en l'air de sa vie, mais elle n'avait pas l'intention de le dire à Shane. Elle soupçonnait que le sexe était toujours ainsi pour lui. Énergique, moite, intense, avec des femmes, comme il l'avait souligné lors de l'une de leurs premières conversations, qui voulaient toujours plus de lui que ce qu'il était prêt à donner. Elle avait compris qu'il la ruinerait pour n'importe qui d'autre, mais elle n'avait pas imaginé à quel point le fait d'être avec lui l'affecterait. Combien elle aurait désespérément envie de plus de lui.

Pathétique.

Comme prévu.

Elle ne voulait pas le réveiller, alors elle attrapa son pyjama par terre et se glissa en bas pour ranger la pizza et lancer la recherche sur Internet du criminel condamné, ce qu'elle avait prévu de faire avant de s'endormir.

Ce n'était pas ce qu'elle avait envie de faire. Ce qu'elle désirait, c'était refaire l'amour de façon inoubliable avec Shane Livingstone, mais elle ne voulait pas passer pour trop collante ou trop exigeante. Elle ne voulait pas présumer qu'il s'agissait de plus qu'une simple incartade sexuelle, sinon elle risquait d'être déçue.

Ils devaient encore travailler ensemble et elle ne voulait pas que ses sentiments soient ébranlés.

Elle jeta un coup d'œil à l'horloge de la cuisinière. Trois heures du matin. Elle frissonna, et rangea la boîte de pizza dans son réfrigérateur. Elle posa ensuite son ordinateur portable sur le comptoir et le brancha, l'alluma, puis elle lança rapidement les recherches sur le Web qu'elle avait eu l'intention d'effectuer plus tôt.

Un bruit dans les escaliers lui fit lever les yeux.

Shane se tenait dans l'ombre, vêtu simplement d'un caleçon.

— Tu vas bien ?

La bouche de Yael s'assécha à sa vue. Elle hocha la tête en silence. Il vint se placer derrière elle, et la sensation de son érection contre son postérieur lui fit fermer les yeux, en proie à un désir délicieux.

Il glissa une main sous son t-shirt pour la poser sur son sein.

— Fini ?

Une fois encore, elle acquiesça sans rien dire. De l'autre main, il referma son portable.

Yael bascula la tête en arrière, et il plongea les dents dans la chair sensible à la jonction de son cou et de son épaule. Sa grande main s'étala sur son ventre, puis glissa plus bas. Elle gémit lorsqu'il plongea ses doigts en elle.

Un frisson parcourut les épaules de la jeune femme, puis descendit le long de sa colonne vertébrale, jusqu'à la pointe de ses orteils. Shane se retira lentement. Yael se retourna. Elle croisa et soutint son regard intense dans la faible lumière de la cuisine.

— Je me suis réveillé parce que j'avais faim, dit Shane.

Surprise, elle cligna des yeux. Elle s'attendait à ce qu'il s'éloigne pour prendre à manger. Au lieu de cela, il se pencha, et, soudain, elle se retrouva la tête à l'envers, le derrière exposé, alors qu'il la portait à l'étage. Elle poussa un petit cri.

Il la déposa avec précaution sur le lit et s'installa à côté d'elle, repoussant ses cheveux en arrière, la regardant droit dans les yeux.

— Devine de quoi j'avais faim ? s'enquit-il avec un lent sourire, son accent typique du Sud faisant une rare apparition et lui donnant des frissons.

Le cœur de Yael s'emballa.

— De pizza ?

Shane laissa échapper un petit rire, et la sensation se répercuta dans tout son corps.

— Non, pas du tout..., répondit-il, puis il se pencha et l'embrassa. De toi.

CHAPITRE DIX-NEUF

Shane buvait son café à petites gorgées et observait Yael qui fixait intensément l'écran de son ordinateur. Elle ne l'avait pas regardé depuis qu'ils étaient arrivés au quartier général de la *task force* à sept heures ce matin-là.

Il ne savait pas si elle regrettait la nuit précédente, ou si elle avait des doutes à son sujet de manière générale. Ou bien si elle essayait de séparer leur vie privée de leur vie professionnelle, ce qu'il approuvait, naturellement.

Il n'était pas sûr de ce qu'il ressentait, mais c'était une sensation intense, comme un saut HALO[1] de nuit, ou un plongeon de douze mètres d'un vieux cargo dans la rivière James. Leurs ébats avaient été fantastiques, mais la connexion personnelle... s'était révélée à la fois précieuse et fragile. Cela faisait longtemps qu'il ne s'était pas senti aussi en phase avec quelqu'un en dehors de la HRT. En revanche, il ne passait pas beaucoup de temps à regarder ses coéquipiers dormir ou à espérer qu'ils se réveillent

---

1. High Altitude Low Opening : chute opérationnelle, technique de parachutage militaire. Haute altitude, ouverture basse.

pour qu'il puisse leur faire l'amour une dernière fois avant de devoir se rendre au travail.

Soudain, Yael leva la tête, et elle fronça les sourcils quand elle le surprit en train de la regarder.

— Je crois que j'ai trouvé quelque chose.

Shane se rapprocha, ainsi qu'Alex Parker et Ashley Chen. Il se pencha par-dessus l'épaule de Yael, et remarqua le regard que son patron lui lança.

Savait-il ce qu'ils avaient fait la veille ?

Shane serra les dents. Il était conscient qu'il ne devait pas s'attarder sur la nuit incroyable qu'ils venaient de passer ni se demander si c'était une bonne idée ou non. Dans tous les cas, c'étaient leurs affaires, et cela ne regardait personne d'autre.

Yael pointa du doigt un second écran, plus grand que le premier, que quelqu'un, sans doute Ashley, avait installé sur le bureau.

— Il y a quelques jours, j'ai lancé une recherche sur le Web pour trouver le script dont Evi1Geni-us s'est servi pour hacker mon flux.

— Qu'as-tu trouvé ? s'enquit Alex.

Yael passa ses doigts dans ses cheveux, et Shane se souvint qu'elle lui avait fait la même chose la nuit précédente avant de l'attirer contre elle... Et peut-être que cela avait été une mauvaise idée de coucher ensemble, parce que maintenant sa concentration était partagée alors qu'il avait besoin de se concentrer sur la raison pour laquelle il était vraiment ici. Pour trouver l'assassin de Scotty.

— Au début, il y avait trop de réponses. J'ai donc passé en revue certaines des données que nous avons collectées lors de ses précédentes diffusions sur le dark Web et j'ai aussi..., dit-elle avant de s'interrompre pour s'éclaircir la gorge. J'ai aussi passé un peu de temps ce matin à travailler sur l'enregistrement sonore qu'EG a vendu en tant que NFT. L'acheteur l'a chargé sur un salon de discussion privé qu'il partageait avec plusieurs de ses amis. J'ai envoyé une copie aux techniciens du FBI. Quoi qu'il en soit, ces *losers* apparaissent comme un groupe d'incels[2] qui pensent qu'Anya a eu ce qu'elle méritait. Je veux qu'ils souffrent autant qu'elle a souffert, affirma Yael, dont la lèvre se retroussa sous l'effet de la fureur.

Bravo, ma belle.

L'idée que des hommes adultes puissent éprouver du plaisir à écouter la bande-son du meurtre d'Anya Baker le répugnait.

Il était désormais convaincu que Yael était le genre de personne qui poursuivrait ces suspects jusqu'au bout du cyber-monde, tandis que lui et le reste de la HRT seraient heureux de pouvoir le faire dans le monde physique. Mais il n'aimait pas le fait qu'elle se soit exposée à ce genre de masculinité toxique ni qu'elle puisse être en danger physique s'ils découvraient ce qu'elle faisait.

— J'ai isolé un peu plus de code et relancé les recherches.

Elle leur montra une liste. Shane la trouva terriblement longue.

— Il a été développé pour la première fois par une entreprise tech de la Silicon Valley il y a cinq ans, comme élément de son micrologiciel.

— Je ne vois pas vraiment en quoi c'est utile, remarqua Ashley, incertaine.

Alex observa attentivement Yael pendant qu'elle s'expliquait. Sa foi en son employé était évidente.

— J'ai recherché toutes les entreprises qui emploient aujourd'hui ce code dans leur système. Il s'avère qu'il s'agit de systèmes de sécurité et d'alarme pour les entreprises. Du maté-

---

2. Incel : célibataire involontaire, incapable de trouver une partenaire, entretenant une haine des femmes, formant une communauté en ligne avec ses pareils.

riel et des logiciels haut de gamme et coûteux, avec beaucoup de clients.

Shane croisa les bras.

— J'ai recoupé les dates et lieux des enlèvements d'Evi1-Geni-us avec celles où des entreprises ont fait installer ce système de sécurité.

— Malin, la complimenta Shane.

Alex sourit.

— Je n'ai pas eu de correspondance.

Mais, à en juger par le sourire de Yael, il se doutait qu'elle avait trouvé quelque chose.

— Cependant, lorsque j'ai, euh… *fouillé* pour savoir quand les entreprises clientes demandaient une maintenance ou une mise à niveau sur place du système de sécurité, j'ai trouvé une corrélation positive avec les activités d'une personne. Cela inclut Houston, où un géant des télécoms a insisté pour effectuer une mise à niveau pendant la période des fêtes de fin d'année, alors que son siège principal était quasiment fermé, expliqua-t-elle, puis elle appuya sur une touche et fit apparaître ce qui semblait être un dossier RH, et le permis de conduire d'un certain Eric Antony Pierce. Ce type.

Shane regarda fixement l'homme sur la photo, répertoriant les détails. Bel homme, au visage fin et aux traits nets. Un mètre quatre-vingts. Yeux bleus. Cheveux noirs.

Basé à Charlotte, en Caroline du Nord.

Était-ce l'ordure qui avait tué son meilleur ami ?

Ashley Chen sourit.

— C'est du bon travail, Yael, lui dit-elle, puis elle se leva, les doigts agrippés à la tablette qu'elle portait. Je le dirai à Sloan. Mettons une équipe sur ce type immédiatement.

Au grand dam d'Alex et au grand soulagement de Yael, ils avaient reçu l'ordre de ne pas s'en mêler. Ils s'étaient rendus au tout nouveau bureau satellite de Cramer, Parker & Gray, dans leur complexe de Quantico, et avaient hacké le système de surveillance d'un café situé en face du lieu de travail d'Eric Pierce.

Il était à présent seize heures quarante-cinq. D'après son directeur, Pierce était actuellement en mission pour un travail dans les environs et devait revenir au bureau d'un moment à l'autre, avant d'avoir terminé sa journée.

Des agents du FBI du bureau local de Charlotte se trouvaient à l'intérieur du bâtiment, se faisant passer pour des employés, et surveillaient les alentours du complexe. La tension était si forte qu'elle semblait étouffer Yael, malgré les techniques de respiration qu'elle avait apprises lors de ses cours de yoga en ligne pour se calmer.

Il y avait toujours une possibilité que l'un des collègues de Pierce le prévienne.

— J'aurais aimé qu'ils me permettent de fouiller sa maison avant d'aller le cueillir, affirma Alex, fronçant les sourcils dans une rare manifestation d'impatience.

Il faisait doucement rebondir la petite Georgina sur ses genoux, alors qu'elle commençait à s'agiter. Alex et Mallory employaient une nourrice à temps partiel, mais, comme la jeune femme avait cours les vendredis après-midi, le couple s'occupait de leur fille à tour de rôle ou avait recours à la garderie de l'Académie du FBI.

Sloan s'inquiétait du risque potentiel d'explosifs, même si cela semblait peu probable au domicile de l'homme. Le fiancé d'Ashley Chen, Lucas Randall, était chargé de cette arrestation. La HRT fournissait des renforts et surveillait la modeste maison de l'homme au cas où Pierce aurait quitté le travail et serait rentré directement chez lui.

La HRT se préparait à faire une descente sur les lieux dès qu'il aurait été arrêté et que les démineurs auraient confirmé qu'il n'y avait pas de danger.

Shane était à Charlotte.

Yael essayait de ne pas penser à lui ni à la nuit précédente. Elle essayait encore plus fort de ne pas s'inquiéter pour lui.

Il agissait en tant qu'observateur, et assurait la liaison entre la HRT et la *task force*, ce qui était son boulot. Yael détestait le fait qu'il lui manquait. Tout comme elle détestait le fait de ne pas savoir ce qui se passerait entre eux à la fin de cette opération, et détestait le fait de vouloir qu'il se passe quelque chose.

— Mais bougez ! s'exclama Laura qui se leva et fit rouler ses épaules, puis elle repoussa ses cheveux blonds sur une épaule, avant de consulter sa montre.

Tim était assis à côté d'elle. Il était toujours aussi calme.

— Où est ce type ? gronda Yael.

Elle prit un verre d'eau, fit les cent pas en buvant.

— Là ! déclara Alex, pointant du doigt une silhouette sur l'écran, qui traversait la route et se dirigeait vers les portes principales.

Soudain, on entendit des conversations sur d'autres lignes reliées à la brigade d'arrestation des criminels violents du FBI à Charlotte, à l'unité de négociation de crise et au centre d'opérations tactiques.

Yael se mordit la lèvre tandis que des agents surgissaient de nulle part.

Pierce s'immobilisa, puis il glissa la main dans sa veste. Il donna l'impression de vouloir s'emparer d'une arme ; une détonation retentit sur les radios et l'un des agents du FBI tira sur le suspect. Des innocents qui vaquaient à leurs occupations s'arrêtèrent, choqués et surpris. Une femme sur le trottoir s'immobilisa brusquement, bouche bée, effrayée.

Le suspect se laissa tomber au sol, et posa les mains sur le trottoir. Son arme glissa sur le béton. Yael entendit des agents crier à Pierce de s'allonger sur le sol, et elle les vit lui passer les menottes même s'il saignait. Elle les regarda examiner son visage pour s'assurer qu'il s'agissait bien de la bonne personne. Et confirmer qu'ils plaçaient Eric Pierce en détention.

Une ambulance entra en trombe dans le champ, et leur coupa la vue.

Presque aussitôt, Pierce se retrouva sur un brancard ; deux agents du FBI et un ambulancier montèrent à l'arrière avec lui. Le véhicule partit en trombe, sans doute vers le centre de traumatologie le plus proche.

Yael expira une bouffée d'air.

— Waouh ! Ça s'est passé très vite !

— Ça me rappelle certains de mes rencards, ricana Laura. Toute la préparation, la promesse d'excitation, et c'est fini en moins de vingt secondes chrono.

— Il faut que tu fréquentes de meilleurs hommes, dit sèchement Alex.

Tim ricana doucement.

Laura éclata de rire.

— La plupart des meilleurs sont déjà pris, Alex. Nous, les femmes célibataires, nous devons tirer le meilleur parti de ce que nous pouvons obtenir, répondit-elle d'un ton joyeux, puis elle leva la main comme pour les féliciter tous. Bon travail, les gars. Vous avez réussi. Vous avez aidé à le capturer. Maintenant, nous allons tous pouvoir mieux dormir la nuit.

Yael lui tapa dans la main.

— Tu as aidé aussi. La fausse modestie, ça ne te ressemble pas.

— Ce n'est pas moi qui ai découvert son identité, ma chérie. C'est toi, répliqua Laura, adressant un clin d'œil à Yael en souriant.

La pression dans la poitrine de Yael se relâcha un peu. C'était elle qui avait fait cette découverte, et c'était bon.

Alex appela Ashley Chen, qui se trouvait avec la cellule de négociation de crise.

— Vous êtes sûrs que c'est Pierce ? Est-ce qu'il va s'en sortir ? interrogea-t-il, arborant une expression intense. S'il survit, vous prévoyez de le garder là-bas ou de le ramener ici ?

Ce que lui répondit Ashley fit briller ses yeux.

— Super.

Il raccrocha.

— Pas de doute, c'est bien Pierce. Elle ne sait rien de ses blessures ou du pronostic, mais j'espère qu'il survivra. Une balle ne suffit pas pour les gens comme lui.

Yael croisa les bras. Elle était entièrement d'accord, et, pourtant, elle n'avait jamais aimé l'idée de la vengeance. Sans doute parce que des innocents se retrouvaient parfois entre deux feux.

— Les agents vont récupérer les appareils électroniques de sa maison avant que l'équipe d'intervention ne s'y rende, pour les envoyer par coursier à Quantico à Shane Livingstone. Demain matin, nous les examinerons au quartier général de la *task force*.

Yael expira une grande bouffée d'air. Ils avaient attendu toute la journée pour assister à cette arrestation. Alex avait travaillé sur ce dossier pendant plus d'un an. Le fait que cela se termine si soudainement semblait décevant et bizarre.

Laura se leva et prit un beignet qui restait du matin. Yael devait trouver un moyen d'instaurer une politique alimentaire saine ici, car personne d'autre ne semblait prendre du poids à cause de la surcharge de glucides, mais elle prenait cinq kilos rien qu'en les regardant.

Laura essuya le sucre sur ses lèvres et bâilla.

— Je vais appeler mon rencard et annuler. Au cas où

quelque chose se produirait qui nécessiterait mes compétences ou mon talent extraordinaires.

Alex consulta sa montre.

— Ne fais pas ça. Je vais aller chercher Mal avant que cette petite beauté se mette à réclamer son dîner, dit-il, avant de regarder Yael. Je ne crois pas que nous ayons quoi que ce soit à faire avant demain matin. Tu devrais aller te reposer. Ashley et moi pouvons nous charger de l'électronique de Pierce demain si vous avez des projets pour le week-end.

Laura leva les yeux au ciel.

— Aucun d'entre nous ne laisserait le patron faire tout le boulot, et tu le sais.

— Je n'ai rien de prévu, dit Tim.

Il était calme et timide. Yael avait l'impression qu'il avait le béguin pour Laura, mais se disait que cette dernière était trop bien pour lui.

— Cela ne me dérange pas de faire le travail moi-même, insista Alex.

— Et c'est pour ça que ça ne nous dérange pas d'aider, répondit Yael avec un sourire.

— Je suis ici maintenant, et, à moins que mon rencard ne décide de m'emmener dîner à Paris, je serai au quartier général de la *task force* dans la matinée, déclara Laura, regardant ses ongles.

Alex Cala Georgina contre son épaule.

— Le dernier rencard que j'ai eu avec Mal date d'avant la naissance de cette petite demoiselle, à moins qu'on ne compte la réception de Noël du sénateur en tenue de soirée.

Il frissonna. Laura pointa son doigt sur lui.

— Fais le truc de Paris. Tu as le jet de la société.

Alex lui sourit.

— Mal n'aime pas les grands gestes.

Laura ricana.

— Alors peut-être qu'elle doit fréquenter de meilleurs hommes.

— Touché, répondit Alex, qui sourit encore. Mais aucun homme vivant n'est digne de Mallory Rooney.

Les larmes montèrent aux yeux de Yael.

— Organise-lui un rendez-vous là où vous vous êtes rencontrés.

Il grimaça.

— Assez ironiquement, ce serait au bureau du FBI à Charlotte.

— Non, tu ne peux pas faire ça là, déclara Laura en se penchant en avant. Où a eu lieu votre premier vrai rencard ?

Alex grimaça à nouveau.

— À Washington.

Georgina commença à pleurer, et Alex la blottit contre son cou et la fit rire en lui faisant des poutous. Puis il se leva, fit passer les bras et les jambes de la petite fille qui ne cessait de bouger dans sa grenouillère et l'installa dans sa coque auto.

— Il y a toujours les Caraïbes, suggéra Laura avec sagesse. Ou New York. Un dîner et un spectacle ?

— Peut-être quand j'aurai la certitude que cette histoire est terminée.

Il souleva aisément la coque auto de Georgina et leur adressa à tous un sourire. Après son départ, Laura haussa les sourcils et poussa un énorme soupir.

— Pourquoi n'y a-t-il pas plus d'Alex Parker dans le monde ?

Yael sourit. Ce type était un rêve, mais il en était de même pour... Elle sortit brusquement de sa rêverie et se tourna vers son amie.

— Tu sais, si tu veux rester chez moi cette nuit, c'est d'accord.

— Hors de question ! s'exclama Laura en levant les mains. J'ai déjà réservé un bel hôtel. Je ne me mettrai pas en travers de ta vie amoureuse. C'est la première fois que tu fais ne serait-ce que penser à un rencard depuis que je t'ai rencontrée.

— Ce n'est pas vraiment un rencard.

Yael éteignit l'ordinateur. Le fait qu'elle ait menti en disant qu'elle avait des projets lui semblait maintenant déloyal. Après tout, Laura l'avait aidée à déménager, et c'était son amie la plus proche.

Shane et ses frères de la HRT lui vinrent à l'esprit. Lorsqu'ils partiraient chacun de leur côté, il aurait toujours ses amis. Yael ne devait pas oublier de traiter les siens avec le respect qu'ils méritaient, quoi qu'il se passe dans son monde. Pourtant, le besoin de paix et de tranquillité se faisait sentir.

— De qui s'agit-il, d'ailleurs ? s'enquit Laura d'un ton malicieux.

Tim écoutait sans se gêner, tout en rangeant les chaises du bureau.

— Personne que tu connais.

Yael éteignit l'ordinateur, ce qui eut pour effet de couper toutes les conversations en arrière-plan et de rompre le lien avec le FBI, et, par inadvertance, sa connexion immédiate avec Shane.

Alex aimait que les machines soient éteintes, sauf si l'un d'entre eux était présent ou exécutait quelque chose de spécifique, afin qu'ils puissent tout contrôler en temps réel. La jeune femme s'éclaircit la gorge.

— En fait, ça n'arrivera sans doute pas maintenant.

Au lieu d'avoir l'air ennuyée, Laura sourit.

— C'est ce beau mec du bar la semaine dernière. L'agent de la HRT qui ne te lâchait pas d'une semelle à Houston. Je le savais.

— Ce n'était pas comme ça.

Bon sang. Yael n'en revenait pas de la façon dont son amie déformait les choses.

Laura l'embrassa sur la joue, et ses lèvres étaient fraîches contre la peau brûlante de Yael.

— Oh ! Je t'en prie ! Alex a dit que Livingstone serait de retour en ville plus tard dans la soirée. Je ne vais pas risquer de gâcher un rencard de dernière minute parce que tu as eu les chocottes. C'est la boîte qui paie mon hôtel, donc ce n'est pas grave.

Tim les regardait attentivement. Il afficha une moue gênée quand Yael croisa son regard.

Laura saisit son sac à main et en sortit un rouge à lèvres rouge foncé qu'elle appliqua parfaitement à l'aide d'un miroir compact. Yael se rendit compte que son amie avait toujours l'air incroyablement belle et élégante. Elle portait un chemisier en satin crème sur un caraco crème en dentelle. Elle détacha un autre bouton et remplaça ses clous d'oreilles par des boucles pendantes qui scintillaient sous les lumières du plafond. Elle se parfuma ensuite à l'aide d'un petit flacon qui se trouvait dans son sac, puis elle fit bouffer ses cheveux.

— De quoi ai-je l'air ?

— D'une star de cinéma.

Yael baissa les yeux sur son propre t-shirt de The Cure à manches longues, et son jean. Elle se demandait ce que Shane voyait en elle, en dehors de l'évidence.

Laura lui releva le menton et lui sourit.

— Toi aussi, Yael. Tu es magnifique, intelligente et carrément branchée avec tes cheveux brillants, tes lèvres pulpeuses, tes tatouages cool et ta façon de faire comprendre aux gens qu'il faut rester à distance. Maintenant, rentre chez toi, enfile une tenue sexy, et envoie un SMS à ton beau gosse des fédéraux pour qu'il passe te voir quand il rentrera. Fais-lui comprendre qu'il est un sacré veinard que tu daignes même le laisser franchir ta porte.

Yael rit, mais l'idée lui rendit la bouche sèche. Et si Shane n'avait pas envie de la revoir ? Elle en serait dévastée.

— Je n'aurais pas le courage de faire ça.

Laura agita le poing vers elle.

— Je vois que j'ai encore du travail avec toi. Ne t'inquiète pas. Je suis prête à relever le défi, dit-elle, puis elle rassembla ses affaires. Allez, Tim. Je te raccompagne à l'hôtel.

— Amuse-toi bien ce soir.

Yael rassembla toutes les tasses de la pièce et chargea le lave-vaisselle. Lorsqu'elle se retourna, Laura et Tim sortaient de la pièce. Son amie lui adressa un sourire narquois et un petit signe de la main.

Yael récupéra sa veste sur le dos d'une chaise, puis salua Jack Reilly de la main.

— Bonne nuit, Jack.

Il était la dernière personne dans le bâtiment, il travaillait dans l'un des bureaux en verre. Il lui adressa à son tour un signe de la main et consulta sa montre, surpris. Il gérait la partie protection des personnes de l'entreprise, qui devait être trans-férée entièrement sur ce site au cours des six prochains mois.

Yael sortit son portable et vérifia ses messages. Son cœur trébucha quand elle vit que Shane lui avait envoyé un simple pouce levé.

Elle fronça les sourcils. C'est alors qu'elle se rendit compte qu'il avait répondu à un message d'elle lui demandant de « passer plus tard ».

Un sentiment de honte l'envahit, suivi d'un certain agace-ment, puis d'un amusement mêlé d'embarras. Elle expira bruyamment.

— Ça va ? s'enquit Jack, qui enfilait sa veste tout en éteignant toutes les lumières.

— Oui. Tu sais. Laura qui joue la Laura.

Ces paroles suffirent pour que Jack éclate de rire.

— Bonne nuit.

Yael sortit dans la fraîcheur de la soirée de janvier. Peut-être devrait-elle prendre quelques leçons de vie auprès de Laura. Après tout, elle était presque sûre que Shane avait accepté de venir plus tard. Et, même s'ils ne sortaient pas ensemble, elle appréciait sa compagnie, et elle aimait vraiment leurs ébats.

De plus, elle voulait savoir ce qui s'était passé dans la journée. Et, ironiquement, le voir l'aidait à oublier le mal et les horreurs qui existaient dans le monde.

De toute façon, il était trop tard pour lui avouer que ce n'était pas elle qui avait envoyé le message. Laura avait peut-être dépassé les bornes, mais Yael savait qu'elle tenait à elle. Elle y réfléchirait plus tard, mais, pour l'instant, elle se réjouissait à l'idée de revoir Shane.

CHAPITRE VINGT

Shane était assis dans un fourgon de surveillance avec deux agents des opérations tactiques du très secret « Centre » du FBI, tandis qu'ils enfilaient des combinaisons et des gants chirurgicaux. Une guitare espagnole jouait faiblement en arrière-plan tandis que les agents discutaient des mérites du meilleur restaurant argentin de Washington par rapport à Buenos Aires.

— Vous étiez en Argentine ? s'enquit Shane.

Tous deux cessèrent de parler et se tournèrent vers lui avec des expressions vides. Dexter Kim, un grand Asiatique sympathique, sourit.

— Non ?

Shane hocha la tête. Il comprenait. Lui non plus n'était pas autorisé à parler d'un grand nombre de ses missions. Mais il se rappelait un événement survenu dans la capitale argentine à Noël, lorsque la fille de l'ambassadeur des États-Unis avait été enlevée.

Shane se doutait que ces deux hommes étaient intervenus, et il se doutait que c'était à titre clandestin, étant donné que des personnalités politiques locales, des oligarques russes et des diplomates américains avaient tous été soupçonnés d'avoir participé à l'enlèvement.

Shane regarda par la vitre latérale du van. Eric Pierce avait été interpellé près de son lieu de travail. Le fait qu'il ait tenté de s'emparer de son arme laissait penser qu'ils tenaient la bonne personne. S'agissait-il de la même arme que celle avec laquelle il avait abattu Lloyd Zenko ? Shane l'espérait. Ce serait appréciable de lier les crimes ensemble de manière substantielle afin d'envoyer ce type dans le couloir de la mort.

Pierce possédait un modeste ranch au fond d'une baie tranquille qui semblait ridiculement ordinaire pour la maison d'un tueur en série indécemment riche et sadique. Les voisins avaient été prévenus de ne pas bouger.

Des agents du bureau local étaient postés à un pâté de maisons de là, chargés de frapper aux portes et d'interroger toute personne susceptible de connaître cet homme. Une équipe de collecte des preuves faisait le pied de grue en attendant que Shane et les agents des opérations tactiques aient terminé la première reconnaissance des lieux. Shane voulait inspecter le domicile de ce type. Voir si cela révélait quelque chose sur la personne qui avait assassiné son meilleur ami.

Il observa la HRT qui se préparait à investir le bungalow. Shane brûlait d'envie de faire partie de l'équipe d'assaut, mais il avait promis de rester dans le van jusqu'à ce qu'ils aient vérifié qu'il n'y avait pas d'explosifs dans la maison. Il savait à quel point ces opérations pouvaient être tendues, même les arrestations de routine. Il suffisait d'une arme automatique entre de mauvaises mains, ou d'un pain de C-4 et d'un détonateur sur une porte pour que des gens soient blessés. Après le Texas, puis la perte de Montana, Shane n'avait pas l'intention de constituer une source de distraction pour les autres membres de l'équipe Gold.

Un signal leur parvint par la radio.

— Dégagé.

Ce qui signifiait que ni les détecteurs électroniques ni les chiens n'avaient indiqué la présence d'explosifs. Shane regarda Cadell éloigner Hugo de la zone. Diego était avec son maître-chien de l'équipe Charlie, sur le point d'entrer avec l'équipe d'assaut, alors qu'il ne semblait y avoir personne à l'intérieur.

L'équipe Gold reçut le signal d'intervenir, et Shane regarda son homologue de l'équipe Charlie placer une charge sur la porte d'entrée. Tout le monde s'accroupit, prêt à faire irruption à l'intérieur de la petite maison soignée, où des guirlandes de Noël étaient encore accrochées autour de la cour.

Shane retint son souffle tandis qu'ils s'engouffraient à l'intérieur. Regarder était pire que participer. Multiplié par mille après le Texas.

Avant Houston, ils avaient cru à leur propre légende selon laquelle ils étaient imbattables. À présent, ils avaient perdu deux des leurs en moins de quinze jours et Shane savait que cela les avait tous affectés.

Quelqu'un annonça dans les oreillettes que tout était dégagé, et l'agent Kim lui adressa un signe de tête. Ils sortirent du van et entrèrent.

Le plan prévoyait que la HRT quitte les lieux dès la confirmation que le bâtiment ne comportait pas de menaces et retourne au bureau local jusqu'à ce qu'elle soit informée que l'on n'avait plus besoin d'elle. Ensuite, ils pourraient retourner à Quantico.

Shane espérait être dans cet avion... surtout après le message de Yael. Il avait craint qu'elle ne se replie à nouveau sur elle-même, et ne veuille plus le voir une fois l'affaire terminée. Même si c'était sans doute une mauvaise idée à long terme, il voulait être à nouveau avec elle. Le fait qu'elle l'ait invité était énorme.

Son portable vibra, annonçant l'arrivée d'un nouveau message. Pierce était sur le point d'être opéré. Shane espérait que ce type survivrait, car il voulait qu'il comparaisse devant le tribunal. Il voulait qu'il soit mis en détention provisoire, puis en prison. Il voulait qu'il paie pour ses crimes.

Quand Pierce serait stable, si cela arrivait, il serait incarcéré et transporté en Virginie. Sloan prévoyait que la *task force* commence à l'interroger dès que les médecins le permettraient. Jusqu'à présent, la seule fois où il avait ouvert la bouche, c'était pour demander un avocat.

Évidemment. Les hommes innocents ne dégainaient pas d'armes sur des agents fédéraux et ne demandaient pas d'avocat alors qu'ils se vidaient de leur sang.

Shane tapa dans les mains de ses coéquipiers en passant devant eux. Tous affichaient des sourires heureux, car ils avaient finalement attrapé cette ordure, et qu'ils allaient obtenir un semblant de justice pour Scotty. Cela n'aiderait en rien Grace et ses enfants, mais c'était mieux que de laisser ce type en liberté. Shane retrouva Novak sur le pas de la porte.

— Il n'y a rien de louche.

Les deux agents des opérations tactiques se séparèrent. Ils recherchaient tous les appareils électroniques que Shane ramènerait avec lui à Quantico, y compris d'éventuels équipements de surveillance cachés, ainsi que tous les endroits où cet enfoiré aurait pu cacher sa crypto.

— Où sont ses ordinateurs ? s'enquit-il.

— Il y a un bureau à l'arrière, à l'ouest. On dirait qu'il ne s'en sert pas beaucoup, répondit Novak, qui observait la porte avec impatience. Nous quittons le bureau local pour l'aéroport dans quatre-vingt-dix minutes, sauf changement notable.

Il partit avec les autres opérateurs.

Shane déambula dans la maison. Elle était joliment meublée, mais sans grande recherche au niveau du design. C'était la maison de base d'un homme américain célibataire de la classe moyenne.

Shane trouva le bureau, où Dexter était déjà en train d'emballer l'ordinateur et les équipements technologiques.

Il prit quelques photos avec son portable et en envoya une à Yael. Le salon était équipé d'un canapé défraîchi et d'une télévision grand écran fixée sur le mur au-dessus de la cheminée. Une console de jeu poussiéreuse était posée sur une table d'appoint et, au moment même où il la remarqua, l'autre technicien s'en approcha pour la mettre dans un sac.

Quelques clichés encadrés trônaient sur le buffet. Shane les prit en photo et les transmit à la *task force* pour qu'elle mène son enquête. Peut-être ce type avait-il perdu un être cher, ou vécu une mauvaise expérience qui l'avait entraîné dans une vie criminelle. Sauf que ce type ne vivait pas vraiment sa vie. Si Shane avait quelques millions de dollars mal acquis à la banque, il aurait au moins une maison sur la plage à la Barbade ou au Mexique, et ne continuerait pas à exercer son ennuyeux travail quotidien.

Non pas que le job de Shane soit ennuyeux. Les gens paieraient cher pour obtenir ne serait-ce qu'un soupçon du genre d'excitation qu'il vivait chaque jour.

Il entrait dans la cuisine quand Yael répondit à sa photo de l'ordinateur.

— *Il doit y avoir autre chose. Peut-être un ordinateur portable ?*

Shane vérifia le congélateur, qui ne contenait rien de plus excitant que des plats préparés et de la glace. Dans le réfrigérateur, il y avait de la salade et du fromage. Il sortit dans le garage, mais l'endroit était vide, à l'exception d'une tondeuse à gazon neuve, de quelques pots de peinture et de quelques équipements de sport inutilisés.

Il enleva délicatement le couvercle de l'un des pots à l'aide d'un tournevis qu'il trouva sur une étagère. Il portait des gants. Il ne trouva rien d'autre que du vieux vernis. Les autres pots étaient suffisamment lourds pour qu'il sache qu'ils contenaient de la peinture. Les Bitcoins pouvaient sans doute être cachés dans une sorte de conteneur étanche, mais il n'était pas convaincu que ce soit l'endroit le plus sûr. Il laissa cette tâche aux techniciens chargés de la collecte des preuves, qui étaient plus compétents que lui dans ce domaine.

Il envoya l'image du bureau à Ashley Chen, puis répondit à Yael.

— *Aucune trace d'ordinateur portable ici. Peut-être qu'il est à son bureau, ou dans sa voiture ? Je vais demander à Ashley de vérifier.*

Il lutta contre l'envie impérieuse d'appeler Yael, d'entendre sa voix.

Il retourna à l'intérieur. Dexter avait déposé les appareils électroniques près de la porte et commençait à retirer tous les interrupteurs, les prises électriques et les grilles de ventilation. L'autre technicien examinait les luminaires et passait sous tous les meubles.

Shane eut de nouveau le sentiment que quelque chose clochait.

— Cela ressemble-t-il à la maison d'un *geek* ?

Les deux hommes s'immobilisèrent, se regardèrent, puis se tournèrent vers lui. Ils secouèrent la tête. Shane appela Ashley, qui décrocha immédiatement.

— Avez-vous trouvé autre chose que ce bureau ? s'enquit-elle d'un ton vif.

— Non, m'dame.

Elle jura.

— Les agents ont-ils trouvé quelque chose à son travail, ou dans son véhicule ? s'enquit Shane.

— Je vais leur dire de regarder à nouveau. Nous n'avons pas encore retrouvé son véhicule et il ne dit pas un mot sur l'endroit où il pourrait être. Mais, d'un autre côté, il s'est fait tirer dessus.

Nous avons des agents qui parcourent les rues et les parkings voisins.

— Il a peut-être un refuge, un abri ? Un endroit où il stocke tout son matériel informatique ?

Shane se gratta la nuque, et regarda dehors : l'équipe de collecte de preuves se préparait à entrer.

— Sans doute. Je vais demander à ce qu'on fouille dans les registres. Où êtes-vous maintenant ?

— Sur le point de quitter sa maison, et de laisser l'équipe de collecte de preuves faire son boulot.

Les gars des opérations tactiques avaient été incroyablement efficaces, et ils avaient presque terminé. Ils ramassèrent les sacs d'équipements électroniques qu'ils avaient empilés à la porte.

Dexter prit la parole.

— Dites à votre interlocuteur qu'il n'y a pas de surveillance cachée détectable. Nous pouvons vous ramener au bureau régional si vous voulez.

Shane acquiesça. Quelque chose ne tournait pas rond, mais il n'arrivait pas à mettre le doigt dessus. Peut-être était-il paranoïaque.

— J'ai entendu, lui dit Ashley. Demandez-leur de passer d'abord par le travail de Pierce, d'accord ? Ils pourraient repérer quelque chose que les autres agents n'auront pas vu. Je vais leur demander de retenir l'avion pour vous.

Les agents des opérations tactiques le regardèrent, puis ils croisèrent l'équipe de collecte des preuves avec des signes de tête.

— Je vais leur demander. Et même si j'aimerais être sur ce vol, ne faites pas attendre les autres pour moi.

Ce qu'il détestait le plus au monde, c'étaient les attentes incessantes entre les moments d'excitation.

— Ce n'est pas à vous d'en décider, répondit rapidement Ashley. Faites-moi porter le chapeau si vous avez besoin d'un bouc émissaire, mais je veux ces équipements électroniques à Quantico ce soir.

Elle raccrocha, et Shane resta les yeux rivés sur le téléphone.

— Où allons-nous ensuite ? s'enquit Dexter avec un sourire en coin une fois qu'ils eurent rangé les preuves dans le van.

— Elle veut que vous vérifiiez l'espace de travail de Pierce au cas où les autres agents seraient passés à côté de quelque chose, annonça Shane.

Il monta dans le véhicule de surveillance et ferma la portière.

Le chauve hocha la tête et mit le van en marche. Dexter commença à chercher l'itinéraire pour le bureau sur son téléphone portable. Les notes d'une chanson latino-américaine résonnèrent fort dans l'air, dans une bande-son surréaliste qui donna à Shane envie de retrouver la tranquillité du travail avec Yael, ou la camaraderie bruyante de son équipe. Le fait qu'il soit plus enthousiaste à l'idée de revoir une femme que de travailler sur une affaire était une première. Scotty aurait été fier de lui.

CHAPITRE VINGT-ET-UN

Quelques heures plus tard, Shane débarquait de l'avion à la base aérienne d'Andrews. Novak lui donna une tape sur l'épaule, tandis que les autres grimpaient dans des véhicules.

— Au passage, c'est du beau boulot d'avoir obtenu une identité.

Shane fit la grimace.

— Ce n'est pas moi. C'est Yael Brooks qui a identifié Pierce.

— La prochaine fois que tu la vois, dis-lui de ma part qu'elle a bien bossé. Si Pierce survit et qu'il est condamné, cet enfoiré ira directement dans le couloir de la mort.

Dans ce cas, Shane amènerait des cotillons au moment de la sentence.

— Je lui dirai… la prochaine fois que je la verrai.

Novak lui lança un regard entendu que Shane décida d'ignorer.

— Tu viens au bar tout à l'heure pour porter un toast à Scotty et Kurt ?

La gorge de Shane se noua, sous l'effet d'une émotion soudaine.

— Tu ne dois pas rentrer pour nourrir les chatons ? s'enquit-il.

Novak sourit.

— Charlotte est à la maison. Elle a promis de venir me chercher plus tard, et peut-être de se joindre à nous. Demain, nous prévoyons d'aller rendre visite à Grace, histoire de faire quelques tâches ménagères chez elle, et lui accorder un peu de répit avec les enfants.

Shane acquiesça.

— Je passerai dimanche si elle a besoin de quelque chose.

Il songea à ses amis, puis au message de Yael. Pour la première fois depuis qu'il avait rejoint le FBI, il ne savait pas quoi choisir. Peut-être voudrait-elle sortir pour boire un verre, elle aussi ? Après tout, c'était elle qui les avait menés à Pierce…

— Je dois apporter ces preuves au laboratoire sans tarder pour que les techniciens effectuent un certain nombre d'expertises pendant la nuit, avant que les informaticiens puissent commencer à analyser ce qu'elles contiennent dans la matinée.

Il consulta sa montre. Il était vingt heures.

— Je te retrouve au bar dès que j'aurai terminé.

Novak hocha la tête.

— Vois si Yael veut se joindre à nous. Pour ma part, j'aimerais bien lui offrir un verre.

Shane laissa échapper un petit rire. Il aurait dû savoir qu'il ne trompait personne. Il songea à la culpabilité injustifiée qu'elle portait sur ses épaules pour la mort de Dave Monteith et au fait que, grâce à son intelligence et à son travail acharné, ils avaient fini par arrêter le suspect. Même s'il voulait la garder pour lui seul, ce n'était pas à lui d'en décider. Elle venait tout juste d'emménager dans les environs, et elle aimerait sans doute faire de nouvelles connaissances.

Mais ne serait-ce pas gênant s'ils cessaient de se voir ?

Si ? Le *si* le surprit.

Il ne se souvenait pas de la dernière fois où l'une de ses relations avait duré plus de trois semaines. La plupart d'entre elles se terminaient dès que l'équipe Gold était en déploiement actif pour une période d'opérations de soixante jours.

Il secoua la tête.

Ce n'était que le début. Il ne savait pas où ils finiraient par se retrouver tous les deux. Et il était conscient qu'il devrait faire preuve de prudence avec Yael s'il voulait avoir un espoir avec elle. Manifestement, elle avait été blessée par le passé et il ne voulait pas être le prochain imbécile à lui faire du mal.

Il ressentait quelque chose pour elle. Simplement, il n'identifiait pas encore ces sentiments, et il ignorait s'ils allaient durer. Il n'était même pas certain de vouloir s'engager dans une quelconque relation : le chagrin de Grace et de ses enfants privés de père constituait autant de raisons évidentes de ne pas s'impliquer.

Shane se dirigea vers son camion, qu'il avait laissé près du hangar plus tôt. Il appela Yael, mais elle ne répondit pas ; il lui laissa alors un message disant qu'il serait en regard, et lui demandant si elle voulait se joindre à lui pour aller boire un verre au bar avec les gars. Il se rendit à Quantico et suivit les instructions pour déposer les preuves au laboratoire national. L'un des scientifiques attendait Shane à son arrivée. Il signa le transfert des preuves et quitta la base.

Il était fatigué, et il n'avait pas vraiment envie d'aller boire une bière, mais ils n'avaient pas encore eu l'occasion de porter un toast à Montana. L'envie de se rendre directement chez Yael était tout aussi forte. Ce n'était pas seulement l'idée du sexe qui le motivait, il n'était pas un animal. C'était le besoin de communiquer avec elle et de lui dire ce qui s'était passé grâce à son travail acharné. De la remercier en personne.

Et si les remerciements se muaient en adoration de son corps nu, il ne considérait pas cela comme un problème. C'était elle qui avait permis d'attraper cette ordure. Il l'adorerait autant qu'elle le laisserait faire.

Il consulta son téléphone. Elle ne l'avait toujours pas rappelé, et elle ne lui avait pas non plus envoyé de message. Peut-être était-elle endormie. Ils n'avaient pas accumulé beaucoup de sommeil la nuit précédente.

Au bar, ou chez Yael ?

Shane n'était même pas certain du choix qu'il allait faire, jusqu'à ce qu'il prenne le tournant vers le bar, presque contre son gré. Il se gara et resta assis là, partagé. Le simple souvenir de ses douces courbes le rendait à nouveau agité et il faillit faire démarrer son camion. Mais c'étaient ses coéquipiers. Il n'avait pas vraiment le choix.

Quelqu'un frappa à sa vitre. Cowboy se tenait là, et le regardait en souriant.

Shane glissa son téléphone dans sa poche, ouvrit sa portière et descendit de son camion. Il glissa son plâtre dans l'écharpe qui pendait autour de son cou, parce que l'os lui faisait mal et qu'il devait le reposer.

— Où est Yael ? s'enquit Cowboy avec un sourire entendu.

Shane secoua la tête et poussa Ryan sur le côté avant d'entrer dans le bar.

Les gars étaient dans leur coin habituel et quelques cris s'élevèrent à leur arrivée. Il rit, entouré d'un chaleureux sentiment d'appartenance. C'était bon de faire partie d'un tel groupe. Une femme avec de longs cheveux noirs qui lui rappelaient ceux de Yael était assise à côté de Hunt Kincaid, et riait de ce que Demarco, l'un des snipers, lui disait. Elle riait si fort qu'elle cramponnait le ventre avec son bras.

Que penserait Yael de ses amis ? Shane consulta à nouveau son téléphone. Toujours rien.

Charlotte Blood entra avec un autre négociateur, Dominic Sheridan, et sa fiancée. Novak souleva Charlotte dans ses bras et lui donna le genre de baiser susceptible de les faire expulser du bar. Tout le monde poussa des cris de joie, et la jeune femme rougit. Sheridan passa ses bras autour de la femme qui se trouvait à ses côtés.

Une sourde douleur de solitude commença à se développer dans la poitrine de Shane.

Cowboy et Will Griffin s'installèrent côte à côte au bar. Ils avaient beaucoup de choses en commun. Ryan Sullivan avait perdu sa femme huit ans plus tôt et il avait une fille qu'il élevait dans le ranch familial dans le Big Sky Country, le Montana. Shane avait déjà rencontré la petite lors d'une visite. Elle était mignonne comme tout et elle adorait son père, mais il avait sans doute raison de dire qu'il valait mieux qu'elle reste au ranch. Elle aimait l'endroit, et la HRT n'avait pas d'horaires de travail réguliers. Un parent célibataire ne pouvait pas jongler avec ce boulot.

Novak fit taire tout le monde, puis il leva son verre.

— À Dave Monteith et Kurt Montana. Deux des plus forts, des plus intelligents et des meilleurs opérateurs de la HRT que j'aie jamais connus. Et les personnes les plus coriaces et les plus gentilles avec lesquelles j'ai eu l'honneur de travailler.

— À Scotty et Joe, lança Nash, prononçant leurs surnoms à voix haute.

Tout le monde leva sa bière. Quelqu'un mit une bouteille dans la main de Shane, qui en but une longue gorgée. Une nouvelle vague de nostalgie frappa Shane et se matérialisa sous la forme des courbes de Yael Brooks.

Sa nuque se hérissa et il regarda par-dessus son épaule. Laura, l'amie de Yael, était assise à côté de son nouveau petit ami. Si les yeux de la jeune femme avaient été des poignards, il serait mort. Le type lui dit quelque chose, et tous deux se levèrent pour partir.

Laura s'approcha de Shane en partant. Elle se hissa sur la pointe des pieds, puis murmura à son oreille :

— Vous êtes un con.

Il s'écarta, surpris, mais elle s'éloignait déjà. *Merde.*

Il vérifia son téléphone portable au moment où il vibrait dans sa poche. Il y avait un message.

Yael : Tu es au bar ?

Il poussa un énorme soupir. Manifestement, elle n'avait pas reçu son message, et Laura l'avait balancé. Mais ce n'était que pour un verre, et c'était important.

Il lui renvoya un message.

Shane : Nous portons un toast à Montana et Scotty. Je t'ai laissé un message vocal. Rejoins-nous. Même endroit que la dernière fois.

Il regarda les trois points apparaître et disparaître trois fois, et il sut qu'il l'avait contrariée.

Bon sang ! Elle n'avait aucun droit de lui en vouloir ! Ils ne sortaient même pas vraiment ensemble. Il l'aimait bien. Il l'aimait *beaucoup*. Mais ce n'était que le début. Ils s'amusaient, et, dans le même temps, il veillait à ce qu'elle soit protégée d'un psychopathe. S'il éprouvait encore une pointe de culpabilité parce qu'il s'était méfié d'elle au début, il était bien décidé à l'ignorer.

Finalement, le message apparut, et il serra les dents avant de le lire.

Yael : Désolée d'avoir manqué ton appel. J'étais dans la baignoire. J'espère que Laura ne t'en a pas fait trop voir. J'apprécie l'offre, mais je suis fatigué et je vais me coucher. Je suis sincèrement désolée pour tes amis. Tu mérites quelques verres après ces dernières semaines. Passe une bonne soirée. À demain, si tu travailles.

Shane ferma les yeux et respira profondément. *Merde !*

Assise sur le canapé, dans son seul pyjama en soie, Yael se sentait un tout petit peu blessée et vraiment très bête. Elle avait été si enthousiaste à l'idée de revoir Shane qu'elle se sentait idiote d'être aussi déçue.

Le FBI venait de faire une avancée majeure dans leur affaire et elle comprenait pourquoi ils voulaient fêter cela, en particulier la HRT. Elle aurait dû l'anticiper. Elle aurait pu mettre sa gêne sur le dos de Laura, mais son amie avait cru l'aider. Elle lui avait envoyé une photo de Shane qui buvait avec ses coéquipiers. Yael grimaça en songeant à ce que Laura lui avait sans doute dit en partant.

Son amie était furieuse, mais, en réalité, elle n'avait aucun droit de l'être. Et Shane lui avait effectivement laissé un message vocal pendant qu'elle était dans la baignoire, pour l'inviter à se joindre à eux.

Yael pouvait aller au bar, mais ils rendaient une nouvelle fois hommage à leurs amis et collègues, et elle ne voulait pas s'imposer dans ce genre d'occasion. De plus, après son bain chaud, dans lequel elle s'était rasé les jambes et hydraté tout le corps, elle se sentait tellement détendue que ses membres étaient comme des nouilles.

Et elle se mentait à elle-même.

Elle se leva et fit les cent pas. Elle méritait de faire la fête avec tous les autres. Elle n'était pas obligée de rester là à s'apitoyer sur son sort tout le temps. Shane l'avait invitée. Peut-être était-il temps...

Elle s'immobilisa au milieu de la pièce et fixa le tiroir où se trouvait la seule photo qu'elle possédait de sa famille, prise avant que leur monde s'écroule.

Elle avait déjà vécu la pire chose qui puisse se produire. Rien n'était comparable à la perte de toute sa famille en une seule journée, puis au fait d'être injustement calomniée pour cela et pour tant d'autres pertes tragiques. Quinze ans plus tard, Yael en rêvait encore chaque semaine. Elle se dirigea vers le tiroir et en sortit la photo dans son cadre d'argent, et regarda attentivement cette famille qu'elle avait aimée. Ils étaient dehors et se tenaient la main. Richie avait seize ans et il souriait, mais lorsqu'elle scruta son image, elle se demanda si elle ne voyait pas déjà les ténèbres qui assombrissaient ses yeux.

Quinze ans d'enfer, à essayer de donner un sens à ses actes, à sa haine, à essayer d'expier l'impardonnable.

Elle avait passé des années en thérapie à élaborer des stratégies d'adaptation, mais, en tant qu'unique survivante, la culpabilité la rongeait encore tous les jours. Yael aurait dû deviner ce que Richie avait prévu de faire. Elle aurait dû l'en empêcher. Il lui avait dit de rester à la maison ce jour-là. Elle ne savait toujours pas si c'était pour qu'il puisse la tuer plus facilement lorsqu'il assassinerait leurs parents, ou pour éviter qu'il lui tire dessus accidentellement à l'école.

Sa petite amie l'avait quitté une semaine plus tôt. Il avait laissé l'alcool et ses imbéciles d'amis alimenter sa rage, puis il avait pris le fusil d'assaut de leur père et tué leurs parents lorsqu'ils avaient essayé de l'arrêter.

Pendant des années, Yael s'était torturée en se demandant s'il était monté dans sa chambre pour l'assassiner, elle aussi. Elle n'en savait rien. Elle ne le saurait jamais.

Mais, ce jour-là, les yeux de son frère s'étaient écarquillés de surprise lorsqu'il l'avait aperçue dans le couloir de l'école. Ensuite, il avait abattu le garçon pour lequel elle avait le béguin, il l'avait assassiné sous ses yeux, en affirmant qu'il lui faisait une faveur. Ensuite, il s'était éloigné en tirant sur des enfants au hasard. Et Yael s'était enfuie. Elle avait couru, encore, et encore, jusqu'à ce qu'elle arrive chez elle. Là, elle s'était arrêtée net en trouvant un agent de police, et s'était mise à hurler. Elle avait vu les draps blancs recouvrant les corps de ses parents dans le garage, et elle avait passé les quinze années suivantes à pleurer la famille qu'elle avait perdue. Y compris, en secret, le garçon, son frère bien-aimé, qui était devenu le mal incarné.

Elle serra les poings, puis s'obligea à reposer la photo. Richie ne méritait pas d'être aimé ou pleuré. Yael aurait voulu pouvoir continuer à le haïr comme elle l'avait fait pendant si longtemps. Cela aurait été bien plus facile. Mais ses parents avaient été de bonnes personnes. Elle toucha le sourire de sa mère et se rappela le besoin qu'avait son père de rivaliser chaque année avec les illuminations de Noël des voisins.

Mais tout s'était terminé ce jour-là.

Depuis lors, le monde de Yasmine Abbott, tel qu'elle l'avait connu, avait cessé d'exister.

Yael ne voulait pas disparaître à nouveau. Elle avait payé un lourd tribut pour un crime dont elle avait été la victime au même titre que les autres.

Les parents endeuillés avaient voulu que quelqu'un paie et elle était la seule encore en vie.

Yael balaya du regard son beau salon, et elle sentit les murs se refermer sur elle. Était-ce tout ce qu'elle avait à espérer ? Était-elle prisonnière de son propre fait ? Elle avait une chance de prendre un nouveau départ, et elle voulait la tenter. Elle voulait *vivre*.

Elle courut à l'étage.

Elle avait fini de se cacher du passé. Elle désirait profiter au maximum de ce nouveau monde passionnant dont elle faisait désormais partie. Tirer le meilleur parti de l'opportunité qu'Alex Parker lui avait offerte. Yael voulait avoir la chance de mieux connaître Shane, même si cela ne pouvait que se terminer par un chagrin d'amour. Peut-être était-il temps de prendre un peu de risques dans sa vie. Peut-être était-il temps d'arrêter d'avoir peur de tout.

Elle enfila ses plus beaux sous-vêtements, un jean propre et un chemisier rouge ajusté qu'elle savait bien assorti à ses cheveux noirs. Elle redescendit à la hâte, et elle était sur le point d'enfiler une paire de chaussettes et ses bottes quand son alarme se mit à biper. Quelqu'un était entré dans le champ des caméras.

S'agissait-il de Shane ? Son cœur s'emballa un peu.

Yael se redressa pour vérifier l'écran quand un coup de feu retentit. La fenêtre de sa terrasse se brisa, et elle se réfugia derrière l'îlot de cuisine, son cœur se contractant douloureusement sous l'effet de la peur.

Oh, mon Dieu !

Qu'était-il en train de se passer ?

Était-ce réel ?

Qui était-ce ? Pourquoi quelqu'un l'attaquerait-il ?

Yael savait qu'elle devait bouger. Mais, alors que d'autres balles volaient et que le verre se brisait partout autour de son salon, elle se sentait trop effrayée pour prendre ce risque. Elle avait l'impression de se retrouver ce jour-là, à l'école...

Écarte-toi de la ligne de mire.

C'était le conseil que lui avait donné Shane une fois.

Il voulait dire qu'il fallait bouger. *S'enfuir.*

Elle s'élança pour attraper les clés du SUV et sortit à toute vitesse par la porte du garage, ignorant la douleur aiguë provoquée par les éclats de verre qui s'enfonçaient dans ses pieds nus. Le bruit des coups de feu qui ravageaient sa maison ne faiblissait pas.

Combien de temps faudrait-il à la société de sécurité ou à la police pour arriver ?

Trop longtemps.

Une fois dans le garage, Yael claqua la porte derrière elle. Elle ouvrit les serrures et sauta dans le SUV noir. La porte de sa maison s'ouvrit, et un homme entièrement vêtu de noir se posta dans l'embrasure. Il portait un de ces masques de

Scream, comme le faisait Evi1Geni-us quand il massacrait les gens.

Oh, mon Dieu !

Elle hyperventilait.

Il était censé être en détention... Comment pouvait-il être ici, maintenant ?

Yael laissa tomber les clés sur le plancher et poussa un cri lorsque l'ordure se mit à tirer sur le pare-brise.

Le SUV trembla sous la force de l'impact, mais le verre tint bon.

Elle appuya sur le bouton d'ouverture du garage et chercha la clé à tâtons. Puis elle se rappela qu'elle n'en avait pas besoin pour mettre le moteur en marche. Yael posa le pied sur le frein et appuya sur le bouton de démarrage, puis enclencha la marche arrière. La personne continua à faire feu, et le verre s'ébrécha, mais ne se brisa pas. Pas encore. Elle fonça à toute allure dans la rue, puis enclencha la marche avant et accéléra, en faisant des embardées folles. Elle ne ralentit pas près du poste de garde et passa à travers la barrière. Son ventre se noua devant l'expression choquée du garde, mais il avait dû entendre les coups de feu et il était déjà au téléphone. Avec de la chance, il était en train de contacter la police ou des professionnels de la sécurité armés. Yael espérait que ce fou n'était pas derrière elle, car le garde ne tiendrait pas longtemps dans sa structure fragile, même s'il était armé.

Elle aurait voulu pouvoir appeler à l'aide, mais son téléphone était dans la maison. Elle ne savait pas trop où aller. À la maison d'Alex, ou au bar ?

Shane était-il encore là-bas ? Et s'il changeait d'avis, qu'il venait chez elle et se retrouvait accidentellement confronté à ce tireur ? Un pistolet ne faisait pas le poids face à une arme automatique. Elle s'accrocha au volant comme si sa vie en dépendait et partit en direction du bar, sans prêter attention aux limitations de vitesse ou aux bips sonores de sa voiture, qui lui hurlait de mettre sa ceinture de sécurité.

Et si le méchant la suivait jusqu'au bar ? L'idée qu'elle puisse mettre Shane ou ses coéquipiers en danger ne lui plaisait guère, mais ils étaient toujours armés et ils sauraient quoi faire. Dans son rétroviseur, elle ne voyait personne la suivre et son assaillant était à pied, pour autant qu'elle le sache. Son cœur battait si fort qu'elle avait l'impression de courir.

Elle s'arrêta directement devant l'entrée et ignora les cris d'un type dont elle faillit heurter la voiture, freinant juste à temps.

Elle sortit du SUV en titubant, laissant la portière grande ouverte et ignorant la douleur dans ses pieds. Elle boitilla vers le bâtiment, poussa la porte et chercha frénétiquement Shane.

Et puis, soudain, il fut là, devant elle ; elle agrippa son t-shirt à deux mains et s'y accrocha fermement. Il la souleva et l'assit sur le bar, puis s'écarta pour examiner ses pieds écorchés.

— Que s'est-il passé ?

— Il m'a t... t... trouvée.

Ses dents claquaient et elle tremblait tellement qu'elle n'arrivait pas à cracher les mots.

— Qui ? demanda Shane. Tous les membres du FBI se rassemblèrent en cercle autour d'elle.

La panique lui obstruait la gorge.

— E-e-evil Geni-us. Je crois que c'était lui. Il a attaqué ma maison avec une arme.

Yael s'agrippa à Shane. Elle se concentra sur ses yeux vert foncé, parce qu'ils étaient stables et calmes, et qu'elle était une véritable épave.

— Il m'a peut-être suivie. Vous pourriez tous être en danger.

CHAPITRE VINGT-DEUX

S i près du but. Il s'en était fallu de si peu !

Yael Brooks était une garce chanceuse. Il pataugea dans le ruisseau, se retenant de pousser un juron lorsque l'eau glacée inonda ses chaussures. Puis il traversa en courant un champ de l'autre côté, l'herbe raidie par le givre crissant sous ses pieds. Il plaça le fusil sur le plancher du côté passager du véhicule et le dissimula à l'aide d'une couverture. Il glissa son arme de poing sur le siège, hors de vue, mais à portée de main.

Son cœur s'emballa sous l'afflux d'adrénaline. Il fit démarrer le moteur de la Subaru d'occasion qu'il avait achetée la veille, lors d'une vente privée, à un plouc qui ne se doutait de rien.

Il roula un moment et s'arrêta lorsqu'il fut certain qu'il n'avait pas été suivi.

Il ouvrit sa veste et en sortit la photo encadrée de Yael Brooks et de sa famille, datant de l'époque où elle était enfant. Il captura l'image avec un téléphone, et effectua une rapide recherche inversée.

Après deux semaines de frustration à essayer de retrouver l'identité réelle de cette femme, il fut soudain submergé par la pléthore d'occurrences. Pas sur Yael, qui semblait beaucoup plus jeune sur la photo, mais sur ses parents et son frère.

Ses mains tremblaient.

Son frère Richie avait tué douze personnes de sang-froid. Il éclata de rire, incrédule. Elle avait été jugée pour complicité, mais avait réussi à s'en sortir.

La colère l'envahit. Pourquoi certaines personnes traversaient-elles la vie sans subir de conséquences alors que d'autres, comme lui, ne connaissaient jamais de répit ?

Adolescent, il avait hacké l'agence de renseignement de la défense et posté en ligne des informations sur cette vulnérabilité. Il voulait ainsi gagner un peu d'argent tout en avertissant les autorités fédérales qu'elles avaient un problème potentiel à résoudre. *Lui* avait fini en prison, il avait été battu et abusé, renié par ses propres parents. Qu'importe s'il avait tellement hurlé à l'aide qu'il en avait perdu la voix. Qu'importe le nombre de fois où il avait fait appel à son avocat ou aux gardiens pour qu'ils l'aident.

Personne n'avait entendu ses cris. Personne ne lui avait prêté attention.

Il avait été ignoré. *Bon sang !* Ses parents avaient même émigré aux Caraïbes, mais il espérait des retrouvailles dans un avenir assez proche.

Les agressions n'avaient cessé que lorsque l'un des garçons était mort, mais il n'avait pas oublié, et il n'avait pas pardonné.

Devait-il rentrer chez lui et récupérer ses portefeuilles matériels ? Mais... le FBI ne savait toujours pas qui il était, et encore moins où il vivait. Cette information était enfouie si profondément qu'il faudrait une pelleteuse pour la découvrir. Même si les flics découvraient son identité et fouillaient la maison, ils ne trouveraient pas sa pièce secrète. Il avait au moins un million sur lui, et un autre million attaché et inconscient dans son coffre.

Mieux valait trouver un endroit pour organiser sa prochaine

vente aux enchères, qu'il attendait avec impatience. Il disposait de plusieurs endroits qu'il avait déjà repérés, et qui pourraient convenir. Il jeta un nouveau regard sur la photo, et une idée prit forme. Il consulta sa montre. Le temps allait être compté.

Il s'arrêta dans un drive pour prendre un café. Le voyage allait être long.

CHAPITRE VINGT-TROIS

Dans sa vision périphérique, Shane était conscient que les membres de la HRT et d'autres agents du FBI se déplaçaient pour couvrir différentes positions à l'intérieur et à l'extérieur du bar, mais il se concentrait avant tout sur Yael. Il s'assurait qu'elle allait bien, et essayait de lui soutirer les informations qu'elle était pour l'instant trop pétrifiée pour donner.

— Dis-moi exactement ce qui s'est passé, lui demanda-t-il, lui serrant doucement les bras.

Il comprit à ses pupilles dilatées et à sa respiration saccadée qu'elle était terrifiée, et qu'elle risquait de tomber en état de choc. Il scruta son corps pour s'assurer qu'elle n'avait pas été touchée par une balle, mais il ne vit aucune blessure autre que les coupures sur ses pieds.

Toutefois, ils étaient en piteux état, couverts de sang et elle avait une égratignure sur la joue, probablement causée par des éclats de verre.

Ses dents claquaient.

— Je m'étais habillée, parce que j'avais décidé de venir te retrouver pour boire un verre.

Surpris, il cligna des yeux. Il ne s'y était pas attendu. Il ferma les yeux et tâcha d'enfouir la peur qui l'avait envahi lorsqu'il l'avait vue débarquer en courant.

— J'étais dans la cuisine quand j'ai entendu l'alarme émettre son bip d'avertissement, expliqua-t-elle, avant d'aspirer une bouffée d'air. Et j'ai cru que c'était peut-être toi.

Yael tourna les yeux vers les gens qui se pressaient autour d'eux. Il crut déceler une pointe de gêne dans l'expression de la jeune femme. Pensait-elle qu'il pouvait avoir honte d'elle, ou qu'il voulait cacher leur relation à ses amis alors que sa vie était en danger ?

— Je suis foutrement fier de toi, Yael.

Il ne savait pas si elle le croyait, mais elle avait besoin de l'entendre, et il voulait le crier sur les toits. C'était une femme incroyable. Il lui frotta les bras et prit le cognac que le barman lui tendit par-dessus son épaule. Shane la regarda avaler le shot, et elle lui rendit le verre.

— Quelqu'un a commencé à tirer à l'arme automatique à travers la porte vitrée de la terrasse.

Bon sang ! Sa bouche s'assécha quand Yael lui raconta ce qui s'était passé. La façon dont elle s'était enfuie de chez elle et le fait que le pare-brise du SUV lui avait probablement sauvé la vie.

Il était très impressionné par elle. Elle avait fait tout ce qu'il fallait. Et elle avait eu énormément de chance... Elle aurait pu mourir si facilement. Au moment où il comprit qu'il avait été à deux doigts de la perdre, il eut l'impression de recevoir un coup de poing dans le ventre, qui lui fut plus douloureux que le craquement de ses os lors de sa chute dans les escaliers le mois précédent.

Novak le fixait d'un air sombre. Shane savait que son patron avait déjà appelé et qu'une équipe de la HRT se dirigeait vers la maison de Yael pendant qu'ils parlaient.

Les mains de Yael tremblaient quand il lui tendit un autre verre de cognac. Elle le but sans discuter.

— Tu l'as reconnu ?

Elle secoua la tête.

— Masque, croassa-t-elle.

Shane posa les mains sur les hanches de Yael, mais il dut se surveiller pour ne pas la serrer trop fort. Elle aurait des bleus s'il ne faisait pas attention.

— Je t'emmène dans un endroit sûr.

Novak glissa une clé dans la main de Shane et dit tout bas :

— Va chez moi, au cas où ton appartement serait compromis. Je m'en sers à peine en ce moment, et il y a peut-être même de la nourriture et des boissons dans le réfrigérateur. Il y a une trousse de premiers soins dans la salle de bains, mais tu devrais probablement l'emmener aux urgences pour qu'ils lui fassent des points de suture.

— Tu veux que je vienne avec vous ? s'enquit Charlotte.

Shane jeta un coup d'œil à Yael dont la lèvre tremblait, et qui semblait sur le point de pleurer. Son cœur se serra. Elle avait failli mourir. Il avait cru le danger écarté. Il avait baissé sa garde, échoué dans sa mission, et il avait failli la perdre. *Bordel de merde !*

— Je ne veux pas aller à l'hôpital, dit Yael avec fermeté.

— Ce serait peut-être une bonne idée.

La jeune femme secoua la tête et raffermit sa prise sur la main de Shane.

— Je ne suis pas blessée.

Il n'était pas du même avis.

Noam Levitt, de l'équipe d'assaut Charlie, le poussa sur le côté. Il avait reçu une formation d'infirmier de combat, et il avait récupéré la trousse de premiers secours du propriétaire du bar.

— Je m'en occupe.

Il manipula ses pieds délicatement, nettoya le sang avec des lingettes antiseptiques, retira un petit morceau de verre, puis il referma les deux plus grandes coupures avec des stéri-strips et de la Super Glue. Après séchage, il appliqua une crème antiseptique sur le pied de Yael, puis les enveloppa tous les deux dans des bandages stériles.

— Rien de trop profond, dit Noam à la jeune femme. Il faudra surveiller en cas d'infection, mais je ne pense pas qu'il soit nécessaire d'aller aux urgences.

Yael hocha la tête.

— Merci, mon vieux, dit Shane.

Alex Parker franchit la porte et se faufila à travers la foule jusqu'au bar.

— Est-ce que tu vas bien ?

Yael acquiesça, mais ses dents claquaient toujours.

— Comment as-tu su que j'étais ici ?

— Il y a un traceur sur le SUV, expliqua Alex.

Logique.

— Quand l'alarme s'est déclenchée, j'ai vérifié les caméras. Le suspect est sorti par la porte arrière dès que tu es partie. Je ne sais pas où son véhicule était garé, mais la HRT ferait bien de le découvrir rapidement. Il ne peut pas être bien loin. As-tu l'énergie de revenir chez toi et de me raconter les événements ? Nous pourrons le faire demain, si tu préfères.

Yael commença à secouer la tête.

Plus les témoins oculaires déposaient rapidement après les faits, plus leurs déclarations étaient fiables.

— Je serai avec toi, Yael. Il ne s'approchera plus de toi, la rassura Shane.

La colère lui bloquait la mâchoire. Il n'aurait jamais dû la laisser seule.

— Ensuite, nous irons dans un endroit sûr, et tu pourras dormir un peu.

Les yeux d'un brun profond de Yael se fixèrent sur ceux de

Shane, et il éprouva un élan de protection lorsqu'elle hocha la tête.

— D'accord. Mais je ne peux pas conduire. Je n'ai pas mon permis sur moi.

L'émotion obstruait la gorge de Shane. Qu'elle s'inquiète pour quelque chose d'aussi insignifiant aurait dû le faire sourire, mais il ne pouvait pas. Il ne laisserait pas un agent de la circulation s'approcher d'elle.

Elle le lâcha et agrippa sa gorge. Ses yeux s'écarquillèrent soudain.

— Mon portefeuille, mon téléphone portable et mon ordinateur portable, s'exclama-t-elle, et sa voix grimpa. Et s'il les a pris ? Tu ferais mieux de dire à Ashley de changer tous les mots de passe, Alex. Le plus tôt possible, juste au cas où.

— Je le ferai. Allons faire un petit tour chez toi, et tu verras s'il a pris quelque chose, lui dit Alex d'une voix douce. Il est parti presque en même temps que toi, donc j'en doute. Je m'occuperai de tout après ça. Je ferai aussi envoyer du monde pour réparer les fenêtres et nettoyer la maison.

En dépit de ses paroles prévenantes, il y avait dans les yeux de l'homme une lueur froide et implacable. Shane n'avait plus aucun mal à croire les rumeurs qui couraient sur Alex Parker. Il souleva Yael dans ses bras et attendit que Ryan Sullivan lui donne le feu vert pour qu'ils sortent en toute sécurité.

Il suivit Alex, veillant à ce que les pieds de la jeune femme ne heurtent rien. Parker s'arrêta pour échanger quelques mots avec Dominic Sheridan et son partenaire, puis ils sortirent tous.

Shane faillit trébucher en voyant les dégâts subis par le SUV. *Bordel de merde.* On aurait dit qu'un chargeur entier avait été déchargé dessus. Il échangea un nouveau regard avec Alex. Si elle n'avait pas conduit ce véhicule, elle serait morte. Ses bras se resserrèrent autour de Yael ; il se souvint tardivement de son plâtre, mais cela n'avait pas d'importance. Il était hors de question qu'il la lâche maintenant.

— Désolée pour ton SUV, Alex, murmura-t-elle.

Merde.

— Ce n'est pas ta faute. Il s'est focalisé sur toi à cause du travail que tu effectuais pour l'entreprise. De toute façon, c'est pour ça que nous avons une assurance.

Shane et Alex se regardèrent.

— Je vous suis.

Après lui avoir adressé un signe de tête, il se dirigea vers son camion et il ouvrit la portière passager, installant Yael à l'intérieur avec précaution. Puis il grimpa sur le siège conducteur et passa la ceinture de sécurité autour d'elle, tandis qu'elle ramenait ses genoux contre sa poitrine.

— J'espère que tu ne m'en veux pas d'être venue te trouver. Je ne savais pas où aller, dit-elle d'une voix douce.

— Je suis foutrement reconnaissant que tu sois venue me voir ! s'exclama-t-il, car elle aurait pu aller voir Alex Parker, et il était ravi qu'elle ne l'ait pas fait. C'était le choix le plus malin à faire.

La gorge de Shane se noua, et quelque chose qui ressemblait étrangement à des larmes lui embua les yeux. Il passa son pouce sur la joue de la jeune femme, effaçant une tache de sang.

Elle tressaillit, et il s'écarta.

— Je m'occupe de toi, Yael. Il ne te fera plus de mal.

Shane devait maîtriser toutes les émotions qui le traversaient afin de pouvoir faire son travail comme il avait été formé à le faire. Il suivit l'Audi noire d'Alex jusqu'au complexe et remarqua que le SSA Sheridan et son partenaire les suivaient, ainsi qu'un autre camion dont il était presque sûr qu'il appartenait à Hunt Kincaid et qu'il était rempli de membres de la HRT.

Une sensation de chaleur l'envahit, qui l'aida à apaiser son esprit. Ces gens étaient plus qu'une simple équipe de travail. Ils formaient une fratrie, avec un nouveau membre féminin. Ils étaient quoi, sa communauté ? Ou simplement sa *famille*.

Il était capable de mourir pour ses collègues, comme eux étaient capables de mourir pour lui. Mais aucun n'avait envie de faire une chose pareille. Tous voulaient survivre et sauver des vies innocentes, comme cette femme à ses côtés.

Un groupe de véhicules d'urgence avec des feux couleur cerise allumés sur le toit se trouvait devant la maison de Yael. Du ruban de scène de crime était tendu autour de la propriété et ses phares accrochèrent le scintillement des douilles vides sur le sol.

— As-tu vu un véhicule quelque part ? Dans la rue ?

Elle secoua la tête. Elle frissonnait à nouveau. Shane tendit la main vers le siège arrière, et fouilla dans son sac de voyage. Il trouva des chaussettes en laine et un sweat-shirt.

— Enfile ça.

Il jeta un regard de l'autre côté de la rue, où une petite foule de voisins s'agglutinait sur le trottoir. Le nouveau, Kevin Karvo, n'était nulle part en vue.

Shane se gara sur le côté de la chaussée, deux maisons après celle de Yal, du même côté de la rue. Alex se stationna devant lui, Sheridan derrière.

Des agents du FBI sortirent des véhicules. Certains d'entre eux faisaient le tour de la résidence en trottinant, sans doute à la recherche de traces dans l'herbe gelée. D'autres, y compris Sheridan et son partenaire, se séparèrent et commencèrent à interroger les témoins potentiels.

Shane descendit de son camion, en fit le tour, et ouvrit la portière de Yael. Ses mains tremblèrent quand elle tenta de le repousser.

— Je peux marcher.

Il l'ignora et la souleva, supportant la plus grande partie de son poids avec son bras droit.

— Laisse-moi te porter à l'intérieur. Nous verrons si l'agent en charge te laissera prendre des chaussures et des vêtements avant que nous repartions.

Alex les rejoignit.

De l'autre côté de la rue, quelqu'un cria :

— Est-ce que ça va ?

Yael leva la main.

— Oui. Merci.

Un policier en uniforme, à la taille épaisse et à la mâchoire de granit, gardait la scène de crime.

Shane se présenta et laissa Yael se mettre debout tandis que le policier le regardait de haut en bas d'un air dubitatif.

— Agent spécial Livingstone.

Il sortit son insigne. Les yeux de l'homme s'écarquillèrent quand il se rendit compte que Shane ne plaisantait pas.

— Voici la propriétaire.

— Vous êtes indemne ? s'exclama l'homme, surpris.

Yael acquiesça, et Shane se retint de protester. Ses pieds étaient très abîmés, elle était secouée et manifestement terrifiée. Il ne considérait pas cela comme « indemne ».

Mais, au moins, elle n'était pas morte.

La réalité du fait qu'elle avait frôlé la mort ce soir-là le frappa à nouveau.

— Je suis heureux de voir que vous avez survécu. Connaissiez-vous le tireur ? s'enquit le policier.

Yael tressaillit et secoua la tête.

L'homme qu'ils avaient pris pour Evi1 Geni-us était actuellement menotté à un lit du service de soins intensifs à Charlotte, en Caroline du Nord. Qui était cet assaillant ? À moins que... Le FBI s'était-il trompé ?

— Le FBI va prendre le relais sur cette affaire, agent, mais nous apprécierions que vous nous aidiez à sécuriser le périmètre pendant que nous travaillons sur la scène.

— Pas de problème. Deux autres agents sont arrivés en même temps que moi. Ils ont déjà vérifié à l'intérieur, mais le suspect s'est enfui. Ils sont sortis par l'arrière pour voir s'ils pouvaient le suivre. Une unité K9 a été demandée. C'est le chaos là-dedans. Il y a du verre partout.

Le policier se dirigea vers le coffre de sa voiture de patrouille et leur remit à tous des gants en latex et des surchaussures en papier. Puis il avisa les pieds de Yael, qui ne portait que des chaussettes.

— Voulez-vous des chaussures... ? J'ai des baskets à l'arrière de la voiture de patrouille.

Yael secoua la tête, et ses cheveux noirs s'étalèrent en éventail sur ses épaules. Elle pointa du doigt le garage.

— Puis-je prendre les chaussures que j'utilise pour le jardinage ?

Sur l'une des étagères près de Myrtle se trouvait une paire de Crocs arc-en-ciel.

Shane échangea un regard avec les autres hommes, qui acquiescèrent. Il n'y avait aucune raison de penser que le suspect avait fouillé le garage. Le patrouilleur alla chercher les chaussures en caoutchouc et Shane se pencha pour aider Yael à placer les surchaussures en papier par-dessus l'ensemble. Tandis qu'il s'accroupissait, il regarda la maison de Kevin Karvo, où le panneau « À vendre » se balançait dans le vent : toutes les fenêtres étaient sombres.

Une fois qu'ils furent tous convenablement équipés, Alex ouvrit la voie à l'intérieur, et Shane tint la main de Yael, essayant de lui insuffler son soutien et un sentiment de sécurité. Des balles et des douilles jonchaient le sol du garage et de sa maison. Ils prirent soin d'éviter de marcher dessus, et aussi sur le sang qui maculait le carrelage près de la porte.

Shane s'efforça de ne pas penser aux nombreuses scènes de

meurtre dont il s'était occupé en tant qu'agent, où de telles taches de sang étaient généralement associées à un cadavre.

L'idée qu'il aurait pu s'agir de Yael ce soir-là l'anéantissait.

Il aurait dû être ici. De toute évidence, ils avaient commis une erreur quelque part. Soit Evil Geni-us avait un complice, soit ils avaient arrêté la mauvaise personne à Charlotte.

Une fois dans la cuisine, il vit les fenêtres brisées et les murs criblés de balles. L'assaillant avait mis le paquet pour redécorer l'endroit.

Si Yael s'était trouvée ailleurs que près de la porte arrière, avec les clés de la voiture à portée de main, elle aurait été touchée, ou enlevée. Shane ne doutait pas que cette ordure voudrait jouer à ses jeux malsains avec elle s'il en avait l'occasion.

Il resserra ses doigts autour de ceux de Yael, et elle lui envoya un regard inquiet. Il s'obligea à se détendre. Il lui faisait peur.

Alex se dirigea vers les portes coulissantes, où les rideaux en lambeaux flottaient dans le vent glacial.

Shane repéra le portable de Yael sur le comptoir de la cuisine. Elle voulut s'en emparer, mais il lui attrapa délicatement les doigts.

— Laisse les techniciens de scène de crime l'examiner d'abord.

Yael avait l'air à deux doigts de fondre en larmes. Alex revint vers eux.

— Je vais m'en occuper, et, si nécessaire, je t'en procurerai un nouveau demain matin. Où as-tu laissé ton ordinateur ?

— À l'étage.

— D'accord. Voyons s'il est toujours là, et nous te préparerons un sac pour la nuit. D'après le timing des caméras, je ne crois pas qu'il ait eu le temps de fouiller ta maison.

Yael hocha la tête, et ils suivirent Alex dans les escaliers que

Shane connaissait maintenant si bien. Ils veillèrent à ne toucher à rien, pas même à la rampe.

Il n'y avait pas de balles ici. Rien n'indiquait que quelqu'un d'autre soit monté à l'étage.

Shane jeta un coup d'œil au lit où, la nuit précédente, il avait fait l'amour à Yael pendant des heures, lui promettant qu'il la protégerait. Cette ordure avait tout détruit. Il avait ridiculisé le FBI et ses précautions en matière de sécurité. Il avait tourné en dérision les paroles de Shane.

— Est-ce qu'il s'agit d'un imitateur, ou bien est-ce qu'Eric Pierce est innocent ? demanda Shane, prononçant les mots qu'ils devaient tous penser.

Alex pinça les lèvres et haussa les épaules.

— EG avait peut-être un partenaire, ou bien le fait que nous ayons arrêté Pierce a peut-être énervé quelqu'un, répondit-il, avant de marquer une pause. Ou bien EG est toujours dans la nature.

— Pourquoi Pierce a-t-il dégainé une arme quand les agents ont essayé de l'arrêter ?

Alex secoua la tête. Il ne le savait pas non plus. Il sortit son téléphone portable et appela quelqu'un de son travail pour lui demander de prendre des nouvelles de tout le monde, et de s'assurer qu'ils étaient tous sains et saufs. Il appela ensuite Mal, sa femme, et lui parla d'un ton grave et pressant.

Yael entra dans sa chambre et regarda avec envie son ordinateur portable qui se trouvait sur une chaise près de la fenêtre, à moitié recouvert d'un tissu soyeux. Shane voyait bien qu'elle avait envie de le prendre, mais se forçait à ne pas le faire.

Elle jeta un œil par-dessus son épaule.

— Je suis certaine qu'il ne l'a pas touché.

Alex raccrocha le téléphone et se pinça l'arête du nez.

— Je l'emmène au laboratoire pour un rapide examen criminalistique, puis au bureau pour un diagnostic. Nous avons tes empreintes dans nos dossiers. S'ils veulent ton ADN, nous pourrons le leur fournir demain. Je te renverrai ton ordinateur dans la matinée. Je te le promets.

— Merci, répondit Yael d'une petite voix.

Alex se rapprocha et l'étreignit brièvement.

— Mallory dit que tu devrais venir chez nous, suggéra-t-il, puis il regarda Shane. Vous pouvez venir tous les deux, si c'est ce que veut Yael. Nous avons assez de place. Personne ne pourra t'atteindre là-bas.

Yael aspira sa lèvre inférieure entre ses dents. Puis elle secoua la tête.

— Je ne veux pas mettre ta famille en danger. Le bébé...

L'expression d'Alex devint glaciale.

— Fais-moi confiance. Personne ne s'approchera de ma famille, Yael. Je suis seulement navré que cette pourriture semble faire une fixation sur toi.

— C'est ma faute s'il a vu mon visage.

— Rien de tout ça n'est ta faute. Nous l'avons tous sous-estimé, encore et encore. Ça ne se reproduira plus. Nous sommes sur le pied de guerre avec ce psychopathe, et je n'arrêterai pas mes recherches tant que nous ne serons pas certains de l'avoir.

La lèvre inférieure de Yael trembla et ses yeux se remplirent de larmes. Puis elle les chassa d'un battement de cils et releva le menton.

— Je déteste ça. Je le déteste.

Shane s'avança et passa un bras autour de ses épaules. Il détestait la voir si bouleversée.

— J'ai un endroit où nous pouvons aller. Il ne nous trouvera pas là-bas. Mais, s'il le fait, il ne vivra pas assez longtemps pour le regretter.

— Je peux vous protéger tous les deux, leur assura Alex.

— Moi aussi. Je ne la perdrai pas de vue.

— Yael ? demanda Alex.

Yael se redressa et prit une grande inspiration.

— Je vais aller avec Shane. Je ne supporte pas l'idée de mettre Georgie en danger.

— D'accord. Mais appelle si tu changes d'avis.

Alex récupéra l'ordinateur portable de Yael et le cordon d'alimentation, et les descendit pour les mettre dans un sac.

Shane ne perdit pas de temps. Il s'approcha de la commode et en sortit des sous-vêtements, puis des chaussettes, des pantalons et des t-shirts. Il trouva des pulls et des jeans. Il fourra le tout dans un sac de sport qu'il trouva au fond de son armoire.

La voix de Sloan résonna dans l'escalier.

— Est-ce qu'elle va bien ?

Les yeux de Yael croisèrent ceux que Shane. Elle tenait bon, mais il voyait la tension autour de ses yeux et de sa bouche. Et elle avait froid. Il tira un épais cardigan gris d'une étagère et l'enroula autour de ses épaules, dégageant ses cheveux du col, ignorant la façon dont les mèches soyeuses frôlaient sa peau.

Ses yeux marron foncé étaient emplis de peur et d'incertitude.

Shane aurait voulu pouvoir tout arranger pour elle. Remonter le temps. Être chez elle au moment où ce lâche avait attaqué. L'achever. Au lieu de cela, ce tueur avait une fois de plus pris l'avantage sur eux.

Ils redescendirent prudemment les escaliers, et le regard de Sloan passa de Yael à lui, et au sac qu'il portait.

— Vous allez bien, Yael ? s'enquit la responsable de la *task force*.

— Oui, répondit la jeune femme d'une voix plus ferme.

Soit le cognac faisait son effet, soit le choc commençait à se dissiper.

— Je ne suis pas blessée. Simplement effrayée et énervée.

— Heureusement que vous n'avez pas été tuée ! Je ne sais

pas comment cela a pu se produire, déclara Sloan, croisant les bras. Je croyais que nous avions attrapé le suspect. Je n'aurais jamais dû supposer...

— Ne vous culpabilisez pas, lui dit Alex. Nous sommes tous passés à côté. La responsabilité nous en incombe à tous.

Sloan observa Yael d'un œil critique.

— Pourquoi est-il à ce point obsédé par vous ? En dehors de l'évidence ?

Yael eut l'air surprise par cette déclaration.

— A-t-il pris quelque chose ? s'enquit Sloan.

Yael commença à secouer la tête, puis elle fronça les sourcils en regardant le buffet.

— Je ne crois pas, dit-elle lentement.

Shane se figea. Elle mentait. Simplement, il ne savait pas pourquoi ni à quel propos.

— Je veux qu'une équipe de protection de la HRT soit mise en place...

— Non ! s'exclama Yael avec fermeté, cette fois. Je vais rester avec l'agent Livingstone ce soir, et nous pourrons réévaluer la situation dans la matinée.

Sloan cilla devant son ton, mais Yael ne travaillait pas pour elle, elle avait manifestement retrouvé sa force morale et n'avait pas envie de se faire commander.

— Je m'en occupe, ASAC Sloan, assura Shane à la responsable de la *task force*.

Il sentit le poids de tous les regards sur lui tandis qu'il accompagnait Yael à la porte d'entrée, puis à son camion. Il ne laisserait pas cette pourriture s'approcher de Yael. Pas ce soir. Pas demain. Ils trouveraient et mettraient en détention ce suspect, ou ils l'enterreraient.

Il était hors de question qu'il perde un autre être cher.

CHAPITRE VINGT-QUATRE

Yael faisait les cent pas devant le canapé du patron de Shane, tandis que ce dernier fouillait dans le placard à alcool. Elle se sentait plus forte maintenant. Le choc s'était rapidement transformé en colère.

— Quelqu'un a-t-il trouvé des traces de lui ?

Elle détestait être privée de son téléphone portable ou de tout moyen de communication. Elle détestait dépendre de quelqu'un d'autre pour obtenir des informations.

— Je l'aurais su s'ils l'avaient arrêté.

— Comment a-t-il su que j'étais seule ?

— Assieds-toi, lui ordonna Shane. Tu vas faire saigner tes pieds.

Yael avait oublié ses coupures. Maintenant, avec ce rappel, la plante de ses pieds se mit soudain à palpiter.

Elle s'assit sur le canapé en tailleur, vérifiant qu'elle n'avait pas rouvert les blessures, et prit le verre d'alcool que lui tendait Shane sans même lui demander ce qu'il contenait. Il lui tendit un antidouleur en même temps. Yael le mit dans sa bouche et l'avala avec ce qui avait le goût d'un bon scotch.

L'alcool lui brûla la gorge et lui fit monter les larmes aux yeux.

Shane rit et s'assit sur le canapé à côté d'elle. Les coussins s'affaissèrent, et Yael s'appuya contre lui. Quand il passa son bras indemne autour des épaules de la jeune femme, elle ne résista pas. C'était bon d'être à nouveau dans son étreinte. Presque trop bien, mais elle avait besoin de réconfort.

Il se déplaça, sortit son arme de son holster, et la posa sur la table basse.

Elle fixa l'arme mortelle du regard, puis tourna les yeux vers la porte.

— Tu crains qu'il nous suive jusqu'ici ?

— Nous avons des gens qui surveillent toutes les issues. De plus, Novak garde un fusil d'assaut dans le coffre-fort de sa chambre. Je l'ai sorti et chargé pendant que tu étais dans la salle de bains. Si cet enfoiré s'en prend à nous ce soir, il mourra.

Yael ouvrit la bouche, mais elle ne savait pas vraiment quoi dire.

— Je sais que je déteste les armes, mais je déteste encore plus ce type. Merci de m'aider.

Shane replaça son bras autour des épaules de Yael, qui bâilla largement. Grâce à l'alcool, elle commençait enfin à avoir sommeil.

— Pour ce qui est de savoir pourquoi il s'en est pris à toi lorsque tu étais seule, il ne se souciait probablement pas de savoir si c'était le cas ou non. Il s'en serait probablement moqué s'il avait su que tu étais censée être protégée par un opérateur de la HRT assez stupide pour croire que la menace était écartée. Il avait un fusil automatique, il pensait probablement que cela le rendait invincible. Ce qui n'est pas vrai, d'ailleurs. J'aurais aimé être là pour lui en faire la démonstration.

Les paroles de Shane étaient empreintes de culpabilité.

— Ce n'était pas ta faute.

Il pencha la tête pour croiser son regard.

— Si. Si, ça l'était. Je suis assez grand pour assumer mes responsabilités dans cette histoire. Je vous avais promis, à Alex Parker et toi, que je veillerais sur toi, et j'ai échoué.

— Tu étais en Caroline du Nord pendant la majeure partie de la journée.

— J'étais rentré quand il t'a attaquée.

Elle détourna le regard. N'était-elle qu'un travail pour lui ? Elle déglutit difficilement, la gorge sèche et irritée.

— Yael.

Shane resserra son bras, et elle le regarda. Ses yeux d'un vert intense l'observaient avec attention.

— Es-tu sûre qu'il n'a rien pris ?

Elle cligna rapidement des yeux, ne s'attendant pas à cette question. Elle masqua sa réaction en attrapant son verre, qu'elle lui tendit. Il secoua la tête, et elle vida ce qu'il restait d'un seul trait, avant de le reposer. Le whisky la brûla encore, mais moins maintenant qu'elle s'y attendait... un peu comme un chagrin d'amour.

Évitant le regard de Shane, Yael se blottit contre lui.

— Pas que je sache.

Son silence lui parut accusateur et elle ne voulait pas avoir à répondre aux questions qui suivraient si elle lui disait la vérité.

Qu'est-ce que cela pouvait bien faire ? Toutes les personnes présentes sur cette photo, en dehors d'elle, étaient mortes. Celui qui avait la photo ne pouvait faire de mal à personne d'autre. *Plus maintenant.* Il ne pouvait la blesser qu'en révélant la vérité sur sa famille, et le dire à Shane aboutirait exactement au même résultat.

Elle ne pouvait pas y penser pour l'instant.

Il était plus de minuit. Elle était épuisée. Elle leva les yeux jusqu'à ce qu'ils se posent sur les traits précis de son visage. La barbe sur sa mâchoire. Sa peau chaude qui gardait encore un peu de son bronzage d'été.

— Shane, murmura-t-elle.

Il laissa échapper un son qui se situait entre un grognement et un soupir.

— Est-ce qu'on pourrait aller se coucher maintenant ?

Le visage de Shane s'adoucit. Il prit la main de Yael dans la sienne, et saisit son arme. Puis il la conduisit dans la chambre plongée dans l'obscurité, et tira les couvertures.

Au grand amusement de Shane, Charlotte Blood, la petite amie de Novak, négociatrice au FBI, avait quitté précipitamment le bar pour venir changer les draps et mettre quelques produits de base dans le réfrigérateur. Il avait remarqué les préservatifs qu'elle avait posés sur le chevet, mais Shane n'avait pas l'intention de s'en servir ce soir-là. Yael avait besoin de se reposer.

Il posa son SIG sur le chevet, puis retira le Glock de son holster de cheville. La carabine de Novak était à portée de main, au cas où quelqu'un enfoncerait la porte. L'équipe Gold avait installé des caméras dans les couloirs et les cages d'escalier, et des personnes surveillaient les issues.

Shane était conscient que Yael restait évasive sur ce qui avait été pris chez elle, mais il ne savait pas si c'était important ou non. Tous les mensonges ne l'étaient pas, mais Shane devait bien avouer qu'il était déçu que Yael ne lui fasse toujours pas assez confiance pour se confier complètement à lui. Mais il était aussi le type qui buvait une bière quand sa maison avait été attaquée, alors peut-être ne pouvait-il pas lui en vouloir tant que ça.

Yael se déshabilla et les yeux de Shane faillirent sortir de son crâne lorsqu'elle se retrouva en sous-vêtements, même si elle était trop occupée à essayer d'enlever son jean sans arracher ses bandages pour s'en apercevoir.

— Assieds-toi.

Il s'agenouilla devant elle, assise sur le bord du lit, prit son mollet dans sa main et fit glisser le tissu par-dessus ses chaussettes, une jambe après l'autre. Elle sentait si bon qu'il ferma les yeux et déglutit, submergé par le désir.

— Je les ai mis pour toi, lui dit-elle avec un sourire triste, passant les doigts dans les cheveux de Shane.

Incapable de s'en empêcher, il posa son visage contre la douceur de sa cuisse.

La dentelle noire semblait avoir été conçue dans le seul but de détruire le self-control d'un homme. Il effleura sa peau de son nez, son parfum chaud et féminin enveloppant ses sens et l'attirant à lui comme un phare.

Il agrippa les cuisses de Yael et la rapprocha de sa bouche. Il ne pouvait pas se permettre d'être consumé par sa faim d'elle, il ne voulait pas se déconcentrer. Ils avaient tous les deux besoin de se reposer et ils étaient sans doute en sécurité jusqu'à ce que ce type soit appréhendé.

Il se rapprocha et enfouit son nez contre son intimité. Elle frémit.

Il passa sa langue sous le tissu et pénétra dans son corps brûlant ; elle se cambra brusquement.

— Détends-toi, murmura-t-il.

— Ce n'est pas très relaxant, répliqua-t-elle.

Il se recula et la fit doucement rouler sur le flanc.

— Reste là. Je reviens tout de suite.

Il éteignit la plupart des lumières de l'appartement, à l'exception d'une lampe sous le comptoir dans la cuisine. Il retourna ensuite dans la chambre et se mit au lit, tout habillé. La dernière chose dont il avait besoin était de se faire surprendre en sous-vêtements si le suspect parvenait à déjouer leurs défenses ou si son patron arrivait à l'improviste.

Yael grommela en signe de protestation.

Shane se glissa derrière elle et l'enlaça. Elle se blottit contre lui, plaquant ses fesses magnifiques contre son sexe voué à la déception. Il reposa sa tête sur son bras gauche, gardant le plâtre sur l'oreiller au-dessus de la tête de la jeune femme. Son autre main glissa sur son corps parfait et saisit ses seins généreux par-dessus la dentelle. Elle gémit et se tortilla contre lui. Le son était différent cette fois. Il fit rouler son mamelon entre son pouce et son index, sentant la pointe se durcir sous ses doigts.

— Tu aimes ça ?

Elle s'étira contre lui et essaya de se retourner.

— Non, non. Mes règles, sinon je dors sur le canapé.

Elle grommela à nouveau, mais à la façon dont elle se frottait contre lui, il comprit qu'elle n'était plus trop en colère. Le sexe était un excellent moyen d'évacuer le stress et si quelqu'un avait besoin d'aide pour dormir, c'était bien Yael, après ce qu'elle avait enduré ce jour-là.

Il reposa sa main sur son sein, écartant le bonnet du soutien-gorge, et il enfouit son nez contre la peau douce derrière son oreille, tout en tourmentant son mamelon.

Puis il passa sa paume sur le creux de sa taille, et la courbe de sa hanche. Il accrocha sa cuisse et cala doucement son genou entre ses jambes pour l'ouvrir à sa volonté.

Ses doigts saisirent le bout de dentelle et il commença à faire glisser le tissu d'avant en arrière contre ses replis intimes et sur son clitoris, jusqu'à ce qu'elle halète. Puis il plongea deux doigts en elle, tout en appuyant fermement sa main sur son clitoris. Elle frémit et ses muscles se contractèrent tandis qu'elle jouissait rapidement et intensément autour de lui.

Il retira sa main, ramena les couvertures plus fermement sur eux deux, sachant qu'il allait se consumer ce soir-là pour plus d'une raison.

Puis il déposa un nouveau baiser sur ses cheveux, et elle soupira. Trente secondes plus tard, elle était endormie.

CHAPITRE VINGT-CINQ

Quantico. Samedi 16 janvier

La salle de réunion de la *task force* était très animée en dépit du fait que c'était le week-end. Yael regardait par la fenêtre ; elle avait envie que tout soit terminé. Elle détestait vivre dans la peur. Elle haïssait que ce tueur les batte une fois de plus. Elle le méprisait pour l'avoir attaquée dans sa nouvelle maison et l'avoir contrainte à s'enfuir comme une lâche.

La salle était pleine à craquer d'agents travaillant d'arrache-pied pour attraper ce tueur sadique et rassembler suffisamment de preuves pour que le ministère de la Justice puisse le condamner.

Shane n'était pas là.

Yael ne supportait pas l'embarras qui la gagnait à chaque fois que quelqu'un lui demandait où se trouvait l'agent de la HRT, mentionnait la nuit précédente ou même la dévisageait pendant un certain temps. Elle protégeait sa vie privée autant qu'elle tenait à son intégrité, mais la nuit dernière avait mis ses actes en lumière.

C'était comme si les autres savaient exactement ce qu'ils

avaient fait dans l'obscurité. Qu'elle s'était réveillée au petit matin pour le sentir encore dur contre son dos. Et qu'elle l'avait consumé comme il l'avait consumée.

La seconde fois, elle s'était réveillée seule. Seule, mais bien plus forte et plus déterminée à ne pas devenir la prochaine victime de cet enfoiré. Il lui avait envoyé un avertissement sans équivoque qu'elle n'était pas près d'oublier. Elle avait reçu le message cinq sur cinq. Yael n'avait pas l'habitude de prendre des risques.

Elle avait échangé des messages avec Laura par intermittence toute la matinée. Son amie était malade dans sa chambre d'hôtel, probablement à cause d'une intoxication alimentaire. Laura disait qu'elle se sentait terriblement mal de ne pas venir la voir, mais qu'il y avait de fortes chances qu'elle vomisse et qu'elle ne voulait pas infliger cela à quelqu'un d'autre. Yael lui avait promis de passer plus tard pour voir comment elle allait.

Tim n'était pas encore là non plus, mais il était tôt, et le jeune homme était plutôt du genre noctambule, comme beaucoup d'informaticiens.

— Votre attention, s'il vous plaît, les interpella Sloan depuis l'avant de la salle.

Yael savait que Shane voudrait entendre ça. Elle n'avait pas son portable, mais, heureusement, son ordinateur était devant elle, et elle envoya un message rapide à son téléphone professionnel. Les techniciens avaient travaillé toute la nuit, et n'avaient trouvé aucune preuve qu'EG, ou qui que soit la personne qui l'avait attaquée la nuit précédente, se soit approché de sa machine.

Ils avaient presque terminé de vérifier son portable, et Alex voulait procéder à quelques diagnostics de son côté. Il lui en avait proposé un temporaire, mais elle avait décliné son offre pour le moment. Elle n'avait pas l'intention d'aller où que ce soit.

Alex était assis à côté d'un beau brun et d'une femme aux longs cheveux bruns attachés en queue de cheval. Elle portait une pierre scintillante à l'annulaire gauche. Manifestement, le patron de Yael les connaissait bien. Yael se rappela les avoir vus la veille. D'abord au bar, puis dans sa rue, à interroger ses voisins.

La femme croisa son regard, puis lui adressa un sourire que Yael lui rendit. Elle s'efforçait de paraître calme et professionnelle. Tout le monde devait la prendre pour une folle, vu la façon dont elle avait débarqué dans ce bar la veille. Comme quelqu'un sorti tout droit d'un film d'horreur. Et puis, il y avait ses voisins.

Bon sang ! Son ventre se noua. Peut-être devrait-elle arrêter les frais et déménager.

Elle serra les dents. Elle ne voulait pas continuer à courir.

— Eric Pierce s'est réveillé de son opération, mais il a refusé de parler aux forces de l'ordre, et son avocat nous empêche même de l'interroger pour l'instant, commença Sloan. La police de Charlotte a retrouvé sa voiture, et ils la remorquent au laboratoire. Les démineurs ont vérifié le véhicule, et, quand ils ont ouvert le coffre, ils ont retrouvé plusieurs kilos de cocaïne non coupée.

Yael grimaça. Vraisemblablement, ce type était un dealer, ou une mule. Mais il pouvait quand même être Evi1 Geni-us, et la personne qui l'avait attaquée la veille pouvait être un associé en colère, déterminé à faire douter le FBI de ses conclusions. Ou bien, Eric Pierce était innocent, et il avait été piégé.

Elle se renfrogna. Si c'était un bouc émissaire, Evi1 Geni-us avait bien choisi, car ce type avait apparemment de nombreuses raisons de ne pas coopérer avec les forces de l'ordre.

— En apparence, rien à son domicile n'indiquait qu'il était dealer, et nous sommes toujours à la recherche d'une résidence secondaire ou d'une propriété où...

Shane franchit la porte avec son patron de la HRT, dans le lit duquel elle avait dormi la nuit précédente. Les joues de Yael firent ce qu'elles faisaient toujours en présence de Shane Livingstone. Elles chauffèrent.

— Désolé pour mon retard. Nous avons organisé un briefing d'équipe HRT pour discuter de ce qui s'est passé la nuit dernière, afin que je puisse vous faire part de toutes les évolutions.

Shane prit le siège à côté de celui de Yael, comme toujours... Tous les membres de la *task force* avaient maintenant établi une routine de travail. Novak tira une chaise de l'autre côté de son agent, et adressa un sourire compatissant à la jeune femme.

Quelque chose craqua dans la poitrine de Yael.

— Comme je le disais, répéta l'ASAC Sloan à leur intention. La police locale a trouvé une quantité importante de stupéfiants de classe A dans le coffre de la voiture d'Eric Pierce hier soir.

— Evi1Geni-us a-t-il piégé Pierce, ou bien Eric Pierce est-il Evi1Geni-us et ne limite pas ses actes criminels à la torture et au meurtre en ligne ? s'enquit Shane.

— Ou bien Pierce a-t-il engagé quelqu'un pour attaquer Yael, ou peut-être une liste de personnes potentielles, dans l'éventualité où il serait arrêté ? intervint Alex.

— Qu'en pensent les profilers ? demanda Sloan à Lincoln Frazer d'un ton vif.

Celui-ci mit ses mains derrière la tête et s'adossa à sa chaise. N'importe qui d'autre aurait pu avoir l'air décontracté. Lui avait l'air pensif.

— Notre profil actuel indique qu'il s'agit d'un délinquant organisé qui s'intègre bien dans la société. La fourchette d'âge reste large, de vingt à quarante-cinq ans. Blanc, comme ses victimes. Il parle bien et possède des aptitudes sociales, mais il s'en sert pour manipuler. C'est probablement un fils premier-né, son père devait avoir un emploi stable, mais la discipline dans son enfance était inégale. Il a un tempérament vif et peut s'emporter, sans doute violemment lorsqu'il est en colère. Les gens préfèrent rester dans son camp. Il se considère probablement comme un homme à femmes. Il est méthodique, rusé et amoral, expliqua Frazer, puis il se pencha en avant. D'après tous les témoignages, Eric Pierce répond à beaucoup de ces critères et, à en juger par les drogues, il mène un mode de vie cloisonné.

Un agent féminin prit la parole.

— Ses collègues et son patron disent qu'ils s'entendent généralement bien avec lui, mais qu'il a la réputation d'être un peu don Juan lorsqu'il est question de relations amoureuses.

— Logique, remarqua Frazer, avant de poursuivre. EG choisit des victimes qu'il peut contrôler. Même les hommes qu'il a enlevés n'étaient pas particulièrement forts ou athlétiques. On peut supposer qu'il les neutralise à l'aide de drogues ou d'un taser pour les maîtriser. Ils ont trouvé des marques sur plusieurs victimes, dont Wayne Stockwell. Une fois qu'il les a emmenés là où il le veut, il les fait supplier. Il les soumet en se servant de la douleur et des entraves. Comme nous le savons maintenant, au moins dans le cas d'Anya Baker, les enchères ne sont pas en direct, c'est lui qui choisit de torturer et parfois d'agresser sexuellement ses victimes avant leur mort. Le fait qu'il manipule d'autres personnes afin qu'elles le paient pour qu'il réalise ses sombres fantasmes suggère un niveau élevé de narcissisme. Nous ne voyons aucune empathie, aucun remords, aucune conscience. Nous avons affaire à la pire espèce de prédateur, et, malheureusement, il est très intelligent, tant dans le domaine de l'informatique et du dark Web que dans celui de la criminalistique.

Frazer marqua une pause, passa son pouce sur sa lèvre inférieure.

— Il ne nous a rien donné de concret sur lequel travailler, malgré les multiples scènes de crime. Je ne peux pas dire avec certitude si Eric Pierce est Evi ı Geni-us. Il correspond à une partie du profil, mais pas à tout. J'aimerais envoyer certains de mes collègues pour l'interroger, si possible.

Sloan hocha la tête.

— Bien sûr.

— Je suis convaincu que le fait qu'il n'ait pas diffusé l'audio au moment des meurtres est significatif, ajouta Frazer. Je pense qu'il vole leurs voix. Peut-être a-t-il l'impression que sa voix n'a pas été entendue dans sa vie.

— Les agents ont-ils trouvé une sorte de « kit de meurtre » dans le véhicule de Pierce ? s'enquit Alex.

— Non. Rien, répondit Ashley Chen.

Elle avait l'air fatiguée. Yael comprenait.

— Est-ce qu'il conduisait habituellement son propre véhicule pour les déplacements pros locaux ? interrogea Alex. Nous pouvons le rechercher sur les caméras de surveillance de la circulation à l'heure de certains meurtres.

— Je ne sais pas. Je le découvrirai, répondit Ashley, qui nota la question. Les recherches sur les caméras de circulation n'ont rien révélé pour l'instant, ce qui me fait penser qu'il change souvent de plaques.

— Comment trouve-t-il ses victimes ? demanda Sloan. Avons-nous la réponse à cette question ?

Personne ne répondit, et Yael regarda autour d'elle. Elle leva la main.

— J'aimerais approfondir la question des applications qu'il a pu utiliser. Vérifier l'historique des achats des victimes sur les relevés bancaires. Il me faudrait un plus large accès aux dossiers financiers et téléphoniques.

Sloan hocha la tête.

— Si tu t'en sens capable.

Yael fit la grimace.

— Mes pieds guérissent bien.

— Elle ne parle pas de tes pieds, Yael, lança Shane d'un ton ironique.

Elle remua sur sa chaise.

— Je veux aider à résoudre cette affaire. Attraper celui qui a attaqué ma maison la nuit dernière.

— D'accord, concéda Sloan. Nous devons revoir toutes les raisons pour lesquelles nous avons désigné Eric Pierce, et voir si nous sommes passés à côté de quelque chose.

— Ashley et moi allons passer en revue ces informations sous peu, déclara Alex en jetant à Yael un regard qui, elle en était sûre, se voulait rassurant.

Elle sentit un frisson de malaise remonter le long de ses épaules. S'était-elle plantée d'une manière ou d'une autre ? Elle ne le croyait pas, mais EG aimait brouiller les pistes...

— Selon notre expert en balistique, l'assaillant d'hier soir se serait servi d'une carabine Colt M4.

Shane se raidit à côté d'elle.

— Certains opérateurs de la HRT en utilisent.

Sloan hocha la tête.

— Fait intéressant, nous avons obtenu une touche sur l'arme dans le système. Cette arme a été utilisée pour d'autres crimes.

— Quand ? demanda Shane.

— Une série de braquages de banques à Springfield, dans le New Jersey. En avril dernier.

Frazer fronça les sourcils.

— C'est un trop grand changement de mode opératoire pour qu'il s'agisse du même homme.

— Mais ça n'est pas totalement impossible ? insista Sloan.

— Non..., répondit Frazer, mais il étira suffisamment le mot pour qu'on sente qu'il doutait. Mais EG a tué Randy Gomer le 18 avril.

Il se tourna ensuite vers Alex.

— Nous avons manqué celui-là parce que nous étions en train de nous prélasser sur la Côte d'Azur avant ton mariage.

Alex acquiesça, l'air impassible.

— Gomer était à Phoenix. Quelles sont les dates exactes des braquages de banque ?

Ashley Chen consulta ses notes.

— Les vingt et un, vingt-deux et vingt-sept. Il a braqué trois banques le dernier jour. Il s'en est tiré avec plus de cent mille dollars au total.

— Il dégage facilement cinq fois ce montant par meurtre, remarqua Alex.

— Et c'est bien moins risqué de tuer un pauvre bougre attaché devant une caméra que de braquer une banque, constata Shane, avachi sur sa chaise.

Yael détourna les yeux de sa silhouette robuste.

— Je ne pense pas qu'il s'agisse du même homme, mais avons-nous des images du braqueur de banque ? s'enquit Alex, tapotant son bloc avec son stylo.

— Je vais obtenir une photo.

Ashley hocha la tête, puis ajouta une nouvelle entrée à sa liste. Yael se rendit compte qu'elle ne diminuait jamais.

— Nous poursuivons ce type depuis bien trop longtemps, constata Alex, l'air énervé, se faisant l'écho des pensées de la jeune femme.

Elle serra les dents. Pourquoi n'arrivaient-ils pas à l'attraper ? Elle se rappela une chose qui, dans la folie des dernières vingt-quatre heures, était passée au second plan de son esprit.

— Qu'en est-il de l'ex-détenu qui a séjourné au motel la nuit où Wayne Stockwell a été assassiné ?

Les recherches pour le retrouver et l'interroger avaient été reléguées au second plan avec tout ce qui s'était passé. Ashley se pencha en avant et tapa quelque chose sur son ordinateur portable. Elle releva ensuite la tête, une lueur dans les yeux.

— Il y a eu un résultat sur les empreintes dans sa chambre, qui ont confirmé sa présence. Ronald Borisky, annonça Ashley, avant de lire son dossier. Ce type est un receleur connu et nous avons lancé un mandat d'arrêt contre lui.

— Vous pensez qu'EG a organisé un rendez-vous avec ce type au motel pour acheter l'arme avec laquelle il a tué Lloyd Zenko ? interrogea Shane, se penchant en avant.

Le regard d'Alex était perçant.

— À notre connaissance, EG n'a jamais utilisé d'armes à feu avant le meurtre de Zenko. C'est à peu près la seule chose dont il ne s'est pas servi pour tuer des victimes dans le passé.

— Mais il prévoyait de tuer un ancien Marine ayant une expérience en matière d'explosifs, et je suppose qu'EG ne voulait pas prendre le risque d'arriver sans arme. Vous savez ce que cela signifie..., dit Shane, de l'excitation dans la voix.

Alex sourit.

— Oui. Ce Borisky a vraisemblablement vu le visage d'Evil-Geni-us.

— Pourquoi passer par un receleur quand on peut se rendre dans n'importe quel magasin ou salon de vente d'armes pour s'en procurer une ? intervint Yael avec un frisson.

Shane tapota son stylo sur la table à toute vitesse.

— Premièrement, de nombreux magasins sont équipés de caméras de surveillance. Deuxièmement, notre homme a peut-être un casier.

— Et les criminels ne peuvent pas acheter d'arme..., conclut Yael.

Le regard de Sloan devint perçant.

— Bon travail, Yael. Vous auriez dû être agent.

Yael sourit d'un air fatigué. Shane lui donna un coup d'épaule.

— Petite maligne.

Elle laissa échapper un petit rire.

— C'est tout moi.

— Nous devons faire de la recherche de Borisky une priorité, annonça Sloan, plantant son stylo dans son bloc-notes. Avant toutes les autres priorités de la liste.

Il y avait une pointe d'humour dans son ton. Elle poursuivit.

— Le prochain point à l'ordre du jour est la fusillade qui a eu lieu hier soir au domicile de Yael. En raison de la quantité de preuves, j'ai demandé au QG de m'envoyer dix agents supplémentaires. Ils arrivent aujourd'hui.

— J'ai analysé les images des caméras de surveillance, intervint Alex. Le tireur est de la même taille que le type dans les vidéos d'Evi1Geni-us. Même carrure. Tout comme Eric Pierce, mais nous savons qu'il n'a pas attaqué la maison de Yael hier soir.

— Comment a-t-il trouvé l'adresse de Yael ? Je croyais que vous aviez dit que la vente était confidentielle ?

— Elle l'est, et il n'aurait pas dû pouvoir trouver l'adresse. Pas si vite, affirma Alex, qui fixait Yael avec une grimace douloureuse. Je vais continuer à chercher.

Sloan se tourna vers Shane.

— Quelles sont les dernières informations du côté de la HRT ?

— Les agents ont pisté son odeur jusqu'au ruisseau, puis jusqu'à un champ de l'autre côté. L'unité K9 l'a perdue près de la route ; nous supposons donc qu'il avait laissé un véhicule à cet endroit. Les équipes de collecte des preuves vérifient la zone à la recherche de traces de pneus.

— L'eau était profonde ? s'enquit Alex.

— Moins de quinze centimètres. L'année a été sèche, répondit Shane, qui se déplaça, faisant grincer son siège. Les agents ont isolé et photographié des empreintes de chaussures afin d'obtenir une impression. Taille quarante-quatre. Nous n'avons pas encore la marque.

— S'il avait un peu de bon sens, il jetterait le fusil et les chaussures dans la rivière la plus proche, remarqua Alex.

— Ou dans l'océan, ajouta Frazer.

— Des témoins oculaires ?

L'homme aux cheveux bruns se présenta.

— Je suis le SSA Sheridan de la cellule de négociation de crise. L'agent spécial Kanas et moi-même étions au bar hier soir pour porter un toast à Kurt Montana, expliqua-t-il, pinçant les lèvres avant de poursuivre. Nous nous sommes rendus utiles en interrogeant les voisins de Mme Brooks. Heureusement, personne d'autre n'a été blessé, bien que quelques balles aient pénétré dans la maison située juste en face. Le propriétaire était en visite à Washington pour le week-end, il n'a donc pas été blessé. Personne n'a rien remarqué avant l'attaque, mais plusieurs voisins de Mme Brooks ont déclaré avoir vu un homme vêtu de noir courir dans les bois après la fin de la fusillade. Ils ont appelé la police à vingt-deux heures quatre. Une voiture de patrouille est arrivée en moins de dix minutes, et les premiers agents du FBI peu après.

Il s'interrompit, puis referma son carnet, et regarda Yael droit dans les yeux.

— Désolé de ne pas en avoir appris davantage.

Elle hocha la tête avec reconnaissance. Ils avaient été très gentils de donner un coup de main la veille au soir, et maintenant ils sacrifiaient leur samedi à l'affaire. Mais elle comprenait. Ce criminel menaçait la sécurité de tous, même s'il semblait avoir jeté son dévolu sur elle pour l'instant.

Elle repoussa cette idée. Elle était mieux protégée que la plupart des gens.

— Nous devons trouver le tireur et le neutraliser, déclara Sloan. Nous devons découvrir où il s'est procuré son arme. La priorité absolue est de retrouver l'ex-taulard, Borisky. Ensuite, il faut continuer à chercher comment EviıGeni-us capture ses victimes et comment il a trouvé l'adresse de Mme Brooks. Et, enfin, nous devons savoir si nous nous sommes plantés en identifiant Pierce comme Evi1 Geni-us. Messieurs-dames, il est temps de se mettre au travail.

— C'est du gâteau, apparemment, grommela Shane avec irritation.

Yael frémit.

— Apparemment, nous avons de la chance avec l'un des éléments de la liste, annonça rapidement Ashley. Il y a quelques heures, un agent de la circulation de Fredericksburg a arrêté notre ex-détenu, Ronald Borisky, parce qu'il avait un feu arrière cassé. La recherche sur le permis de conduire a fait apparaître les mandats d'arrêt.

Sloan sourit.

— Qui veut aller chercher ce type ?

CHAPITRE VINGT-SIX

Shane pénétra dans la prison du comté sous les regards dubitatifs des flics locaux. Avec son pantalon tactique vert, son t-shirt noir et ses bottes, il ne ressemblait pas vraiment à un agent du gouvernement. Cependant, son insigne doré était une preuve suffisante.

— Agent du FBI Shane Livingstone. Je viens chercher un prisonnier pour le transférer.

Il remit une liasse de documents au sergent à l'accueil, ainsi qu'une demande précisant que l'équipe de collecte des preuves arriverait sous peu pour enlever le véhicule de Borisky. Dire que les techniciens faisaient des heures supplémentaires était un euphémisme, mais tout le monde prenait très au sérieux une attaque contre le FBI, et, comme Yael faisait partie du groupe de travail, cela faisait déjà deux.

En temps normal, ils auraient envoyé un agent local pour interroger le prisonnier, mais Fredericksburg était si proche de Quantico qu'il était logique que la HRT vienne le chercher.

À la grande surprise de Shane, il ne fallut pas plus de quinze minutes pour qu'un grand gaillard vêtu d'un jean sale et d'un sweat-shirt gris crasseux soit amené, les mains menottées dans le dos. Il avait un visage rond avec un triple menton et une barbe sombre due à de trop nombreux jours sans rasage. Il avait des yeux de fouine, enfoncés dans le visage, le blanc injecté de sang.

Être détenu par le FBI ne semblait pas l'effrayer. Il avait même l'air enjoué. Shane signa un formulaire. Il adressa un signe de tête aux policiers.

— Merci pour le bon boulot sur ce dossier.

Borisky ricana.

— J'étais en route pour le poste de police quand ils m'ont arrêté. Qu'allez-vous faire de ma voiture ?

Shane lui adressa un regard dur.

— Nous allons l'examiner à la recherche de preuves relatives à un meurtre récent.

Les yeux de Borisky s'écarquillèrent, puis il hocha la tête.

— Je veux la récupérer en un seul morceau. C'est une bonne voiture.

Shane échangea un regard avec l'agent de police, prit Borisky par le bras et le conduisit jusqu'au véhicule du FBI qu'il avait emprunté à l'ASAC Sloan. Il aurait pu demander à Novak ou à l'un de ses autres amis de l'équipe de l'accompagner, mais il s'était dit qu'il valait mieux demander à son nouveau partenaire. Après tout, Griffin avait techniquement travaillé plus longtemps au Bureau en tant qu'agent que Novak ou lui-même. Ce qui ne signifiait pas qu'ils n'étaient pas bons dans leur boulot, mais il avait un excellent dossier.

Will Griffin était assis sur le siège passager et observait les allées et venues autour de la prison. Compte tenu des efforts déployés par EG pour tuer tous ceux qui avaient vu son visage, ils refusaient de prendre des risques. Un SUV banalisé les suivait également, avec Cowboy et Meghan Donnelly en renfort.

Shane attacha la ceinture de sécurité de Borisky. Avec ses mains menottées, la position n'était pas des plus confortables, mais Shane ne voulait pas prendre le risque qu'il attaque l'un d'entre eux depuis la banquette arrière.

Griffin se déplaça légèrement pour pouvoir regarder leur prisonnier pendant le trajet. Shane monta à bord et mit le moteur en marche. Par les oreillettes, il signala à Cowboy qu'ils étaient prêts à partir.

Il obtint un clic de reconnaissance.

— Alors, Ron...

— Personne ne m'appelle comme ça. Tout le monde m'appelle Boris.

L'accent du Bronx de Borisky était teinté d'une pointe d'Europe de l'Est, ce qui n'était pas surprenant.

— Alors, *Boris*..., dit Shane, et les lèvres de Griffin tressaillirent en entendant sa prononciation exagérée ; au moins, son nouveau partenaire avait le même sens de l'humour que lui. Peux-tu me dire où tu étais mardi soir ?

— Je peux, mais je veux d'abord un accord avant de vous dire quoi que ce soit.

— Un accord ?

— Oui, je ne veux pas retourner en prison. Je vous dis ce que vous voulez savoir et j'obtiens la liberté surveillée.

— Vous êtes déjà en liberté surveillée.

Boris haussa les épaules et fit la grimace. Shane l'observa dans le rétroviseur. Il aperçut l'autre véhicule trois voitures plus loin et haussa les sourcils. Meghan conduisait.

— Et si tu nous disais ce que tu sais, et que nous disions au juge d'y aller mollo avec toi ?

Boris secoua la tête et essuya son nez sur son épaule.

— Non. Je veux un avocat.

— Que se passera-t-il si quelqu'un d'autre meurt pendant le temps qu'il faudra pour conclure un accord ? Peut-être tué par une arme que tu as vendue ? Tu crois vraiment que le juge se montrera indulgent ?

Boris fit la moue.

— Ou peut-être allons-nous découvrir que c'est toi qui as buté ce gamin au motel.

Les yeux de Boris se fermèrent, en proie à ce qui semblait être un véritable remords.

— Je n'ai pas touché ce gosse. Mais quand j'ai appris que quelqu'un avait été retrouvé mort, je n'ai pas été surpris.

Will Griffin laissa échapper un petit rire.

— Alors je suppose que les autres attaques ne seront pas non plus un choc pour toi.

— Raconte-nous ce qui s'est passé, insista Shane.

— Je veux un avocat.

Merde. Ils restèrent assis en silence et laissèrent les kilomètres défiler. Quand Boris sembla s'être détendu, Shane fit une nouvelle tentative.

— À quoi ressemblait-il ?

Boris renifla.

— À un type ordinaire. Je veux dire que ce n'est qu'après...

Il s'interrompit.

— Comment t'a-t-il contacté ?

Boris lui lança un regard qui semblait lui demander s'il se moquait de lui.

— Boris, laisse-moi te dire quelque chose. Nous savons déjà que tu étais au motel. Nous t'avons sur la caméra de surveillance, et tes empreintes étaient dans la chambre.

Le regard de l'homme changea.

— Mais l'autre type ? Il a effacé sa photo du système, et nous ne pouvons pas comparer les empreintes ou l'ADN parce qu'il a utilisé tellement d'eau de Javel dans la pièce que j'ai failli devenir aveugle en entrant là-dedans. La seule chose que nous pouvons prouver pour l'instant, c'est qu'une arme que tu as eue en ta possession a été utilisée pour abattre un veilleur de nuit dans un motel, la nuit même où tu y étais.

Boris grimaça.

Le veilleur de nuit avait été étouffé et non abattu, mais Boris ne paraissait pas le savoir. Rien dans le manuel ne disait qu'un agent du FBI ne pouvait pas mentir ouvertement à quelqu'un si cela pouvait amener un suspect à s'ouvrir sur une affaire.

— Je veux savoir quels autres armes, silencieux et lunettes de visée tu lui as vendus.

Boris souffla par le côté de sa bouche.

— Pas de lunettes, répondit-il, pinçant les lèvres. J'ai dit que je vous dirais tout, mais je veux d'abord un accord. Je ne suis pas né de la dernière pluie.

Il se montrait insistant, et Shane était conscient qu'ils n'arriveraient à rien avec ce type.

— Appelle Sloan, demanda-t-il à Griffin, lui tendant son portable, où le numéro était programmé. Dis-lui qu'il faut qu'un procureur nous attende à notre arrivée à Quantico.

Shane soutint le regard de Boris dans le rétroviseur.

— Si quelqu'un meurt entre-temps à cause des armes que tu as vendues à ce salaud, je veillerai à ce que tu purges ta peine dans un pénitencier fédéral de haute sécurité. Compris ?

— Je ne me montre pas difficile. Je me protège.

La voix du type devint geignarde, et Shane éprouva soudain l'envie de lui donner un coup de poing dans la gorge.

Il serra plus fort le volant et échangea un regard avec Griffin. Il semblait comprendre la colère de Shane. À cause de cet abruti sur le siège arrière, un psychopathe avait pu mettre la main sur une arme automatique qui avait failli tuer Yael la nuit précédente. Shane n'était pas là pour se faire des amis ou pour discuter.

— Pourquoi est-il venu te voir, au lieu de les acheter légalement ?

Boris transpirait. Il était *possible* que Shane ait monté le chauffage. Leur prisonnier haussa les épaules.

— Je pense qu'il doit avoir un casier. Il était super paranoïaque avec les caméras et l'anonymat.

Evi1Geni-us était-il dans le système ? Pouvait-il avoir un casier judiciaire ? Avoir purgé une peine ? C'était logique. Les psychopathes avaient beaucoup de mal à contrôler leurs impulsions.

— Tu as affaire à beaucoup de durs à cuire, remarqua lentement Shane. Et pourtant, ce type t'a ébranlé. Pourquoi ?

Boris le regarda dans le rétroviseur, et il acquiesça.

— Il m'a donné la chair de poule. J'ai passé du temps avec un tas de sales types, mais personne ne m'avait jamais regardé comme ça. Il avait des yeux morts, comme un requin, vous voyez ? expliqua-t-il, une perle de sueur lui coulant sur le côté du visage. Il manquait cent dollars sur son paiement, c'est beaucoup. Il m'a dit qu'il les avait dans sa chambre.

Boris s'interrompit, fit une pause, puis il déglutit bruyamment.

— Dès qu'il est sorti, j'ai fait une chose que je n'avais jamais faite auparavant dans ma vie d'adulte. J'ai décidé de laisser tomber l'argent, j'ai foncé dans ma voiture et je suis parti. Je savais qu'il allait revenir et essayer de me tirer dessus ou de me taser.

— Il avait un taser ?

Boris acquiesça.

— Il disait qu'il voulait une version améliorée, ça le faisait rire.

Shane échangea un nouveau regard avec Griffin. Apparemment, ils avaient enfin un témoin. Borisky n'avait ni la taille ni la carrure pour être Evi1Geni-us, et il ne semblait pas avoir le QI nécessaire pour dérouter certains des meilleurs génies de l'informatique au monde. Mais peut-être que ressembler à Borisky et agir comme lui était exactement ce qu'il fallait pour les tromper.

Les hypothèses étaient dangereuses. Il l'avait appris au sein des forces spéciales.

Ils pénétrèrent dans la base de la Marine américaine et se dirigèrent vers le bâtiment 64, où Sloan avait organisé la détention de cet homme afin de l'interroger. Shane le confia à la surveillance temporaire de Sloan et reconduisit Will Griffin à l'enceinte de la HRT.

Ils s'arrêtèrent au moment où Meghan claquait la portière du véhicule qu'elle conduisait et s'en éloignait à grands pas.

Cowboy sortit plus lentement du SUV et se dirigea vers eux.

— Borisky vous a dit quelque chose ?

— Pas encore, mais ça viendra, répondit Shane avant de hausser un sourcil. Qu'est-ce que tu as fait à Donnelly ?

— Je ne crois pas qu'elle m'apprécie, admit-il. Elle m'a dit que j'étais un *plouc*, que j'étais *agaçant* et que j'étais *sexiste*. Alors, je lui ai demandé si elle ne voulait pas plutôt dire que j'étais *sexy*, parce qu'on me le dit souvent.

— Tu dois aller faire la paix avec elle.

— Je ne la draguais même pas !

Shane haussa un sourcil. Cowboy poussa un lourd soupir.

— Très bien. Je vais aller la voir.

— Et t'excuser.

— Pour quoi ?

— Pour tout ! Dis-lui que tu es notre fardeau.

— Ah ! Je lui dirai. Mais je la traitais comme je traite tous les gars.

— Eh bien ! Ça explique tout, parce que tu es un plouc agaçant et sexiste.

— Je ne suis pas sexiste. Je ne serais même pas là si l'une des femmes les plus courageuses que je connaisse n'avait pas tiré des ficelles et parlé en ma faveur à quelques personnes haut placées. Ce que je suis, agent Livingstone, c'est un gentleman.

Shane ricana.

— Ryan, pour toi, être un gentleman, c'est laisser la femme jouir en premier.

— C'est la seule règle qui compte vraiment, répliqua Cowboy en souriant, puis il redevint sérieux. Je voulais juste savoir si elle avait le sens de l'humour.

Il réduisit sa voix pour leur parler en aparté.

— Elle n'en a pas, d'ailleurs. Au cas où tu te poserais la question.

— Elle en a un quand on apprend à la connaître, intervint Griffin, prenant sa défense... comme il se devait.

Ensemble, ils avaient passé les sélections, puis ils étaient allés à l'EFNA.

— Eh bien ! Je suis ravi qu'elle soit dans l'équipe Charlie, sinon une balle pourrait accidentellement être tirée dans ma direction lors des entraînements au tir, répondit Cowboy avec un petit sourire repentant. Je vais voir si elle s'est calmée. Mais si je ne me présente pas au boulot demain, vous pouvez parier qu'elle m'a assassiné et qu'elle s'est débarrassée du corps.

Griffin tressaillit.

Shane lança un avertissement à son ami.

— Ryan... Bon sang !

Cowboy fit la moue.

— Désolé, Griff.

Ce dernier hocha la tête et redressa les épaules.

— C'est bon. Mandy t'aurait sans doute saoulé.

C'était la première fois qu'il mentionnait le nom de sa petite amie décédée, ce qui suggérait qu'il gérait mieux sa mort que Cowboy ne le faisait avec la perte de sa femme. Ryan le comprit aussi, car il lança un regard à Shane. Ce dernier travaillait avec Ryan Sullivan depuis trois ans, et il se fermait toujours quand quelqu'un lui posait des questions sur elle.

À ce moment, Meghan sortit de l'immeuble à grandes enjambées, toujours en tenue de travail, mais avec un sac à dos.

Elle leur lança un regard, et Griffin leva la main en guise de salut. Elle hocha la tête en réponse.

— Bon. Je ferais mieux d'aller régler ça avant qu'elle s'en aille. À plus, les gars.

Cowboy se dirigea vers l'opératrice ; avec un peu de chance, il avait l'intention de la supplier de le pardonner.

— En fait, je crois que c'est la seule mission où il pourrait échouer, remarqua Shane, observant le langage corporel de Ryan et Meghan.

— Tu veux aller boire une bière ? proposa Griffin.

Shane secoua la tête.

— Je ne peux pas. Je dois retourner à la *task force*. Je veux savoir ce que Boris leur raconte, voir s'ils ont trouvé des pistes exploitables entre-temps, répondit-il.

Il jeta un coup d'œil à son coéquipier, dont la bouche s'était figée en une moue mécontente, et il marqua un temps d'arrêt.

— Et si tu te joignais à moi ? Je suis sûr que Sloan ne serait pas contre une paire de mains supplémentaire. Mais c'est un boulot de fond, c'est fastidieux.

Les yeux de Griffin s'illuminèrent.

— J'excelle dans le travail de fond. Allons-y.

***

Yael avala sagement son eau gazeuse et mangea une banane. Mallory était arrivée avec tout un tas d'en-cas sains pour le groupe de travail. Il était étonnant de voir à quelle vitesse Yael s'était lassée des fast-foods alors qu'elle n'avait mangé que cela pendant quelques jours.

Il n'avait pas échappé à Yael que Jack Reilly servait d'ombre officieuse à Mallory ce jour-là. Le danger était réel. Alex ne prenait pas de risques avec la sécurité de sa femme ou de sa fille.

Le fait que Mallory soit armée atténuait sans doute en partie son anxiété.

Comment était-ce d'aimer quelqu'un dont le métier était intrinsèquement dangereux ? L'idée planait dans son esprit, la déconcentrait, mais peut-être avait-elle simplement besoin d'une petite pause.

La petite Georgina suçait ses doigts, Mallory discutait avec Ashley Chen et la fiancée du SSA Sheridan comme s'il s'agissait de vieilles connaissances.

Et ce vide douloureux revint en force. Ce désir ardent de faire partie d'un groupe soudé. D'avoir des amis qui ne se retournaient pas contre vous lorsqu'ils découvraient que votre frère était un meurtrier de sang-froid.

Yael baissa la tête pour dissimuler ses émotions parasites. Elle envoya un message rapide à Laura pour prendre de ses nouvelles. Sa collègue ne répondit pas, mais elle devait sans doute dormir.

Ron Borisky était interrogé par un substitut du procureur dans une salle sécurisée à l'étage.

Yael avait parcouru les dossiers de chaque victime, mais elle n'avait pas visionné les images des meurtres. Il n'y avait pas de schéma évident. Les victimes allaient d'un plombier à une institutrice, en passant par une mère au foyer, un agent de sécurité d'un centre commercial, deux étudiants, l'un de sexe masculin et l'autre de sexe féminin, un juge et un directeur d'usine. Rien ne permettait de les relier immédiatement, même si elle souhaitait creuser davantage leur profil respectif en examinant les données financières.

Alex se glissa sur une chaise à côté d'elle, son ordinateur portable ouvert.

— Salut. J'ai décidé de continuer à chercher où Lloyd Zenko aurait pu croiser le chemin d'EG et j'ai ensuite décidé de vérifier si le portable trouvé sur Eric Pierce avait croisé celui de Zenko au cours de l'année écoulée.

— Qu'as-tu trouvé ?

— Rien.

Yael fronça les sourcils.

— Il aurait pu utiliser un prépayé. Ils auraient tous les deux pu utiliser des prépayés.

Alex acquiesça.

— Oui.

Elle savait qu'Alex commençait à douter qu'Eric Pierce soit Evi1Geni-us. Et, pour être honnête, elle aussi. Mais les données s'imbriquaient si parfaitement...

— As-tu croisé le portable de Pierce avec les lieux des meurtres ?

Alex hocha la tête.

— Aucune correspondance. Mais il y avait des résultats positifs pour d'autres lieux au moment des meurtres.

La mâchoire de Yael se crispa tandis qu'elle fixait le dossier RH d'Eric Pierce.

— Un employé de cette société a été envoyé sur des interventions à proximité des lieux où les crimes ont été perpétrés. EG a-t-il échangé son téléphone portable avec Eric Pierce, ou bien..., remarqua-t-elle, puis elle leva les yeux vers Alex tandis que les détails se mettaient en place. Il a échangé les dossiers des employés.

Le patron de Yael se pencha en avant et pointa l'écran.

— Il suffirait de permuter les numéros d'employés pour que s'affichent toutes les informations erronées concernant le planning de travail.

— Nous avons recoupé les lieux de travail avec les meurtres, et nous sommes tombés sur quelqu'un qu'EG a désigné comme bouc émissaire, remarqua Yael, qui avait envie de jurer. Mais EG doit travailler dans la même entreprise. Il doit savoir que nous sommes après lui, c'est pour ça qu'il a changé les numéros des employés.

Yael compara les coordonnées bancaires associées au numéro d'employé d'Eric Pierce, mais elles correspondaient à l'adresse de son domicile.

Il n'y avait aucun doute : EG savait qu'ils se rapprochaient. C'était la raison pour laquelle il avait tenté de la tuer la nuit précédente.

Elle devait dire à Alex que son assaillant avait pris le portrait de sa famille. Ce n'était qu'une question de temps avant qu'EG découvre sa véritable identité et la révèle au monde entier.

Cela ne changeait rien. Elle ne pouvait rien faire pour enrayer cela. S'en inquiéter ne les aiderait pas à attraper ce type. Cela pourrait lui valoir d'être retirée de la *task force*, et elle ne pouvait pas se permettre que cela se produise.

— Pourrions-nous demander à un manager s'il se souvient des personnes qu'il a envoyées à Houston pour le Nouvel An ? Ou bien voir s'ils ont enregistré un autre numéro d'employé pour Pierce que quelqu'un d'autre utilise maintenant ?

Ashley acquiesça et se tourna pour passer le coup de fil.

— Il a sans doute déjà couvert ses traces. Je doute qu'il se serve du numéro attribué à l'origine à Pierce. Ce serait trop facile à tracer, déclara Yael, découragée.

Elle consulta la liste des employés de l'entreprise. Il y en avait plus de mille. Elle leva les yeux vers Alex, un peu décontenancée.

— Il pourrait avoir déjà supprimé son véritable dossier, ou modifié la photo et les données dans la base des RH. C'est ce que je ferais pour brouiller les pistes. Je mélangerais quelques dossiers au hasard pour que nous ne sachions pas ce qui est vrai et ce qui ne l'est pas.

Alex la regarda fixement ; les rouages de son cerveau étaient visiblement en mouvement.

— On peut supposer qu'il échangerait avec quelqu'un ayant le même salaire et versant le même montant d'impôt, sinon Eric Pierce pourrait s'en apercevoir et poser des questions aux RH. En supposant qu'EG fasse toujours partie du personnel.

— C'était le cas il y a deux semaines, et je doute qu'il travaille gratuitement, répondit Ashley, posant la main sur le micro du téléphone ; manifestement, elle était en attente. Les narcissiques n'aiment pas donner quoi que ce soit.

— Ce type a des millions en cryptomonnaie, mais il touche un salaire ? s'enquit un autre agent.

Yael fronça les sourcils.

— Ce n'est pas si inhabituel. Même les gens qui ont de l'argent s'ennuient. Et peut-être se sert-il de son accès à l'équipement de sécurité ou aux données de l'entreprise pour commettre ses crimes.

Alex plissa les yeux.

— Comparons toutes les transactions salariales effectuées il y a un an avec les dossiers RH actuels.

— La société doit me contacter au plus tôt. Je pense qu'ils essaient de limiter les retombées possibles de cette affaire et qu'ils consultent des avocats à chaque étape maintenant, les informa Ashley, qui prit son ordinateur portable et s'assit à côté d'Alex. Je recouperai les informations sur les permis de conduire.

Un sentiment d'excitation envahit Yael. Cela pourrait marcher.

— Passons en revue chaque dossier individuellement. Je sors les relevés bancaires pour les paiements de salaire, et tu regardes qui sort dans les dossiers RH. Ashley, vérifie les photos sur les permis, ordonna Alex.

Yael acquiesça. C'était bien plus long de le faire individuellement, mais ils avaient moins de chance de passer à côté d'une anomalie.

Shane arriva, vint se placer derrière elle, et lui toucha l'épaule. Yael remarqua qu'ils étaient entourés d'une foule de gens. Mallory, Jack et le bébé étaient partis. Après la première heure, les gens s'éloignèrent pour vaquer à d'autres occupations vitales. Shane s'assit à côté d'elle, scrutant attentivement tous les écrans.

Sloan entra dans la pièce.

— Borisky nous a donné une description générale d'un homme blanc d'environ un mètre quatre-vingts, quatre-vingts kilos. Les cheveux foncés, presque noirs. Les yeux bleus. Nous avons un dessinateur qui travaille avec lui en ce moment même pour obtenir une meilleure image.

— Qu'avez-vous dû lui donner en échange ? s'enquit Shane sans lever les yeux.

Yael jeta un coup d'œil à Sloan, qui lui adressa un sourire légèrement diabolique.

— Je lui ai promis que le ministère de la Justice ne l'inculperait pas pour complicité de meurtre au premier degré. Il sera inculpé de détention et de vente d'armes, etc., ce qui signifie normalement un retour direct en prison, sans possibilité de dérogation. Mais le substitut a promis une peine avec sursis *si* le portrait que Borisky nous aide à établir conduit à une arrestation.

Si vous pouvez me fournir une photo dans les prochaines heures, je l'inclurai dans une série que je montrerai à Borisky, pour voir si nous pouvons obtenir une identification, dit-elle ensuite, car quelqu'un devait lui avoir expliqué ce que faisaient Yael et Alex.

Elle consulta sa montre.

— Je le fais transférer au centre de détention fédéral le plus proche dans la soirée.

Yael contracta la mâchoire et fit rouler ses épaules. Ils allaient aussi vite qu'ils le pouvaient, mais cela représentait tout de même une quarantaine de secondes par personne, ce qui signifiait qu'il leur faudrait peut-être toute la journée pour venir à bout de cette liste gigantesque.

Ils avaient mis en place un système : Alex lisait un nom, Yael et Ashley sortaient les dossiers RH et les permis de conduire correspondants. C'était monotone et ennuyeux après les cent premiers.

Shane lui tendit un soda et elle en but une petite gorgée. Elle avait besoin d'une dose de sucre.

— Ethan Grice, annonça Alex en épelant le nom de famille.

La recherche de Yael n'aboutit à rien. Elle se pencha en avant.

— Attends ! Il n'y a rien ici. Pas de dossier RH...

Yael regarda Ashley sortir le fichier des permis de conduire correspondant. Le document se chargea, et l'horreur la saisit.

— *Merde !* s'exclama Shane en se levant, et sa chaise bascula sur le sol.

— Vous le reconnaissez ? s'enquit Alex.

— Oui, répondit Yael, qui avait comme un goût de sciure dans la bouche. C'est le nouveau petit ami de Laura.

CHAPITRE VINGT-SEPT

— Hé ! J'ai trouvé un lien entre Ethan Grice et deux des victimes…, annonça Yael, penchée sur son ordinateur portable dans un coin de la petite cuisine.

— Lequel ? lui demanda Shane, qui avait une oreille tendue vers les préparatifs de la HRT.

— Jusqu'à il y a quatre ans, la victime numéro trois, Derek Vincent, était gardien de prison au centre de détention de Dresde où Ethan Grice purgeait une peine. Vincent a été licencié pour faute professionnelle et a falsifié les détails de cette période sur son CV. Et devinez qui était l'avocat de Grice ? Une certaine Phillipa Everard qui a ensuite épousé Douglas Laurent.

Phillipa Laurent était la juge qui avait été assassinée.

— Une idée de la faute professionnelle dont Vincent a été accusé ? s'enquit Shane avec un sentiment d'angoisse au creux du ventre.

Les grands yeux bruns de Yael croisèrent les siens.

— Il a été accusé d'agression sexuelle, mais n'a jamais été inculpé. Je suppose que l'administration pénitentiaire a voulu balayer ces allégations sous le tapis.

Il était logique que quelque chose d'aussi énorme dessine

une cible dans le dos de Vincent. Crois-tu qu'il a caché parmi des innocents des personnes contre lesquelles il avait une véritable rancune ? Ou bien toutes les victimes étaient-elles des cibles spécifiques ?

— Je pense qu'il a dissimulé ceux qu'ils considéraient comme coupables au milieu des victimes innocentes. C'est un bon moyen de se venger sans se faire prendre, intervint Ashley Chen en s'approchant d'eux. Je transmettrai cette information au BAU-4 et je verrai ce qu'ils en pensent. Bon travail, Yael.

Celle-ci hocha la tête et retourna à son écran. Shane regarda ses coéquipiers qui se préparaient pour l'assaut.

La *task force* s'était installée dans une suite d'hôtel vide, au bout du couloir de la chambre de Laura Bay.

Ron Borisky avait identifié le nouveau petit ami de Laura parmi cinq autres hommes bruns, incluant Eric Pierce, comme étant la personne à qui il avait vendu deux armes de poing, dont une avec un silencieux, un fusil d'assaut et des munitions. Pierce ressemblait de plus en plus à quelqu'un qu'*Ethan Grice* avait piégé, sachant que le premier prendrait un avocat et qu'il aurait l'air coupable à cause de la drogue qu'il vendait apparemment après les heures de travail.

Shane n'était pas navré pour l'homme qui se retrouvait à l'hôpital. Il avait préféré dégainer son arme sur un agent du FBI plutôt que de répondre à quelques questions simples. Il vendait de la drogue qui détruisait des vies, alors même qu'il avait un emploi bien rémunéré.

Les autres membres de la *task force* rassemblaient toutes les informations qu'ils pouvaient trouver sur Ethan Grice tandis que d'autres agents et la HRT se réunissaient à l'hôtel de Laura. Le radar laissait penser que la pièce était vide, mais personne ne voulait prendre de risque.

Ils avaient ratissé tout l'hôtel, faisant du porte-à-porte et demandant aux gens d'attendre à l'extérieur, de l'autre côté du bâtiment, au cas où la chambre de Laura aurait été piégée avec des explosifs. C'était peu probable, car EG avait perdu la possibilité d'utiliser des bombes lorsqu'il avait assassiné Lloyd Zenko. Mais ils n'avaient pas besoin d'un profiler du FBI pour savoir que ce psychopathe était en train de monter en puissance, et vite.

Le suspect était imprévisible, et il aimait faire du mal aux gens. Personne ne voulait prendre de risques.

Shane avait hâte de pouvoir se libérer de ce fichu plâtre et de rejoindre ses coéquipiers. Mais, dans le même temps, il appréciait de faire partie de l'enquête globale, d'autant plus que cela lui donnait l'occasion de passer plus de temps avec Yael.

Ils se rapprochaient de la capture de l'assassin de Scotty, le responsable de l'attaque de Yael avec un fusil d'assaut. Ils supposaient qu'Ethan Grice, alias Owen Froese, une autre fausse identité qu'il avait utilisée pour entrer en contact avec Laura en ligne, avait quitté le bar avec cette dernière la veille au soir, après avoir repéré Shane et compris, peut-être involontairement grâce à son amie, que Yael était seule et sans protection. EG avait sans doute réussi à soutirer l'adresse de Yael à l'autre femme, et Shane ne voulait pas imaginer la manière dont il s'y était pris.

Ce n'étaient que des conjectures, mais c'était tout ce qu'ils avaient pour l'instant. Cela, et le fait que Laura ne répondait pas à son téléphone ou ses mails et qu'elle semblait avoir disparu.

Et cela collait. Tout collait.

Alex Parker et Ashley Chen avaient ordonné que tous les mots de passe et codes de cryptage de l'entreprise et de la *task force* soient *à nouveau* modifiés immédiatement, afin que Laura ne puisse pas révéler d'informations vitales. Elle n'avait pas accès à tous les dossiers, mais elle savait ce qui s'était dit lors des réunions, et, là encore, personne ne voulait prendre de risques. Alex avait chargé des collaborateurs de scanner les systèmes au sein de son entreprise et du ministère de la Justice, à la recherche de toute corruption ou de tout virus qu'EG aurait pu y introduire.

Leur théorie était qu'EG avait, d'une manière ou d'une autre, identifié Laura comme la personne qui suivait les paiements en cryptomonnaie, qu'il avait vraisemblablement surveillé ses habitudes en ligne et qu'il s'était servi d'une application de rencontres pour l'approcher dans la vie réelle sans éveiller ses soupçons.

Yael semblait abasourdie par ces dernières découvertes.

Ils ne savaient pas *exactement* quand EG avait pris Laura en otage. Il avait totalement effacé les images des caméras de sécurité de l'hôtel des deux dernières semaines, et avait enregistré une séquence de vingt-quatre heures, réglée pour être jouée en boucle. La sécurité de l'hôtel n'avait pas encore compris. Ironiquement, l'hôtel était équipé du matériel et des logiciels de la société de sécurité pour laquelle Ethan Grice travaillait, ce qui avait dû apparaître comme un cadeau à cet enfoiré sadique.

À en croire les SMS que Laura avait envoyés à Yael, elle avait été victime d'une intoxication alimentaire au cours de la nuit, mais il était plus probable qu'EG l'ait neutralisée dès qu'elle avait quitté le bar. Il avait pu la droguer, ou la taser. La laisser attachée dans le coffre de son véhicule, avant de se garer sur le côté de la route, de traverser le ruisseau, et de ravager la maison de Yael avec des tirs d'arme automatique.

Shane regarda Yael, dont les yeux sombres semblaient hantés. Elle avait sans doute échangé des messages avec EG. Elle avait même prévu de venir ici et de voir Laura ce soir-là.

EG n'avait pas répondu lorsque Yael avait dit à Laura qu'elle était en route, et lui avait demandé si elle avait besoin de quelque chose. Cela aurait été trop parfait que ce type ait été assis à l'attendre et qu'il ait été confronté à quatorze membres d'une équipe d'assaut de la HRT lourdement armés et à deux chiens surprotecteurs.

Mais le suspect était très certainement parti depuis longtemps.

Une colère noire envahit Shane. Ethan Grice n'avait pas seulement tué son meilleur ami, volé le compagnon d'une femme et le père de leurs enfants. Il avait également terrorisé de nombreux innocents, pour le plaisir et pour l'argent. Il avait terrorisé Yael, pour qui Shane commençait à éprouver de réels sentiments.

Alex avait essayé en vain de localiser le portable de Laura. Il était éteint depuis la nuit précédente, juste avant l'attaque, et n'avait été rallumé que pour vérifier et envoyer périodiquement des messages. La localisation était masquée.

Cet enfoiré avait sûrement pris son pied en lisant à quel point Yael avait été terrifiée. Dommage qu'EG n'ait pas tenté de localiser le portable de cette dernière la veille. Le comité d'accueil aurait été ravi de le rencontrer.

Yael était pâle et tendue, le dos raide, les yeux baissés. Elle tressaillit quand Shane lui toucha le bras, et il se dit qu'il ne fallait pas le prendre personnellement.

— Tout est ma faute, marmonna-t-elle pour la vingtième fois.

— Ce n'est absolument pas ta faute, répliqua Alex Parker, qui avait l'air concentré d'un opérateur à cet instant.

C'était un homme en mission.

— J'aurais dû empêcher que cela se produise. J'aurais dû attraper ce type il y a bien longtemps. Je l'ai sous-estimé, c'est moi qui suis responsable.

C'était une scène familière pour Shane. Tout le monde se blâmait plutôt que d'en vouloir à l'enfoiré responsable.

Depuis le seuil de la chambre, il observait l'équipe Echo qui se rassemblait près de la porte. Ils s'étaient servis d'un radar, de fibre optique, et d'un drone pour surveiller l'intérieur de la pièce. Tout avait l'air vide et intact.

Ford Cadell tenait Hugo, qui semblait concentré et prêt à travailler, même s'ils doutaient qu'il y ait quelqu'un à appréhender à l'intérieur. Shane se crispa quand ils laissèrent Griffin déverrouiller la porte avec la carte de l'hôtel. C'était une bonne opportunité de formation en situation réelle. Dès que Griffin ouvrit la porte, l'équipe entra rapidement.

Moins de dix secondes plus tard, ils ressortirent de la chambre. Shane s'avança dans le couloir avec Novak pour rejoindre Cowboy. Il était conscient que Yael les suivait en silence, visiblement inquiète pour son amie.

Ryan secoua la tête.

— La chambre est vide.

Yael se passa une main sur la bouche. Alex Parker aspira une grande bouffée d'air.

Shane savait qu'ils s'étaient préparés mentalement à trouver le corps mutilé de Laura dans la salle de bains.

— Est-ce qu'il y avait des traces de lutte ? s'enquit Shane, qui aurait voulu entrer pour voir par lui-même.

Mais il savait que cela n'arriverait pas de sitôt. Les techniciens en charge de la collecte des preuves entreraient en premier. Ordre de Sloan.

Cowboy secoua la tête.

— Le lit est fait. La chambre semble inoccupée.

Il y avait de grandes chances que cet enfoiré l'ait emmenée avec lui depuis le bar, et, si Shane avait été homme à parier, il aurait dit que Laura Bay était la grande favorite pour devenir la prochaine victime en ligne d'EG, à moins que le FBI ne la trouve d'abord.

— Laura s'est bien enregistrée, dit Ryan.

Shane gratta impatiemment la peau sous son plâtre. Il était tenté de couper le plâtre, mais Novak l'enverrait à l'hôpital pour qu'on lui en pose un nouveau, ce qui lui ferait perdre du temps.

Cowboy hocha la tête.

— Cependant, rien n'indique qu'elle soit même entrée dans la chambre.

Ils repartirent dans la suite pendant que les techniciens prenaient le relais. Pour Shane, c'était une perte de temps, compte tenu de la quantité d'ADN qui devait passer par là chaque semaine. Cela représentait une nouvelle avalanche de preuves qui étoufferaient les détails qui permettraient d'épingler le suspect.

— Ont-ils localisé la voiture de Laura ? s'enquit Yael.

Ashley Chen, qui tapait sur son ordinateur, leva les yeux. Ils avaient lancé un avis de recherche plus tôt.

— Rien. Pour l'instant.

Yael sembla sur le point de dire quelque chose.

— Qu'y a-t-il ? la pressa Shane.

Elle avait un excellent instinct. Il voulait qu'elle croie davantage en elle.

— Vous avez dit que son véhicule n'était pas au bar. À mon avis, elle l'aura laissé là, avec ses bagages. Elle est venue ici après avoir déposé Tim à son hôtel en bas de la rue.

Tim Theriault surveillait toute nouvelle activité crypto sur un ordinateur portable près de la fenêtre. Le jeune homme semblait traumatisé.

— Owen, ou Ethan, ou quel que soit son nom, passe la prendre et la conduit au bar. Laura aime bien boire quelques verres, donc elle est ravie que quelqu'un d'autre soit le Sam. Et elle aurait voulu que ses bagages soient à la fois en sécurité et facilement accessibles à son retour.

Ashley fronça les sourcils.

— Un agent a vérifié le parking, mais je vais envoyer quelqu'un inspecter à nouveau avec la marque et le modèle.

— Ou bien, EG l'a prise, suggéra Novak.

— Je doute qu'il prenne ce risque. Et la voiture de Laura est un modèle haut de gamme. Il se méfiera de ce que nous pouvons tracer, remarqua Alex. Pour autant que nous le sachions, il conduit toujours la voiture qu'il a volée à Wayne Stockwell, avec de fausses plaques.

— Et l'ordinateur portable de Laura ? poursuivit Yael.

— Soit il l'a, soit il est dans sa voiture.

Yael se décomposa.

— Je n'arrive pas à croire qu'il l'ait enlevée. Qu'alors même que nous étions tous à sa recherche, il était juste sous notre nez pendant tout ce temps. Cette ordure m'a parlé dans un bar, et je n'ai même pas réalisé que c'était lui ! Tout ce qu'il fait, c'est dans le but de maximiser la douleur des gens.

Elle détourna le regard, s'essuyant les yeux. Comme si elle n'était pas au bord des larmes. Shane avait envie de la serrer dans ses bras, mais il devait la laisser faire preuve de professionnalisme devant son patron.

— Pourquoi avoir effacé autant de bandes vidéo si Laura ne s'est enregistrée qu'hier soir ? s'enquit Shane.

Peut-être étaient-ils venus ici pour des ébats rapides la semaine passée. L'idée était répugnante à présent, mais Laura avait été attirée par ce type, et elle avait cru qu'il s'agissait d'un rencard normal.

Yael fronça les sourcils.

— Tu crois qu'il aurait pu réserver une chambre ici aussi ?

— Pourquoi pas ? Ethan Grice savait que ce n'était qu'une question de temps avant que l'on découvre son identité par le biais de son lieu de travail. Eric Pierce était sa version du fil de détection de Lloyd Zenko, il lui a indiqué quand il était temps de prendre la fuite, dit Shane, croisant les bras. Il devait séjourner quelque part dans les environs.

Il avait officiellement pris des congés à son travail. Selon

Shane, il n'avait sûrement pas prévu d'y retourner. L'antenne locale du FBI à Charlotte cherchait son domicile, mais n'avait rien trouvé pour le moment.

— Je doute qu'il se soit déplacé d'un endroit à l'autre pendant tout ce temps. Il devait vouloir un point de chute, et il était déjà dans le coin il y a une semaine, quand il a eu son premier rendez-vous avec Laura.

Le FBI avait découvert qu'il avait effacé les données de son application de rencontres. En ligne, c'était comme s'il n'avait jamais existé. Tout ce qu'il restait, c'était un paiement à la société commercialisant l'appli, par le biais d'une autre carte de crédit volée.

Yael se redressa.

— En fait, c'est très logique. Voilà pourquoi il a effacé autant de vidéos de surveillance. Il a peut-être installé le système de sécurité ici, ou bien il l'a vu figurer dans des documents de l'entreprise. Dans tous les cas, il savait qu'il pouvait manipuler les caméras et les logiciels de cet endroit. Peut-être devrions-nous envoyer un message à tous les hôtels du pays équipés de ce système de sécurité pour qu'ils soient vigilants.

Ashley acquiesça et inscrivit une note sur sa tablette. Yael inclina la tête. Shane adorait voir son cerveau passer à la vitesse supérieure.

— Il est peut-être encore là, à nous regarder.

Alex la dévisagea, pensif.

— Il est sans doute parti depuis longtemps, surtout avec le FBI qui vérifie l'hôtel...

Shane se rappela le corps boursouflé de Wayne Stockwell dans la baignoire.

— Et il a sans doute nettoyé la chambre à la javel.

— Mais il est possible qu'il soit passé à côté de quelque chose. Nous devons découvrir s'il était là. Et ce qu'il conduisait quand il est parti.

Alex tapa quelque chose sur son ordinateur portable, puis il leva la tête vers eux.

— Il n'y a pas de réservation au nom d'un Owen Froese ou un Ethan Grice.

— Nous devons vérifier auprès de la réception, pour voir si quelqu'un le reconnaît. Il ne peut pas avoir tué toutes les personnes avec lesquelles il est entré en contact, et il ne peut pas avoir un stock illimité de fausses identités, remarqua Yael.

Shane espérait que ces deux affirmations étaient vraies.

— Il se peut que le ménage n'ait pas encore été fait, ou qu'ils aient oublié quelque chose. Et, à mon avis, il ne s'attend pas à ce que nous nous en rendions compte. Il doit partir du principe que nous allons penser qu'il a effacé la vidéo à cause de la présence de Laura, affirma Yael, qui semblait déterminée à présent.

C'était bien mieux que de la voir abattue.

Pour l'instant, ils n'avaient aucune preuve matérielle reliant EG à la fusillade chez elle, ni rien pour relier Ethan Grice à cette attaque ou aux autres meurtres. Ils avaient besoin de son ADN pour relier les crimes entre eux, en plus des preuves circonstancielles ou électroniques qu'ils avaient rassemblées.

Alex se leva.

— Où vas-tu ? lui demanda Yael.

— Parler au personnel de la réception. Voir si quelqu'un se souvient de notre homme.

Yael le suivit, et, après une brève hésitation et un coup d'œil à ses coéquipiers, Shane fit de même.

Une course contre la montre s'était engagée. Si EG s'en tenait à son calendrier habituel, il leur restait trois jours avant que Laura Bay ne devienne sa prochaine victime en ligne. Shane ne voulait pas que Laura ou Yael aient à subir cela. Il ne voulait pas qu'Ethan Grice leur tourne encore autour. Il voulait que ce type se fasse arrêter ou qu'il se vide de son sang dans la boue. Il voulait que Laura Bay soit secourue, en vie et indemne. Il voulait que Yael soit heureuse, et que son meilleur ami revienne. L'une de ces choses était impossible, mais les autres...

Il se battrait pour qu'elles se réalisent.

Ils regardaient tous les meurtres dans la salle de briefing de la *task force* : la mutilation et les meurtres de Derek Vincent et de Phillipa Laurent avaient définitivement quelque chose de plus personnel.

La bouche de Yael s'assécha devant la peur viscérale qui se lisait dans leurs yeux, et qui disait, aussi clairement que des mots, qu'ils savaient qu'ils étaient sur le point de mourir.

Tous deux avaient une paire de collants noués autour de leur bouche ouverte. Les victimes pouvaient crier et faire du bruit, mais les mots n'étaient pas discernables pour quelqu'un qui savait lire sur les lèvres. Le FBI accordait désormais une attention toute particulière aux victimes qui étaient bâillonnées de cette manière. Mais il pouvait tout aussi bien s'agir d'une autre façon de dissimuler les cibles qui permettraient de l'identifier.

Yael avait la nausée en regardant la violence et la cruauté qu'Ethan Grice exerçait sur les gens.

Grice avait été incarcéré pendant deux ans pour avoir piraté l'agence de renseignement de la défense et avoir ensuite tenté de vendre des secrets sur le dark Web. C'était avant que Cramer, Parker & Gray, Security Consultants soit engagé pour effectuer des tests d'intrusion sur les agences gouvernementales, et identifier les éventuelles menaces afin de déterminer comment y remédier. Il était possible qu'EG ait de la rancune à l'égard des personnes possédant les mêmes compétences que lui et qui profitaient d'un événement qui l'avait envoyé en prison.

— *Merde.*

L'expression d'Alex était tendue. Yael n'avait jamais vu son patron ébranlé auparavant, et cela l'inquiétait.

— EG vient de publier quelque chose. La prochaine vente aux enchères en ligne débutera demain à neuf heures.

— Il n'a jamais laissé passer aussi peu de temps entre les enlèvements et les meurtres ! protesta Yael.

Elle mit ses mains sur sa tête. Cela ne leur laissait pas assez de temps pour le retrouver.

Alex croisa le regard de Yael, qui cilla pour chasser ses larmes. Il ne s'agissait pas d'une victime inconnue, ce qui aurait été déjà assez terrible. Il était question de *Laura*. Leur amie et collègue.

Evi ı Geni-us avait eu vingt heures, depuis qu'il avait tiré sur sa maison, pour se rendre là où il avait prévu d'aller. Il était également possible qu'il n'ait pas quitté les environs, et qu'il ait continué à tuer comme à son habitude près du lieu de l'enlèvement. Ce type avait de l'argent. Il pouvait louer un jet privé et quitter le pays. Il pouvait être n'importe où dans le monde à cette heure.

Les cinquante-six divisions du FBI avaient été mises en état d'alerte maximale. Le portrait d'Ethan Grice avait été diffusé auprès des forces de l'ordre et des médias, et il figurait officiellement sur la liste des personnes les plus recherchées par le FBI.

Ils avaient trouvé la chambre d'hôtel où il avait séjourné, mais les recherches n'avaient rien donné de plus excitant que sa marque de shampooing préférée. Les techniciens chargés de la recherche de preuves collectaient des échantillons d'ADN dans l'espoir d'obtenir *quelque chose* de tangible.

Le bureau de la *task force* était relativement calme. La plupart des gens s'étaient rendus au bâtiment de l'Académie pour manger avant que la cafétéria ne ferme pour la nuit, mais Yael ne supportait pas l'idée de quitter son terminal. Elle n'arrivait pas à s'arrêter de chercher un indice sur l'endroit où se trouvait ce type ou Laura.

Shane lui offrit une part de pizza, mais son estomac se noua ; elle secoua la tête et se détourna de lui. Elle était consciente qu'il était troublé par son retrait émotionnel, mais peu importait combien de fois Alex tentait de porter le chapeau, c'était sa faute à elle. Elle avait parlé à cet homme. Il l'avait regardée droit dans les yeux et lui avait souri.

Elle avait la nuque raide et le bas du dos douloureux à cause des heures passées sur la chaise, mais elle ne pouvait pas partir. Elle devait l'attraper. Elle avait besoin de le mettre derrière les barreaux. Elle devait aider à retrouver Laura avant qu'il soit trop tard.

Alex était sur le dark Web, connecté à l'un de ses personnages de criminel.

Il tapait vite.

— Alex ? s'enquit Ashley, dont la voix s'éleva en signe d'avertissement. Qu'est-ce que tu fais ?

Elle était pâle et semblait fatiguée. La moue de son patron était sombre.

— *Oh, merde !*

Ashley ferma les yeux et poussa un grand soupir.

La bouche de Yael se dessécha lorsqu'elle vit ce qu'il avait posté sur un forum où l'on parlait régulièrement de ces crimes... et d'autres.

Alex avait accusé EG de mettre en scène un faux spectacle. Il affirmait qu'EG n'aurait jamais pu échapper aux flics la dernière fois s'il avait vraiment été en direct, et que le système de vote était truqué. Qu'EG lui volait son argent et qu'il voulait être remboursé.

Alex leva les yeux et soutint le regard d'Ashley.

— Crois-tu vraiment qu'il se montrera plus cruel avec elle simplement parce que je le dénonce ?

L'agent secoua la tête à contrecœur.

— Il aurait peut-être été utile de soumettre cette idée aux profilers d'abord.

— Je l'ai fait.

Ashley grogna.

— Frazer a convenu que nous n'avions rien à perdre à ce stade et que, avec un peu de chance, EG pourrait se mettre en colère ou être suffisamment arrogant pour commettre une erreur.

— Mais ce n'est pas contre toi qu'il sera en colère ! protesta Yael. C'est contre Laura.

— Regardez, leur dit Ashley, qui afficha son écran sur un moniteur visible de tous. Il est en ligne.

Yael commença à chercher d'où venaient les informations, mais, cette fois-ci, l'homme utilisait un VPN beaucoup plus sophistiqué. Il faudrait du temps pour le hacker. Mais elle était douée aussi. Elle devait le prouver.

Evi1 Geni-us : « Crippen » travaille pour le FBI. Son vrai nom est Alex Parker, et il possède une société de cybersécurité, au cas où quelqu'un voudrait s'attaquer à son business. Si vous vous demandez comment je le sais, c'est parce que l'une de ses employées sera ma prochaine invitée spéciale. Et oui, la dernière fois, j'ai enregistré le spectacle pour laisser une surprise aux flics, que vous avez tous pu voir en prime, alors cessez de vous plaindre, bande d'enfoirés. Cette fois-ci, je vous prouverai que c'est du direct, alors proposez vos propres idées pour la faire hurler. Elle est très jolie. Je vais prendre mon temps avec elle. Le FBI ne me trouvera pas. Elle va mourir, et ils regarderont. Vous payez, et je joue.

· · ·

Les réactions furent diverses : déconnexion immédiate, soutien à EG, demande de remboursement. Mais EG ne s'attarda pas à écouter les plaintes, et Yael n'avait pas encore commencé à isoler son signal qui rebondissait comme une balle de ping-pong sur trois serveurs proxys différents.

Et soudain, il disparut.

Alex inclina la tête.

— Tu dois prévenir les autres, dit Yael avec raideur. Tous les hackers du dark Web vont tenter de nous faire du tort, à nous ou à nos clients, ce soir.

Alex envoya un message à tous ceux qui étaient de service à Washington pour leur demander d'être à l'affût des cyberattaques. Le plus évident serait une attaque par déni de service. Si l'entreprise mettait son site Web hors service pendant quelques heures, cela leur couperait l'herbe sous le pied et les prendrait de vitesse. De toute façon, ce n'était pas comme s'ils obtenaient la majeure partie de leur chiffre d'affaires de cette manière. Il ne s'agissait que d'une façade destinée au public.

— Laura connaissait tous les identifiants que j'utilisais et qui recevaient les invitations aux ventes aux enchères. Elle y était obligée pour suivre la crypto. Comment allons-nous accéder à la prochaine vente aux enchères ? s'exclama Alex, furieux.

Ils étaient aveugles au moment où ils avaient le plus besoin de voir.

— Je peux nous faire entrer, dit Ashley d'une voix tranquille. J'ai un avatar sur le dark Web qui a déjà été invité auparavant, et la police de Los Angeles a une unité de lutte contre la cybercriminalité qui s'est infiltrée. Je connais l'inspecteur qui travaille sur l'affaire. Je vais prendre contact avec lui en guise de renfort.

Alex acquiesça. Pourtant, il avait l'air abattu, ce qui ne lui arrivait jamais, et Yael éprouvait la même chose.

— Tu dois faire une pause, lui dit doucement Shane à l'oreille.

— Ne me dis pas ce que je dois faire, répliqua-t-elle sèchement.

— Tu dois manger.

— J'ai mangé tout à l'heure.

— C'était il y a des heures, insista Shane, qui tira la chaise de Yael alors qu'elle était toujours assise dessus. Viens.

Alex leur jeta un coup d'œil.

— Ce serait une bonne idée de faire une petite pause. Nous allons encore passer une longue nuit.

— Très bien.

Yael ferma son ordinateur portable et sortit de la pièce à grands pas dans la nuit glaciale.

CHAPITRE VINGT-HUIT

À l'extérieur du bâtiment, Yael lança un regard noir à Shane, qui attendit qu'il soit assez près pour ouvrir la portière de son camion avant de le déverrouiller. Elle se réfugia à l'intérieur, retenant la colère, la fureur et la douleur qui brûlaient dans son être.

— Je n'apprécie pas qu'on me dise ce que je dois faire ! s'emporta-t-elle.

— Tu crois que je ne l'avais pas encore compris ? répliqua Shane, l'expression tendue alors qu'il claquait la portière.

Même si elle le repoussait, l'idée qu'il puisse aller quelque part lui faisait mal. C'était vraiment tordu de sa part ! Soudain, elle comprit : elle était en train de tomber amoureuse de lui. Après toutes ces années passées à ne s'attacher à personne, à ne sortir qu'avec des gens qu'elle n'appréciait pas, elle était en train de tomber amoureuse de cet homme qui représentait tout ce dont une version plus jeune et plus innocente d'elle-même avait rêvé.

Ils roulaient maintenant dans l'obscurité.

— C'était une erreur, lança-t-elle.

Il lui lança un regard.

— De quoi parles-tu ? demanda-t-il d'une voix dure et furieuse.

— Que nous ayons une relation, toi et moi

À présent, elle l'avait rendu furieux. Elle le voyait à la façon dont le muscle de sa mâchoire tressaillait. Shane quitta la route pour emprunter un petit chemin de terre, et s'arrêta au bord d'un lac. Il sortit du camion et se tint dans la lumière des phares, fixant l'eau.

Yael défit sa ceinture de sécurité pour le rejoindre, mais elle hésita. Le regarder lui mettait l'eau à la bouche tant elle le désirait. Ses épaules larges et sa taille étroite. Ses jambes puissantes largement écartées. L'avait-il fait délibérément ? Se tenait-il là pour lui montrer tout ce qu'elle allait perdre ?

Elle savait qu'elle ne pouvait pas le garder. Elle l'avait su dès le début de cette improbable liaison. Il ne resterait pas.

Au bout d'une minute, il se tourna et la regarda par-dessus le capot, même si elle devait être cachée dans l'obscurité.

Elle se tendit ; son cœur s'emballa, comme celui d'un animal traqué.

Elle éteignit les phares. Elle ne voulait pas voir ce qui allait lui manquer à chaque battement de son cœur.

Shane revint vers le côté passager du camion et ouvrit la portière de Yael, la tirant jusqu'à ce qu'elle trébuche sur lui. Il posa la main sur l'arrière de sa tête et abaissa ses lèvres sur les siennes, la plaquant contre la porte arrière du véhicule.

Aussitôt, le pouls de Yael s'accéléra, et elle lui rendit son baiser.

La bouche de Shane était affamée, insistante et elle enroula ses bras autour de son cou pour se rapprocher. Ils étaient seuls ici, la nuit était si noire qu'ils n'étaient rien de plus qu'une ombre. Il n'y avait personne alentour. Personne ne pouvait voir ce qu'ils faisaient. Heureusement, car elle ne voulait pas s'arrêter.

Il sentait les aiguilles de pin écrasées et un soupçon d'épices chaudes. Sa peau était chaude et douce, les muscles en dessous se contractaient.

Le désir se déchaîna dans son sang qui se mit à bouillonner.

Elle l'embrassa comme si elle était affamée : affamée d'attention, affamée d'affection, affamée d'amour. L'enroulement possessif des doigts de Shane contre son visage et l'angle de sa bouche nourrissaient cette faim. Elle avait envie de se fondre en lui et de ne jamais le lâcher.

Pourquoi lui faisait-il ressentir ça ? Chaque fois qu'il la touchait, elle s'enflammait, et elle avait beau savoir que c'était une erreur de le laisser se rapprocher, elle ne voulait pas que ça s'arrête. Même si elle savait qu'il finirait par lui briser le cœur.

Il tira le t-shirt de Yael par-dessus sa tête. Le métal de la porte était extrêmement froid contre son dos. Elle s'en moquait. Tout ce qui l'intéressait, c'était que cet homme la dévorait et qu'elle le dévorait aussi, et, pour l'instant, cela l'emportait sur tout ce qui se passait d'autre dans sa vie.

La main de Shane se referma sur son sein et il abaissa la bouche, traçant un chemin de baisers le long de son corps, suçant son mamelon jusqu'à ce que les mains de la jeune femme se resserrent dans ses cheveux. Ses doigts s'occupèrent de la fermeture de son jean, puis il le fit descendre le long de ses jambes, en même temps que sa culotte, tout en faisant très attention à ses pieds bandés.

— Dépêche-toi, lui intima-t-elle quand elle finit de retirer son pantalon d'un coup de pied.

Mais il la surprit en s'agenouillant. Il plaça l'une des jambes de Yael sur son épaule et l'obligea à écarter davantage ses cuisses avant de se pencher en avant pour goûter à son intimité brûlante.

Elle posa les mains sur les épaules de Shane, et laissa sa tête basculer en arrière contre la cabine, tandis qu'il déposait de doux baisers le long de ses replis intimes, jusqu'à ce qu'il s'arrête sur son clitoris avec une pression ferme. Son bras valide remonta et il lui pinça le mamelon. Elle sentit la réaction se propager de son sein jusqu'à son ventre, tandis qu'un frisson la secouait. Elle explosa dans un tourbillon de sensations.

Shane se releva, sortit un préservatif de sa poche arrière et le tendit à Yael. Ses mains tremblaient quand elle l'ouvrit. Il défit sa ceinture, et retira son jean tandis qu'elle faisait glisser le préservatif sur sa chair raidie.

— Accroche-toi à mon cou, grogna-t-il.

Yael fit ce qu'il lui disait.

— Et ton bras ?

— Mon bras va bien.

Shane hissa les jambes de Yael autour de ses hanches, et elle s'accrocha à lui tandis qu'il prenait position. Puis il s'enfonça en elle ; tous deux tremblaient quand il entama un mouvement de va-et-vient. Il protégea la tête de Yael du mieux qu'il le pouvait, mais elle s'en moquait. Elle voulait cette passion débridée, ce désir aveugle qui semblait le consumer autant qu'elle.

Il la déplaça et elle se sentit petite et délicate alors qu'elle était loin de l'être. Elle s'agitait et se poussait contre lui. Ses mains absorbaient sa force tandis qu'il s'enfonçait et se retirait, stimulant son clitoris encore et encore jusqu'à ce qu'elle soit au bord d'un nouvel orgasme.

— Lâche prise, bon sang !

Sa voix était rude, mais les baisers qu'il déposait sur ses lèvres et sa gorge étaient si doux qu'ils voltigeaient sur sa peau comme des papillons, puis se muèrent en dragons lorsque l'avalanche de sensations la submergea à nouveau. Elle planta ses ongles dans son dos en poussant un cri. Elle le sentit se raidir tandis qu'il se plaquait contre elle, palpitant entre ses jambes. Puis ils s'immobilisèrent le temps de redescendre progressivement sur terre.

Shane se retira avec précaution et reposa délicatement les pieds de la jeune femme sur le sol ; il s'occupa du préservatif tandis que le monde de Yael s'arrêtait lentement de tourner.

Il la fixa du regard un long et silencieux moment ; elle ne distinguait que très peu son expression à la lueur de la lune et des étoiles.

— Tu vas me dire que c'était une autre erreur ?

Le cerveau de Yael lui criait que oui, c'était une erreur, mais son cœur battant recommencerait encore un million de fois avec cet homme. Et c'était bien là le problème.

J'ai l'impression de sortir avec des femmes qui attendent de moi plus que ce que je suis prêt à leur donner.

Les paroles de Shane résonnaient dans l'esprit de Yael. Elle attrapa son t-shirt sur le sol et l'enfila, puis arracha son jean de l'herbe mouillée de rosée. Elle réprima un rire, sachant que le sexe ne résolvait rien. Il ne pouvait pas réparer ce qui était le plus brisé chez elle. Et il ne retiendrait Shane que jusqu'à ce que survienne l'événement suivant, qui mettrait au défi son cœur d'accro à l'adrénaline. Ou jusqu'à ce qu'il découvre la vérité.

Une fois rhabillée, elle lui dit d'une voix tranquille :

— Tu vas vraiment me dire que ce n'en était pas une ?

Shane prit son temps pour rajuster ses vêtements. Elle s'apprêtait à remonter dans le camion lorsqu'il lui saisit le poignet et la fit doucement tourner pour lui faire face.

— Tu sais, Yael, un jour, tu devras arrêter de fuir.

Elle s'immobilisa, puis s'écarta d'un coup sec.

— De la part d'un homme qui n'aime pas s'engager ?

Shane recula, même si elle voyait bien qu'il voulait la toucher.

— Je veux que tu me fasses confiance, que tu te confies à moi.

— Et je veux que tu me fasses suffisamment confiance pour que je n'aie pas à le faire.

Le cœur de Yael se serra douloureusement, et elle baissa la tête.

— Je te fais confiance, répondit Shane, fronçant les sourcils. Je sais qu'au début, j'étais un peu méfiant...

— Que veux-tu dire ?

Elle croisa les bras. Il hésita, passa une main dans ses cheveux épais, d'une manière qui lui donnait envie de fondre.

— Je voulais juste... Je voulais juste m'assurer que tu n'étais pas de mèche avec, euh... tu sais.

Yael encaissa le choc.

— Quoi ?

— C'était une possibilité que je ne pouvais pas ignorer.

Elle se raidit.

— Attends. Tu me soupçonnais de travailler avec ce monstre ? s'exclama Yael.

Cette idée la frappa de plein fouet, lui rappelant la douleur des pires jours de sa vie.

— Tu pensais vraiment que je pouvais être impliquée dans la torture et le meurtre de tous ces gens ?

Shane secoua la tête, comme pour nier ses propres paroles.

— J'étais dans un sale état après la mort de Scotty, et, après avoir perdu Montana...

— Quand as-tu acquis la certitude que je ne faisais pas partie du plan diabolique d'EG ?

Il ne répondit rien.

— Quand ? insista-t-elle, et sa voix porta sur le lac.

Elle l'entendit déglutir.

— J'ai vérifié ton téléphone quand tu étais sous la douche, le jour où nous avons trouvé Zenko.

Elle était stupéfaite. Elle ne s'était doutée de rien. Pourtant, après toutes ces années passées à être déçue par les gens, cela n'aurait pas dû être aussi douloureux. Le clair de lune effleura le profil de Shane. Cet homme était la perfection absolue et il lui avait fait éprouver plus de désir pour lui qu'elle n'avait jamais imaginé en éprouver pour quiconque. Et ce n'était qu'un mensonge.

— Était-ce la raison pour laquelle tu insistais pour rester près de moi ?

— Au début, avoua-t-il. C'était une petite partie de la raison, en tout cas. Au-delà de cela, c'était pour m'assurer que tu étais en sécurité, et aussi parce que je n'ai pas la moindre compétence en informatique et que, manifestement, tu en as.

— Tu t'es servi de moi.

La douleur lui brûla la poitrine. Shane était resté près d'elle pour être le premier à savoir quand et s'ils retrouvaient la véritable identité d'EG. Il avait appris à la connaître en raison de sa méfiance et parce qu'elle lui était utile. Le sexe était probablement un bonus inattendu.

— Je te trouve fantastique, Yael. Je n'étais qu'un idiot paumé qui a merdé, affirma-t-il, se passant une main dans les cheveux. Je crois que ce que nous avons pourrait être spécial. Je veux voir où cela pourrait aller...

Intérieurement, Yael se sentait gelée.

— Je croyais que tu n'avais pas de relations.

— Je pourrais. Pour toi, répondit-il, la voix brisée.

Le silence s'étira entre eux, jusqu'à ce que Shane le rompe enfin.

— Je ne suis pas en train de parler de se marier, mais bon sang, tu pourrais au moins me rejoindre à mi-chemin !

— Je l'ai fait, Shane, mais tu m'as menti, et je ne sais pas si je peux te le pardonner.

La vérité retentit, choquante dans son honnêteté. Et peut-être que faire la moitié du chemin ne suffisait pas pour une vraie relation, pas une relation construite sur des mensonges.

Shane jura, puis ils montèrent tous deux dans le camion et retournèrent en silence au bâtiment 64.

Elle ouvrit la portière pour sortir, sachant qu'elle devait en finir maintenant tant qu'elle avait un espoir de survivre avec un cœur ne serait-ce que vaguement intact.

— Je ne cherche rien de compliqué, Shane. Pour moi, c'était une façon de s'amuser et de se détendre dans une situation stressante. Je croyais que tu l'avais compris.

Elle s'obligea à le regarder droit dans les yeux tandis qu'elle proférait ses mensonges. De toute façon, il la détesterait bientôt.

— Il est sans doute préférable que les relations entre nous restent strictement professionnelles à partir de maintenant.

Alex se présenta à l'entrée principale, l'air tendu.

— Je crois que j'ai trouvé quelque chose.

Yael sauta du camion et entra dans le bâtiment, sans attendre Shane. Elle ne pouvait se résoudre à lui faire face. C'était trop douloureux.

CHAPITRE VINGT-NEUF

P lusieurs heures plus tard, Shane était toujours en colère
alors qu'Alex Parker et lui s'approchaient discrètement de
la maison d'Ethan Grice, à la périphérie de Charlotte, en Caroline du Nord. Ils étaient venus ici avec le jet de la société de
Parker.

Yael était toujours à bord de l'avion, avec Ashley Chen. Le
reste de la *task force* était réparti entre Quantico et la base
aérienne d'Andrews, prête à décoller dès qu'elle aurait une localisation potentielle pour Grice. Les équipes SWAT à travers le
pays étaient en état d'alerte, tout comme l'équipe Blue de la
HRT, qui s'entraînait actuellement sur la côte ouest.

Le fait que Yael l'ait repoussé quelques secondes après avoir
joui dans ses bras le rendait fou, comme si la connexion sexuelle
qu'ils partageaient n'avait rien d'extraordinaire. Il était encore
furieux, surtout contre lui-même.

Pour la première fois depuis des années, il était celui qui
cherchait à prolonger une relation. Ils semblaient partager
quelque chose de remarquable. Il se sentait comme un imbécile
de ne pas avoir été complètement honnête au début, mais, au

moment, il avait des inquiétudes légitimes et n'avait pas les idées très claires.

Là, elle s'était fermée à lui et il n'aimait pas ça. Absolument pas.

Ego de mâle ? Peut-être.

Il comprenait qu'elle soit en colère contre lui à cause de son manque de confiance et de l'intrusion dans sa vie privée, mais, étant donné qu'EG avait effectivement infiltré le groupe de travail par l'intermédiaire de l'équipe de Parker, ses premiers soupçons n'étaient pas si éloignés de la réalité. Elle était effrayée, mais, pour lui, ce n'étaient pas ses actes qui lui faisaient peur, mais plutôt l'idée de s'engager avec quelqu'un, ce qu'il comprenait tout à fait. Mais elle était toujours en danger à cause de cet enfoiré de psychopathe. Ce n'était pas comme s'il pouvait s'en aller et la laisser se débrouiller seule, même s'il le voulait.

Il comprit qu'ils devaient d'abord attraper cette ordure, et qu'ensuite il pourrait travailler sur sa relation avec Yael.

— Ça me rappelle la maison de Mallory quand nous nous sommes rencontrés, ironisa Alex en jetant un coup d'œil aux maisons à la lisière des arbres. D'ailleurs, au point où nous en sommes, nous pourrions nous tutoyer, non ?

Shane grogna. Il aimait bien Alex, mais il n'avait pas envie de parler de la vie parfaite de ce type, ou de sa femme idéale.

Ce dernier lui lança un regard.

— Vous vous êtes brouillés avec Yael ?

— Qu'est-ce qui nous a trahis ?

— Oh ! Je ne sais pas... Peut-être le silence glacial, à moins que ce ne soit l'atmosphère gênante du vol pour venir ici ? À moins que ce ne soit ton attitude morose actuelle. J'en déduis qu'il y a eu une dispute ?

Shane émit un autre son évasif. Il ne voyait pas l'expression d'Alex dans l'obscurité. Ils étaient tous deux entièrement vêtus de noir, avec des cagoules et des gants fins. Pas de marque ou d'insigne du FBI. Ils brillaient tous les deux d'un vert fantomatique à travers les lunettes de vision nocturne. Ashley Chen avait déclaré qu'il valait mieux qu'elle ne sache rien de cette opération hors cadre.

— Difficile de se disputer quand l'autre personne refuse de vous parler.

Prétendre qu'elle ne s'intéressait à lui que pour le sexe ? C'était risible. Il avait eu beaucoup de relations uniquement sexuelles, et ce n'était pas ça. Yael était trop complexe pour qu'une relation soit aussi simple ou superficielle. Ce qui le surprenait vraiment, c'était qu'il en voulait plus.

— J'ai merdé, admit Shane. Au début, je me suis méfié d'elle. Je me suis dit que s'il devait y avoir une fuite dans le groupe de travail, ce serait quelqu'un comme elle, ou comme toi.

Il lança un regard à Alex dans l'obscurité. Leurs voix étaient réduites à des murmures. Il poursuivit.

— Des gens capables de manipuler Internet pour qu'il raconte ce que vous voulez qu'il dise. Elle n'était pas très contente quand je le lui ai avoué tout à l'heure.

— Ah ! J'ai l'habitude que les gens se méfient de moi, et, franchement, je ne fais confiance à personne dont je n'ai pas vérifié les antécédents depuis la maternelle, expliqua Alex, qui marqua une nouvelle pause, tout comme Shane. Mais Yael a connu de mauvaises expériences de vie.

— Ah oui ? Bienvenue au club.

— Tu as toujours eu quelqu'un sur qui t'appuyer. Ta famille, tes amis des forces spéciales, tes coéquipiers.

Alex Parker semblait en savoir beaucoup sur lui. Peut-être était-ce à cause des questions de Shane l'autre jour au motel. Peut-être était-ce le fait qu'il couchait avec son employée... ou plutôt qu'il *avait* couché avec son employée avant d'être largué sans cérémonie après le meilleur rapport sexuel de toute sa vie.

Alex poursuivit, heureusement inconscient des pensées vagabondes de Shane.

— Cela fait très longtemps qu'elle n'a eu personne dans sa vie.

Et maintenant, sa meilleure amie avait été enlevée par un dingue. L'humeur de Shane se dégrada encore plus.

— En fait, elle vient seulement de prendre conscience qu'il y a des gens dans le monde en qui elle peut avoir confiance.

Shane contempla l'ombre d'Alex, et sa réprimande pas si subtile.

— Que s'est-il passé ?

— Ce n'est pas à moi de raconter cette histoire, déclara simplement l'autre homme.

Frustré, Shane serra les dents.

— Pour information, je ne crois pas qu'elle ait parlé de son passé à qui que ce soit. Pas même à Laura.

— Mais tu sais tout ? s'enquit Shane.

— Je l'ai découvert avant de lui proposer un emploi.

— Est-ce qu'elle était au courant ?

Alex secoua la tête.

— Non. Contrairement à certaines personnes, je sais quand il ne faut pas insister.

Merde !

— Je sais ce que c'est de ne pas savoir à qui on peut faire confiance. De ne jamais se sentir complètement digne des personnes auxquelles on tient...

Shane tenait à Yael, et il croyait qu'elle tenait à lui aussi. Ses sentiments pour elle étaient plus forts qu'il ne l'avait imaginé, et il ne les avait pas anticipés. Ce qui avait commencé par l'exploitation de ses connaissances en informatique avait évolué vers bien plus que cela.

Mais peut-être était-ce mieux d'en finir maintenant, avant que l'un ou l'autre ne soit blessé. Son métier n'était pas propice aux relations. Il s'absentait pendant plusieurs semaines d'affilée, et il était de garde le reste du temps. De plus, elle ne favorisait pas sa concentration, et le manque de concentration entraînait la mort des gens.

Il songea à Scotty et Grace, et une sensation acide lui brûla l'estomac. Ils avaient tous les deux tout perdu. Ce n'était pas le moment de penser à sa vie amoureuse. Il était temps de se concentrer sur l'arrestation de l'assassin de Scotty. Peut-être qu'alors ils pourraient tous passer à autre chose.

Ils continuèrent à se déplacer furtivement dans les bois, toujours à une certaine distance de leur cible.

Alex n'en avait pas encore fini avec lui.

— Avant de rencontrer Mallory, je ne laissais personne m'approcher. Je me disais que c'était pour protéger les gens, mais, en réalité, j'avais peur. Peur du rejet. Peur qu'ils me jugent indignes d'eux s'ils connaissaient toute la vérité.

Shane lui adressa un regard. Parlait-il de sa carrière d'assassin pour la CIA ?

— Je doute que Yael ait des antécédents en matière d'opérations secrètes.

Alex rit à contrecœur.

— Non, mais c'est une âme tendre, et elle a des raisons de protéger ses émotions.

Cette âme tendre l'avait balancé comme s'il était une grenade sur le point d'exploser. Ses sentiments à ce sujet n'avaient pas semblé lui importer. Au bout de quelques minutes, ils arrivèrent à destination.

— C'est l'endroit.

Ils restèrent à observer pendant cinq longues minutes, mais il n'y avait pas la moindre trace d'activité à l'intérieur. Alex traversa en silence la pelouse abîmée par le gel. Ils atteignirent la porte arrière, et, en moins d'une minute, Alex avait crocheté la très coûteuse serrure.

— Attends.

Il leva la main, sortit une sorte d'appareil et le mit en marche. Il envoya ensuite un message, et, vingt secondes plus tard, tout le quartier se retrouva plongé dans l'obscurité. Alex ouvrit la porte en douceur et se dirigea droit vers le système d'alarme qui commençait à émettre des bips grâce à l'alimentation de la batterie auxiliaire. Les bips se rapprochèrent, et Shane se prépara à agir rapidement si l'alarme se déclenchait.

Un triple bip indiqua à Shane que le système était désarmé ; ils étaient tranquilles.

— EG ne va-t-il pas savoir qu'il y a quelqu'un dans sa maison ? murmura Shane.

— Pas avec mon petit gadget. Et j'ai activé un bloqueur de signaux, qui empêche tout dispositif d'écoute ou toute caméra d'émettre dans un rayon de dix mètres, au cas où il en aurait caché à l'intérieur de la maison. Avec un peu de chance, s'il remarque des interférences sur l'un des flux, EG mettra ça sur le compte de la coupure de courant.

— Combien de temps avant que la compagnie d'électricité rétablisse le courant ?

— Nous devrions avoir environ trente minutes. Si EG se penche sur la question, il constatera qu'il y a une coupure de courant dans la région. Et Yael est prête à traquer toute personne qui ne se trouve pas dans les environs immédiats et qui vérifie les coupures de courant.

La bouche de Shane se tendit.

— Malin.

— Une idée de Yael.

Comme si Shane ne l'avait pas déjà deviné.

Alex releva ses lunettes de vision nocturne, et tous deux allumèrent leurs lampes de poche à faisceau rouge. Le reste du FBI n'était pas encore au courant pour cet endroit. Alex voulait chercher la crypto avant que l'équipe de collecte de preuves arrive, car cela les ralentirait. Il voulait troquer la vie de Laura contre la fortune d'EG.

— Tu crois vraiment qu'il a laissé l'argent ici ?

— Oui. Il ne fait pas confiance aux banques, et il ne croit pas que nous trouverons cet endroit, expliqua Parker.

La maison était enregistrée au nom d'une société et cachée sous des couches et des couches de sociétés-écrans.

— Je doute qu'il prenne le risque de tout porter sur lui en cas d'agression ou d'arrestation. Il n'y a pas la totalité de l'argent, mais je parierais qu'il y en a la plus grande partie.

Shane était conscient que, dans l'idéal, ils auraient surveillé l'endroit et arrêté cet enfoiré quand il rentrerait chez lui pour récupérer l'argent. Mais EG avait Laura et personne ne voulait qu'elle meure.

— Par où commencer ?

— La *panic room*.

— Tu as vu les plans ? demanda Shane, surpris.

Alex secoua la tête.

— C'est plus simple que ça. Dès que j'ai localisé la propriété, j'ai trouvé une ancienne annonce immobilière. Il y est fait mention d'une *panic room*.

— Il n'a jamais tué ici, n'est-ce pas ?

Shane ne voulait pas contaminer les preuves d'une scène de crime s'il pouvait l'éviter.

— Pas à notre connaissance, mais tout est possible.

Un frisson parcourut le dos de Shane. Ethan Grice était un tueur en série sans morale ni empathie. Qui savait quand il avait commencé à exercer son commerce macabre. Shane suivit Alex jusqu'à une grande bibliothèque ; ils comprirent rapidement le mécanisme d'ouverture et écartèrent les portes. Derrière les étagères se trouvait une porte en acier.

— Acier de dix centimètres d'épaisseur, avec une plaque intérieure en acier carbone de calibre 10. Onze pênes forment le mécanisme de verrouillage, qui est également doté d'un dispositif de protection électronique.

— Très bien. Comment on entre ? demanda Shane en observant la porte. Je pourrais sans doute faire sauter les charnières et les pênes.

— La quantité d'explosifs nécessaire pourrait détruire tout ce qui se trouve à l'intérieur, ce qui est très bien, sauf que je veux garder les portefeuilles matériels intacts.

L'idée de donner l'argent à Grice laissait un mauvais goût dans la bouche de Shane, mais il n'était pas sûr de pouvoir vivre avec l'autre option non plus. Avec un peu de chance, ils pourraient attraper ce type pendant l'échange, *s'il* mordait à l'hameçon.

Alex se pencha plus près pour examiner le verrou électronique qui fonctionnait désormais sur une sorte de système d'alimentation auxiliaire. Il retira la plaque frontale et attacha un autre petit gadget électronique à certains des fils. Puis ils attendirent.

Chaque seconde qui s'écoulait faisait monter la tension. Les cheveux de Shane se dressèrent sur sa nuque. Et si cette ordure avait piégé cet espace ?

Cinquante secondes lui parurent une éternité, mais, finalement, la serrure cliqueta, et Alex poussa le levier, le fit tourner en rond jusqu'à ce que la porte se déverrouille et s'entrouvre.

Shane la bloqua avec son pied, et balaya l'ouverture avec sa lampe de poche. Satisfait, il déplaça sa jambe.

— Ça a l'air dégagé.

Ils entrèrent. Un canapé confortable était installé devant une télévision et une console de jeux. Il y avait également un bureau, ainsi qu'un ordinateur qui était actuellement éteint.

Un grand réfrigérateur se trouvait dans un coin et il y avait également des petits WC chimiques. L'endroit était équipé de suffisamment de provisions pour tenir un mois, facilement.

Un sweat-shirt était accroché au dossier de la chaise, mais, en dehors de ça, la pièce ne donnait aucune indication sur la personne qui en était propriétaire. Pas de photographies ni d'œuvres d'art. Pas de livres ni de magazines. Ce n'était pas beaucoup plus confortable qu'une cellule de prison, ce qui était très ironique.

Alex se dirigea vers le bureau, dont il ouvrit les tiroirs avec précaution.

— Bingo.

Shane prit quelques photos avec son téléphone. Alex glissa quelque chose qui ressemblait à s'y méprendre à des clés USB et à des porte-clés dans un sac de preuves que l'autre homme lui tendit.

Shane vérifia ensuite le reste de la pièce, et trouva deux autres portefeuilles à côté d'une petite unité de surveillance placée près de la porte.

— Tiens.

Alex prit des photos, et mit ces deux dernières preuves dans le sac également.

— Pourquoi en a-t-il autant ? Je croyais qu'on pouvait stocker des milliards sur un seul portefeuille ?

— Sans doute au cas où il en perdrait un : il ne veut pas mettre tous ses œufs dans le même panier. Je suppose qu'il en a beaucoup sur lui, au cas où il aurait besoin de fuir, mais ça, c'est son plan de retraite.

— On dirait qu'il avait prévu de se cacher ici si jamais les flics le retrouvaient. Ça aurait pu marcher aussi.

— Le FBI va surveiller cet endroit au cas où il déciderait d'y revenir, mais une fois qu'il aura compris que nous l'avons délogé, je doute qu'il réapparaisse, à moins qu'il ne pense que nous sommes passés à côté de quelque chose.

Ils sortirent de la *panic room* et refermèrent la porte. Alex remonta le clavier, puis il retira son gadget du panneau d'alarme.

En silence, ils franchirent la porte et s'enfoncèrent dans les arbres sans laisser la moindre trace de leur passage. Alex envoya un message à Yael, et, quelques secondes plus tard, les lampadaires lointains et les maisons se rallumèrent.

Shane consulta sa montre. Le temps pressait pour Laura Bay.

— Tu crois qu'il va marcher ?

Alex resta silencieux. C'était à peu près le seul espoir qu'ils avaient à cet instant.

— Où sont-ils ?

La bile brûlait le fond de la gorge de Yael chaque fois qu'elle pensait à Laura livrée à la merci de ce monstre. Elle regarda l'heure. Deux heures trois du matin. Il ne leur restait que quelques heures avant que les enchères soient lancées, et que tous les psychopathes du monde puissent enchérir sur la pire façon de torturer et d'humilier son amie.

Ashley consulta un message sur son portable.

— Ils sont de retour.

Elle s'approcha de la porte du jet et l'ouvrit. Shane et Alex entrèrent, et Ashley referma rapidement derrière eux.

Yael essaya de ne pas penser à la beauté de Shane, tout de noir vêtu. Elle ne savait pas vraiment pourquoi un homme lui semblait être la meilleure chose au monde tout en étant bardé d'armes, tandis qu'un autre lui retournait l'estomac en ne tenant rien de plus sinistre qu'un tournevis.

— Vous les avez trouvés ?

Shane acquiesça, et une vague de soulagement l'envahit. Alex sortit de l'une de ses poches un sac contenant six portefeuilles matériels différents. Il les tendit à Ashley.

Yael s'assit devant l'ordinateur et incorpora une balise dans les métadonnées de l'une des photos qu'Alex lui avait envoyées. Elle leur indiquerait où, quand et sur quel appareil l'image serait ouverte.

Le plan consistait à ce que le patron d'Ethan envoie un e-mail à l'adresse professionnelle de Grice, dont l'objet indiquerait qu'il avait besoin d'une information urgente de sa part. L'e-mail en lui-même contiendrait la photo, ainsi qu'un message d'Alex invitant EG à les contacter sur un numéro de téléphone portable s'il voulait récupérer sa crypto. S'il faisait du mal à Laura, il ne reverrait rien de son argent.

Grice avait réglé les paramètres de sa messagerie professionnelle pour qu'elle affiche le HTML sans les images, mais Yael avait remplacé ses instructions précédentes. Il y avait de fortes chances qu'il ne se rende compte de rien avant qu'il ne soit trop tard. Ils espéraient que cela leur permettrait de se faire une idée de sa localisation. Au pire, cela ferait savoir à cet enfoiré qu'Alex détenait sa fortune en cryptomonnaie.

En attendant, ils devraient patienter.

Shane rangea son fusil d'assaut dans une pièce à l'arrière de l'avion et Yael se crispa lorsqu'il vint s'asseoir à côté d'elle. Elle croisa ses yeux verts orageux.

— Ne t'inquiète pas. Je peux me comporter de manière professionnelle, lui dit-il, esquissant un petit sourire. Même quand je n'en ai pas envie.

Une boule se forma dans sa gorge. Soudain, les larmes menacèrent de couler ; elle cligna des yeux et détourna le regard. Elle acquiesça. À la fois reconnaissante, et le cœur brisé.

Elle regarda Ashley et Alex travailler sur l'e-mail et se mettre d'accord sur le texte avant de l'envoyer. Il était possible qu'EG ne consulte aucune messagerie de peur d'être repéré, mais l'autre option était d'annoncer qu'ils avaient la crypto sur le dark Web, ce que le criminel considérerait probablement à la fois comme une humiliation et comme un défi. Ce genre de lâche ne pouvait que déverser sa colère sur une innocente.

Yael serra les poings.

— Que faisons-nous maintenant ?

Ashley lui jeta un regard, puis à Shane.

— Nous attendons.

— Nous allons décoller et faire route vers l'ouest pendant un moment, annonça Alex.

La HRT avait des avions prêts à partir en quelques minutes sur les deux côtes.

— Pourquoi ne dormiriez-vous pas un peu ? suggéra-t-il.

Yael avait du mal à garder les yeux ouverts.

— Je ne veux pas.

— Je te réveillerai si nous entendons quoi que ce soit, lui dit Shane.

Elle lui jeta un regard, et l'atmosphère sembla s'épaissir entre eux. Elle expira une grande bouffée d'air. Puis elle hocha la tête. Dormir semblait logique. Elle était épuisée, et elle ne voulait pas réfléchir. Elle ferma son ordinateur portable et trouva un canapé où s'allonger.

CHAPITRE TRENTE

Ethan ouvrit son téléphone pour chercher le drive le plus proche sur cette portion d'autoroute déserte lorsqu'il constata qu'il avait reçu une notification d'e-mail de la part de son patron. En ricanant, il cliqua sur le message, s'attendant soit à des ragots sur cet arrogant abruti d'Eric Pierce qui, avec un peu de chance, avait succombé à ses blessures, soit à une demande d'écourter ses vacances et de venir travailler, car ils manquaient désormais de personnel.

Imaginer la tête de son patron lorsqu'il découvrirait qui Ethan était vraiment, et comment il s'était servi de son travail pour échapper à la capture ? *Ah !* Il éprouva une vive impatience pendant que le message se téléchargeait. Puis, pris de panique, il se rangea sur le bas-côté et freina brusquement.

Putain, putain, putain.

Il appuya sur le bouton de déconnexion et resta assis, la respiration haletante, de la sueur perlant sur son front. Le sang rugit dans ses oreilles, jusqu'à ce qu'il n'entende plus rien d'autre que les battements frénétiques de son propre cœur.

Putaaaaain !

Son VPN devrait tenir le coup, mais les fédéraux pourraient

être en mesure de localiser l'antenne-relais qui avait capté son signal. Il devait bouger. Il devait s'éloigner d'ici le plus vite possible. Pourtant, il n'alla nulle part. Il examina à nouveau la photo. Et sa fureur enfla jusqu'à devenir de la lave dans ses veines. Ils avaient volé son argent. Alex Parker et cette garce s'étaient introduits chez lui, et avaient volé sa crypto. Il leur faudrait du temps pour hacker les portefeuilles, mais il ne se faisait pas d'illusions : ils y parviendraient. Parker disposait des ressources et des cerveaux nécessaires pour y arriver. Tout ce travail et toutes ces difficultés, et ces enfoirés l'avaient arnaqué.

Ethan ne pensait pas qu'ils le lui rendraient. Toute tentative de négociation serait en réalité un piège dans lequel il tomberait, avant de retourner en prison. Il n'avait pas l'intention de passer le reste de sa vie dans le couloir de la mort.

Peut-être pouvait-il se rendre en Afrique, ou dans un pays qui n'avait pas conclu de traité d'extradition avec les États-Unis. Il emmènerait cette garce avec lui. Il négocierait de là-bas. Il avait suffisamment de contacts en ligne pour pouvoir se retourner, monter sur un bateau et se créer une nouvelle identité avant même d'atteindre un port de l'autre côté de l'océan.

Ses mains se crispèrent sur le volant.

Des lumières rouges et bleues clignotaient dans son rétroviseur : il se rendit compte qu'une voiture de patrouille était derrière lui.

— *Merde.*

Il regarda le policier descendre lentement de son véhicule, ajuster son bonnet, et commencer à marcher vers lui.

Ethan baissa la vitre de quelques centimètres, tout en plaçant son arme hors de vue.

— Désolé, monsieur l'agent. Je me suis garé pour consulter mon téléphone.

L'homme se pencha plus près.

— Vous savez que vous avez un feu arrière éteint ?

Ethan cligna deux fois des yeux.

— Non, monsieur. Je ne savais pas.

La route était vide. Il n'y avait aucun phare, ni dans un sens ni dans l'autre.

— Permis et carte grise.

Le policier écarquilla les yeux en entendant des bruits étouffés provenant du coffre. Ethan tira deux fois à travers la portière, directement dans le torse de l'homme.

— Il fallait que tu gâches ma journée, hein, sale garce ? hurla-t-il.

Il n'y avait qu'une seule raison pour que le feu arrière soit endommagé. Un sanglot se fit entendre dans le coffre.

Il enfila ses gants avant de sortir de la voiture et d'enjamber le corps massif de l'homme. Rapidement, il ouvrit le coffre pour s'assurer qu'elle était toujours attachée. Laura le regarda avec des yeux rougis.

Elle cilla à cause des phares de la voiture de police. Elle avait les mains liées, mais elle avait tout de même réussi à tirer les fils du phare. Il s'empressa de tout remettre en place. Puis il attrapa son taser et frappa Laura avec une impulsion de cinq secondes. Ses yeux se révulsèrent, et elle trembla comme si elle faisait une attaque.

— Recommence, et je te ferai tellement souffrir que tu regretteras de n'être pas déjà morte.

Il referma le coffre, puis saisit le flic par les pieds et le traîna dans l'herbe épaisse au bord de la route. Il arracha la caméra-piéton de sa veste.

Il le traîna jusqu'au talus, puis s'assit sur le sol gelé et le frappa des deux pieds pour le faire rouler. Ensuite, il monta dans la voiture de patrouille et en sortit la caméra du tableau de bord ainsi que l'ordinateur. Il éteignit les phares et le moteur, descendit de la voiture et la poussa hors de la route, lui faisant dévaler le talus en direction de l'agent mort. Puis il rouvrit le coffre et Laura s'éloigna de lui tant qu'elle le pouvait. Il sortit un autre jeu de fausses plaques d'immatriculation et entreprit de les poser sur le véhicule. Il faisait un froid de canard, et, même avec des gants, ses doigts étaient presque engourdis. L'affaire lui prit près de dix minutes, et il venait juste de terminer lorsqu'une voiture se dirigea vers lui, les phares bien visibles dans l'obscurité. Il grimpa alors derrière le volant, s'engagea prudemment sur l'autoroute et appuya sur l'accélérateur. Il allait faire en sorte que Laura, Yael et Alex Parker regrettent tous de lui avoir fait un coup pareil. Puis, une fois qu'il se serait occupé de Laura, et qu'il aurait un peu renfloué ses coffres, il quitterait le pays et commencerait une nouvelle vie.

Ethan savait comment gagner de l'argent sur Internet, et comment éviter de se faire prendre. Il le faisait depuis des années. Il ne lui faudrait pas longtemps pour reconstituer sa fortune.

Malheureusement, il ne faudrait pas non plus longtemps à Laura pour mourir. Pour la millionième fois, il maudit la chance de Yael, et sa propre malchance. Mais son plan actuel la ferait souffrir, et, un jour, quand elle s'y attendrait le moins, il la ferait payer.

CHAPITRE TRENTE-ET-UN

Shane avait fait une sieste, mais il était maintenant bien réveillé, essayant de ne pas fixer Yael qui travaillait sur l'un des canapés à l'arrière du petit avion. Elle avait les yeux cernés. Les traits tirés. L'inquiétude pour son amie se lisait dans son expression. Au moins, elle avait pu se reposer un peu.

— Comment vont tes pieds ? lui demanda-t-il.

Elle leva les yeux, surprise.

— Ils vont bien. Un peu endoloris, mais en voie de guérison.

Il acquiesça ; il y avait un million de choses qu'il aurait voulu lui dire, et il ne pouvait en prononcer aucune. La tension montait à mesure qu'approchait le début de la vente aux enchères.

— Une tempête approche par l'ouest. Je vais demander au pilote de faire le plein à Wichita, pendant que nous pouvons encore atterrir, dit tranquillement Alex.

Shane hocha la tête. Wichita était un endroit aussi propice que n'importe quel autre, et central s'ils parvenaient à obtenir une localisation pour Grice. Ils n'avaient toujours aucune idée précise de l'endroit où se trouvait ce type. L'équipe d'Alex à Washington travaillait sans relâche pour trouver une trace de lui dans l'univers électronique, mais, jusqu'à présent, ce type était un fantôme.

Tout le monde était sur les nerfs. Ils avaient éprouvé une certaine excitation quand EG avait ouvert l'e-mail, mais il disposait d'un VPN sophistiqué. Yael n'avait pu que réduire la zone au Kansas, au Nebraska et au Colorado.

Il n'avait pas encore répondu au message d'Alex : soit il réfléchissait à ses options, soit il avait décidé que récupérer l'argent ne valait pas la peine de courir le risque de mourir ou d'être incarcéré.

Ashley Chen était aux toilettes pour se rafraîchir. Tout le monde allait devoir être au top de sa forme pendant les prochaines heures.

Le téléphone professionnel de Shane sonna.

— Hé ! J'ai un message de Sloan, annonça-t-il, et il le lut à voix haute, même si tous les membres de la *task force* l'avaient reçu. Un agent de la police routière a été tué par balle sur une route rurale près de Limon, dans le Colorado, vers trois heures vingt la nuit dernière.

La colère enfla au creux du ventre de Shane. Encore une mort qui n'avait aucun sens.

— Un policier a arrêté une Subaru verte dont le feu arrière était cassé. Le suspect s'est enfui et a volé la caméra du flic et celle du tableau de bord avant de partir. Sloan et les autres pensent qu'il pourrait s'agir de notre homme.

Les lèvres de Yael étaient pâles quand elle les pinça, avant de faire remarquer :

— C'était à peu près au moment où quelqu'un a ouvert l'e-mail...

— Je devine qu'il ne l'a pas très bien pris, remarqua Shane.

Alex jura.

— Toujours pas de réponse à l'e-mail ? s'enquit Shane.

— Rien. Il sait que ses chances de récupérer l'argent et de s'en tirer sont quasiment nulles, déclara Alex, comme engourdi.

Il activa un programme qui affichait les antennes-relais situées à proximité de l'endroit où le policier avait été tué, les identifia et téléchargea les numéros de téléphone portable qui s'y étaient connectés entre deux heures quarante-cinq et trois heures quarante-cinq. Puis il lança un programme et compara les chiffres avec une autre base de données.

— L'un des téléphones qui se sont connectés à une antenne dans la zone pendant une brève fenêtre d'une minute était un prépayé, et, oui, il correspond au modèle qui a ouvert l'e-mail. Le téléphone a été vendu à Charlotte l'année dernière, annonça-t-il, puis il regarda Ashley derrière Shane. Vois si tu peux trouver des informations sur la personne qui a acheté le téléphone.

— Envoie-moi les détails, lui demanda Ashley, qui prit un café en traversant la pièce. Où se trouve Limon exactement ?

Alex et Shane se penchèrent sur une carte, et ce dernier ressentit un frisson d'anticipation qui lui fit penser qu'ils étaient sur la bonne voie. Ils étaient proches de cette zone.

— On dirait bien que c'était notre homme, mais où va-t-il ? Et pourquoi faire tout ce trajet en janvier ? réfléchit Ashley à voix haute.

— Oh, mon Dieu !

Shane se retourna. Yael regardait la carte et Alex avec de grands yeux écarquillés, arborant une expression d'horreur grandissante.

— Tu ne penses pas...

— Penser quoi ? l'interrompit Ashley d'un ton brusque. Ce n'est pas le moment de jouer aux devinettes.

Yael tressaillit devant le ton tranchant de l'autre femme, et Shane dut refouler son instinct de protection. Il devait rester professionnel, n'est-ce pas ? Rester professionnel, ça craignait.

Yael releva le menton et se pencha plus près de l'écran, effectuant un petit zoom arrière sur la carte.

— Ma famille a un lien personnel avec une ville proche de Colorado Springs. Un lien funeste, expliqua-t-elle, puis ses épaules s'affaissèrent, et elle sembla rapetisser sous les yeux de Shane. Je veux dire... cela pourrait n'avoir aucun rapport avec ses intentions.

— Ou cela pourrait être tout, répondit Alex à voix basse.

— Quel lien ? s'enquit Shane.

— Mon frère a été responsable d'une fusillade dans une école là-bas, dit-elle, puis elle déglutit plusieurs fois. Il a aussi assassiné nos parents.

Ah, merde !

Le cœur de Shane se brisa pour elle. C'était donc cela, son grand secret. Sa grande honte. C'était un monstrueux fardeau à porter pour quiconque.

Ashley n'eut pas l'air surprise. Il semblait que l'autre agent le savait déjà. Et Alex était au courant. Le sentiment de frustration de Shane s'accrut. Pas parce qu'elle ne lui avait pas raconté, mais parce qu'il voulait que Yael sache qu'il était là pour elle. Et peut-être devait-il simplement lui prouver qu'il la soutenait, maintenant que la vérité avait éclaté.

— Outre le fait qu'il a fait une fixation sur toi à Quantico, pourquoi crois-tu qu'il prendrait le risque de faire tout ce chemin ? l'interrogea Alex.

— Je ne sais pas, répondit Yael, qui semblait être en colère, ce qui était une bonne chose. Pour retourner le couteau dans la plaie ? Pour me faire souffrir, parce que faire du mal aux gens, c'est ce qui l'excite ?

— Prendrait-il le risque d'aller à l'école ? hasarda Shane. Ou bien à ton ancienne maison ?

— La maison a été démolie par un promoteur il y a quelques

années, expliqua Yael, secouant la tête. Je ne sais pas ce qu'il en est de l'école.

— Nous sommes dimanche, donc l'école est une option probable, réfléchit Alex. Peut-être est-ce la raison pour laquelle il a avancé la vente aux enchères ? Je doute qu'il s'attende à ce que nous le suivions par avion, et il n'avait pas non plus prévu de se faire arrêter ou de tuer un policier. Mais il se pourrait qu'il abandonne son plan initial après avoir ouvert cet e-mail. Organiser la vente aux enchères n'importe où dans la région suffirait pour enfoncer le clou. Surtout quand il révélera la véritable identité de Yael et le lien avec elle.

Shane sursauta. *Véritable identité ?*

Il se tourna vers elle, mais elle refusait de croiser son regard.

Ashley lui demanda son avis, à sa grande surprise.

— Devons-nous contacter la police locale pour qu'elle nous aide à vérifier l'école ou pas, Shane ?

— Si nous avons une piste sur un lieu possible, je veux que nous soyons les premiers à vérifier. Je ne suis pas sûr de faire confiance à un petit service de police local pour faire le boulot alors que ce type échappe aux forces de l'ordre depuis des années. Je n'ai pas non plus envie de me prendre une balle tirée par un agent inexpérimenté qui nous verrait arriver lourdement armés sur les lieux, répondit-il, tout en examinant la carte. Demandons à Sloan de faire intervenir l'équipe Blue de la HRT depuis la côte ouest, au cas où cela tournerait à la prise d'otages. Gardons l'équipe Gold à l'est au cas où nous ferions erreur sur la localisation d'EG. Il faudra du temps au SWAT du FBI de Denver pour se rendre sur place et se mettre en position. Et sans doute plus longtemps si la tempête est aussi violente que le prévoient les services météo. Et si nous nous trompons...

Laura pourrait être morte d'ici là. Shane consulta sa montre. Réfléchit aux différentes options.

— Alex, demande à notre pilote de se diriger vers l'aérodrome le plus proche de l'école. Il faut aussi demander au SWAT de se poster à proximité, mais hors de vue, dès qu'ils le pourront. Et leur expliquer que nous avons une petite équipe qui va effectuer une première reconnaissance. Tous les trois, nous pourrons vérifier le bâtiment pendant que Yael reste dans le jet et essaie de localiser EG.

— La vente aux enchères est sur le point de commencer, leur rappela Yael. Les communications risquent d'être aléatoires en raison du mauvais temps. Je ne veux pas me retrouver coupée de vous si vous avez besoin de mon aide.

— Tu pourras travailler dans la voiture, lui proposa Alex, qui se dirigea vers le cockpit pour dire au pilote de changer de cap.

— Quelle voiture ? demanda Shane d'un ton vif.

— Je m'en occupe, répondit Ashley.

Elle suivit Alex pour parler aussi au pilote, tandis que Shane informait Sloan. Lorsque Alex revint quelques instants plus tard, Yael n'avait toujours pas bougé de l'endroit où elle se tenait, la main agrippée au dossier du siège en cuir crème.

Elle s'éclaircit la gorge.

— Il y a quelque chose que je n'ai dit à personne. Sur le moment, je n'ai pas imaginé que cela pouvait être d'une quelconque pertinence.

— De quoi s'agit-il ? lui demanda Alex, bien plus patient que Shane ne l'était.

— La nuit de l'attaque... EG a pris une photo de ma famille sur le buffet.

— Je n'ai jamais vu aucune photo, constata Shane.

Yael croisa les bras.

— Je ne l'ai sortie que ce soir-là.

Et le fait qu'elle ait été volée l'avait probablement confortée dans l'idée que garder son passé caché était la meilleure chose à faire.

— S'il n'avait pas compris qui tu étais avant ce soir-là, il lui suffisait de lancer la reconnaissance faciale sur cette image pour obtenir environ un million de réponses, déclara Alex.

Yael hocha la tête. Ashley avait l'air agacée. Alex haussa les épaules. Shane aurait voulu que Yael lui ait fait suffisamment confiance pour partager cela avec lui.

— Préparons-nous, leur dit-il, s'assurant de garder un ton neutre.

Ils commencèrent à rassembler l'équipement dont ils auraient besoin quand ils toucheraient le sol.

— Est-ce la véritable raison pour laquelle tu as décidé que c'était fini entre nous ? lui demanda Shane à voix basse en se penchant près de Yael.

Ses doigts tremblaient quand elle glissa plusieurs batteries portables dans un sac, ainsi qu'un second ordinateur.

— Ça, et le fait que les bonnes gens de cette ville m'ont fait passer en jugement pour complicité de tuerie de masse. Je suppose qu'ils ne me faisaient pas confiance non plus.

Shane tressaillit. *Bon sang !* Ses soupçons étaient la pire chose qu'il aurait pu lui faire.

— Fais une recherche sur Google. Internet regorge de théories du complot à la con selon lesquelles j'aurais été l'instigatrice de toute cette affaire, et que je m'en serais tirée à bon compte.

Les yeux de Yael se remplirent de larmes, mais elle les chassa d'un battement de paupières. Elle le faisait toujours.

— Tu as perdu tes parents...

Il peinait à comprendre. Elle ferma son sac d'ordinateur et attrapa son manteau, qu'elle passa sur ses épaules.

— Apparemment, cela faisait partie de mon plan diabolique, expliqua-t-elle avec un regard de défi. J'ai hérité de beaucoup d'argent, et j'étais la bénéficiaire de deux grosses polices d'assurance-vie lorsque mes parents sont morts. Les compagnies ont tout mis en œuvre pour ne jamais avoir à payer.

— Il est temps de s'attacher, les prévint Alex.

— Tu aurais pu me le dire, remarqua Shane d'une voix douce, s'asseyant sur le siège le plus proche de Yael.

— Cela ne change rien.

— Bien sûr que si ! Tu aurais pu me faire confiance, répéta-t-il.

— Comme tu m'as fait confiance ? répliqua-t-elle.

Elle refusait toujours de croiser son regard. Pourtant, il brûlait d'envie de lui faire comprendre que les choses étaient différentes maintenant.

— Peu importe, poursuivit la jeune femme. Je passerai à autre chose quand ce sera terminé. Certaines personnes s'en assureront.

Surpris, il cligna des yeux.

— Tu vas fuir toute ta vie ?

— Qu'est-ce que ça peut te faire ? Le sexe était génial, mais, dès le début, tu m'as dit que tu ne souhaitais pas avoir de relation.

— Je t'ai dit au lac...

— Nous venions de vivre la meilleure partie de jambes en l'air de notre vie au lac, et tu te sentais coupable de m'avoir menti, chuchota-t-elle avec férocité.

Shane eut l'impression que sa langue était soudée à son palais. Tout avait changé, mais comment en convaincre Yael ? Il devait attraper ce tueur et honorer le serment qu'il avait fait à son meilleur ami. Le simple fait de penser à un avenir avec Yael lui apparaissait comme une trahison de la mémoire de Scotty, une trahison de sa veuve et de ses enfants privés de leur père.

La jeune femme lui lança un regard féroce et se détourna pour continuer à travailler, cherchant désespérément une localisation précise pour EG.

Il n'avait pas le temps de gérer leurs problèmes personnels. Aucun d'eux n'avait de temps pour ça. Cela les empêchait de se concentrer sur la mission, et c'était bien là le problème des relations.

L'avion se posa avec à peine une petite secousse et Shane jeta un coup d'œil par le hublot avec un soupir agacé.

— Foutue neige.

Yael releva la tête.

Shane détacha sa ceinture avant l'arrêt complet, et il enfila une couche de vêtements supplémentaire avant de rassembler ses armes et ses munitions. Tout le monde portait un gilet pare-balles sous la couche supérieure. Aucun des autres n'était totalement préparé à une tempête de neige, et lui n'avait pas tout l'équipement de protection contre le froid qu'il privilégiait habituellement pour combattre dans ce type d'environnement. Alex et lui avaient des lunettes de vision nocturne.

— Pourras-tu couper l'électricité de l'école si nous t'envoyons un signal ? demanda Shane à Yael. Nous pourrions peut-être le surprendre dans l'obscurité.

Yael acquiesça.

— Je devrais pouvoir le faire.

— Ne quitte pas le véhicule. Quoi qu'il arrive.

Il lança à Ashley une paire de gants fins, mais chauds. Il ne pouvait pas faire grand-chose pour ses bottes en cuir, mais peut-être auraient-ils de la chance, qu'ils ne resteraient pas trop longtemps dehors et que la neige ne serait pas trop épaisse.

Peut-être n'était-ce là qu'un vœu pieux, dans une affaire qui n'avait jamais été dans leur sens.

Il disposait d'un système de communication de base, et il remit à chacun une oreillette.

— Attache l'autre extrémité à ton col, expliqua-t-il à Yael. Appuie sur le bouton si tu veux parler. Cela ne fonctionnera que sur une courte distance d'environ quatre-vingt-dix mètres.

Ce qu'il n'aurait pas donné pour avoir le système de communication de l'équipe Gold !

Il jeta à Ashley son bonnet noir en tricot et elle l'enfila sans se plaindre. Il tendit à Yael le bonnet rouge des Bulldogs qu'elle avait porté quelques jours plus tôt lors de la randonnée jusqu'au chalet de Zenko. Beaucoup de choses s'étaient passées depuis.

— Oh, non ! s'exclama-t-elle, un tremblement dans la voix, même si elle gardait la tête haute, concentrée sur son travail. La vente aux enchères vient d'être lancée.

Les sentiments qu'il éprouvait pour elle l'envahirent, mais ce n'était pas le moment. Il devait attraper ce tueur, puis peut-être pourrait-il ensuite reprendre sa vie en main. C'était pour Scotty, et pour toutes les autres victimes de ce psychopathe. La capture d'Evi1Geni-us était le seul moyen de protéger Yael. Il espérait simplement qu'elle lui accorderait une nouvelle chance de faire ses preuves auprès d'elle. De lui prouver qu'il n'était pas comme tous les autres abrutis qui avaient douté d'elle par le passé.

CHAPITRE TRENTE-DEUX

Ashley avait pris des dispositions pour qu'un SUV à quatre roues motrices soit livré sur le tarmac où leur avion devait atterrir. Alex insista pour conduire. Ils étaient encore à huit kilomètres de l'école et ils eurent l'impression de mettre une éternité à parcourir l'autoroute enneigée.

Ils roulaient dans le blizzard, dans l'obscurité, parce que, bien évidemment, il fallait que les circonstances leur soient encore plus défavorables qu'elles ne l'étaient déjà. Pourquoi les choses ne pouvaient-elles pas être simples, pour une fois ? Pourquoi ce pauvre agent de la circulation n'aurait-il pas pu arrêter EG plutôt que de devenir une autre victime tragique ?

Yael avait envie de demander à Alex de se dépêcher, mais les roues arrière étaient déjà en train de chasser dangereusement. Un accident réduirait à néant leurs chances de rejoindre Laura à temps.

La vente aux enchères avait commencé depuis dix minutes, et l'estomac de Yael se révoltait chaque fois qu'elle pensait à son amie en train de souffrir.

Ethan Grice avait de nouveau coupé le son de la vidéo en direct, mais il l'enregistrait vraisemblablement sur un autre appareil. Le sang de Laura tachait déjà le drap blanc sous elle. Ses cris avaient été étouffés, remplacés par les sonorités douces de la suite *Peer Gynt* de Grieg. Yael ne pourrait plus jamais écouter cette musique. La zone de commentaires était enjouée et animée, et les suggestions qui y figuraient donnaient des haut-le-cœur à Yael. Les spectateurs payaient des milliers de dollars pour voir EG infliger des souffrances à une femme qui n'avait jamais fait de mal à personne.

Le meurtrier avait placé le portrait de famille volé de Yael sur une table, bien en vue de la caméra principale, et il était impossible que le monde ne découvre pas qui elle était et quel était son lien avec l'école et Laura dans les heures à venir. Il ne faisait aucun doute que des cinglés la rendraient responsable de tous les crimes d'Evil Geni-us dès le prochain journal télévisé.

Elle grinça des dents. Tant qu'ils pouvaient sauver Laura, cela n'avait pas d'importance. Elle avait déjà vécu la diffamation.

Ce qui ne t'a pas tuée t'a rendue plus forte...

Si ce vieil adage était vrai, ses os seraient en tungstène maintenant.

Quand cela prendrait-il fin ?

À en juger par les expressions de ses compagnons, cette histoire prendrait fin ce jour-là. Mais, que se passerait-il s'ils se trouvaient au mauvais endroit ? Et si l'un d'eux était blessé au cours de l'opération ? Elle ne pensait pas pouvoir le supporter si cela se produisait.

EG s'attendait-il vraiment à s'en tirer comme ça ?

Alex avait pris l'argent d'EG, mais il était sur le point d'en gagner beaucoup plus s'ils ne parvenaient pas à l'arrêter dans l'heure qui suivait. Et peut-être avait-il davantage de cryptomonnaie sur lui. Sans doute. Assez pour s'échapper et commencer une vie avec une nouvelle identité. Peut-être n'avaient-ils pas trouvé le filon qu'ils pensaient, ou bien avait-il tellement d'argent qu'il ne se souciait pas de perdre quelques millions.

Shane était assis à côté d'elle tandis qu'elle indiquait à Alex le chemin à suivre pour se rendre à son ancien lycée, un endroit où elle n'avait pas remis les pieds depuis le jour de la fusillade. Un jour où son propre frère avait pointé une arme sur elle, puis avait ri, après quoi il avait tiré sur le garçon qu'elle aimait et qui se tenait à côté d'elle.

Un garçon que, quelques minutes plus tôt, elle avait invité à la soirée dansante de l'école, et qui avait dit oui.

Elle secoua la tête pour chasser cette image. Les parents du garçon avaient été parmi les plus virulents à la condamner et elle ne leur en voulait même pas.

Shane avait retiré son bras de son écharpe, qu'il avait glissée dans son gilet balistique.

Tous trois étaient prêts à abattre cette ordure. La contribution de Yael était au mieux faible. Elle avait identifié le transformateur à éteindre pour couper l'alimentation de l'école.

Sur le siège passager avant, Ashley avait ouvert son ordinateur portable, qui affichait la même chose que celui de Yael.

— Je crains que cela ne se présente pas bien pour Laura, dit-elle d'un ton grave.

L'alter ego maléfique d'Ashley en ligne avait reçu une invitation comme elle l'avait prévu. Yael reconnut le surnom, et, honnêtement, elle n'aurait jamais imaginé que cet individu apparemment dépravé était en fait une belle agente fédérale, guindée et dure à cuire, ce qui était sans doute le but recherché. On n'envoyait pas un chaton dans la fosse aux lions en espérant qu'il en ressorte vivant.

Les spéculations dans les commentaires prouvaient que ce n'était qu'une question de minutes avant que les spectateurs n'identifient Yael et sa famille. Et peut-être Ethan Grice en avait-il trop fait, car il ne faudrait pas longtemps pour que le lieu du crime soit découvert et que quelqu'un, parmi les forces de l'ordre qui le surveillaient, appelle la police.

— Que voyez-vous à l'écran maintenant ? s'enquit Alex.

— EG est dans le cadre et porte sa tenue habituelle. Il a drapé de grands draps blancs autour de l'endroit pour servir de toile de fond, expliqua Yael. Laura est attachée à une table avec du ruban adhésif, sur un autre drap blanc. Il a placé la deuxième caméra au-dessus d'elle, selon son mode opératoire habituel.

— La façon dont son pantalon s'affaisse vers la droite suggère qu'il porte une arme dans sa poche, et nous pouvons considérer qu'il a toujours son fusil d'assaut à portée de main. Regarde ce revêtement de sol, souligna Shane. Cette ligne de peinture usée à la limite du champ de vision ressemble à celle que l'on trouve dans un gymnase.

— Je suis d'accord, acquiesça Ashley. Est-ce que ça vous dit quelque chose, Yael ?

Celle-ci se mordit la lèvre.

— Ça fait longtemps. Désolée. Je ne me souviens pas du sol du gymnase de mon ancienne école.

Alors même qu'elle prononçait ces mots, des images d'une course effrénée en hurlant à travers le grand espace souillé de sang l'assaillirent.

Un afflux de salive lui monta à la bouche, et elle déglutit à plusieurs reprises.

— Est-ce que tu vas bien ? lui demanda Shane, dont la main chaude s'étala dans son dos.

Son cœur battait la chamade ; elle prit une grande inspiration et la retint jusqu'à ce qu'elle ait l'impression que ses poumons allaient éclater. Puis elle relâcha lentement l'air et lui adressa un rapide hochement de tête.

Elle tenait à peine le coup, mais l'odeur de Shane remplaça ces vieux souvenirs par des images d'eux deux ensemble. C'était doux-amer, comme si elle l'avait déjà perdu.

La chaleur de Shane l'enveloppa tandis qu'il regardait de plus près l'écran de son ordinateur. Elle avait envie de se laisser aller contre lui et de le supplier de lui accorder une autre chance, mais elle savait que cela ne ferait que prolonger l'agonie.

Elle se tint raide, ne réagit pas, ne se laissant pas amadouer. La tentation que représentait Shane Livingstone était addictive et apparemment sans fin.

Sa bouche s'assécha quand l'énormité de la vérité la frappa de plein fouet. Elle était déjà plus qu'à moitié amoureuse de cet homme. La douleur de le perdre ne vaudrait pas le court plaisir d'une aventure. Si elle le repoussait, c'était pour se protéger et non pour s'apitoyer sur son sort.

Elle chassa de son esprit les images d'eux deux. Tout ce qui comptait, c'était de sauver Laura et d'attraper cette ordure. Ensuite, elle trouverait un moyen d'éviter Shane pendant la durée de l'affaire.

Elle se concentra sur les données du signal.

— Je pense qu'il est là. Je vois beaucoup d'activités sur Internet en provenance de l'école.

— Ce pourraient être des enfants qui participent à des activités extrascolaires, ou encore le concierge qui regarde du porno en streaming, alors, n'allons pas trop vite en besogne, intervint Shane, qui regardait par la vitre. À cause des conditions météo, nous ne disposons pas d'images de drones ou de satellite, et nous n'aurons aucun renfort jusqu'à l'arrivée du SWAT.

— Que savons-nous sur le gymnase ? demanda Alex, qui se concentrait sur la route, conduisant si vite que Yael avait envie de fermer les yeux.

— À supposer que rien n'ait changé, les anciens rapports des médias indiquent qu'il y a deux sorties à l'intérieur, plus deux sorties par le vestiaire, indiqua Ashley, ainsi qu'une double porte qui s'ouvre sur l'extérieur.

— Il n'ira pas bien loin s'il tente de s'enfuir à pied dans cette tempête, remarqua Shane.

Il vérifia son arme de poing, et Yael tressaillit. Il capta son regard et sembla soudain comprendre sa haine des armes à feu.

— Je te laisse une arme.

Ou peut-être pas.

Elle secoua la tête. Il l'ignora et plaça une arme de poing noire à l'apparence mortelle dans la pochette du siège devant elle.

— Je n'en veux pas.

— Elle est là quand même. Il n'y a pas de sécurité, mais le premier tir nécessite beaucoup plus de force sur la détente que les suivants. Tu vises et tu tires. C'est tout ce que tu as à faire. C'est pour te défendre.

Elle soutint son regard vert. L'idée de toucher l'arme lui faisait horreur.

— Tu ne devrais pas en avoir besoin, mais cela me rassurera de savoir que tu as un moyen de te protéger si ce type nous échappe, d'accord ?

À contrecœur, elle acquiesça. Elle ne voulait pas que Shane s'inquiète pour elle au moment où il affronterait un suspect armé et dangereux. Elle était consciente que sa propre appréhension était fondée sur de vieilles peurs et névroses. Elle voulait qu'Ethan Grice soit arrêté, pour qu'il ne fasse plus jamais de mal à personne.

À en juger par la lueur déterminée dans les yeux de Shane, il voulait la même chose.

Mais l'idée de tirer sur quelqu'un, ici...

— Je t'enverrai un signal quand nous aurons besoin que tu coupes l'électricité. Trois clics dans ton oreille si je ne peux pas parler, lui indiqua Shane. Il ne faut pas le faire trop tôt, pour ne pas qu'il soit averti de notre arrivée.

— S'il est ici, nous ne voulons pas qu'il se doute que nous l'avons trouvé, renchérit Alex.

Yael reporta son attention sur l'écran. Sachant où se trouvait

EG, elle devrait pouvoir tracer son signal plus rapidement, peut-être détourner le Wi-Fi ou trouver son adresse IP, et peut-être pirater sa machine directement pendant qu'il était occupé à sa séance de torture. Elle pourrait couper le flux vers les spectateurs.

Ils étaient presque arrivés à l'école maintenant. Yael reconnut le quartier et la structure de jeu sur laquelle elle s'était amusée lorsqu'elle était enfant.

Les autres dégainèrent leurs armes et se préparèrent à sortir tandis qu'Alex conduisait vers l'arrière du bâtiment. Ils repérèrent alors un SUV vert partiellement recouvert de neige.

Alex fit marche arrière, jusqu'à ce que leur véhicule soit hors de vue de l'autre.

— Même s'il ne s'agit pas d'Ethan Grice, c'est probablement notre tueur de flics, remarqua Shane.

Et personne n'était prêt à croire qu'il s'agissait d'une coïncidence.

— Faites-lui une offre de deux millions pour garder la femme en vie, ordonna Ashley. Voyez si cela le distrait assez longtemps pour l'empêcher de la tuer dans les prochaines minutes. Nous devrions être à l'intérieur à ce moment-là. Allons-y.

Alex sortit, mais, heureusement, il laissa le moteur tourner. Il lança à Yael le sac de preuves contenant la fortune d'EG.

— Surveille ça.

La gorge de la jeune femme se noua. Elle était honorée qu'il lui accorde une telle confiance. Shane lui adressa un regard sévère.

— Verrouille les portières. Sers-toi du pistolet s'il essaie d'entrer. Tu vises et tu tires.

— Sois prudent, lui murmura-t-elle.

Il se pencha et l'embrassa rapidement sur les lèvres, comme s'il avait fini de prétendre qu'ils ne signifiaient rien l'un pour l'autre. Il se retira. Ses yeux brûlaient de la chaleur que l'on éprouve lorsqu'on désire tellement une chose qu'elle nous consume.

Il esquissa un petit sourire en coin.

— Toujours.

Et, d'un coup, il n'était plus là.

La peur assécha la bouche de Yael. La peur et le dégoût d'elle-même, et la douleur de ce qu'elle pensait être de l'amour, idée qui la terrorisait. Le fait qu'elle n'ait pas le courage de lui dire exactement ce qu'elle ressentait lui fit serrer les poings de frustration. Avaient-ils une chance de sauver ce qu'il y avait entre eux après tout ?

Elle regarda ses collègues courir vers l'école dans l'obscurité enneigée. Elle détestait cette inquiétude qui commençait à éclore, pour Shane, Alex et Ashley. En plus de la peur dévorante pour Laura. Tout cela à cause des agissements tordus d'un seul homme.

Si l'un d'entre eux venait à mourir, elle en serait dévastée. Elle se secoua pour se tirer de son inertie. Elle scruta le code dans un panneau latéral de l'écran de son ordinateur portable.

Si elle pouvait accéder au système d'Ethan Grice, ou même le ralentir en essayant de pénétrer ou de perturber le flux en direct...

Soudain, sa machine reçut un retour positif concernant l'adresse IP de ce dernier. *Merde.* Elle se mit à taper furieusement et ouvrit un programme pour sonder sa machine à la recherche d'éventuelles vulnérabilités en arrière-plan.

Elle écrivit l'offre qu'Ashley Chen lui avait suggérée.

— *Deux millions pour la femme vivante. Je la veux pour moi. Je vous en donnerai trois autres en échange.*

Il fallut un moment à EG pour repérer le commentaire et y répondre. À cet instant, il pencha la tête sur le côté, haussa exagérément les épaules et secoua la tête en signe de refus. Il préféra créer le prochain sondage sur la torture à la place.

Merde !

Yael frémit. Laura ne quitterait pas cet endroit vivante, à moins que les autres ne la sauvent.

Et soudain, elle se retrouva à l'intérieur de la machine d'EG. *Oh, mon Dieu !*

Elle voulait désespérément le faire taire, mais si elle le faisait, il risquait de paniquer et de s'enfuir. Il pourrait s'échapper alors qu'il était si proche qu'elle pouvait presque le sentir.

À la place, elle inséra un cheval de Troie dans son système d'exploitation. S'il s'en tirait cette fois-ci, elle le traquerait et paralyserait son ordinateur à sa guise.

Elle sourit d'un air sinistre. EG n'était plus si malin, à présent. Ils se rapprochaient de lui, de tous les côtés.

— Tiens bon, Laura. Nous sommes là. Nous t'aimons.

CHAPITRE TRENTE-TROIS

La première chose que fit Shane fut de courir et de planter son couteau dans le pneu avant de la Subaru. Cet enfoiré n'irait nulle part. Et s'il s'agissait d'une erreur d'identité, il irait acheter un nouveau pneu au propriétaire et le monterait lui-même.

Il balaya la zone du regard avant de revenir en vitesse auprès des autres. Il n'y avait pas de traces de pas évidentes, mais le vent était violent, projetant la neige horizontalement sur son visage, l'aveuglant au passage. La visibilité était de six mètres et se réduisait. Selon les prévisions, la tempête devait s'aggraver considérablement dans les deux heures à venir.

Shane, Ashley et Alex pénétrèrent dans le bâtiment à l'angle de l'endroit où leur SUV était garé, loin de l'entrée la plus proche de la Subaru. Alex fit rapidement sauter la serrure, et Shane en fut impressionné. Il prévoyait de développer ses compétences actuelles au-delà des explosifs et des béliers, pour y inclure le crochetage de serrures et ajouter un peu de subtilité pour les occasions où la furtivité était primordiale.

Ethan Grice possédait sans doute des aptitudes similaires en matière de serrurerie. L'alarme à l'intérieur de l'école avait également été désarmée. Shane entrouvrit la porte avant de vérifier l'absence d'explosifs à l'aide d'une petite lampe de poche à faisceau rouge.

— Dégagé, murmura-t-il tranquillement. Vous deux, allez de ce côté et couvrez les sorties sud et est. Je prendrai l'ouest.

Qui, selon Shane, était la plus proche du véhicule d'EG. Ils se mirent à trottiner discrètement dans les couloirs sombres, tandis que Shane prenait la direction opposée. Un panneau de sortie de secours émettait une lueur suffisante pour qu'il puisse s'orienter sans les lunettes de vision nocturne. Le gymnase se trouvait au milieu du bâtiment, et le mur nord jouxtait le terrain de sport.

Shane progressa en silence le long des couloirs et s'obligea à ne pas penser à Yael parcourant ces mêmes couloirs le jour où son frère avait sacrifié son humanité et condamné sa sœur à une vie de souffrance. Il aimait sa famille, mais, si l'un d'entre eux lui faisait un coup pareil, il lui tirerait lui-même une balle.

Un cri résonna dans le couloir et de la glace se répandit dans ses veines. Cette fois-ci, il n'eut plus aucun doute : ils étaient au bon endroit. Il chassa de son esprit le besoin de se dépêcher. Il ne pouvait pas se permettre de se précipiter. Il parcourut le labyrinthe des couloirs de l'école jusqu'à ce qu'il trouve le gymnase.

Un autre cri de douleur à vous glacer l'âme fendit l'air.

À l'entrée du gymnase, Shane s'arrêta et envoya un SMS à Sloan pour l'informer de la situation. Elle allait vraisemblablement rameuter les troupes, maintenant que la localisation était confirmée.

Laura hurla à nouveau, et le son le transperça comme des clous dans son échine. *Foutue ordure.* EG avait recouvert la vitre de la porte avec des draps, mais des lumières étaient visibles à l'intérieur. Une odeur d'essence interpella Shane.

Il appuya sur son oreillette, et murmura, la voix à peine audible :

— Les gars, vous sentez l'essence ?

— Oui, répondit Ashley.

— Un visuel sur EG ?

— Négatif. Il a cloué des draps aux portes, confirma Ashley.

— Négatif, répondit Alex à son tour.

— *Merde.*

— Je vais vérifier les entrées par les vestiaires, annonça Alex. Il est impossible que ce type n'ait pas prévu de plan d'évacuation.

Shane envoya un nouveau message à Sloan, cette fois pour qu'elle demande aux flics de sécuriser le périmètre, aux pompiers de se tenir prêts, et à tout le monde de s'approcher sans sirène.

— On dirait qu'EG a entendu quelque chose, prévint la voix de Yael dans son oreillette. Il a arrêté de faire ce qu'il faisait, et il s'est approché de la caméra. Vous voulez que je coupe le courant maintenant ?

— Oui. Entrons le plus rapidement possible, ordonna Shane à voix basse.

En espérant que cette ordure n'ait pas placé d'explosifs comme la dernière fois.

— À trois.

Shane énonça le compte à rebours, et, dès que les lumières s'éteignirent, il tira sur la serrure de la porte. Des coups de feu résonnèrent dans l'espace, mais Shane y était habitué, alors il ne tressaillit pas. Il ouvrit la porte d'un coup de pied, mais un soudain *whoosh* de flammes le força à reculer.

— *Merde !* Il a mis le feu à l'endroit !

Il leva son plâtre pour se protéger le visage. Il n'avait plus besoin de ses lunettes de vision nocturne maintenant.

— Je ne vois rien à travers les flammes.

— Pareil ici. Il a répandu de l'essence sur des tapis de gymnastique tout autour de la pièce, annonça Ashley.

— EG a disparu. Oh mon Dieu, Laura ! s'exclama Yael. Les draps derrière elle viennent de s'enflammer. Vite, elle va mourir brûlée !

L'ordure ! Shane maintint son fusil en position et se précipita à travers les flammes vers une petite partie du sol du gymnase qui ne s'était pas encore enflammée. La fumée était épaisse et le bois sec commençait à prendre. Les tapis de gymnastique dégageaient d'épais nuages de gaz nocifs. Il étouffa les flammes qui avaient pris sur son pantalon et lui avaient brûlé la jambe. Il continua à avancer, à chercher Ethan Grice, à chercher un espace sûr au milieu de la chaleur et du feu, essayant de trouver un moyen de traverser la grande étendue pour rejoindre Laura.

La chaleur était intense et lui donnait envie de reculer, mais il continua à avancer.

Le bruit de coups de feu résonna dans l'air.

— Alex, Ashley, au rapport !

Il repéra alors Laura près du mur du gymnase, où les draps se consumaient.

Mais il n'y avait pas de chemin clair à travers les flammes. Une braise lui brûla la joue. *Merde.* Il allait mourir brûlé. Génial. Cette ordure allait s'échapper, et lui allait rôtir.

Le visage de Yael surgit devant lui et il sut qu'il voulait plus que quelques nuits de passion volée.

Il était hors de question qu'il meure. *Hors de question.*

Du coin de l'œil, il aperçut un extincteur rouge sur le mur et s'élança vers lui. Il l'alluma, aspergea le sol devant lui, et commença à progresser vers la femme ligotée.

— J'ai trouvé Laura. Alex ? Ashley ? s'écria-t-il, parce que cet enfoiré savait déjà qu'ils étaient là, et que le feu était si bruyant qu'il n'entendait rien.

Shane sortit son couteau et coupa le ruban adhésif qui retenait la femme nue à la table. Ses yeux étaient remplis de peur et d'horreur. Ses plaies étaient sanglantes. Elle criait de façon incohérente, mais il n'arrivait pas à distinguer les mots dans le vacarme du feu.

Il ne pouvait pas s'inquiéter d'éventuels dommages quand il la hissa sur son épaule droite. Le risque était moindre que la quasi-certitude de mourir brûlé. La fumée l'étouffait, sa gorge était irritée par une toux incessante. Il tourna sur lui-même pour chercher une issue à travers les flammes. EG n'était pas là, alors comment s'était-il échappé ?

Le bras blessé de Shane lui faisait mal, mais il garda la sangle du fusil sur son épaule et le doigt sur la détente tandis qu'il se frayait un chemin dans un dédale de chaleur et de flammes. Il trouva la porte de l'un des vestiaires. Elle était verrouillée depuis l'autre côté. *Merde.* Le feu enflait derrière lui, et sa peau grésillait.

Il recula.

— S'il y a quelqu'un dans le vestiaire des hommes, qu'il déverrouille la porte, ou qu'il s'écarte tout de suite !

— Négatif. Mais nous prenons cette direction, répondit la voix tendue d'Ashley dans son oreillette.

— Attends !

Il tira sur la serrure et ouvrit la porte d'un coup de pied. Il trébucha à moitié à l'intérieur en toussant. Le soulagement après les flammes fut instantané, mais ne dura pas longtemps, car le feu se propageait. Shane garda son arme levée tandis qu'il passait devant des rangées de bancs pour se rendre dans le couloir.

Son oreillette émit soudain un bruit strident, comme si quelqu'un avait brouillé le signal. Il la retira de son oreille avant qu'elle ne lui fasse éclater le tympan.

Il jeta un coup d'œil dans le couloir et vit Ashley et Alex qui avançaient vers lui. Ce dernier saignait à cause d'une blessure par balle dans le haut du bras.

— Elle va bien ? s'enquit Ashley, désignant Laura, inconsciente contre lui, d'un signe de tête.

— Je ne sais pas, mais elle était éveillée quand je l'ai trouvée.

Ils continuèrent à trottiner, suivant le chemin qu'ils avaient emprunté pour entrer, à l'affût d'EG. Ashley surveillait leurs arrières. Il détestait le fait que des fusils d'assaut se trouvaient à nouveau dans cette école et que le nom de Yael soit inévitablement associé aux gros titres. La couverture médiatique lui ferait du mal, et il ne voulait pas de cela. Shane ne voulait pas qu'elle s'enfuie. Il voulait qu'elle reste. Avec lui.

Pourquoi ferait-elle une chose pareille alors qu'elle pense que tu n'es pas sérieux à son sujet ?

Il avait besoin de temps pour la convaincre. Pour lui prouver qu'il valait le prix qu'elle devrait inévitablement payer en passant de longues périodes seule quand il serait en déplacement pour le travail.

— Est-ce que ça va ? demanda-t-il à Alex.

— C'est une blessure superficielle.

— Il a sauté devant moi quand Grice nous a tiré dessus, expliqua Ashley, agacée.

— Je ne voulais pas que Lucas m'engueule si tu étais blessée.

Ashley laissa échapper un petit rire.

— Je te botterai les fesses plus tard. Tout comme Mallory.

— Où est-il ? les interrogea Shane, qui voulait tellement ce type qu'il pouvait le sentir.

— Il est parti en courant vers son véhicule.

C'était beaucoup trop proche de Yael.

— *Merde !*

Jetant un coup d'œil à Alex, il partit au pas de course. Il devait s'assurer que Yael était en sécurité.

CHAPITRE TRENTE-QUATRE

Yael regarda avec horreur les flammes former un mur derrière Laura. Puis le flux vidéo s'éteignit, sans doute détruit par l'incendie qui avait fait fondre les fils et griller les circuits de l'ordinateur.

Un bruit perçant retentit à travers son oreillette, qu'elle arracha. *Merde.* Soit le feu avait fait fondre quelque chose d'important, soit EG avait activé une sorte de dispositif conçu pour bloquer les communications des forces de l'ordre.

— *Merde.*

Qu'était-il arrivé ? Shane avait retrouvé Laura, mais est-ce qu'elle allait bien ? Et Shane ?

L'idée qu'il puisse lui arriver quelque chose lui donnait envie de hurler. Elle avait déjà vu EG en action. Elle avait vu un membre de l'équipe d'élite de la HRT mourir la dernière fois qu'ils avaient essayé de l'appréhender, parce qu'ils avaient sous-estimé sa ruse haineuse.

L'idée de perdre Shane la frappa avec la force d'un coup de masse. Elle avait été tellement occupée à se protéger du danger de tomber amoureuse de lui qu'elle ne s'était même pas rendu compte que c'était trop tard. Elle tenait à lui comme jamais elle n'avait tenu à quelqu'un depuis très longtemps.

Elle aurait dû le lui dire. Et qu'importait s'il s'enfuyait en hurlant dans la direction opposée ! Au moins, ce serait une réaction honnête. Au moins, pour une fois dans sa vie.

Son ordinateur était inutile pour l'instant, le flux était tombé. Il ne lui restait plus rien à suivre. Mais Ethan Grice, l'autoproclamé Evil Geni-us, était tout proche, sans doute énervé, et certainement dangereux. Elle se souvint qu'il lui avait tiré dessus avec son fusil d'assaut quelques nuits plus tôt. Contrairement au SUV d'Alex, ce véhicule n'était pas à l'épreuve des balles.

Elle jeta un regard à l'école, théâtre de tous ses pires cauchemars.

Elle ne voulait plus jamais se sentir aussi impuissante que ce jour-là, quinze ans plus tôt. Elle ne voulait pas servir de cible facile, trop effrayée pour se défendre.

Sa main trembla lorsqu'elle la glissa dans la poche du siège et récupéra le cadeau d'adieu de Shane. L'arme était lourde et avait l'air mortelle. La bile lui monta à la gorge jusqu'à ce qu'elle apaise la sensation en avalant fermement et en respirant profondément pour se calmer.

C'était un outil. Rien de plus.

Elle glissa l'arme dans sa ceinture à l'arrière de son jean, troublée par le contact de la résine froide. Elle se pencha en avant et récupéra le porte-clés électronique sur le tableau de bord. Ainsi, même si le moteur tournait, si quelqu'un tentait de voler la voiture, il n'irait pas bien loin. Elle ouvrit la portière et reçut une féroce bouffée d'air hivernal en plein visage. Elle lutta pour avancer contre le vent violent.

Elle verrouilla le véhicule derrière elle, et glissa la clé dans la poche de son jean.

Si EG s'échappait à cause de son inaction, elle ne se le

pardonnerait jamais. S'il faisait du mal à l'un de ses amis, en particulier à l'homme dont elle était stupidement tombée amoureuse... Bon sang, elle ne supportait même pas d'y penser.

Elle courut jusqu'à l'angle du bâtiment, juste à temps pour voir la silhouette vêtue de noir sortir en titubant des portes de l'école. Elle se plaqua contre la surface rugueuse des briques pour qu'il ne la voie pas. Il grimpa dans son SUV et roula environ cinq mètres avant que la Subaru se plante solidement dans la neige.

Elle jeta un coup d'œil et vit qu'un des pneus était crevé.

Yes !

Elle l'entendit jurer, tandis que son propre cœur s'emballait. Elle se plaqua à nouveau contre le bâtiment quand il descendit du véhicule. Elle attrapa le pistolet qu'elle serra fermement. Elle ne pouvait pas le laisser s'enfuir, mais l'idée de pointer une arme sur un autre être humain, même aussi pervers que cet homme...

Elle s'écarta du mur, tenant le lourd pistolet à deux mains.

— Ne bougez plus !

Ethan Grice leva les yeux, surpris.

— Eh bien, eh bien. Yael ! Ou bien, devrais-je dire Yasmine ? Quel effet cela fait-il d'être de retour sur ses anciennes terres ? Et avec une arme ? *Ah ah !*

Il brandit son téléphone d'une main : manifestement, il la filmait. Il avait accroché la sangle de son fusil d'assaut en bandoulière, et il avait le doigt sur la détente.

— Pourquoi vous cachez-vous toujours derrière un masque ? Les flics savent qui vous êtes, Ethan Grice.

Il éclata d'un rire bref.

— C'est toi qui parles de masque ! Ça fait des années que tu te caches derrière le tien.

Il fit un pas vers elle. Elle pointa le canon du pistolet droit sur lui.

— Ne vous approchez pas plus.

— Tu ne me tireras pas dessus. Laura m'a dit à quel point tu détestes les armes à feu avant que je vienne te livrer mon petit cadeau de pendaison de crémaillère.

Les mains de Yael tremblaient.

Il tira une rafale de balles ; elle poussa un cri et se réfugia derrière le mur. Elle s'apprêtait à courir, mais se figea en entendant des voix s'élever.

Elle jeta un coup d'œil au coin du mur et vit qu'Ethan commençait à tourner en direction de trois adolescents. Elle ignorait ce qu'ils pouvaient bien faire ici au beau milieu d'une tempête de neige.

— Fuyez ! hurla-t-elle. Fuyez !

Elle visa les jambes de Grice et appuya sur la détente. Il lui fallut déployer une force incroyable et serrer frénétiquement l'arme jusqu'à ce qu'elle finisse par se cabrer entre ses mains.

— Espèce de foutue garce ! s'écria le meurtrier.

L'avait-elle touché ?

Les gamins tournèrent les talons et s'enfuirent en courant sur le côté du bâtiment. Avec un peu de chance, ils continueraient à courir jusque chez eux, comme elle l'avait fait quinze ans plus tôt. Elle croisa les doigts pour qu'ils n'y trouvent pas la même chose qu'elle ce jour-là.

Ethan se retourna pour faire face à Yael et commença à tirer frénétiquement. Un morceau de brique brisée lui entailla la joue, manquant son œil de peu. Elle ne s'arrêta pas pour s'en préoccuper.

Elle repartit en courant vers le SUV, puis elle se rendit compte que cela ferait d'elle une cible facile.

Elle s'élança vers les portes par lesquelles les autres étaient entrés dans l'école plus tôt, et elle se précipita à l'intérieur. Ses pieds glissaient à cause de la neige et de la glace. Elle faillit tomber, et, au passage, elle se tordit le genou.

Merde. Elle se releva en chancelant et tourna à droite, sautillant et courant comme elle le pouvait.

— Shane ! Alex ! Ashley !

Elle entendit Grice ouvrir la porte derrière elle et la poursuivre dans le couloir. Elle n'arrivait pas à croire qu'elle était de retour ici. Elle n'arrivait pas à croire qu'elle fuyait à nouveau un fou armé. Au moins, elle n'avait pas d'ADN en commun avec celui-ci.

Une douleur aiguë et brûlante lui transperça le flanc.

Elle tomba et roula sur le dos, agrippant fermement son arme.

— Vous n'êtes qu'un loser, Ethan. Nous avons pris votre argent et fermé votre entreprise de détraqué. Laura est vivante. Nous allons traquer tous ceux qui ont fait des dons pour votre vente aux enchères et les mettre en prison avec vous.

Il commença à sourire.

— Et c'est moi que tu traites de pervers. Tu n'as pas idée de ce qu'ils font aux gens en prison ! s'exclama-t-il, puis il retira son masque et le jeta de côté. Tu crois que j'ai commencé comme ça ? Je suis un pur produit de notre précieux système judiciaire, alors je me dis qu'il ne fonctionne peut-être pas tout à fait comme il est censé le faire.

Elle vit les doigts du meurtrier se crisper sur la détente.

— Je suis désolée pour ce qui vous est arrivé, répondit rapidement Yael. Je suppose que c'est pour ça que vous avez tué Derek Vincent et Phillipa Laurent ?

Il hésita. Elle voulait qu'il dépose son arme. Elle voulait *vivre.* Elle voulait Shane, elle s'en rendait compte à présent. Elle le voulait désespérément.

— Ils ont tous les deux eu ce qu'ils méritaient. Elle m'a persuadé qu'une négociation de peine était la meilleure chose que je pouvais espérer. Il..., commença Ethan Grice, l'expression hantée, avant de déglutir bruyamment. Il a eu exactement ce qu'il méritait.

— Et les autres ? Les innocents que vous avez assassinés ? insista Yael.

L'expression du meurtrier devint calculatrice.

— *Tout le monde* a eu exactement ce qu'il méritait. Tout comme tu es sur le point de le faire.

— Grice ! hurla Shane dans le couloir.

Ethan jeta un coup d'œil par-dessus son épaule et dirigea le fusil vers Shane, qui portait une Laura nue et couverte de sang sur une épaule.

Il était hors de question que Yael laisse Ethan faire du mal à l'un d'entre eux. Cette diversion momentanée lui donna le temps de viser et d'appuyer sur la détente, encore et encore, à cinq reprises. Ses yeux se remplirent de larmes. Elle ne savait pas si elle l'avait touché, ou si elle était sur le point de mourir. Elle ferma les yeux devant la réalité de ce qui se passait.

Le bruit et la puanteur de la poudre à canon firent ressurgir violemment tous ses souvenirs.

— Yael... C'est bon, ma chérie.

La voix de Shane venait d'à côté d'elle, ce qui était une bonne chose, car cela signifiait qu'il n'était pas mort. Il n'était pas mort.

Heureusement.

Elle le sentit retirer délicatement l'arme de ses doigts rigides. Elle lâcha prise avec un énorme sentiment de soulagement.

Elle détestait les armes. Elle détesterait toujours les armes.

— Tu l'as eu. Il ne fera plus jamais de mal à personne.

— Je l'ai tué ?

— Oui. Tu l'as eu.

Les émotions l'assaillirent comme un tsunami, dont la plus surprenante fut un immense sentiment de tristesse. Pas nécessairement parce qu'Ethan Grice était mort. C'était un homme diabolique, qui ne se souciait pas de la vie des autres. Mais parce qu'elle avait été forcée de lui ôter la vie, de commettre un acte de violence dans un endroit qui avait déjà connu tant de souffrances.

Shane se mit à tousser. La fumée envahissait les couloirs.

Le feu. Elle avait oublié l'incendie.

À présent, elle entendait une sirène au loin ; elle avait du mal à rester dans le présent.

— Laura ? Est-ce qu'elle est vivante ?

Elle avait la bouche si sèche qu'elle pouvait à peine parler.

— Elle est inconsciente, mais vivante. Je ne sais pas si elle s'en sortira. Elle a perdu beaucoup de sang.

Cela lui donnait envie de pleurer. Sa chère, sa merveilleuse amie, si pleine de vie. Shane prit les mains de Yael dans les siennes et essaya de l'aider à se relever, mais elle ressentit une douleur si intense qu'elle cria.

— Tu es touchée ? *Merde !*

La voix de Shane passa du grave à l'aigu si rapidement qu'elle aurait ri si elle n'avait pas eu l'impression d'être poignardée encore et encore avec une lame très aiguisée.

Elle répondit par un gémissement, et elle se retrouva brutalement roulée sur le ventre. Le sol froid rafraîchit sa peau brûlante.

Shane se mit à marmonner plus de jurons que Yael n'en avait entendu de toute sa vie.

— Alex, Ashley ! Yael a été touchée !

— Nous devons sortir d'ici. Tout l'endroit est en train de brûler ! cria Alex.

— Allons au SUV pour essayer de les réchauffer, suggéra Ashley.

— Les clés sont dans ma poche arrière, balbutia Yael.

Elle sentit qu'il cherchait ses clés, puis qu'il déplaçait ses vêtements et appuyait fermement quelque chose de chaud contre sa peau nue. Elle tressaillit. Sa vision était de plus en plus floue. Elle sentait le sang s'écouler de son corps, et elle se rappela l'apparence de Lloyd Zenko dans les instants qui avaient précédé sa mort.

La balle était toujours en elle. Elle leva une main et dégagea les cheveux de Shane de son front.

— Désolée de t'avoir largué. J'avais peur de tomber amoureuse de toi. Je ne voulais pas avoir le cœur brisé après avoir été abandonnée. J'aurais dû te faire confiance. Je ne suis pas très courageuse.

Shane la souleva dans ses bras. Alex tenait Laura en travers de son épaule.

— Pas courageuse ? Mais de quoi parles-tu ? Tu es foutrement courageuse ! C'est moi qui ai peur de m'engager, s'exclama Shane.

Elle aurait voulu rire, mais son monde sombrait dans la pénombre. Elle sentit qu'elle se déplaçait, qu'elle traversait ces vieux couloirs familiers qui hantaient encore ses rêves. Se demandant si cela avait toujours été son destin.

CHAPITRE TRENTE-CINQ

— Ne t'avise pas de fermer les yeux ! cria Shane à Yael.

Elle cilla. Une fois, deux fois. Un sourire étira le coin de sa bouche, suivi d'un halètement quand ils se heurtèrent au mur de neige et de glace qui se dressait à l'extérieur. Ashley ouvrit le coffre, et Alex allongea Laura avec précaution, puis la couvrit de son manteau.

— Elle est inconsciente.

Ashley grimpa rapidement sur le siège conducteur, tandis que Shane se glissait à l'arrière avec Yael, poussant son ordinateur portable sur le plancher.

Alex se hissa maladroitement dans le coffre et le referma. Ashley démarra doucement pour se rapprocher de la route, puis elle contacta les urgences les plus proches.

— Où Yael a-t-elle été touchée ? s'enquit Alex.

Shane l'étendit à plat sur la banquette arrière, et s'agenouilla sur le plancher.

— Flanc droit, près de l'os de la hanche.

Il ne savait pas si la balle s'était brisée à l'intérieur d'elle ou non, mais il ne voyait aucune blessure de sortie. Il ignorait s'il devait prendre le risque de défaire le pantalon de la jeune femme ou si son jean serré pouvait faire office de pansement. Sa formation de secouriste lui permettait de faire face à beaucoup de situations, mais pas de soigner une blessure par balle à l'arrière d'un véhicule en mouvement sans matériel médical.

— Yael, hé. Ouvre les yeux, ma belle.

Elle ouvrit les paupières ; ses magnifiques yeux de velours sombres le reconnurent malgré la douleur.

Il devait la maintenir éveillée.

— Tu l'as eu, Yael. Tu as arrêté cet enfoiré, même si tu as dû vaincre tes propres démons pour y parvenir. C'est la chose la plus courageuse que j'aie jamais vue.

Yael plissa les yeux, partagée entre la douleur et l'incrédulité ; mais il disait la vérité.

— Je suis tellement émerveillé par toi, par ta force.

Sa peau était moite et pâle, et Shane était terrifié, car la dernière personne qu'il avait vue dans cet état était Scotty, quelques instants avant qu'il décède.

— Crois-tu que je vais devoir affronter un nouveau procès ? lui demanda-t-elle d'une voix fluette.

— Quoi ? Non !

— Il commençait à se détourner de moi pour te tirer dessus, expliqua-t-elle avant de déglutir bruyamment. Avant ça, il pointait son fusil sur moi.

Il n'arrivait pas à croire qu'elle se soit inquiétée de cela, et, pourtant, ce n'était pas surprenant compte tenu de ce qu'elle avait vécu dans le passé.

— Tu l'as tué en état de légitime défense. Ce type n'aurait laissé personne sortir vivant de là. Ni Laura, ni toi, ni moi. Tu as arrêté un tueur en série, et tu mérites une foutue médaille.

Shane vit le soulagement sur les traits de Yael, dont les yeux commencèrent à se refermer.

— Hé ! Reste avec moi, Yael, lui intima-t-il, appuyant son manteau contre sa blessure.

Elle cria, et il eut l'impression de mourir un peu à l'intérieur.

— Il y a des choses que j'ai besoin de savoir.

— Comme quoi ? lui demanda Yael en clignant des yeux.

— Comme ce qu'on ressent quand on est passager sur Myrtle.

— C'est *sublime*, lui dit-elle avec un petit sourire.

Shane éclata de rire alors même que son cœur se déchirait en deux. Il devait faire en sorte que Yael reste concentrée. Il ne pouvait pas la laisser lui échapper.

— Je sais que tu es encore en colère contre moi pour avoir eu des soupçons à ton égard, et pour avoir fouiné dans ton téléphone.

— Si ça peut aider, je suis aussi furieux contre lui, intervint Alex en se penchant par-dessus la banquette arrière.

Son regard confirma à Shane qu'il savait ce qu'il essayait de faire. La garder éveillée. La maintenir en vie. Alex jeta un coup d'œil à Laura, mais ils ne pouvaient pas faire grand-chose. La seule façon de sauver ces deux femmes était de leur fournir des soins médicaux professionnels le plus rapidement possible.

— Quelque part en chemin, j'ai découvert que j'aimais passer du temps avec toi. Regarder ton esprit fonctionner, te voir taper un millier de mots à la seconde... C'est carrément excitant.

Le front de Yael se plissa, et il comprit qu'elle était frappée par une vague de douleur.

— La frappe au clavier t'excite ?

— Tuez-moi maintenant ! gémit Ashley depuis le siège conducteur.

Mais il était évident qu'elle essayait d'insuffler un peu d'humour dans un moment tragique.

— Et tu es extrêmement intelligente. Sans toi, la *task force* serait encore en Virginie en train d'attendre la prochaine scène de crime, affirma Shane, puis il s'éclaircit la gorge. J'aime ton intelligence, tes talents d'informaticienne *badass* et tes tatouages sexy.

— Non, pas les tatouages ! s'exclama Ashley, qui se frappa le front.

Shane repéra une ambulance qui se dirigeait vers eux ; un soupir de soulagement collectif leur échappa à tous les trois.

— Ce que j'essaie de dire, si nos spectateurs voulaient bien la fermer…, commença-t-il avant de leur envoyer un regard faussement réprobateur, tout en remarquant le petit sourire qu'esquissait Yael. Ce que j'essaie de dire, c'est que je suis désolé d'avoir manqué d'honnêteté au départ, mais j'aimerais vraiment avoir une chance de me racheter auprès de toi, même si nous savons tous que je ne serai jamais totalement à la hauteur.

Les dents de Yael commencèrent à claquer au moment où Ashley baissait la vitre et faisait signe à l'ambulance qui s'approchait. Shane espérait que Laura vivrait. Mais s'il arrivait quoi que ce soit à Yael, il n'était pas sûr d'y survivre.

Les yeux de la jeune femme recommencèrent à dériver.

— Alors, qu'est-ce que tu en penses, ma chérie ? lui demanda-t-il tout haut, cherchant désespérément à garder son attention dans l'instant présent. Tu veux bien m'accorder une seconde chance ?

Les beaux yeux de Yael s'ouvrirent à nouveau, brièvement, et elle sourit.

— Je crois que ça me plairait. Je crois que ça me plairait beaucoup.

CHAPITRE TRENTE-SIX

Deux jours plus tard

Laura gémit dans le lit à côté du sien. Elles se trouvaient dans une chambre particulière d'un hôpital privé de Colorado Springs.

— Hé, tu es réveillée, dit Yael, qui tenta de se redresser en grimaçant. Comment te sens-tu ?

La balle qui avait atteint Yael s'était brisée en frappant l'os de sa hanche, mais, par chance, en trois morceaux seulement. Le plus gros s'était logé dans son bassin. L'un d'eux avait endommagé le muscle fessier, ce qui rendait la position assise douloureuse, et l'autre avait entaillé la veine iliaque externe. Un centimètre sur le côté et elle se serait vidée de son sang avant que Shane ait pu la porter jusqu'à la voiture.

— Comme s'il se pouvait que je vive, grommela Laura.

Yael appuya sur le bouton d'appel de l'infirmière, car les médecins voulaient savoir quand Laura se réveillerait afin de pouvoir procéder à d'autres tests.

Laura se remettait d'une série de blessures et de lacérations et elle aurait sans doute des cicatrices sur la quasi-totalité de son corps, mais pas sur son visage. Alex avait proposé de payer les frais de chirurgie plastique, mais Laura était trop faible pour subir une intervention pour le moment. Ils étaient arrivés à temps pour empêcher Ethan Grice de se servir des outils électriques qu'il avait alignés, après avoir, semble-t-il, dévalisé l'atelier de l'école.

Tout compte fait, Laura l'avait échappé belle. Cependant, elle était traumatisée. Elle avait pleuré toute la journée de la veille, et ils avaient dû la sédater.

— J'étais tellement inquiète pour toi, lui avoua Yael. Je suis désolée que nous ne soyons pas arrivés plus vite.

— Je suis heureuse que vous soyez arrivés, tout court. Quand le gymnase s'est embrasé, j'ai cru que j'allais brûler vive, et ça a été le moment le plus terrifiant de ma vie, expliqua Laura, qui renifla. De toute façon, c'était ma faute.

— Comment aurais-tu pu le savoir ?

— Tu m'as toujours mise en garde contre les dangers des rencontres en ligne. J'aurais dû me montrer plus prudente.

— Ce n'était pas ta faute. Je veux dire, j'espère que le prochain gars que tu rencontreras ne sera pas un tueur en série, mais j'aime le courage avec lequel tu te lances dans les relations amoureuses. Dont tu poursuis ton propre bonheur...

Laura se cramponna prudemment les côtes et rit un peu.

— Ce sont plutôt les orgasmes que je poursuis, et je pense que je vais peut-être y renoncer. J'ai un vibromasseur qui est nettement moins ennuyeux et beaucoup plus efficace que la plupart des hommes que je rencontre, si tu vois ce que je veux dire.

Elle remua les sourcils. Yael éclata de rire, comme elle était censée le faire.

— Je suis heureuse de n'avoir pas couché avec Owen, ou

Ethan, ou quel qu'ait été son nom. Mais seulement parce qu'il ne « voulait pas précipiter les choses », expliqua Laura, prenant un verre d'eau sur le chevet. Aïe.

— Manifestement, les abus sexuels qu'il a subis en prison l'ont profondément affecté.

Laura cligna rapidement des yeux.

— Ce n'est pas une excuse.

Yael se pencha autant qu'elle le pouvait et lui tendit la main. Laura la prit et la serra.

— Je sais. Mais je ne voulais pas que tu croies avoir perdu la main.

Laura rit à contrecœur, puis se calma.

— Je n'arrête pas de penser à cet agent de police qui est mort sur le bord de la route parce que j'ai éteint le feu arrière.

— C'était la chose la plus intelligente à faire. Tu ne pouvais pas savoir qu'il ne serait pas repéré avant que vous soyez sur une route déserte.

— C'était un foutu manque de chance. Ce pauvre homme..., déclara Laura, qui réprima un sanglot.

Après un moment de silence, Yael poursuivit :

— Tu peux me parler, tu sais. Si tu en as besoin.

— Merci. Cela me fait penser..., commença Laura, léchant l'eau sur ses lèvres.

Yael se crispa.

— J'ai entendu les infirmières bavarder lorsque j'ai passé le scanner. J'étais à moitié dans les vapes à ce moment-là, mais je me suis réveillée au milieu de la nuit, pendant que tu dormais, et j'ai vérifié les gros titres.

La bouche de Yael s'assécha, et elle détourna le regard.

— Apparemment, ma meilleure amie est célèbre dans le Colorado, sous un autre nom. Qui l'aurait cru ? ironisa Laura, qui se décala un peu sur le lit, luttant manifestement pour se mettre à l'aise. J'aurais aimé le savoir. Je me serais montrée moins insistante dans mes tentatives de te brancher avec des mecs.

Yael se tourna vers son amie, inquiète.

— Tu n'es pas fâchée ?

— Oh, ma belle, je suis furieuse ! Les autorités ont traumatisé une jeune fille de quatorze ans pour la punir des actes de son frère. Si ce n'est pas là une société patriarcale à l'œuvre, je ne sais pas ce que c'est.

Yael joua avec le pli de son drap.

— Par le passé, tous ceux qui l'ont découvert ont toujours cru ce qui était écrit dans la presse.

— Je t'ai vue une fois sauver un *putois* sur le bord de la route. Je ne suis peut-être pas douée pour choisir les hommes, mais j'ai un don extraordinaire pour choisir mes amies.

Le nœud dans la gorge de Yael se resserra. Elle ne s'était pas attendue à une telle tolérance, pas de la part d'Alex, pas de la part de Laura, et surtout pas de la part de Shane. Elle savait que c'était peut-être en partie de sa faute. Elle protégeait son passé avec tant de zèle qu'elle avait probablement l'air coupable. À présent, son secret était à nouveau dévoilé au grand jour, et, cette fois, cela ne semblait pas si terrible.

Malheureusement, la presse était toujours à l'affût d'un scoop et ne cessait d'essayer de se faufiler pour obtenir des photos ou une interview. Alex avait posté des gardes du corps aux portes pour les empêcher d'entrer. Cela n'empêchait pas le personnel infirmier de poser des questions indiscrètes sur son passé et sur la mort d'Ethan Grice. Yael ne leur avait dit que ce qui était déjà dans les médias. L'histoire finirait par se savoir, mais elle n'avait pas l'intention d'alimenter la frénésie. L'idée même lui donnait la nausée.

L'école avait été gravement endommagée par l'incendie. Elle se sentait terriblement mal à l'idée que cette communauté souffre à nouveau, mais elle avait fini par admettre que ce n'était pas sa faute.

Elle avait expié tout ce qu'elle pouvait. Plus qu'elle n'aurait dû, en fin de compte.

La porte s'ouvrit et une infirmière entra, souriant largement à son opérateur préféré.

Shane participait à l'enquête et il avait passé la plus grande partie de son temps sur les lieux, à l'école, à chercher des preuves dans les ruines calcinées du gymnase. Il avait également dû expliquer exactement ce qui s'était passé à l'ASAC Sloan et aux autres responsables. La directrice de la *task force* était venue voir Yael tard la veille, lui avait tenu la main pendant un petit moment et l'avait remerciée pour ce qu'elle avait fait.

— Salut, toi.

Yael ne put réprimer le tremblement de sa voix alors qu'elle s'efforçait de rester calme.

Shane se pencha pour l'embrasser, sa main enveloppant l'arrière de sa tête alors qu'il l'embrassait plus profondément, jusqu'à ce qu'elle tremble d'émotion.

— Comment te sens-tu ? lui demanda-t-il, s'éloignant, mais lui tenant toujours la main.

— Bien. Mieux qu'hier. T'ai-je déjà remercié aujourd'hui de m'avoir encore sauvée ?

Shane secoua la tête.

— Je ne t'ai pas sauvée.

— En tout cas, moi, tu m'as sauvée, intervint Laura avec ce qui ressemblait à un rire.

— Comment te sens-tu, Laura ? lui demanda-t-il.

— Un peu moins fragile qu'hier.

— C'est bon à entendre.

— C'est l'heure du scanner, annonça l'infirmière.

Tous deux regardèrent l'infirmière faire grimper Laura, qui se plaignait, dans un fauteuil roulant pour monter à l'étage.

— Nous ne serons pas longues, plaisanta Laura. Il vaudrait mieux vous grouiller. Je vais prévenir les gardes du corps de ne pas vous interrompre.

— Tu es incorrigible ! s'exclama Yael en riant.

Elle ignora la chaleur qu'elle sentait monter dans son cou. Shane sourit.

— Tu es mignonne quand tu es gênée.

— Elle est toujours mignonne ! s'exclama Laura alors que la porte se refermait.

Yael leva les yeux au ciel.

— Laura semble aller un peu mieux.

— C'est le cas.

— Est-ce qu'elle a dit quoi que ce soit au sujet de son calvaire ?

— Elle était heureuse que vous soyez arrivés à ce moment-là, et qu'ils n'aient pas couché ensemble. Et je crois que cela veut aussi dire qu'il ne l'a pas violée, ce qui est une très bonne chose.

Shane hocha la tête.

— C'est beaucoup.

Yael se déplaça et grimaça. Il fronça les sourcils.

— Tu es sûre que tu vas bien ?

Elle acquiesça.

— Je guéris d'une blessure par balle. Ça ira pour moi.

Il esquissa un sourire en coin.

— *Badass*.

Il lui prit la main et embrassa le tatouage dans le creux de son poignet. Un frisson parcourut ses épaules et descendit le long de sa colonne vertébrale.

— J'ai l'intention de te donner quelques leçons de tir. La prochaine fois, tu pourrais même appuyer sur la détente en gardant les yeux ouverts.

Elle poussa un grand soupir.

— Je suis désolée.

— Cesse de t'excuser.

— C'est difficile après tant d'années de culpabilité insurmontable, admit-elle, car elle avait besoin de se montrer tout à fait honnête avec lui. J'ai passé ma vie à me confondre en excuses auprès des gens, ou à les repousser pour ne pas être blessée par leur réaction lorsqu'ils découvriraient enfin la vérité.

Elle s'interrompit, tourna la tête vers la fenêtre.

— C'est pour ça que ça m'a fait si mal quand tu m'as dit que tu avais douté de moi.

— Yael, murmura-t-il anxieusement en expirant lentement, avant de lui toucher la joue.

Elle se tourna à nouveau vers lui.

— Je regretterai à tout jamais ce que j'ai fait. J'étais détruit par la mort de Scotty. J'avais la conviction que c'était ma faute, que j'aurais dû mourir à sa place..., expliqua Shane, dont la voix se brisa. Et puis Montana est mort dans un accident d'avion. Laisse-moi une chance de me rattraper. Laisse-moi une chance de t'aimer.

Les yeux verts de Shane étaient lumineux dans la grisaille de la chambre d'hôpital. Elle aimait ces yeux. Elle aimait tout de lui, mais elle n'était pas tout à fait prête à le lui dire. Pas encore.

Elle déglutit.

— Je ne suis pas sûre que tu aies conscience de ce que pourrait être la vie avec moi. Aujourd'hui encore, il se trouve des abrutis sur Internet pour dire que je suis en quelque sorte responsable de ce qui s'est passé il y a quinze ans et de ce qui s'est produit il y a deux jours. Un théoricien du complot inventera une histoire à dormir debout pour expliquer que tout cela est lié à l'État profond ou qu'EG est une sorte d'invention du FBI pour gagner des soutiens.

Shane lui sourit et embrassa les doigts de Yael.

— Et tu aideras à faire la lumière sur la vérité et à traquer les méchants.

Les larmes montèrent aux yeux de la jeune femme, et elle cligna rapidement des paupières.

— Tu es vraiment la personne la plus courageuse que je connaisse, affirma Shane, fixant leurs mains jointes. Je ne peux imaginer à quel point la vie a dû être difficile pour l'adolescente que tu étais, d'autant plus que tu as perdu toute ta famille proche le même jour. Je suis prêt à être à moitié aussi courageux que toi si tu me donnes la chance d'être à tes côtés.

Il prit une grande inspiration, puis resserra les doigts autour de ceux de Yael. Il la regarda droit dans les yeux.

— Je ne te laisserai plus jamais tomber.

— C'est promis ? s'enquit-elle avec un sourire larmoyant.

Shane l'embrassa avec passion, puis s'écarta lentement.

— C'est promis.

Le pouls de Yael s'emballa. Lorsqu'il s'apaisa à nouveau, elle poussa un lourd soupir.

— Je suppose que je ferais mieux de prendre ces leçons de tir avec toi, alors, hein ?

Ses yeux verts brillaient intensément.

— Est-ce que ça veut dire que nous avons un rencard ?

Yael secoua la tête.

— Notre premier rencard n'aura pas lieu dans un stand de tir !

— Où, alors ?

Yael n'y avait pas réfléchi. Toute leur relation avait évolué pendant qu'elle évitait les attentions d'un tueur en série. L'idée d'être libre de faire exactement ce qu'elle voulait était aussi libératrice que terrifiante.

— Que dirais-tu d'une promenade en bateau ?

Shane inclina la tête ?

— Tu aimes les bateaux ?

— Je n'ai pas beaucoup d'expérience, mais j'ai toujours aimé l'idée d'apprendre à naviguer... Ça, ou la plongée sous-marine.

Il sourit.

— Un de mes amis du département des sciences du comportement possède un voilier. Je suis sûr qu'il nous laissera l'emprunter.

— Tu sais naviguer ? s'exclama Yael, surprise.

— C'est l'une de mes nombreuses compétences, affirma-t-il, se penchant plus près d'elle, concentré sur sa bouche, mais il ne lui donna qu'un bref baiser. Je suis aussi un instructeur de plongée certifié.

Il haussa un sourcil, et, d'une manière ou d'une autre, fit passer la proposition de lui apprendre à plonger pour une idée salace.

— Où est ton plâtre ? l'interrogea la jeune femme, remarquant que son bras gauche était désormais libre.

Il retroussa sa manche et fit tourner son bras. Ses muscles se contractèrent, et Yael éprouva une bouffée de désir.

— J'ai discuté avec un médecin ici et j'ai réussi à passer une radiographie qui a montré que les deux os étaient guéris. Je lui ai demandé de parler à Novak, après quoi mon boss m'a donné l'autorisation d'enlever le plâtre, même si j'en ai un en plastique pour le cas où la douleur reviendrait. J'ai reçu l'ordre de le laisser au repos pendant encore deux semaines, et ensuite je pourrai recommencer à m'entraîner avec l'équipe.

Le cœur de Yael s'emballa soudain quand elle croisa ses yeux vert foncé. Que cela signifiait-il pour eux ?

Shane l'embrassa à nouveau. Le fait qu'il soit si ouvert à l'idée qu'ils soient ensemble maintenant, qu'il affiche son affection de manière si généreuse alors que tout le monde connaissait la vérité sur son frère et sur ce qu'il avait fait, l'emplissait d'émotions. Elle les repoussa. Elle ne pleurerait pas. Ethan Grice était mort. Tous les autres avaient survécu. Elle ne laisserait pas la cruauté de son frère détruire son bonheur. Plus jamais.

Elle était surprise de constater à quel point sa dernière rencontre avec la mort l'avait éclairée. À quel point c'était libérateur.

— Alors, cela veut-il dire que nous donnons vraiment une chance à cette relation ? demanda Shane.

Elle serra les poings dans ses draps.

— Je suis partante si tu l'es.

Il détacha lentement sa main du coton frais et la prit délicatement dans ses paumes.

— C'est drôle, mais je n'ai pas envie de jouer à des jeux cette fois-ci.

— Moi non plus, Shane, répondit-elle, puis elle déglutit difficilement et s'obligea à prononcer les mots qu'elle devait dire. Je crois que je suis en train de tomber amoureuse de toi. Alors, je t'en prie, si tu n'es pas sérieux quant à l'idée d'une relation, dis-le-moi tout de suite.

L'expression de Shane redevint sérieuse et il replaça les cheveux de Yael derrière son oreille.

— Ma chérie, mon métier n'est pas très favorable aux relations amoureuses. Il m'arrive de passer des mois loin de la maison, et, souvent, je ne peux même pas appeler pour dire pourquoi je ne peux pas le faire. Mais, si tu crois que c'est quelque chose que nous pourrions gérer, ensemble... alors je suis prêt à donner une vraie chance à cette histoire entre nous.

Yael sourit, le cœur plus léger qu'il ne l'avait été depuis des années.

Ils se penchèrent l'un vers l'autre, souriant tous les deux comme des fous, mais un grand coup frappé à la porte les interrompit, puis elle s'ouvrit sur Laura, poussée par l'infirmière à l'allure de matriarche.

— C'était rapide, plaisanta Yael.

— Je vous avais prévenus !

L'infirmière aida Laura à se coucher, et Yael ne put s'empêcher de s'inquiéter de sa pâleur. Elle était en partie due à l'absence de son maquillage habituel. Et en partie due à la douleur.

L'infirmière s'en alla, et Shane prit un appel. Il ouvrit la porte, et, soudain, des membres de son équipe s'avancèrent à grands pas vers eux en poussant deux fauteuils roulants. Ils avaient beau être en civil, ils ressemblaient à s'y méprendre aux opérateurs qu'ils étaient.

— Tu te souviens de Ryan Sullivan ? demanda Shane.

Yael acquiesça, et Shane lui présenta les autres.

— Voici Aaron Nash, Will Griffin et Hunt Kincaid.

— Nous sommes venus vous sauver ! annonça Griffin en souriant.

Un rire rauque leur parvint depuis l'autre lit.

— Chouette ! Vous voulez bien me sauver, moi aussi ?

Ryan lui demanda plus calmement :

— Comment vous sentez-vous, miss Laura ?

— Comme si j'avais été enlevée et torturée par un psychopathe, mais que le psychopathe était mort et pas moi, alors tout va bien ?

— Vous avez eu de la chance de survivre, lui dit Will Griffin d'un ton solennel. Vous n'êtes pas obligée de rebondir tout de suite. Prenez le temps de vous rétablir.

Voir Laura plaisanter à ce sujet avec des personnes qu'elle ne connaissait pas était un excellent signe.

— Comment ça, me sauver ? intervint Yael.

— Alex Parker a envoyé son jet pour vous deux, les informa Nash. Nous avons installé deux lits d'hôpital à bord et il a même engagé une infirmière pour le voyage.

— Une infirmière très séduisante, ajouta Ryan Sullivan.

— Que tu ne vas pas distraire, le réprimanda Shane.

— Je l'ai déjà distraite en venant ici.

Ryan ne semblait absolument pas gêné, tandis que Kincaid et Griffin fixaient le plafond.

— Mais, ce que je ne comprends pas, c'est ce que vous faites ici, les gars, expliqua Yael, observant les trois opérateurs de la HRT. Vous ne travaillez pas pour Alex.

— Nous sommes votre escorte officielle du FBI, répondit Will Griffin, lui décochant un sourire qui suggérait que ce devrait être évident.

— Et qu'en est-il de nos gardes du corps ? demanda-t-elle, confuse.

— Nous sommes plus beaux, répliqua Ryan, l'air tout à fait sérieux.

— Ils viennent aussi, l'informa Kincaid, une étincelle dans le regard. Ils sont les muscles, nous sommes les cerveaux.

Yael agrippa à nouveau les draps.

— Je ne comprends pas.

— Tu es de la famille, répondit simplement Ryan. Nous te ramenons à la maison. Ou, du moins, dans un hôpital plus proche de la maison.

Yael lutta contre les larmes qu'elle savait ne pas devoir verser, car, si elle commençait à pleurer, elle ne s'arrêterait pas. Le nœud dans sa gorge grandissait, et elle n'arrivait pas à parler.

Shane lui serra les doigts.

— Hé, j'ai oublié de te dire... J'ai entendu un drôle de truc à la radio tout à l'heure.

Yael renifla et cilla, la crise passée. Il faisait toujours cela. Il la ramenait quand elle était au bord des larmes. Mais il l'avait quand même prise dans ses bras lorsqu'elle s'était réveillée après l'opération, la veille, et il l'avait laissée pleurer sur lui.

— Qu'as-tu entendu ? finit-elle par articuler.

Il tourna la paume de la main de la jeune femme vers le haut et passa ses doigts sur le serpent enroulé autour de son poignet.

— J'ai entendu parler d'un mystérieux don de plusieurs millions de dollars pour la reconstruction de l'école.

— Vraiment ?

Il se pencha en arrière, la regardant droit dans les yeux.

— C'était toi. Je sais que c'était toi.

— Tu as des millions de dollars à la banque ? l'interrogea Ryan avec un coup de menton exagéré.

Yael ricana.

— Plus maintenant.

Elle serra la main de Shane avant de tout leur raconter. Elle ne voulait plus de secrets.

— Il s'agit des polices d'assurance-vie que j'ai touchées lorsque mes parents ont été assassinés. Je n'ai jamais voulu de cet argent, mais après ce que les compagnies d'assurance m'ont fait subir, je l'ai accepté. Je l'ai placé à la banque, mais je n'y ai jamais touché. Jusqu'à maintenant.

Shane se pencha et l'embrassa sur les lèvres.

— Je te trouve incroyable.

— Je te trouve plutôt incroyable aussi.

Elle lança un regard en coin à leur public, remarquant leurs sourires heureux.

— Ta maison est complètement réparée, l'informa Shane, s'écartant à contrecœur. Ou bien nous pouvons rester dans mon appartement quand tu seras libérée de l'hôpital.

— Déjà ?

Elle était consciente du fait qu'il suggérait qu'ils allaient rester ensemble pour l'instant.

— Alex a dit que l'un de ses associés avait pris en charge la logistique. Haley Cramer ?

— Haley a réparé ma maison ?

— Je parie qu'elle est encore plus belle maintenant qu'elle l'était avant, remarqua Laura avec un sourire fatigué. Haley a un goût exquis.

Les hommes les aidèrent à s'installer dans les fauteuils roulants. Shane commença à sortir ses affaires personnelles du casier et à les placer sur ses genoux, puis il lui mit une couverture supplémentaire. Will Griffin fit de même pour Laura.

— Es-tu prête à être poussée hors d'ici ? demanda Shane à Yael.

— Tu es sûr que je ne peux pas marcher ? grommela-t-elle.

— Négatif, répondit Shane.

— *Nyet*, fit Ryan.

— *No*, ajouta Kincaid.

— *Nein*, intervint Griffin.

— *Nee*, conclut Laura.

— C'est donc un non.

Yael rit tout en se préparant mentalement à l'assaut d'attention en traversant l'hôpital. Son incision était encore douloureuse, mais les analgésiques étaient très puissants. Elle rentrait chez elle, et, pour la première fois depuis la folie meurtrière de son frère quinze ans plus tôt, elle ne se sentait pas seule.

Shane lui posa une casquette sur les cheveux et Ryan lui tendit une paire de lunettes de soleil qui faillirent ne pas tenir sur son nez. Puis, avec un signe de tête aux gardes du corps, ils la firent sortir de la pièce si vite qu'elle en eut le tournis.

Shane poussait sa chaise.

Yael éclata de rire alors qu'ils couraient presque dans le couloir.

— Tu vas trop vite !

— Et moi qui pensais que nous n'allions pas assez vite.

Elle croisa son regard, et toutes les émotions qu'elle éprouvait depuis une semaine lui revinrent en force.

— Vas-tu encore appuyer sur les freins ? lui demanda-t-il.

Visiblement, il ne parlait pas du trajet pour sortir de l'hôpital.

Elle secoua la tête.

— Non.

— Bien.

Et Yael éclata à nouveau de rire, même si c'était douloureux, et même si ces hommes étaient complètement ridicules. Shane était à elle maintenant. Elle ne le rendrait jamais.

Inscrivez-vous à ma newsletter pour recevoir une scène inédite de ce livre, ainsi que d'autres bonus !
https://dl.bookfunnel.com/oneearpiv8

Merci d'avoir lu *Silence de glace* (*Justice froide — Avis de recherche*, livre #1). J'espère que vous avez aimé l'histoire de Shane et Yael. Pour découvrir mon prochain roman mettant en scène la HRT, commandez *Froide trahison* dès aujourd'hui !

Lorsque l'anthropologue légiste Zoe Miller tombe sur une victime de meurtre dans le désert Sonoran, elle déclenche une série d'événements qui la placent dans la ligne de mire d'un tueur impitoyable.

Seth Hopper, agent de l'équipe de libération d'otages du FBI, est en mission secrète près de la frontière mexicaine lorsqu'il se retrouve soudain embarqué dans une opération de sauvetage. L'ancien Navy SEAL reçoit l'ordre de protéger Zoe, qu'elle le veuille ou non, ce qui les entraîne dans un voyage à travers le pays jusqu'en Virginie.

Zoe a de bonnes raisons de ne pas faire confiance à un homme comme Seth, mais elle ne peut nier la chaleur torride qui s'installe entre eux, plus brûlante que le soleil du désert. Zoe pourra-t-elle obtenir justice pour la femme assassinée ? Ou bien les tueurs se rapprocheront-ils pour les détruire tous les deux ?

Inscrivez-vous à la newsletter de Toni Anderson en française :
www.toniandersonfrancais.com/newsletter/

N'hésitez pas à visiter la boutique de Toni Anderson pour découvrir ses autres livres et bénéficier d'offres exclusives !
https://www.toniandersonfrancais.com

DÉFINITIONS UTILES DE QUELQUES ACRONYMES UTILISÉS DANS LES LIVRES DE TONI ANDERSON

ADA (Assistant District Attorney) : substitut du procureur

PG : procureur général

ASAC (Assistant Special Agent in Charge) : agent spécial adjoint responsable

ASC (Assistant Section Chief) : chef de section adjoint

ATF (Alcohol, Tobacco, and Firearms) : Alcool, tabac et armes à feu

DSC : Département des sciences du comportement

BOLO (Be On the Look-Out) : avis de recherche

BORTAC : Unité tactique de la patrouille frontalière américaine

BUCAR (Bureau Car) : voiture du FBI

CBP (US Customs and Border Patrol) : Service des douanes et de la protection des frontières des États-Unis

TCC : thérapie cognitivo-comportementale

CIRG (Critical Incident Response Group) : groupe de réaction aux incidents critiques

CMU (Crisis Management Unit) : cellule de gestion de crise

CN (Crisis Negotiator) : négociateur de crise

CNU (Crisis Negotiation Unit) : cellule de négociation de crise

CO (Commanding Officer) : commandant

CODIS (Combined DNA Index System) : banque de données des profils ADN

PC : poste de commandement

CQB (Close-Quarters Battle) : combat rapproché

DA (District Attorney) : procureur

DEA (Drug Enforcement Administration) : administration pour le contrôle des drogues

DEVGRU (Naval Special Warfare Development Group) : équipe spéciale antiterroriste de l'US Navy

DIA (Defense Intelligence Agency) : agence du renseignement de la Défense

DHS (Department of Homeland Security) : Département de la Sécurité intérieure

DDN : date de naissance

DOD (Department of Defense) : Département de la Défense

DOJ (Department of Justice) : Département de la Justice

DS (Diplomatic Security) : sécurité diplomatique

DSS (US Diplomatic Security Service) : Service de sécurité diplomatique des États-Unis

DVI (Disaster Victim Identification) : identification des victimes de catastrophes

EMDR (Eye Movement Desensitization & Reprocessing) : intégration neuro-émotionnelle par les mouvements oculaires

EMT (Emergency Medical Technician) : urgentiste

ERT (Evidence Response Team) : (police) scientifique

FOA (First-Office Assignment) : première affectation

FBI (Federal Bureau of Investigation) : Bureau fédéral d'enquête

FNG (Fucking New Guy) : bleu (nouvelle recrue)

FO (Field Office) : bureau régional

FWO (Federal Wildlife Officer) : agent fédéral de protection de la nature

IC (Incident Commander) : commandant de l'intervention

IC (Intelligence Community) : Communauté du renseignement

ICE (US Immigration and Customs Enforcement) : agence de police douanière et de contrôle des frontières

HAHO (High Altitude High Opening) : chute opérationnelle (saut en parachute)

HRT (Hostage Rescue Team) : équipe de libération d'otages

HT (Hostage-Taker) : preneur d'otages

JEH : bâtiment J. Edgar Hoover (siège du FBI)

K&R (Kidnap and Ransom) : enlèvement avec demande de rançon

LAPD (Los Angeles Police Department) : Département de police de Los Angeles

LEO (Law Enforcement Officer) : agent des forces de l'ordre

LZ (Landing Zone) : zone d'atterrissage

ML : médecin légiste

MO : mode opératoire

NAT (New Agent Trainee) : nouvel agent stagiaire

NCAVC (National Center for Analysis of Violent Crime) : Centre national pour l'analyse des crimes violents

NCIC (National Crime Information Center) : Centre national d'information sur la criminalité

NFT (Non-Fungible Token) : jeton non fongible

NOTS (New Operator Training School) : école de formation des nouveaux opérateurs

NPS (National Park Service) : Service des parcs nationaux

NYFO (New York Field Office) : bureau régional de New York

CO : crime organisé

OCU (Organized Crime Unit) : Unité de lutte contre le crime organisé

OPR (Office of Professional Responsibility) : Bureau de la responsabilité professionnelle

POTUS (President of the United States) : Président des États-Unis

PT (Physiology Technician) : technicien en physiologie

SSPT : syndrome de stress post-traumatique

RA (Resident Agency) : agence locale

GRC (Royal Canadian Mounted Police) : Gendarmerie royale du Canada

RSO (Senior Regional Security Officer) : agent de sécurité régionale du service diplomatique américain

SA (Special Agent) : agent spécial

SAC (Special Agent-in-Charge) : agent spécial en charge

SANE (Sexual Assault Nurse Examiners) : infirmières qualifiées pour examiner les victimes d'agression sexuelle

SAS (Special Air Squadron) : Forces spéciales aériennes (unité des forces spéciales britanniques)

SD (Secure Digital) : Carte SD

SIOC (Strategic Information & Operations) Informations et opérations stratégiques

SF (Special Forces) : Forces spéciales

SSA (Supervisory Special Agent) : agent spécial superviseur

SWAT (Special Weapons and Tactics) : Armes et tactiques spéciales

TC (Tactical Commander) : tacticien

TDY (Temporary Duty Yonder) : assignation temporaire

TEDAC (Terrorist Explosive Device Analytical Center) : Centre d'analyse des engins explosifs terroristes

TOD (Time of Death) : heure du décès

UAF (University of Alaska, Fairbanks) : Université de l'Alaska de Fairbanks

UBC (Undocumented Border Crosser) : clandestin franchissant la frontière

UNSUB (Unknown Subject) : sujet inconnu, suspect

USSS (United States Secret Service) : Services secrets des États-Unis

ViCAP (Violent Criminal Apprehension Program) : Programme d'arrestation pour actes criminels violents

VIN (Numéro de série du véhicule) : numéro d'identification du véhicule

WFO (Washington Field Office) : bureau régional de Washington

ZA : Zone d'atterrissage

REMERCIEMENTS

Je voulais écrire au sujet de l'équipe de libération d'otages du FBI depuis que j'ai commencé la série *Justice froide* en 2013. Puis certains facteurs se sont ligués contre moi, et j'ai passé quelques années à explorer d'autres services au sein du FBI, sur lesquels je brûlais également d'écrire. J'ai l'impression de construire ce monde dans ma tête depuis toujours. Maintenant, il est là et j'espère que vous l'apprécierez autant que j'ai pris plaisir à l'écrire. Mes remerciements, comme toujours, vont à Kathy Altman, qui a toujours le premier regard sur le brouillon chaotique et qui m'aime quand même. Et merci à Rachel Grant, ma première lectrice, pour ses excellents conseils. Et aussi à Jodie Griffin pour ses retours et pour son soutien à mes livres dans la vie réelle et sur Twitter.

Je remercie mes éditeurs, Deb Nemeth et Joan Turner de JRT Editing, ainsi que ma correctrice, Alicia Dean. J'apprécie tous vos commentaires et suggestions. Mon assistante, Jill Glass, qui est d'une aide précieuse lorsque mon cerveau explose. Merci également à ma formidable créatrice de couverture, Regina Wamba, pour son magnifique travail artistique. Eric G. Dove est (encore) sur son voilier en train d'enregistrer le livre audio en ce moment même, vivant un véritable rêve ! Merci d'avoir été la voix des livres *Cold Justice* et d'être quelqu'un avec qui il est si facile de travailler.

Merci à mon mari et à mes enfants, pour leur amour et leur soutien. Celui-ci est, une fois de plus, pour Gary. Livre n° 25, publié au cours de notre vingt-cinquième année de mariage. Ça me semble approprié.

Merci à mon équipe de traduction française, Sophie Salaün et Florence Glémot. Et aussi à ma merveilleuse assistante, Jill Glass.

COLD JUSTICE® – MOST WANTED

Cold Silence (Book #1)
Cold Deceit (Book #2)
Cold Snap (Book #3)
Cold Fury (Book #4)
Cold Spite (Book #5)
Cold Truth (Book #6)

À PROPOS DE L'AUTEUR

Auteur de best-sellers du *New York Times* et de *USA Today*, Toni Anderson écrit des thrillers romantiques sur le FBI, à la fois incisifs et sexy.

Originaire d'une petite ville du Shropshire en Angleterre, Toni a étudié la biologie marine à l'université de Liverpool et à l'université de Saint-Andrews (oui, vous pouvez l'appeler « Dr Anderson ») avec l'intention de ne jamais s'éloigner de l'océan. Ce plan s'est retourné contre elle, et elle a fini au milieu des prairies canadiennes. Les plus grandes réalisations de Toni sont : la maîtrise du métro de Tokyo, l'escalade du Ben Lomond, la plongée en apnée sur la Grande Barrière de corail et survivre à dix-neuf hivers à Winnipeg (jusqu'à présent). Toni aime voyager pour faire des recherches et a eu la chance de visiter le centre d'opérations et d'informations stratégiques au sein du quartier général du FBI à Washington, D.C. Lors d'une formation à la Writer's Police Academy dans le Wisconsin, elle a eu l'occasion de pousser une autre voiture hors de la route lors d'une course-poursuite.

Ses livres ont remporté le prix Daphné du Maurier pour l'excellence dans le domaine du mystère et du suspense, le Readers' Choice, l'Aspen Gold, le Book Buyers' Best, le Golden Quill, le National Excellence in Story Telling Contest et le National Excellence in Romance Fiction. Elle a été finaliste du Vivian Contest et du RITA Award des Romance Writers of America, et présélectionnée pour le Jackie Collins Award for Romantic Thrillers, dans le cadre des Romantic Novel Awards.

Les livres de Toni ont été traduits en cinq langues et plus de trois millions d'exemplaires ont été téléchargés.

Inscrivez-vous à la newsletter de Toni Anderson en française :
www.toniandersonfrancais.com/newsletter/

Découvrez la bibliographie de Toni Anderson :
https://www.toniandersonfrancais.com/livres/

N'hésitez pas à visiter la boutique de Toni Anderson pour découvrir ses autres livres et bénéficier d'offres exclusives !
https://toniandersonshop.com

 facebook.com/ToniAndersonFrancais

 instagram.com/toni_anderson_francais

 tiktok.com/@toni_anderson_author

 bsky.app/profile/toniandersonauthor.bsky.social

www.ingramcontent.com/pod-product-compliance
Lightning Source LLC
Chambersburg PA
CBHW031152310726
48969CB00001B/63